পাঁচমিশালী

জ্ঞানেন্দ্র নাথ দাস

editionNEXT, Kolkata, India
www.editionnext.com

"**Panchmishali**" :: A Collection of Bengali Stories by Jnanendra Nath Das

International(USA) Edition

Cover: Uday Bhattacharyya

First Edition: July 2025

Publisher: Mousumi Bhattacharyya
FD 16/1, Baguiati, Kolkata- 59
Website: editionNEXT.com
Facebook: facebook.com/editionnext
Twitter: twitter.com/editionnext
eMail: Link "Contact Us" in editionNEXT.com

উৎসর্গ

শ্রী শ্রী মহাপ্রভু জগন্নাথ দেবের শ্রীচরণে

লেখকের কথা

মানুষের জীবন ক্ষণস্থায়ী। তবুও মানুষ সবসময় কর্মব্যস্ত। নিজেকে স্থায়ীভাবে প্রতিষ্ঠিত করার জন্য এগিয়ে চলেছে। বর্তমানে আমরা উন্নত থেকে উন্নততর পথে পৌঁছবার চেষ্টায়। সবসময় ব্যস্ত। পিছন ফিরে দেখার সময় নেই। কিন্তু ফেলে আসা দিনগুলির কথা ভুলতে চাইলে কি ভুলতে পারি? কিছু ঘটনা, কিছু কথা অন্তরে রয়ে যায়। তাই আমার বর্তমান ও অতীতের সংমিশ্রণ সত্যি, কাল্পনিক ও প্রেমের বন্ধনে আবদ্ধ গল্পগুলি লেখা। গল্পগুলি পড়ে যদি ভালো লাগে তাহলে নিজেকে ধন্য মনে করব।

জ্ঞানেন্দ্র নাথ দাস।
পঞ্চাননতলা, নবপল্লী, বহরমপুর,
মুর্শিদাবাদ, পশ্চিমবঙ্গ

সূচিপত্র

কে আপন?

পর্ব – প্রথম

রাত তখন দুটো। মাথার যন্ত্রণা বেড়ে গেছে। শুয়ে থাকতে পারছি না। ভাইকে ডাকলাম। কোনও সাড়া পেলাম না। ভাবছি সে এসেই বা কী করবে? ঘরের এক কোণে বসে, সে আজ একা। সব থাকতে সে আজ সর্বহারা। মারণ রোগ বাসা বেঁধেছে শরীরে।

মনে পড়ছে সেই দিনগুলির কথা। সে বাড়ির বড় মেয়ে। পরপর চার ভাই। তাদের দেখভাল করা তার দায়িত্ব। বড় হিসাবে তার কর্তব্যের মধ্যে পড়ে।

বাবা ভালো চাকরি করেন। কর্মসূত্রে দূরে থাকতে হয়। টাকার অভাব ছিল না। বাবা সংসারে ঘাটতি রাখতেন না। সেদিক থেকে বাবা কর্তব্যপরায়ণ আদর্শবাদী পিতা ছিলেন।

সূর্য ওঠার পূর্বে, মা বিছানা ছেড়ে সদর দরজায় জল ছিটিয়ে আমাদের ডেকে দেন। এটা দৈনন্দিনের ঘটনা।

সকালে ভাইদের নিয়ে পড়তে বসেছি। বাবা বললেন, জানকী, তুমি বাড়ির বড়। তোমার অনেক দায়িত্ব।

– মা থাকতে আমার আবার কীসের দায়িত্ব? – আমি বাড়ি থাকতে পারি না। তোমার মা সংসারের কর্ম নিয়ে ব্যস্ত থাকে। ভাইদের মানুষ করার দায়িত্ব তোমার। তুমি ওদের অভিভাবক।

বাবার কথা ফেলতে পারলাম না। নিজের স্বার্থ জলাঞ্জলি দিয়ে ভাইদের প্রতি নজর দিলাম। তাদের পড়ানো, স্কুলে যাওয়ার ব্যবস্থা করে দেওয়া, তারপর নিজে তৈরি হওয়া। তারা দিদি বলতে অজ্ঞান। কোথাও যেতে গেলে দিদির অনুমতির প্রয়োজন। টাকার দরকার পড়লে দিদি। আদর আবদার সব দিদি। দিদি অন্ত প্রাণ। মায়ের স্থান পিছনে।

এই সব দেখে বাবা বলতেন, আমার জানকী মায়ের কর্তব্য পালন করছে।

মা বলতেন, একেবারে তোমার মতো। কর্তব্য থেকে বিচ্যুত হয় না।

বাবা বললেন, কার মেয়ে দেখতে হবে তো। বাড়ি যেন সুখ শান্তি বহন করে চলেছে। হাসি খুশিতে ভরপুর। গ্রামের মধ্যে আমাদের বাড়ির সুনাম মুখে মুখে।

ভাইদের পড়াশোনার দিকে লক্ষ্য রাখতে গিয়ে আমার পড়া লাটে। তবে অকৃতকার্যের দলে পড়িনি। কোনও রকমে স্কুলের গন্ডি পার করেছি। কলেজে পড়ার সৌভাগ্য আমার হয়নি। অর্থের জন্য নয়। এক মেয়ে, দুই গ্রাম্য সমাজ। মেয়েদের বেশি পড়া ভালো চোখে দেখত না। পড়ায় ইতি পড়ে গেল।

দুই ভাই কলেজ শেষ করে চাকরিতে যোগ দিয়েছে। দুই ভাই পড়ছে। কর্মস্থল থেকে বাবা বাড়ি এসেছেন। আমি ভাইদের সামনে বসে। মা বললেন, তুমি মেয়ের মুখের দিকে চেয়ে দেখেছ?

বাবা বললেন, মুখে কি হয়েছে?

– এই জন্য বলে, পুরুষ মানুষের কাছে অর্থ ছাড়া কোনও দিকে লক্ষ্য থাকে না। মেয়ের যে বয়স হয়েছে, সে সব লক্ষ্য নেই। এখন বিয়ে না দিলে কবে দেবে?

– ঠিক বলেছ। ঘটকমশাইকে খবর দিতে হবে। ভাইদের প্রতি কর্তব্য করতে গিয়ে বিয়ের বয়স পার হতে চলেছে। যতই সংসার কর্মে ব্যস্ত থাকি না কেন, মেয়ের বয়স হলে বাবা–মায়ের চিন্তা বাড়ে।

হঠাৎ ঘটকমশাইয়ের আগমন। আরম্ভ হল দেখাদেখি। একদিন বিয়ের পিঁড়িতে বসতে হল। অপরিচিত ছেলের হাত ধরে যেতে হল শ্বশুরবাড়ি। এতদিন যারা ছিল আপনজন, তাদের ছেড়ে অন্য সংসারে প্রবেশ করলাম

গৃহিণী হয়ে। ছিলাম মেয়ে, হয়ে গেলাম রমণী। এই জন্য মেয়েদের বলে পরগাছা।

পর্ব – দ্বিতীয়

ছেলে শৈলেশ খুব ভালো। শান্ত ধীরস্থির। রেলে চাকরি করে। ভালো মাইনে পায়। দেখতেও ভালো। যদিও বয়সটা বেশি। সে তুলনায় আমার বয়স কম। যাই হোক, আমি সব দিক থেকে সুখী। বাবা ভালো ছেলের সঙ্গে বিয়ে দিয়েছেন।

শৈলেশের মনের ইচ্ছা, আমাদের সন্তানদের বিদেশে পড়ানো। সে ছেলে হোক বা মেয়ে হোক। তারা যেন উচ্চশিক্ষায় যেতে পারে।

একদিন বললাম, এদেশে পড়ে কি উচ্চশিক্ষায় যেতে পারবে না?

– সে কথা বলছি না। বিদেশে পড়লে বিভিন্ন ভাষা রপ্ত করতে পারবে। বিভিন্ন দেশ ঘুরতে পারবে।

বললাম, সেই সঙ্গে আমাদেরও ঘোরা হবে। – ঠিক বলেছ। তবে একা নয়। কত স্বপ্ন, মনে নিয়ে সংসার।

রেল কোয়ার্টারে থাকি। মাঝে মাঝে সব পরিবার মিলে পিকনিক করে থাকি। বেশ আনন্দে কেটে যায়।

সেদিন ছাদে পিকনিকের আয়োজন চলছে। সোনালি রোদ গায়ে নিয়ে সবাই কর্মে ব্যস্ত, শৈলেশ গেছে মাংস আনতে। হই হই চলছে। হঠাৎ খবর এল, বাবার শরীর খারাপ। তাড়াতাড়ি পিকনিক শেষ করে বাবাকে দেখতে চলে গেলাম।

বাবা বললেন, আমার শরীর ভালো বলছে না। আবার আমার চাকরির কর্মকাল শেষের দিকে। তাই ভাবছি দুই ছেলের বিয়ে দেব। তাদেরও বয়স হচ্ছে। ছেলে, মেয়ের বিয়ে দিয়ে সংসার জীবনে প্রবেশ করানো সব বাবা–মায়ের কর্তব্যের মধ্যে পড়ে।

মা বললেন, দুই ছেলে কেন, তিন ছেলের বিয়ে একসঙ্গে দিয়ে দাও। তোমার খরচ কমে যাবে।

মায়ের কথা শুনে সবাই হো হো করে হেসে উঠল। অবশ্য তিন ভাই চাকরি করে। কেবল ছোট ভাই ব্যবসাতে। প্রথম থেকে তার পড়াতে অনীহা। তবে ব্যবসা সমন্ধে জ্ঞান রয়েছে। লক্ষ্মী ছেলের মতো দুই ভাই বিয়ের পিঁড়িতে বসতে রাজি হয়ে গেল।

ধুমধাম করে দুই ছেলের বিয়ে দিলেন। বাবা খুব খুশি। তার পছন্দের মেয়ে ঘরে এসেছে। গ্রামের সবাই খুশি। গ্রামে বাবার খুব সুনাম। সবাই মান্য করে।

এক মাস যেতে না যেতেই দুই ভাই বৌ নিয়ে কর্মস্থলে। বাড়ি ফাঁকা। দুই ভাইয়ের ঘর তালাবন্ধ। বাবা চাকরিজীবন শেষ করে বাড়িতে এসে এই পরিবেশ দেখে বিবেকে বাধল। বড় আশা নিয়ে ছেলের বিয়ে দিয়ে ছিলেন। ঘর আলো করে থাকবে। হয়ে গেল বিপরীত। ঘরে লক্ষ্মী তুলল, কিন্তু বসার আগে উড়ে গেল।

ভাই ভাই ঠাঁই ঠাঁই। কিন্তু বাবা-মায়ের অবর্তমানে হলে মনে বাধে না। বাবা তাদের ব্যবহার সহ্য করতে পারলেন না। হৃদরোগে মারা গেলেন।

বাড়িতে মা আর দুই ছেলে। মা পেনশন পান। অতএব মাকে বোঝা হয়ে থাকতে হয় না। কাজের জন্য আশার মা আছে। মাকে শুধু রান্নাঘর সামলাতে হয়। ওই কাজটা মাকেই করতে হয়। মায়ের হাতের রান্না ছাড়া অন্য কারও হাতের রান্না পছন্দ নয়। মা ছেলেদের নিয়ে সুখে আছেন।

পর্ব – তৃতীয়

রেল কোয়ার্টার পরিপূর্ণ। সূর্য অস্ত যাওয়ার পূর্বে বাতিগুলো সব জ্বলে ওঠে। দূর থেকে দেখতে বেশ সুন্দর লাগে।

শৈলেশ বলল, কালকে অফিস ছুটি, বিকেলে মেলা দেখতে যাব।

– কোথায় মেলা বসেছে?

– নেতাজী পার্কের মাঠে। বেশ বড় মেলা।

– তুমি কোথায় শুনলে?

– অফিসে সবাই গল্প করছিল।

মেলার কথা শুনে আনন্দ হল। স্বামীর সঙ্গে ঘুরতে যাওয়া বড় আনন্দের।

যাওয়ার জন্য তৈরি হচ্ছি। সূর্যদেবতা অন্তিম গগনে রাস্তার বাতিগুলো জ্বলে গেছে। শৈলেশ তাড়া দিচ্ছে। আয়নার সামনে দাঁড়িয়ে রূপচর্চা করছি। শৈলেশ বলল, বেরিয়ে এস। দেরি হয়ে যাচ্ছে। অনেকটা পথ, রিকশাতে যেতে হবে।

নতুন সাজে এসে বললাম, কেমন লাগছে? খুব সুন্দর। হঠাৎ ফোনটা বেজে উঠল। এখন আবার কার ফোন? বিরক্তি স্বরে হ্যালো বলতেই বলল, শৈলেশ বাড়ি আছে? বললাম কিছু বলতে হবে?

বলো শৈলেশের বাবা অসুস্থ। এখনই যেন চলে আসে।

বুকের ভিতরটা কেঁপে উঠল। এ যেন অশনি সংকেত। মেলায় যাওয়া গঙ্গা প্রাপ্তি, ওই রাতে ট্রেন ধরে শ্বশুরবাড়ি, শ্বশুরমশাইয়ের সেবাযত্ন করে সুস্থ করে, দু'দিন পর চলে আসতে হল। বাবার মুখখানা দেখে ছেড়ে আসতে কষ্ট হচ্ছিল।

শৈলেশ বলল, এই সংসারে আপন বলে কেউ নেই। সবাই একা। একাই এসেছ, একাই যেতে হবে। কেউ সঙ্গী হবে না। যতদিন তোমার কাছে টাকা থাকবে, ততদিন সে তোমার নিজের লোক। টাকা শেষ, সম্পর্কও শেষ।

বললাম, তাই কখনও হয়? রক্তের টান বলে আছে তো।

তাই যদি থাকবে, তাহলে মা-বাবাকে ছেড়ে এত দূরে কেন বাস?

কর্মসূত্রে দূরে থাকা। তা ছাড়া বাড়িতে দুই ভাই আছে, ওরা মাকে দেখছে। সেদিন কথাটা বুঝতে চাইনি।

ছোট ভাইয়ের বিয়ে হয়ে গেল। মা খুব খুশি। মায়ের পছন্দ করা মেয়ে। সে চাকরি করে। টাকা আসবে ঘরে, মন তো খুশি হবেই। টাকা আসার ক্ষেত্রে সবার একমত। দু'দিন যেতে না যেতেই সে-ও বৌ নিয়ে চলল কর্মস্থলে। তিন ভাই তিন জায়গায়। বাড়িতে রয়ে গেল সবথেকে ছোটভাই লক্ষা। সে মায়ের ভক্ত। মা অন্ত প্রাণ। অবশ্য তার ব্যবসা। অতএব তাকে বাড়িতে থাকতে হবে মায়ের সঙ্গে। মা-ছেলের সংসার। মা আনন্দে রয়েছে। আমরাও চিন্তামুক্ত।

একদিন মা বলল, জানিস জানকী, আমার লক্ষা বলছিল শহরে দোকান করবে।

সে তো ভালো কথা। লক্ষা ব্যবসা ভালো বোঝে। তবে দু'দিক সামলাবে কেমন করে? বাড়ি থেকে অনেকটা পথ শহর।

লক্ষা বলেছে কর্মচারী রাখবে।

মায়ের মন বড় আনন্দিত। ছেলে শহরে দোকান খুলবে, খুব খুশি।

সব মা-ই চান সন্তান উন্নতি করুক। তারা যেন সুখে শান্তিতে থাকে।

বললাম, বাড়ি থেকে যাতায়াত করতে অসুবিধে হবে না?

– বলেছে কোনও অসুবিধে হবে না। সবসময় গাড়ি। শৈলেশ বলল, সরে যাওয়ার রাস্তা করছে।

কথাটা কানে বাধল। রাগে দু'কথা শুনিয়ে দিলাম। বলল, কথাটা বিশ্বাস হল না, পরে মনে পড়বে।

বললাম, ভাইয়ের একমাত্র উপার্জন এই ব্যবসা। ব্যবসা ছেড়ে কোথায় যাবে? তা ছাড়া বিয়ের বয়স পার হতে চলল। একা গিয়ে কোথায় থাকবে, কী খাবে? তাকে রাগে কটু কথা বলে ফেললাম। হাসিখুশি মুখটা গম্ভীর হয়ে গেল।

পর্ব – চতুর্থ

সেদিন অফিস থেকে বলল, তুমি তৈরি থেকো।

– কেন? কোথায় যাবে?

– এক সহকর্মীর ছেলের অন্নপ্রাশন।

শুনে চোখে জল এল। আমি এমন নারী, যে সংসারে হাসি ফোটাতে পারলাম না। কত দেবতার স্থানে মানত করলাম। কিন্তু মা হতে পারলাম না। নারী-সমাজের কলঙ্ক। তুমি আমাকে ক্ষমা করো।

বলল, আমার কথা শুনে দুঃখ পেলে? তোমার কোনও দোষ নেই। সব ভগবানের খেলা। তুমি তৈরি থেকো।

সে মনের কষ্ট চেপে রেখে সান্ত্বনা দিয়ে যায়। সে কখনও বুঝতে দেয় না তার মনের কষ্ট। সবসময় হেসে–খেলে সংসার করে গেছে। ঘরের মধ্যে গিয়ে দেখি টেবিলটা অগোছালো হয়ে রয়েছে। এত বলি অফিসের কাগজপত্রগুলো ভালো করে রেখ। শুনবে না। তারই বা সময় কোথায়? ঘুম থেকে উঠে নাকেমুখে দিয়ে ৮টার লালগোলা প্যাসেঞ্জার ধরে অফিসে। ফেরে সেই ৬টার পর। বড় অফিসারের বড় দায়িত্ব।

হঠাৎ ফোনটা বেজে উঠল। দেখি মায়ের ফোন। বুকটা কেঁপে উঠল। এই সময় মায়ের ফোন? কোনও বিপদ হল?

হ্যালো বলতেই মা বলল, লক্ষা বিয়ে করেছে।

– তাই, কোথায় হল? তোমাকে জানিয়ে করেছে?

– না রে, জানকী, হঠাৎ বৌ নিয়ে হাজির! তবে বৌমা চাকরি করে।

– কোথায় অফিস?

– বাড়ি থেকে অনেকটা পথ। বলছে বাড়ি থেকে অফিস করা যাবে।

– ভাই ভালো করেছে। পরিবারে একটা চাকরি থাকা প্রয়োজন। বল বৌ কেমন হয়েছে?

– ভালো না, গায়ের রঙ কালো।

– তোমার রূপ দেখে লাভ নেই। সংসার করবে সে। ব্যবহার ভালো করলেই হল।

– তুই একবার আয়, নতুন বৌকে দেখে যা।

– যাব বললেই যাওয়া যাবে না। তোমার জামাইয়ের ছুটির ব্যাপার আছে। সব ব্যবস্থা হলে যাওয়া।

–হ্যাঁ রে, জামাই বাবাজীবন কেমন আছে? অনেকদিন দেখা নেই।

– ভালো আছে। বাড়ি আসুক, কথা বলে দেখি, যদি যাওয়া হয় জানিয়ে দেব।

– তোর জন্য চিন্তা হয় মা।

– কী করব বল, সব তার ইচ্ছা।

– শৈলেশ এই নিয়ে তোর সঙ্গে অশান্তি করে না?

– না মা। যত কষ্ট হোক, মুখ ফুটে বলে না। মুখ ভার দেখলে আমাকে সান্ত্বনা দেয়।

– সে বড় ভালো ছেলে। জামাইকে বলিস মা

বলেছে।

– ঠিক আছে।

– এখন রাখছি। ভালো থাকিস।

কথাটা শুনে শৈলেশ বলল, এই তো বিভাজনের পথ শুরু। সত্যি তাই ঘটল। দুদিন যেতে না যেতে ভাই বাড়ি আসা বন্ধ করে দিল। বাড়িতে মা একা। যে বাড়ি সবসময় জমজমাট থাকত, আজ সেই বাড়ি জনমানবশূন্য, নিঃস্তব্ধ। অবশ্য সারাদিন আশার মা থাকে। সে–ই এখন মায়ের ভরসা।

সেদিন তার কথাটা না বুঝে শুধু ঝগড়া করেছিলাম। আজ শুধু চোখের জল ফেলা ছাড়া কিছু নেই।

সেদিন শৈলেশ বাড়ি এসে কাগজে মোড়ানো একটা প্যাকেট হাতে দিয়ে বলল, ভালো করে রেখে দাও।

– কি আছে এই প্যাকেটে?

– পরে বলব, ভালো করে রাখো। আলমারিতে রেখে চা করতে বসেছি। দু'জনে গল্পে বিভোর, প্যাকেটের কথা ভুলে গেছি। সকালে বলল, আজ তোমাকে ব্যাঙ্কে যেতে হবে।

– কেন? ব্যাঙ্কে কি আছে?

– তাড়াতাড়ি তৈরি হয়ে নাও। ব্যাঙ্কের কাজ শেষ করে, আমাকে অফিস যেতে হবে। – আমাকেও যেতে হবে?

– না, না, তুমি রিকশা করে বাড়ি চলে যাবে। সারাদিন ঘরের মধ্যে একা। একটু সময় হলেও স্বামীর সঙ্গী হব। আয়নার সামনে বসে সাজগোজ করছি। বলল, তাড়াতাড়ি করো। তোমার সঙ্গে যাব, একটু সেজে না গেলে লোকে কী বলবে?

– তুমি আমার সঙ্গে যাবে, লোকের বলার কী আছে?

– বলবে শৈলেশ বৌকে ভালো চোখে দেখে না। প্রসাধন সামগ্রী কিনে দেয় না। একেবারে কাজে মেয়ের মতো রাখে। কেউ বলবে ভদ্রলোক খুব কৃপণ। কেউ বলবে মা হতে পারে নি বলে ভালো চোখে দেখে না। স্বামীর নিন্দা শোনা পাপ।

গালটা টিপে দিয়ে বলল, খুব হয়েছে, চল আমার দেরি হয়ে যাবে। অবশ্য অফিসে বলে এসেছি।

বের হব, বলল প্যাকেটটা নিয়েছ?

– না, কি আছে প্যাকেটে?

– টাকা।

– এত টাকা কোথায় পেলে?

– পি এফ থেকে লোন নিয়েছি।

– কেন, লোন নিতে গেলে?

– তোমার ভবিষ্যতের কথা ভেবে।

– আমার ভবিষ্যৎ তুমি, টাকা কী করবে?

– পরে বুঝবে।

– ব্যাঙ্কে আমার নামে এফ ডি করে দিয়ে বলল, রিকশা ধরে চলে যাও।

– টাকার আনন্দে খুশি মনে রিকশা করে বাড়ি। রিকশা থেকে নেমে দেখছি মা বসে।

বললাম কখন এলে?

– আধঘণ্টা হবে।

– না বলে এসেছ কেন? বললে, তোমার জামাই গিয়ে নিয়ে আসত। এতটা পথ ট্রেনে, তা–ও আবার একা। লক্ষ্মাকে বললেই রেখে যেত।

– এখন আর সেই লক্ষ্মা নেই রে, বৌয়ের কথায় চলে।

– সবাই সেই ভাবে চলে। ওসব কথা বলে লাভ নেই। এখন বিশ্রাম নাও, পরে সব শুনব।

শৈলেশকে বললাম মা এসেছেন, আসার সময় বাজার করে এস। ও হ্যাঁ, মিষ্টি নিয়ে এস, মা খেতে ভালোবাসেন। কাটা মাছ পেলে নিও।

একসঙ্গে তিনজনে চায়ের টেবিলে।

শৈলেশ বলল, একা এসেছেন কেন?

– কার সঙ্গে আসব?

– কেন? লক্ষা পৌঁছে দেবে।

– সে এখন আগের লক্ষা নেই। আমার দুর্দিনে কে দেখবে? কার কাছে থাকব?

– কেন ছেলের কাছে থাকবেন। সব ছেলে স্বাবলম্বী।

– কেউ দায়িত্ব নেবে না।

বললাম, সেকি বলছ? মা বলে কথা। ও তোমার মনের ধারণা।

– না রে মা, আমি যা বলছি সব সত্যি।

মাকে বললাম, সব ভাইদের নিয়ে বসব। এখন ক'দিনএখানে থাকো।

– না রে, থাকা হবে না। তোকে কথাটা জানাতে এসেছি। বাড়ি ফেলে থাকা হবে না। – কেন? তোমার সঙ্গী, আশার মা রয়েছে। – তার শরীর ভালো না। আমি গেলে সে মেয়ের বাড়ি যাবে।

পর্ব – পঞ্চম

একদিন সব ভাইদের বসিয়ে বললাম, মা এখন একা। এই অবস্থায় মাকে একা রাখা যাবে না। তোরা যে কেউ একজন দায়িত্ব নে। মা যা পাবে, তা দিয়ে মায়ের চলে যাবে, শুধু একটু সেবাযত্ন।

সব ভাই চুপ। মুখে কোনও কথা নেই। ভাবগতি খারাপ। একা কেউ দায়িত্ব নিতে চাইল না। শেষে ভাগে আসতে হল। তিন মাস করে ভাগে পড়ল। মা ভাগ হয়ে গেল।

শৈলেশ আক্ষেপ করে বলল, এই সংসারে কেউ আপন নয়। সবাই স্বার্থে চলে। মাঝে মাঝে পেপারে দেখি মা ভাগ, বাবা ভাগ। এবার স্বচোখে দেখছি।

শৈলেশ বলল, মায়ের ভালোই হল। এ-বাড়ি তিন মাস। ও-বাড়ি তিন মাস। এ এক ধরনের ভ্রমণ বলা যায়।

বেশ কিছুদিন যেতে না যেতেই মায়ের ফোন। ফোনটা কানে ধরতেই বলল, খুব কষ্টে আছি রে মা।

– কেন? ভাইয়েরা কিছু বলেছে?

– দু'দিন ধরে শরীরটা খুব খারাপ করছে। ডাক্তার দেখাতে বলছি, সময় নেই বলে চলে যাচ্ছে। বয়সের সঙ্গে রোগ বাসা বেঁধেছে।

– ভাইকে ফোনটা দাও, কথা বলি।

সেখানেও টাকার খেলা। বললাম, তোদের টাকা খরচ করতে হবে না। মায়ের টাকা থেকে খরচ কর। একটু সময় দে। মায়ের কথা শুনে মন ভালো নেই। অফিস থেকে বাড়ি ফিরছে, তারও মুখ ভার।

– অফিসে ঝগড়া করে বাড়ি ঢুকছ?

– না গো, অফিসের একজন মারা গেছে। সবে অবসর নিয়েছে। সুখভোগ কপালে নেই।

– এই মরণ ভালো। নিজে কষ্ট পেল না, কাউকে কষ্ট দিল না।

– বলল, আমিও এই ভাবে যাব।

– মুখটা চেপে ধরে বললাম, আর কোনওদিন বলবে না। তুমি চলে গেলে আমার কি হবে?

সেদিন বিয়ের তারিখ। বললাম, আজ রান্নাঘর বন্ধ, সারাদিন বাইরে কাটাব। সে আমাকে সন্তুষ্ট রাখার জন্য আপত্তি করল না। সারাদিন ঘুরে, রাতের খাবার নিয়ে বাড়ি। শৈলেশ বলল, দিনটা ভালোই কাটল।

– ফ্রেশ হয়ে এস, খাবার দিচ্ছি।

– তুমি খেয়ে নাও, শরীর কেমন করছে। পরে খাব, ঢেকে রাখ।

– কোনওদিন একা খেয়েছি?

খাওয়া শেষে বললাম, অনেক ধকল গেছে, বিশ্রামের প্রয়োজন। হাতমুখ ধুয়ে বিছানায় যাও, পরে মশারী খাটিয়ে দিচ্ছি।

খাওয়া শেষে বেসিনে গেছে হাত ধুতে। জানকী, বলে ডাক দিয়ে পড়ে গেল। কাছে যেতে না যেতেই শেষ। একা হয়ে গেলাম। টাকার অভাব নেই, কিন্তু দেখার কেউ নেই।

পর্ব – ষষ্ঠ

একা বেশ ভালোই আছি। রাতের আহার শেষে বিছানায়। মাকে ফোন করব। ফোনটা হাতে নিতেই টিং টিং করে বেজে উঠল। কানে ধরতেই বলল, দিদি, মা আর নেই। চোখে জল, একে একে সব চলে যাচ্ছে। মায়ের ভাগে থাকা সম্পত্তি, কিন্তু ভাইদের মধ্যে বিবাদ। মায়ের রেখে যাওয়া সম্পদ নিয়ে, নিজে দাঁড়িয়ে থেকে সবকিছু চার ভাইকে ভাগ করে দিলাম। লক্ষা বলল, দিদি তোর ভাগ নিলি না?

– আমি কি করব? অসময়ে দেখিস, তাহলেই হবে। তাদের কথা শুনে মনে হল দিদি অন্ত প্রাণ।

একাকীত্ব জীবন। ভগবান বড় নিষ্ঠুর। একটা সন্তান দিতে পারত। নিজের বলে কেউ নেই, সেই ভাইদের ওপর নির্ভর।

চলে গেলাম শ্বশুরবাড়ি। সেখানেও একা। ঘরগুলো পথিকের অপেক্ষায়। ঠিক করলাম শেষ জীবনটা এখানে কাটাব।

একা ভালোই আছি, বাধ সাধল শরীর। একটা মেয়ে রাখতে বাধ্য হলাম। বেশ লেখাপড়া জানা। মাঝে মাঝে ইংরেজি শব্দ ব্যবহার করে, তবে সে বিবাহিতা। কাজে ভালো, ব্যবহার ভালো কিন্তু তার চোখ অন্য কথা বলে। সন্দেহ হয়, তবুও লোক রাখতে হবে। আজ মাজার ব্যথা, তো কাল হাঁটুর ব্যথা। অন্যের ওপর নির্ভরশীল।

ওকে বললাম, তোর কিছু দরকার হলে বলবি। কোনও কথা বলল না।

একদিন সঙ্গী নিয়ে হাজির। বললাম, ছেলেটা কে? বলল, আমার স্বামী। তার চোখ অন্য কথা বলছে। মনে হল সে মিথ্যে বলছে। মাথার

ওপরে টিকটিকিটা ডেকে উঠল। এটা কি বিপদের সঙ্কেত? সেই রাতে ঘুমোতে পারিনি। মন অস্থির হয়ে উঠল, পরের দিন কাজ শেষে বললাম, কাল থেকে তোকে ক'দিন কাজে আসতে হবে না।

– কেন? কোথাও যাবেন?

– ভাইয়ের বাড়ি যাব।

– কবে ফিরবেন?

– ঠিক নেই, তোকে খবর দেব।

উঠলাম মেজো ভাইয়ের বাড়ি। ভাই বলে কথা। সব খরচ আমার। বৌয়ের মুখ ভার। দু'দিন পর ছোট ভাইয়ের কথা উঠতেই ট্রেনে তুলে দেবার অপেক্ষায়। তাদের মতিগতি দেখে বললাম ট্রেনে তুলে দিতে।

ট্রেনে বসেছি। মাথার যন্ত্রণা আরম্ভ হল। বয়স হলে যা হয়, উঠলাম ভাইয়ের কাছে। যন্ত্রণার কথা বলতেই ডাক্তার দেখিয়ে আনল। কিছু পরীক্ষা দিল।

রিপোর্ট দেখে ডাক্তারবাবু বললেন, ব্যয়সাপেক্ষ। কাছে যে টাকা ছিল, সব শেষ। ভরসা সেই গচ্ছিত টাকা। ব্যাঙ্কে যেতে হবে, শরীর ভার বইতে পারছে না। সই করে দেব, তা–ও পারছি না, হাত কাঁপছে।

বললাম, ভাই তোর টাকা দিয়ে ওষুধ নিয়ে আয়। সেখানেও বাদ সাধছে ভাগ। বললাম, ভাই আমার যা আছে সব তোদের। বৌয়ের চোখ অন্য বলল। ভাইয়ের মুখে কথা নেই। ওষুধ নিয়ে আয়, খুব যন্ত্রণা হচ্ছে ভাই।

বৌ বলল, এখন সব খরচ ও করবে। আর পরে ভাগ হলে সবাই সমান পাবে। কেউ এক পয়সা ছাড়বে না। কথাটা সত্যি। সবাই চেয়ে রয়েছে, মৃত্যুর অপেক্ষায়। মাথার যন্ত্রণা নিয়ে ঘরের এক কোণে।

তার কথাই সত্যি। এসেছ একা, যাবে একা।

সঙ্গী কেউ হবে না। শেষ যাত্রায় আপন বলে কেউ থাকবে না। নিজের মনে প্রশ্ন কে আপন? সব থাকতেও একা। ❑

কালো বিড়াল

পর্ব – প্রথম

প্রতিদিন, সকাল আটটায় বাস স্টপেজে। তারপর বাসে প্রায় দেড়ঘণ্টা পথ অতিক্রম করে অফিসে। আবার ৫টার বাস ধরে বাড়ি ফিরতে প্রায় সন্ধ্যা ৭টা বেজে যায়। নিত্যদিনের ঘটনা।

সাতাশ বছর বয়সী যুবক। প্রায় ৬ ফুট লম্বা। সুঠাম দেহী। রঙ যেন দুধে আলতায় মেশানো। যৌবন ফুটে বেরছে। সুন্দর যুবকের তকমা দেওয়া যেতেই পারে। তবে কথা কম বলে, মুখে সব সময় হাসি। এবং কাজে ব্যস্ত থাকতে ভালোবাসে।

তাঁর জন্য লবাকে সবার আগে অফিসে আসতে হয়। ওর কাছে যে অফিসের চাবি থাকে। বাবু আসার আগে লবাকে ঘর খুলে পরিষ্কার করে রাখতে হয়।

লবা জিজ্ঞেস করল স্যার আপনি বাড়ি থেকে কখন বের হন?

– সকাল ৭টায়।

– রিকশা করে না বাইকে?

– না, অনেকটা পথ। সাইকেলে এসে, সাইকেলটা গ্যারেজে রেখে বাসে।

– অত সকালে উঠে বৌদির রান্না করে দিতে খুব কষ্ট হয়। শীতের দিনে খুবই কষ্ট।

– মা রান্না করে। মায়ের হাতের রান্নার স্বাদ আলাদা।

– বৌদি ভোরে উঠতে পারে না?

– বিয়ে করিনি।

– কেন স্যার?

– সে অনেক কথা। বয়স তো অর্ধেক পার করে দিলাম। আর সঙ্গী ধরব না। এই বেশ ভালো আছি। পিছন ফিরে দেখতে হয় না।

– বাড়িতে কে কে আছেন?

– বাবা–মা আর ছোট বোন।

– বোন কি করে?

– কলেজে পড়ে।

– তাহলে আপনার অনেক দায়িত্ব।

– দায়িত্ব, কর্তব্য যা–ই বল না, আমার বেশ ভালো লাগে। বাড়ি পৌঁছে বোনের সঙ্গে ঝগড়া, তারপর মায়ের বকা, কিছুটা সময় জমে থাকে।

– মা এখনও বকেন?

– মায়ের বকা বড় মধুর। মা যখন গায়ে হাত দিয়ে আদর করে, মনে হয় যেন স্বর্গসুখ নেমে এসেছে, এক শান্তির জগতে রয়েছি।

– আমার মা নেই, মায়ের আদর কেমন জানি না। আমি সৎমায়ের কাছে বড় হয়েছি। অবশ্য সৎমা ভালোবাসে।

– তোর সঙ্গে কথা বলাও হল, আমার কাজটাও শেষ হল। ফাইলটা সাহেবকে দিয়ে আয়।

ইনি অফিসের বড়বাবু, নাম রাজীব মহাপাত্র। স্যারের অনেক গুণ। হাতের লেখা একেবারে টাইপের মতো। লেখার কাজ সব রাজীববাবু করেন। ভালো ছবি আঁকেন। অফিসে কোনও অনুষ্ঠান হলে সাজানোর দায়িত্ব তাঁর। সবার প্রিয়, কেবল এক জায়গায় দুর্বল— মাইকের সামনে দাঁড়াতে চান না।

এইতো সেদিন বেচুবাবুর ফেয়ারওয়েল ছিল। তাঁকে বলতে ডাকা হল, না করে দিলেন।

তাঁর কোনও নেশা নেই, তবে মাঝে মাঝে পান চিবোতেন। সাহেব খুব ভালোবাসেন। সাহেব তাঁর পরামর্শ নিতেন। এক কথায়, অফিসের প্রিয় স্যর।

স্বপন বলল, হ্যাঁ রে লবা, তুই তো রাজীব স্যারের সঙ্গে বসে গল্প করিস।

জিজ্ঞেস করিস তো, সব সময় কালো চশমা পরে থাকেন কেন? কোনও সময় চশমা খুলতে দেখি না।

– অফিসের বড়বাবু, তাঁকে কি আমার মত কর্মচারীর প্রশ্ন করা উচিত?

– গল্পের মাধ্যমে জেনে নিবি।

– তা হয় না। যদি কোনওদিন নিজে থেকে বলেন তবে জানতে পারব। সম্মানীয় ব্যক্তিকে সম্মান দেওয়া উচিত।

– এত সুন্দর দেখতে, কিন্তু কোনওদিন তাঁর চোখ দেখা যায়নি। সবার মনে প্রশ্ন, কিন্তু উত্তর জানা নেই।

পর্ব – দ্বিতীয়

এই লবার সঙ্গে সকলের কথা হয়। সব টেবিলের সঙ্গে যোগাযোগ, তাই বলে কারও ব্যক্তিগত ব্যাপারে নাক গলায় না। সে কাজে ব্যস্ত থাকে। সে যে অফিসের পিওন।

সেদিন অফিস ছুটি হয় আধঘণ্টা আগে। সবাই ব্যস্ত বাড়ি ফেরার জন্য।

রাজীব স্যার বললেন, লবকান্ত, একটু সঙ্গে যেতে পারবে?

–কোথায় যাবেন?

– বাজারে কয়েকটা জিনিস নিতে হবে। মা রোজ বলেন। আজ যখন সময় পেয়েছি, কাজটা সেরে নিই।

বড়বাবুর কথা অমান্য করতে পারল না। অফিস বন্ধ করে বাবুর সঙ্গে।

বললেন, চল খাবারের দোকানে। কিছু পেটে দিয়ে বাজারে যাব।

দুজনে টিফিন করে মুখ ধুতে বেসিনে। চোখ পড়ল স্যারের দিকে। চশম চোখে মুখ ধুলেন।

লবার মনে প্রশ্ন, চোখ কি বাবুর সৌন্দর্যের প্রতিবন্ধকতা? জানার জন্য মন চাইছে, কিন্তু বলবে কী করে? তিনি যে বড় অফিসার। তাছাড়া, রাজীব স্যার কারও ব্যক্তিগত ব্যাপারে কথা বলেন না।

শহরের বাতিগুলো সব জ্বলে গেছে। বাজার করে স্ট্যান্ডে দাঁড়িয়ে বাসের অপেক্ষায়। বাসস্ট্যান্ড রঙিন সাজে সেজেছে। ব্যস্ত চোখ শহর দেখতে উদগ্রীব।

স্যর বললেন, বাস আসতে দেরি আছে। তুমি চলে যাও।

– আপনাকে বাসে তুলে দিয়ে যাব।

তাঁর মনে হল পিওন হলেও কর্তব্যবোধ আছে। বাসে উঠে তার হাতে কিছু টাকা দিয়ে বললেন, রিকশা করে চলে যেও। টাকা হাতে লবার মনে হল কাজটা কি ঠিক হল? এই চিন্তা নিয়ে সে বাড়ি গেল।

সবে অফিস খুলেছে। শচীন বলল, গতকাল বাবুর সঙ্গে বাজারে গেলি, পেটে কিছু দিয়েছিস?

সেই সময় রাজীববাবু অফিসে। সবার মুখ বন্ধ যতক্ষণ পর্যন্ত ওর কথার জবাব পাচ্ছে না, মন শান্ত হবে না।

কিন্তু লবার মন চঞ্চল, জবাব দিতে পারছে না। ভালো লোক সম্বন্ধে ব্যঙ্গ করা ভালো নয়।

স্যর বললেন, কি কথা হচ্ছিল? আমায় দেখে বন্ধ লবা বলল, আমাদের কথা, আপনার মত লোকদের শুনতে নেই।

– তোমরাও আমাদের মতো। নিজেকে কখনও ছোট ভাববে না।

লবা বলল, স্যর, অনেকদিন ধরে মনের মধ্যে একটা প্রশ্ন তোলপাড় করছে, কিন্তু জিজ্ঞেস করার সাহস হচ্ছে না।

– এত মনে সংশয় কেন? কি জানতে চাইছ?

– আপনি দেখতে খুব সুন্দর, কালো চশমা সৌন্দর্য আরও বাড়িয়ে দিয়েছে।

– তবুও তোমাদের প্রশ্নটা কি?

– আপনি সবসময় কালো চশমা দিয়ে চোখ দুটো ঢেকে রাখেন কেন?

– কালো চশমার রহস্য জানতে চাও, এটাই তোমাদের মনের কৌতূহল? কালো চশমা পরার কারণ জানলে একটু আগে যে কথা বললে, চশমা খুললে মুখ ঘুরিয়ে বিরূপ মন্তব্য করবে। এক সময় বলব ক্ষণ।

টিফিন আওয়ার। সবাই একসঙ্গে। লবা কেটলি হাতে কলপাড়ে। এই সময়টুকু অফিসের সবাই একত্রিত হয়। কত রকম কথা উঠে আসে। আসা-যাওয়ার পথে নানা রকমের ঘটনার সাক্ষী হতে হয়। সেই সব ঘটনা নানাভাবে পরিবেশিত হয়। সারাদিনের ক্লান্তির কিছুটা লাঘব হয়। মনের মধ্যে জমে থাকা কথাগুলোর বহিঃপ্রকাশ ঘটে।

লবা সাবাইকে চা দিয়ে বলল, বলুন স্যর, কালো চশমার রহস্য।

পর্ব – তৃতীয়

ছোটবেলায় মা বলতেন, খোকা, রাস্তা দিয়ে চলার সময় কালো বিড়াল সামনে পড়লে একটু দাঁড়িয়ে যাবি।

– কেন মা? দাঁড়াতে হবে কেন?

– কালো বিড়াল অশুভ। তাছাড়া কামড়ালে ১৪টা ইঞ্জেকশন নিতে হবে।

মায়ের কথামতো এই প্রাণী থেকে দূরে থাকি। এভাবে প্রাথমিক শেষ করে হাই স্কুলে। আমরা দল বেধে স্কুলে যাই।

সেদিন স্কুল যাওয়ার পথে একটা কালো বিড়াল সামনে দিয়ে রাস্তা পার হয়ে গেল। সেই সময় এক ভদ্রলোক সাইকেলে যাচ্ছিলেন। তিনি সাইকেল থেকে নেমে একটু অপেক্ষা করে গেলেন। বাড়ি গিয়ে মাকে ঘটনাটা বলি।

মা বললেন, কালো বিড়াল অশুভ শক্তি বহনকারী।

সেই থেকে এই প্রাণীটিকে এড়িয়ে চলি।

স্কুলজীবন পার হয়ে গেল। তখন সংসারে অভাব। গৃহকর্তার কাজ নেই। সংসারে অশান্তি। মনে হল এখানেই পড়ার সমাপ্তি। যে কোনও কাজে

ঢুকতে হবে। কিন্তু মায়ের ইচ্ছা, আমাকে পড়তে হবে। শেষে অভাবকে সঙ্গী করে কলেজে ভর্তি হলাম।

কলেজজীবন বড় আনন্দের। শরীরে বইছে যৌবনের তরঙ্গ। অভাবের মধ্যেও আনন্দের চোরা স্রোত বয়ে চলেছে। অনেক মেয়ে আমার সান্নিধ্যে আসতে আগ্রহী। আমি তাদের থেকে দূরে থাকি। টিফিনের ঘণ্টা বাজার সঙ্গে সঙ্গে জোড়া জোড়া গাছের গোড়ায়। শুশীতল ছায়াতলে যুগলে। এই দৃশ্য আমাকে তাড়া করত। কিন্তু সংসারের কথা ভেবে নিজেকে গুটিয়ে রাখতাম। ক্লাসরুমে বসে বই পড়ে সময় পার করে দিতাম। ক্লাসরুমে বসে বই পড়ছি, সুদীপা এসে পাশে বসল। বলল, কি পড়ছিস?

– বললাম দেখতেই পাচ্ছিস।

– তোর বন্ধুরা গল্পে বিভোর, আর তুই একা ঘরে বসে। ভালো দেখাচ্ছে না। সে পাশে এসে বসল। আমি একটু সরে গেলাম।

সে-ও সরে এল। কী মেয়ে রে বাবা? দূরে থাকবে, তা না একেবারে গা ঘেঁষে বসছে। লজ্জা সরম বলে কিছু নেই।

বললাম, একটু সরে বস।

– আমাকে পছন্দ হচ্ছে না?

কোনও কথা না বলে উঠে গেলাম। সে আমার মুখের দিকে চেয়ে রয়েছে।

সুদীপা আমার থেকে প্রায় ৬ ইঞ্চি ছোট হবে, তবে বেশ মোটা। প্রায় নব্বইয়ের ঘর পার করে দেবে।

লবা বলল, বেশ মোটাসোটা।

– মোটা বললে হবে না, বেজায় মোটা, একটা রিকশা ওর একারই লাগবে। কিন্তু মুখশ্রী খুব সুন্দর, একেবারে সাহেবদের মতো। ওর সংস্পর্শ থেকে দূরে থাকার চেষ্টা করি, কিন্তু সে পিছন ছাড়ে না। এই ভাবে চলছে। তবে আমি ভালো চোখে দেখি না।

মা বললেন, খোকা তোর মামা আসবে। শুনে খুব আনন্দ।

– কবে আসবেন?

– রবিবার আসবে বলেছে।

কথায় আছে 'মামা ভাগ্নে, না ছাড়ে আগ্নে'। মামা আসবে, সকালে বাজার করতে গেছি। মামার জন্য আমাদেরও খাওয়ার মান বাড়বে। আসার অপেক্ষায়।

তখন বেলা দশটা হবে। মামার সঙ্গে এক ভদ্রলোক এলেন। অতিথি নারায়ণ। লৌকিকতার কোনও ঘাটতি থাকল না।

মামা বললেন, দিদি ভাগ্নের বিয়ের জন্য মেয়ের বাবা এসেছেন। মেয়ে দেখতে ভালো।

মা বললেন, খোকার এখনও পড়া শেষ হয়নি। নিজের পায়ে দাঁড়াক, তারপর বিয়ের কথা।

– সে কথা বলে রাখলেই হবে। যোগাযোগ করলে কি অসুবিধা হবে?

সেই সময় আমি বাড়ি ঢুকছি। সঙ্গে সঙ্গে কথা বন্ধ। মামা বললেন, ভাগ্নে পড়াশোনা কেমন চলছে?

– সামনের বছরটা পার করতে পারলে মুক্তি।

– যতদিন কোনও কাজে নিয়োগ হতে পারছ না, ততদিন মনে শান্তি থাকবে না।

– সে কথা ঠিক। দেখি ভাগ্যে কী লেখা আছে? চেষ্টা করে যেতে হবে।

মা বললেন, তোর মামা এসেছে তোর বিয়ের ব্যাপারে।

– এখন এই সব কথা না বলাই ভালো। পড়া শেষ করে, কোনও কাজের ব্যবস্থা করে বিয়ের কথা ভাবব। এখন ওসব বন্ধ রাখো।

মামা অনেক লোভ দেখিয়েছিলেন, কিন্তু আমি লাইনচ্যুত হইনি।

এই বিয়ে নিয়ে মামার সঙ্গে সম্পর্কের অবনতি। মা–ও আমার প্রতি রুষ্ট।

মা বললেন, তোর মামা বড় আশা নিয়ে এসেছিলেন। একবার দেখে আসলে পারতিস। বিয়ে করা বা না করা, দু'কুলই বজায় থাকত।

– যেখানে সম্পর্ক হবে না, সেখানে গিয়ে অভিনয় করে আসা ঠিক নয়। এই নিয়ে তিক্ততা আরম্ভ হল।

পর্ব – চতুর্থ

কলেজে নবীন বরণ অনুষ্ঠান সূচিতে আমার নাম রয়েছে আবৃত্তিতে। স্টেজের পিছনে ফেস্টুন সাঁটা। লেখা রয়েছে, পরিচালনায় সুদীপা মৈত্র। মন বলছে ও আবার পরিচালনা কী করবে? শরীর নিয়ে ঠিকমতো চলতে পারে না, সে করবে পরিচালনা। প্রশ্ন যাই থাক, নাম যখন রয়েছে, নিশ্চয় সে করবে।

মঞ্চে সুদীপার সঙ্গে কথা হল।

মনের আড়ষ্টতা কেটে গেল। আরম্ভ হল অনুষ্ঠান। সুদীপার পরিচালনা সকলকে মুগ্ধ করে দিল। এই শরীর নিয়ে অভিনয় করে পরিচালনা, প্রশংসা পাওয়ারই যোগ্য। সত্যি মনে রাখার মতো। ওই দিনটা আমার জীবনের মোড় ঘুরিয়ে দিল। বাড়ি এসে তার মুখের ভাষাগুলি বার বার মনে পড়ছে। তার পরিচালনা বুঝিয়ে দিয়েছে তারও অনেক গুণ রয়েছে, যা সবার মধ্যে নেই। তার মাইক্রোফোন হাতে মধুমাখা মুখের ছবি মনকে চঞ্চল করে তুলল।

কলেজে গেছি, চোখ সুদীপাকে খুঁজছে। কিন্তু তার দেখা নেই। রমন বলল, মেয়েটি ভালো পরিচালনা করেছে। ওই শরীর নিয়ে সুষ্ঠুভাবে অনুষ্ঠান শেষ করল, বলতে হবে মেয়েটার ট্যালেন্ট আছে।

প্রায় তিন ঘণ্টার অনুষ্ঠানে এতটুকু শব্দ নেই, সবাই চুপ করে বসে।

– যা–ই বল, মেয়েটার গুণ আছে, একটু মোটা তাই। কিন্তু কর্মঠ।

তার প্রতি আকর্ষণ বেড়ে গেল। তার সঙ্গে কথা বলার জন্য মন ছটফট করছে। মনের ইচ্ছা প্রথম দেখায় অভিনন্দন জানাব। চোখ এদিক–ওদিক করছে। কিন্তু তা আর হল না। সে কলেজে আসল না।

রমন বলল, সুদীপার বাড়ি কোথায়?

– আমার জানা নেই।

– তোর সঙ্গে কথা বলতে দেখেছি।

– দু'দিন কথা হয়েছে, তবে পারিবারিক নয়। তার অনুপস্থিতি তাকে কাছে পাওয়ার আগ্রহ বাড়িয়ে দিল। আরম্ভ হল ঘনিষ্ঠতা।

সেদিন পরীক্ষা শেষে দু'জনে নদীর পাড়ে বসে। দু'জনের চোখ বলছে কাছে পেতে। বলল, আমার মা বাঙালী, বাবা ইউরোপীয়ান। আমার জন্ম এখানে।

– বিদেশির সঙ্গে তোমার মায়ের পরিচয় কীভাবে?

– মন্দিরে। তখন মা সকাল–সন্ধ্যা মন্দির পরিষ্কার করত। সেখানেই প্রেম। তারপর বিয়ে। মাস খানেক এখানে থাকার পর বাবা দেশে চলে যান।

– তোমার বাবা এখানে আসেন না?

– না, আমি বাবাকে দেখিনি। তবে মাসে মাসে টাকা পাঠাতেন।

– টাকা দেওয়া ছাড়া কি আর কোনও কর্তব্য ছিল না? কেমন ভদ্রলোক।

– বাবাকে দোষী করো না। বাবা বিরাট চাপে ছিলেন। সেখানে তাঁর পরিবার ছিল। সেই কারণে আসতে পারেননি।

– যা–ই বল, বাবা হিসেবে অকৃতজ্ঞ। এখন যোগাযোগ আছে?

– আর কোনও সম্পর্ক নেই। কোথায় আছেন, কী করছেন, সব অজানা।

– তোমার মা কোথায়?

– মা এখানে, তবে শয্যাশায়ী।

– চলে কীভাবে?

– আমি পার্ট টাইম জব করি। সেই জন্য মাঝে মাঝে কলেজে আসতে পারি না।

তার কথাগুলি বিবেকে দংশন করল। মন বলল, এই অসহায় মেয়েদের পাশে দাঁড়ানো উচিত। সেদিন থেকে সম্পর্ক গাঢ় হতে থাকল।

– একদিন সুদীপাকে বললাম, চলো আমার বাড়ি।

– সে হবে ক্ষণ। আজ তাড়াতাড়ি বাড়ি যেতে হবে, মায়ের শরীর ভালো নেই।

– তোমার মা একা থাকেন?

– না, তাপসী থাকে। তার ভরসায় রেখে আসি।

– তাপসী তোমার বোন?

– না, আমার প্রিয় বিড়াল। তার বুদ্ধি মানুষের মতো। সে থাকতে কেউ অনিষ্ট করতে পারবে না।

– একদিন তোমার মাকে দেখতে যাব।

– তাহলে খুব ভালো হয়, মা অন্তত শান্তিতে মরতে পারবে।

– একথা বললে কেন?

– মা আমার পাশে তোমাকে দেখলে ভাববে মেয়ে একজন অভিভাবক পেয়েছে। বিপদে পাশে পাবে।

তার সংসারের দৈন্যদশা মনকে বিচলিত করে তুলছে। সবসময় তার কথা মনে আসে। এক সন্ধ্যায় পড়তে বসেছি, সামনে বইটা পাতা উল্টে হাঁ করে

পড়ে রয়েছে।

মা বলল, খোকা কী চিন্তা করছিস? পড়া বন্ধ। জানো মা, কলেজের এক বান্ধবীর সংসারের কথা শুনে মনে কষ্ট হয়। মেয়েটা বড় দুঃখী। জন্ম থেকে বাবার স্নেহ থেকে বঞ্চিত। মা আছেন, তিনিও শয্যাশায়ী।

– এই পৃথিবীতে কত মানুষ সহায় সম্বলহীন। উদ্‌বাস্তুর মত ফুটপাথে বাস করে। না আছে খাবারের ব্যবস্থা, না আছে মাথা গোঁজার ঠাঁই। বড় বড় হোটেলের সামনে রাখা ডাস্টবিন থেকে খাবার তুলে খায়। ক'জন তাদের খোঁজ রাখে? দেখেও না দেখার ভান করে পাশ কাটিয়ে চলে যায়। তুমি ক' জনের দুঃখ নিবারণ করবে? তুমি নিজে স্বাবলম্বী হও। এখন বাইরের চিন্তা মন থেকে মুছে ফেলো।

মুছে ফেলো বললে কি মুছে ফেলা যাবে? এগুলো অন্তরে গেঁথে গেছে। একদিন না বলে ওর বাড়ি গিয়ে উঠব। দেখে অবাক হয়ে যাবে।

ক'দিন থেকে দেখছি সে কলেজে আসছে না। তার কি শরীর খারাপ, না মায়ের কিছু হয়েছে? সামনে ফাইনাল পরীক্ষা। সঙ্কেত ভালো ঠেকছে না। ওর দেখা নেই বলে আমারও পড়তে ভালো লাগছে না।

মা বললেন, সুদীপার মা কেমন আছে?

– তোমার এই প্রশ্ন?

– আমি মা, ছেলের মুখ দেখলে বুঝতে পারি কি বলছে? মায়ের চোখের আয়নায় সব ধরা পড়ে। মাকে জড়িয়ে ধরে বললাম, ওকে ভালোবাসি। বেশ তো, আগে চাকরি কর, তারপর ঘর বাঁধো, আমাদের কোনও আপত্তি নেই। তোর বাবার কথা, ছেলেটার একটা কিছু হলে শান্তি।

মায়ের কথা শুনে খুব খুশি। আর কোনও বাধা রইল না।

রমেন বলল, ক'দিন থেকে সুদীপাকে কলেজে দেখছি না। ও কি কোনও কাজে যোগ দিল?

– তা সম্ভব নয়। এত ভুল সিদ্ধান্ত সে নেবে বলে মনে হয় না। শেষ সীমায় এসে তরী ছেড়ে দিল, তাহলে কলেজে আসছে না কেন?

– হয়তো কোনও অসুবিধে হয়েছে? ভাবছি আগামীকাল কলেজ শেষে ওর বাড়ি হয়ে যাব।

– আমাকে সঙ্গে নিস।

দুই বন্ধু একসঙ্গে যাব। দেখছি সুদীপা আছে। তার মুখ দেখে মনে হচ্ছে কোনও অঘটন ঘটেছে। পাশে এসে দাঁড়াল। বললাম, এই সময় কলেজ বন্ধ করে— হাঁউমাঁউ করে কেঁদে উঠল।

– বললাম কী হয়েছে?

– মাকে হারিয়ে ফেললাম।

তার চোখের জল মনকে নাড়া দিল। সান্ত্বনা দেওয়া ছাড়া কিছু দেওয়ার নেই।

বললাম, পরীক্ষাটা ভালো করে দাও। চাকরির প্রয়োজন। আমি সবসময় তোমার পাশে আছি।

– আমায় ছেড়ে যাবে না তো? বড় একা। আমার পাশে কেউ নেই।

– তোমার পাশে আমি সারাজীবন থাকব।

– তোমার পরিবার মেনে নেবে, না আবার বিপদের মুখে পড়ব?

– আমার মা–বাবা সেরকম নয়। সহজ সরল। দেখলে বুঝতে পারবে।

সেই দিন থেকে সঙ্গী করে নিলাম। মনের দ্বিধাদ্বন্দ্ব কাটিয়ে স্বপ্নের জগতে চলতে থাকলাম। কত স্বপ্ন। কত কল্পনা।

পর্ব – পঞ্চম

পরীক্ষা শেষ। চাকরির নেশা পেয়ে বসেছে। বিভিন্ন পরীক্ষায় বসছি, কিন্তু চাকরির দেখা নেই। হঠাৎ একটা পরীক্ষায় উত্তীর্ণ হলাম, খুব আনন্দ। সুদীপাকে খবরটা দিলাম সে–ও খুব খুশি।

বলল, ভালোভাবে মৌখিকটা দাও, হয়ে যাবে।

– কবে আসবে বাড়িতে?

– মৌখিক পরীক্ষা দিয়ে সোজা তোমার কাছে।

– সত্যি বলছ?

– হ্যাঁ, হ্যাঁ, হ্যাঁ। বিশ্বাস হল?

– কি খাবে বল?

– কে রান্না করবে?

– কেন, আমি করব। তুমি রান্না জানো?

– আমি তো রান্না করে, মাকে স্নান করিয়ে, খাইয়ে দিয়ে কলেজ যেতাম।

সেদিন দুজনে অনেকটা সময় কাটালাম। কত কথা, কত আশা। সে খুব খুশি। কথা যেন শেষ হতেই চায় না। নতুন অধ্যায় আরম্ভের পূর্বে চোখ, মন ছাড়তে চাইছে না। বাড়ি এসে মাকে সব বললাম।

মা বলল, মেয়েটা জন্মদুঃখী, একদিন নিয়ে আসিস।

মায়ের কথামতো সুদীপাকে নিয়ে এলাম। তার ব্যবহারে মায়ের যেটুকু আপত্তি ছিল, সব দূর হয়ে গেল। মা খুব খুশি। তবে মা বলল, যা কিছু করবে, সব চাকরি পাওয়ার পর। সে মা-বাবার আশীর্বাদ মাথায় নিয়ে গেল।

কলেজ শেষ। এখন ফোনের মাধ্যমে কথা। সকাল-সন্ধ্যা ফোন। মাস দুয়েক পরে মৌখিক পরীক্ষার চিঠি। সঙ্গে সঙ্গে সুদীপাকে ফোন। সে-ও খুব আনন্দিত। বলল, মনে আছে? পরীক্ষা দিয়ে আমার বাড়ি আসবে। ভুলে যেও না।

– কথা দিলে, রাখার চেষ্টা করি।

– তাহলে বল কী খাবে?

– আমিষ বাদে যা করবে, তাই চলবে।

– অর্থের দিক ভেবে বললে?

– না, না। আমার প্রিয় খাবার নিরামিষ। মাকে জানবে।

পরীক্ষার আগের দিন মন বড় চঞ্চল। একে পরীক্ষার চিন্তা, অপর দিকে প্রেমিকের বাড়ি যাওয়ার আনন্দ। মনে স্থিরতা আসছে না। সে-ও আমাকে কাছে পাওয়ার আনন্দে। আমিও ওকে কাছে পাওয়ার আনন্দে, যা হয় আর কী?

মাকে বললাম পরীক্ষা দিয়ে সুদীপার বাড়ি যাব, ফিরতে দেরি হবে।

– ওকে জানিয়ে যেও। একা থাকে, কখন কোথায় যাবে।

– সুদীপাকে বলা আছে। প্রথম যাব, মনে আনন্দ ধরছে না। কাছে পাওয়ার নেশা মনকে অস্থির করে তুলছে। পরীক্ষার থেকে বেশি গুরুত্ব তার বাড়ি যাওয়া। বের হব, মাথার ওপর দিয়ে একটা কাক কা-কা করতে করতে উড়ে গেল।

মা বলল, খোকা দেখেশুনে পথ চলবে। বাড়ির বাইরে পা রেখেছি, একটা বিড়াল সামনে দিয়ে চলে গেল। একটু দাঁড়িয়ে হাঁটা ধরলাম। মা বললেন, ভালোভাবে পরীক্ষা দিবি। কপালে হাত ঠেকিয়ে দুগ্গা, দুগ্গা বললেন। যতক্ষণ পর্যন্ত দেখা গেল, এক দৃষ্টে চেয়ে রইলেন। শেষে হাত নেড়ে বুঝিয়ে দিলেন, তার স্নেহভরা আশীর্বাদ।

মৌখিক পরীক্ষা শেষে চোখ মুখ ধুয়ে চিরুনি বের করে মাথাটা আঁচড়ে রিকশা ধরব। অচেনা পরিবেশ, প্রথম যাব। মন যেন মানছে না। আবার মনে হচ্ছে, একা থাকে। পড়শী কী ভাববে? এই সব চিন্তা মাথায় নিয়ে রিকশাতে উঠলাম, মনে অনেক পরিকল্পনা। ভাবছি কীভাবে তার সামনে দাঁড়াব? তাকে প্রথমে কী প্রোজেক্ট করব? এই সব মাথায় খেলছে।

রিকশা থেকে নেমে এদিক-ওদিক চেয়ে দেখছি, কেউ কোথাও নেই। এক ভদ্রমহিলা জানলা দিয়ে বাইরে তাকিয়ে। তাঁকে বলতেই তিনি দেখিয়ে দিলেন। দরজা খোলা, দেখে মনে হচ্ছে পথিকের আসার অপেক্ষায় রয়েছে। দেখছি একমনে রান্নায় ব্যস্ত। মনের আনন্দে গুন গুন করে গান করছে। সে-ও আনন্দে। আজ কাছে পাবে জীবনসঙ্গীকে। তার কোন দিকে লক্ষ্য নেই। আমি চুপিসারে গিয়ে তার চোখ দুটি চেপে ধরেছি। সঙ্গে সঙ্গে কালো বিড়াল ঝাঁপিয়ে পড়ে। আমি পড়ে যাই। সে আমার চোখে-নাকে আঘাত করে। আমার চোখ-মুখ থেকে রক্ত বের করে দেয়। সে বাঁচাতে গিয়ে আগুনে পুড়ে যায়। তারপর আমার সব অজানা। যখন জ্ঞান ফেরে, হাসপাতালের বেডে শুয়ে। সে-ও অগ্নিদগ্ধ হয়ে হাসপাতালে মৃত্যুর সঙ্গে পাঞ্জা লড়ছে।

আমার একটা চোখ নষ্ট হয়ে যায়। নাকের মধ্যেটাতে ক্ষত। মুখশ্রী পরিবর্তন। সৌন্দর্যের তকমার সমাপ্তি। আমাকে বাঁচাতে গিয়ে তারও প্রাণ চলে গেল।

সব আশা, সব স্বপ্ন জলে গেল। সঙ্গীকে কেড়ে নিয়ে একা করে দিল ‘কালো বিড়াল’। ❑

অপেক্ষা

পর্ব – প্রথম

মন্দিরের ঘণ্টা বাজার শব্দে তার ঘুম ভাঙে। বিছানা ছেড়ে উঠতে তার কষ্ট হয়। কিছুটা সময় পর নীচে পা ফেলে। ছোট ছোট পায়ে বারান্দা বেয়ে বাথরুমে ঢোকে।

বয়সের শেষ সন্ধিক্ষণে শরীরের ভার বইতে খুব কষ্ট হয়। হাঁটুর ব্যথায় জর্জরিত।

বাথরুম শেষে ঘরে এসে আয়নার সামনে বসে রূপের সৌন্দর্য বৃদ্ধি করে। নববধু সাজে বারান্দায় এসে চেয়ারে বসে। সবসময় বধূ সাজে।

ঘড়িতে ঢং ঢং করে করে ৭টা বাজার সঙ্গে সঙ্গে সুমনা এসে রান্নাঘরে ঢোকে। দু'কাপ চা হাতে কাছে এসে বসে। চায়ে চুমুক দিয়ে দিনের কাজের নির্ঘণ্ট তৈরি হয়। নিত্যদিনের ঘটনা।

সুমনা কাজের মেয়ে। একাকীত্ব জীবন থেকে মুক্তি পাওয়ার জন্য সুমনাকে সঙ্গী করে থাকে। কাজের মেয়ে নয়, বাড়ির একজন সদস্য। তবে সে সবসময় থাকে না। দিনের বেশির ভাগ সময় তার সঙ্গী।

সে সর্বক্ষণের সঙ্গী হবে কী করে, তার যে বড় সংসার রয়েছে। সুমনার শরীরে এখনও যৌবনের স্রোত বইছে। তার স্বামী রয়েছে। ৬ ছেলের মা হলেও এখনও শরীরকে ঠিক রেখেছে। তার শাশুড়িমা রয়েছেন। স্বামীর একার রোজগারে সংসার চালাতে কষ্ট হত। বাধ্য হয়ে কাজে নামতে হয়েছে। তার সততা, কর্তব্য এবং ভালোবাসা আপন করে দিয়েছে।

প্রতিদিনের ন্যায় চায়ের আসরে। চায়ে চুমুক দিয়ে বললেন, আজ চা ভালো করেছিস।

রোজ দিন এক রকম হয় না। তবে তোমার ভালো লাগলে আমি শান্তি পাই। সেদিনটা কাজে মন বসে। তবে সুখ্যাতি গাইতে হবে না। তাড়াতাড়ি ওঠো বাজার যেতে হবে।

– বাজার থেকে কি আনব? কাটা মাছ নেব?

– না, আজ মাছ নিবি না।

– কেন, আজ তো শনিবার নয়?

– আজ তোর দাদাবাবু নিয়মিষ খেতেন। এখনও তুমি তাঁর কথা মনে রাখো?

সে যে আমার জীবনসঙ্গী। সুখে দুঃখে সবসময় পাশে থাকব বলে অঙ্গীকার করেছিলেন। তাঁর ভালোবাসা এতই ঠুনকো যে ভুলে যাব। কথার সঙ্গে অশ্রুধারা বইছে। আমার ভুল হয়েছে, আর কোনওদিন বলব না। সে চোখ মুছতে মুছতে ঘরে চলে গেল। সুমনার হাসিমুখ মলিন হয়ে গেল।

সে একা রান্নাঘরে। বাড়ির দুজন দুই ঘরে। রান্না শেষে দুজনে খাবার থালার সামনে বসে। হঠাৎ মাইকের শব্দ।

বললেন, মাইকে কী বলছে, ভালো করে শোন। এখন আর কানেও ভালো শুনি না। বয়সের সঙ্গে সঙ্গে সব অচল হয়ে যাচ্ছে।

আজ সন্ধে ৭টায় ক্লাবের মাঠে বিচিত্রা অনুষ্ঠান হবে।

– কোথা থেকে শিল্পীরা আসছেন?

– অতসব জানি না। তবে সবাই বলছিল একজন নামকরা নৃত্যশিল্পী আসছে।

এই শুনে তার বুকের ভিতরে ঢেউ খেলে গেল। হাসিমুখ ভার হয়ে গেল।

সুমনা তার মুখের দিকে চেয়ে। সে-ও হতবাক। তার মনে প্রশ্ন, সে কি মনে আঘাত লাগার মতো কিছু বলেছে?

তিনি কোনও কথা না বলে সজল নয়নে ঘরে গেলেন।

সুমনা ভাবল, আমার বলার ভঙ্গিটা বোধ হয় ভালো হয়নি। কোন্ কথায় কার মনে আঘাত লাগে, বলা যায় না। পরে দিদির কাছে ক্ষমা চেয়ে নেব।

সারাদিন সে কাজ করল মুখ ভার করে। বাড়ির মালিক যদি দুঃখে থাকে, তাহলে কি কর্মচারীর মুখে হাসি থাকে? সে যে তার অনুদাতা এবং প্রিয় সঙ্গী।

বাড়ি এসে তার এই চিন্তা। তার মনে হচ্ছে, আমি তো মন থেকে কিছু বলিনি।

মাইকের কথাগুলো বলেছি। তাহলে কি ভুল হল? সে নিজের মনকে প্রশ্ন করে। উত্তর পায় না।

পরের দিন কাজে এসেছে দ্বিধাদ্বন্দ্ব মন নিয়ে। যদি তাকে চাকরি থেকে তাড়িয়ে দেয়। তাহলে আবার কষ্টের দিন ফিরে আসবে। সে ভয়ে ভয়ে চায়ের কাপ হাতে সামনে বসল। কাপটা হাতে দিয়ে বলল, আমায় ক্ষমা করে দাও দিদি, আর কোনও দিন হবে না।

– কি করেছিস তুই, তোকে ক্ষমা করতে হবে? পাগলি মেয়ে।

– আমার কথাতে দুঃখ পেয়েছ। আমার কত কষ্ট।

– পাগলি বোন আমার, তুই ভুল কিছু বলিসনি।

– তোমার চোখে জল দেখলে, আমার খুব কষ্ট হয়। সারারাত দু' চোখের পাতা এক করতে পারিনি। সবসময় তোমার মুখ চোখের সামনে ভেসে উঠেছে।

– আমার চোখের জল দেখে কষ্ট পাবি না। এ জল সারা জীবনের। শোন, আজ রাতের জন্য রুটি পায়েস করে যাস।

– সে না হয় করে রাখব, কিন্তু এই বয়সে রাতে পায়েস খাওয়া ঠিক হবে?

– তাহলে তরকারি করে রাখিস। এই জন্য তোকে প্রিয় সঙ্গী করে নিয়েছি। তুই আমার আপনজন। আমার নিজের বলতে কেউ নেই। মা ছিলেন, তিনিও চলে গেলেন। একা হয়ে পড়লাম। ভগবান তোকে পাঠিয়ে দিলেন। তুই আমার সব। তোর ভরসায় বেঁচে আছি। উঃ, কী কষ্ট রে?

– কি হল?

– একটু পাশ ফিরেছি, আর মাজার ব্যথায় টান ধরল।

– যাওয়ার সময় গরম সেঁক দিয়ে যাব।

– এই জন্যই তুই পরিবারের একজন। গরম সেঁক দিলে একটু আরাম পাই।

সেদিন তার বাড়ি যেতে সন্ধ্যা হয়ে গেল। তাকে বাড়িতে অনেক কাজ করতে হয়। বড় সংসার। শুতে তার রাত হয়ে গেল। বিছানায় শুয়ে তার মনে অনেক প্রশ্ন— কেন সে এই বয়সে নববধূ সাজে থাকে। কেন স্বামী সঙ্গে থাকে না। স্বামীর কথাও বলে না।

সকাল-সন্ধ্যা কপালে সিঁদুরের —— ছিল। সিঁথি ভরা ভিন্দের। নিত্য নতুন শাড়ি পড়ে থাকে। তবে এই বয়সেও সুন্দরী। প্রশ্ন জাগে, কিন্তু বলতে সাহস পাই না। মনের প্রশ্ন মনের মধ্যে ঘুমিয়ে থাকে। কাজের মেয়ে। জানার আগ্রহ না থাকাই ভালো।

পর্ব – দ্বিতীয়

সেদিন যেতে দেরি হয়ে গেছে। সে নববধূ সাজে বসে। ভারী সুন্দর লাগছে।

বলল, দিদি দেরি হয়ে গেল, বসো এখনই চা নিয়ে আসছি।

– আজ দেরি কেন? বুঝেছি, স্বামী ছাড়তে চাইছিল না।

এক গাল হেসে বলল, তুমি যে কি বলো না, তোমার মুখে কিছু আটকায় না।

– ভুল তো বলিনি। দাম্পত্য জীবন বড় মধুর। হ্যাঁ রে, অনুষ্ঠান দেখতে গিয়েছিলি?

– হ্যাঁ দিদি, প্রচুর লোক হয়েছিল। গানের শেষে হাততালির জোড়। সঙ্গে অনুরোধ, জনগণের চিৎকার— আর একটা হোক।

– কেমন লাগল?

– খুব ভালো।

– টিকিট কত করেছিল?

– টিকিটের ব্যবস্থা ছিল না, খোলা অনুষ্ঠান।

– তাহলে নামী কোনও শিল্পী ছিল না।

– তা বলতে পারব না। চা খাও, ঠান্ডা হয়ে যাবে।

– কোথা থেকে এসেছিলেন?

– শুনেছি শহর থেকে। তবে যে মেয়েটি নৃত্যশিল্পী হয়ে এসেছিল, সে যেমন দেখতে, নাচেও পারদর্শী। একটা নাচ, সঙ্গে সঙ্গে হাততালি। সে তালি থামছে না। – কীরকম বয়স হবে?

– তা বছর কুড়ি হবে। তবে জানো দিদি সে এক ঘটনা। নাচ চলাকালীন এক বয়স্ক ভদ্রলোক টাকা হাতে মঞ্চে উঠছে। মেয়েটি বলল, নাচের মধ্যে কেউ আসবেন না। ভদ্রলোক মাথা নিচু করে নেমে গেলেন। বাধা না দিলে অনেক টাকা পেত।

তার মনে পড়ছে পুরনো দিনের কথা। ভালো নাচ দেখাতে পারলে অনেকে উপহার দিতে আসেন। কত ঘটনার সাক্ষী সে নিজে।

– কি ভাবছ দিদি?

– ও কিছু না।

– তুমি কোনওদিন নাচ দেখতে গিয়েছিলে?

উৎফুল্ল বদনে বলল, শুনবি আমার কথা?

– শুনব না কেন? তুমি কোনও দিন বলো না, মনের মধ্যে রেখে গুমরে মরো। ভিতরের কথা বাইরে প্রকাশ করলে বুকটা হালকা হয়।

সজল নয়নে বলল, মনে পড়লে খুব কষ্ট হয়। সেই জন্যে গুমরে মরি, কিন্তু বলতে পারি না।

– বললে যদি তোমার কষ্ট হয়, তবে বলতে হবে না। যে কথা বললে কষ্ট পাবে, সে কথা না বলাই ভালো। জানো, তোমার চোখে জল দেখলে আমার কষ্ট হয়।

– তোর সামনে এত দিনের জমানো কথাগুলো প্রকাশ করে নিজে হালকা হব। আমার মনে অনেক প্রশ্ন, কিন্তু হিসেব করতে সাহস পাই না।

– কেন, এত দ্বিধা কেন?

– তুমি মালিক, আমি কাজের মেয়ে। জিজ্ঞেস করা কি উচিত কাজ?

– আমি তোর দিদি এবং বন্ধু। কোনও কথা জানতে ইচ্ছা হলে জিজ্ঞেস করবি। মনে দ্বিধা থাকবে কেন? খোলা মনে আলোচনা করবি। তাতে তোরও শান্তি, আমারও শান্তি। আজ জীবনের সব কথা বলে বুকটা হালকা করব।

– তোমার সব কথা শুনব।

– সব শুনলে উত্তর পেয়ে যাবি। আমারও বুকটা হালকা হবে।

পর্ব – তৃতীয়

দেখতে খুব সুন্দর বলে সবাই প্রিয়তমা বলে ডাকত। সবে হাঁটতে শিখেছি। মা সঙ্গে করে পুজোমন্ডপে নিয়ে গিয়ে ছেড়ে দিয়েছে। মাইকের গানের সঙ্গে নেচে চলেছি। সবার নজর আমার দিকে। রুনু কাকিমা কোলে নিয়ে গাল দুটো টিপে দিয়ে বলল, তোমার মেয়ে নাচনেওয়ালি হবে। তুমি ওকে নাচের স্কুলে ভর্তি করে দিও।

বয়স যখন পাঁচ। আমাকে নাচের স্কুলে ভর্তি করে দিল। বাবা–হারা মেয়ে। আমার শুভ জন্মদিনে বাবা মারা যান। অপরাধের তকমা চাপে আমার গায়ে। আমি নাকি অপয়া, সেজন্য সবার কাছে অপ্রিয়। সবাই দূরে সরিয়ে দিলেও, মা দূরে রাখতে পারবে না। সে যে গর্ভধারিণী মা। তার কাছে সন্তান প্রিয়। আমাকে নিয়ে মায়ের বেঁচে থাকা। মা সবসময়ের সঙ্গী।

আমার নাচ দেখে দিদিমনি খুশি। মা আমার প্রিয় বন্ধু। প্রায় এক ঘন্টার পথ, মা সঙ্গে করে নিয়ে আসে।

একদিন দিদিমনি বললেন, তোমার মেয়ে একদিন বড় নৃত্যশিল্পী হবে। মায়ের উৎসাহ বেড়ে গেল। কোথাও কোনও অনুষ্ঠান হচ্ছে শুনলে, সেখানে আম্মাই নিয়ে হাজির। আমার নাচ দেখে সবাই তারিফ করত। মায়ের মুখের

হাসি বুঝিয়ে দিত, আমাকে বড় নৃত্যশিল্পী হতে হবে। গরিবের সংসার। মায়ের একার আয়ে সংসার চলে। পড়া, নাচ চালাতে খুব কষ্ট হত।

আমাকে নিয়ে মায়ের অনেক আশা। এক দিকে পড়ার খরচ, অপর দিকে নাচের খরচ, সাঁড়াশি চাপে নাজেহাল। তবুও বন্ধ রাখেনি। সমান তালে চালিয়ে যাচ্ছি। তবে আমার পড়ার থেকে নাচে আগ্রহ বেশি। মা বলত, লেখাপড়া না শিখলে জীবনের গতিপথ থেমে যাবে। অতএব যতই বাধা আসুক, পড়া চালিয়ে যেতে হবে।

তখন চতুর্থ শ্রেণীতে পড়ি। গ্রামের ক্লাব বিচিত্রা অনুষ্ঠান করবে। আমার নাম রাখা হল নৃত্যশিল্পীর তালিকায়। বুক কাঁপছে, এই প্রথম বড় মঞ্চে। মা বলল, কোনও ভয় নেই। তুমি যেটুকু জানো, সবটাই উজাড় করে দেবে। এটা তোমার প্রথম ধাপ। মায়ের আশীর্বাদ মাথায় নিয়ে স্টেজে। প্রথম দর্শনে হাততালি। নাচ শেষে সবাই বলল, তোমার মেয়ে বড় শিল্পী হবে। মা আশায় বুক বাঁধল। অনেক স্বপ্ন। এই স্বপ্ন নিয়ে মানুষ বেঁচে থাকে। এই স্বপ্ন মানুষকে ওপরে ওঠার পথ দেখায়। তারপর থেকে যেখানেই অনুষ্ঠান হোক, আমার ডাক পড়ে। তবে কাছেপিঠে, দূরে নয়।

ধীরে ধীরে পড়ার প্রতি আগ্রহ কমতে থাকল। বন্ধু অসীম আমাকে সাহায্য করত। স্কুলে যেতে না পারলে সে নোট দিয়ে সাহায্য করত। সে বলত দুটোকেই চালাতে হবে। একটা ডিগ্রি রাখতে হবে। ওর সঙ্গে কথা বলা মা পছন্দ করত না। ওর সততা এবং প্রতিবাদী মুখ আমাকে মুগ্ধ করে দিত। সে বাড়ি আসলে মায়ের মুখের হাসি হারিয়ে যেত।

মায়ের রাগ, সে অনাথ। তার বংশ পরিচয় অজানা। সে একজনের বাড়িতে থেকে মানুষ হয়েছে। তবে দেখতে একেবারে সাহেবদের মতো। লম্বা আর মাথার চুলগুলো কোঁকড়ানো। এককথায় সুন্দর। বয়সের সঙ্গে যৌবনের স্রোত বইছে। দৈহিক পরিবর্তন ঘটছে। দেখতে সুন্দর হয়ে উঠছি। মাধ্যমিক পাশ করে স্কুলের গন্ডি ছেড়ে দিলাম। নাচকে সম্বল করে চলতে থাকলাম। পড়া ছাড়লেও অসীমের সঙ্গে যোগাযোগ রয়েছে। সে ভালো বন্ধু, সময়-অসময় পাশে থাকে। দূরের অনুষ্ঠানেও আমার ডাক আসে। তখন পয়সা না পেলেও, যাতায়াত খরচটা পেতাম। ধীরে ধীরে নৃত্যশিল্পীর মর্যাদা পেতে থাকলাম।

একদিন শহরে আয়োজিত বিচিত্রা অনুষ্ঠানে আমার ডাক পড়ে। টিকিটের ব্যবস্থা রয়েছে। নামী শিল্পীদের অনুষ্ঠান। মাইকে প্রচার চলছে। এই প্রথম অর্থের বিনিময়ে নাচ। মায়ের আত্মগরিমা বেড়ে গেল। বড়লোক হওয়ার স্বপ্ন দেখছে। অর্থের লোভ পেয়ে বসল। উঠতি যৌবন। সবার চোখ আমার দিকে।

অনুষ্ঠান শেষে সবাই ঘিরে ধরেছে আমার সঙ্গে ছবি তোলার জন্য। কিছুতেই বেরিয়ে আসতে পারছি না। শেষে অসীমের হাত ধরে বাইরে আসি। তার এই কর্তব্যবোধ আমাকে কাছে টেনে নিল। প্রেমের বন্ধনে বাঁধা পড়লাম। ধীরে ধীরে স্বনামধন্য নৃত্যশিল্পী হয়ে উঠলাম। উঠতি যৌবন, পরিশ্রম করতে অসুবিধে নেই। চারিদিকে প্রচার। যখন ভগবান দেন, দু'হাত ভরে দেন। অর্থ, যশ দুটোই সমান তালে এগোচ্ছে। অর্থের নেশা মাকে পেয়ে বসল।

পর্ব – চতুর্থ

ডাক পড়ল অনুষ্ঠানে। খ্যাতনামা শিল্পী সমন্বয়ে অনুষ্ঠান। জোডর কদমে প্রচার চলছে। কথা হয়েছে কর্তৃপক্ষ গাড়ি পাঠিয়ে দেবে। মা সব গুছিয়ে নিয়ে আমাকে তাড়া দিচ্ছে। আমার থেকে মায়ের তাড়া বেশি। অবশ্য মায়ের দোষ নেই, সব বাবা-মাই সন্তানকে দশের মধ্যে এক দেখতে চায়। সন্তান যদি বাবা-মায়ের আশা পূরণ করতে পারে, তাহলে মা-বাবার গর্ব হবেই। আমার মায়ের ক্ষেত্রে একই, স্বপ্ন পূরণ।

মায়ের অর্থের লোভ বেশি। কেউ বুক্ করতে আসলে আগে টাকার অঙ্ক শুনিয়ে দিত।

গাড়ি এসে হাজির। চললাম অনুষ্ঠান প্রাঙ্গণে। গাড়ি থামামাত্র দর্শক হুমড়ি খেয়ে পড়ল। কর্তৃপক্ষ ক্লাবঘরে জায়গা করেছেন।

ঘরের বাইরে প্রচুর দর্শক। আজ বড় গর্ব হচ্ছে। আমি স্বনামধন্য শিল্পী। নিজেকে ধন্য মনে হচ্ছে। অনুষ্ঠান চলছে। সেজে বসে রয়েছি। খ্যাতনামা শিল্পীদের সঙ্গে অংশগ্রহণ বড় আনন্দের।

সব শেষে আমার নাম ঘোষণা হল। তখন লোকজন ওঠার দিকে। পরিচালক বললেন, এবার আপনাদের সামনে নৃত্য পরিবেশন করবে খ্যাতনামা শিল্পী মিস প্রিয়তমা। সবার চোখ স্টেজের দিকে। আমার নাচ দেখে দর্শকের হাততালি আর সিটি। একের পর এক অনুরোধ। দর্শক ওঠার নাম নেই। আমার সঙ্গে দর্শক নাচছে। শেষে স্টেজ থেকে নামতে গিয়ে পায়ে আঘাত পাই। তখন কিছু বুঝতে পারিনি। বাড়ি এসে দেখছি পায়ের গোড়ালি ফুলে গেছে। পা ফেলতে লাগছে, ভয় হল। আমার ভবিষ্যৎ বোধহয় শেষ হয়ে গেল। স্বপ্ন, স্বপ্নই থেকে যাবে। জীবনযুদ্ধে হেরে গেলাম। একরাশ দুঃখ বুকে নিয়ে বসে রয়েছি। অসীম এল। আমাকে ডাক্তার দেখিয়ে আনল। সব ব্যবস্থা করে দিয়ে বলল, ভেঙে পড়ো না। মাসখানেক বিশ্রাম নাও, ভালো হয়ে যাবে। চলার পথে কত বাধা আসবে, সেই বাধা অতিক্রম করে চলতে হবে। তবেই জীবনে নির্দিষ্ট লক্ষ্যে পৌঁছতে পারবে। তার প্রেরণা আমাকে উদ্বুদ্ধ করল। ভয়কে কাটিয়ে নতুন উদ্যমে নাচ আরম্ভ করলাম।

অর্থ আসতে লাগল। গরিবের সংসারে সুখের দিন আগত। মায়ের নেশা ভোগবিলাসে জীবন অতিবাহিত। অর্থবান লোক আমার সান্নিধ্যে আসতে চায়। আমি তা থেকে দূরে থাকি। অনেকে উপহার নিয়ে আসে, আমি প্রত্যাখান করি। এই দেখে মা ভীষণ রাগারাগি করে।

একবার হয়েছে কী গ্রামেই ক্লাবের অনুষ্ঠানে আমাকে নাচতে হবে। বাইরের শিল্পী সমন্বয়ে অনুষ্ঠান। মায়ের আপত্তি, কারণ টাকা দেবে না। বুঝিয়ে সুজিয়ে মাকে রাজি করালাম।

স্টেজে পারফর্ম করছি। মাঝে মাঝে সিটি, সঙ্গে তালি। অনুষ্ঠান জমজমাট। ওই মুহূর্তে এক ভদ্রলোক টাকা দিতে স্টেজে উঠছেন। বললাম, উঠবেন না। ভদ্রলোক মাথা নিচু করে নেমে গেলেন। বাড়ি ফিরে শুয়ে পড়েছি। মা চাদরটা গায়ে দিয়ে দিলেন। গভীর ঘুমে আচ্ছন্ন। সূর্যের আলো উঁকি মারছে। হঠাৎ কলিং বেলটা বেজে উঠল। বললাম, মা দেখ তো।

বাইরে বেরিয়ে দেখছে দু'জন ছেলে উপহার হাতে দাঁড়িয়ে।

মা বললেন, কাকে চাও?

বলল, প্রিয়তমা দিদিকে। একটু আসতে বলুন না। মায়ের মুখে চওড়া হাসি। উপহার দিতে এসেছে।

বললাম কে এসেছে?

– তোর সঙ্গে দেখা করতে এসেছে।

– কেন?

তোকে উপহার দিতে এসেছে।

- নিষেধ করলে না?

খুশি মনে দিতে এসেছে, নিষেধ করব কেন। বললাম, তোমরা চলে যাও, আমি উপহার নিই না। মায়ের মুখ ভার।

মা এখন অর্থের নেশায় বিভোর। জামাই করবে বিত্তশালী। হাতে উপহার দেখলে খুব খুশি। ফিরিয়ে দিলে মুখ ভার। উপহারের মধ্যে স্বার্থ জড়িয়ে আছে। মা সে কথা বুঝতেই চায় না।

তখন আমি ব্যস্ত শিল্পী। কাছে প্রোগ্রাম থাকলে একাই যাই, দূরে হলে মা সঙ্গে থাকেন। বিকেলবেলা। সূর্য পশ্চিম পাড়ে হেলে পড়েছে। আকাশ থমথমে। আমি বিছানায়।

মা বললেন, ওঠ টিফিন করবি।

হঠাৎ কলিং বেলটা বেজে উঠল। আমি চোখমুখ ধুয়ে এসে বারান্দায় দাঁড়িয়ে দেখছি মা ভদ্রলোকটির সঙ্গে কথা বলছে। দেখে মনে হলো বিত্তশালী, মা–র পরিচিত। রাগে মাথা গরম হয়ে গেল। দুম করে দরজা বন্ধ করে দিলাম। মা এসে বললেন, তুই ব্যবহারটা ভালো করলি না? জানিস ভদ্রলোক কে?

– আমার জানার দরকার নেই।

– এই শহরের সবচেয়ে ধনী লোক। কাজটা ভালো করলি না।

এই নিয়ে মায়ের সঙ্গে বিরোধ। বেশ কিছুদিন পর মাকে বললাম, চলো আজ মার্কেটে যাই। বাজার করা হবে আবার ভালো রমনাও হবে। মা

এক কথায় রাজি। মা সাজতে আরম্ভ করল। আমি বাজারের লিস্ট তৈরি করছি।

মা বলল তোর হয়েছে?

বললাম অত তাড়া কেন?

– তৈরি হয়ে নে। আমার হয়ে গেল।

ঘরে গিয়ে দেখছি মায়ের গলায় সোনার চওড়া হার। বললাম, তোমাকে খুব সুন্দর লাগছে। মা আমাকে জড়িয়ে ধরে আদর করছে। মায়ের আদর যেন স্বর্গসুখ।

বললাম, এ হার কবে বানালে? আমাকে বলনি তো। মায়ের মুখ বন্ধ। সাজে মন দিয়েছে। সন্দেহ হল, চেপে ধরতেই বললেন, এক ভদ্রলোক দিয়ে গেছেন। – তোমাকে দিল, আর হাত পেতে নিয়ে নিলে? বিবেকে বাধল না?

– গলা চড়িয়ে বললেন, সে তোকে বিয়ে করতে চেয়েছে। সে একজন বড় ব্যবসায়ী।

– আমি এখন বিয়ে করব না। তুমি ওকে মালাটা ফেরত দিও। মার্কেট যাওয়ার সমাপ্তি।

মায়ের সন্দেহ আমি অসীমের প্রেমে আবদ্ধ। বলল, অসীম তোর মাথা খেয়েছে। যার কোনও জাতের ঠিক নেই, বাবা-মার পরিচয় নেই, সে তোর নামের যোগ্য নয়। ওর পথ ছেড়ে দে। মুখ বন্ধ করে রয়েছি। মা দড়াম করে দরজা বন্ধ করে দিল। রাগের বহিঃপ্রকাশ।

আজ তাকে সব বলব। রাতের অন্ধকারে তার কাছে গিয়েছি। মা এসেছেন ঘরে। দেখছেন ঘরে নেই, রাগে ফুঁসছে। আমাকে দেখে উত্তেজিত হয়ে বলল, ওই বেজাতির ছেলেটার সঙ্গে দেখা করতে গিয়েছিলে?

– মা ওরকম শব্দ ব্যবহার করো না।

মা সর্বক্ষণ অসীমকে বেজাতি, ছোট জাতি বলে কথা বলে। আমি প্রতিবাদ করি।

শান্তভাবে মাকে বললাম, ভালোবাসায় কোনও জাত থাকে না। শেষ পর্যন্ত বিয়ে দিতে বাধ্য হলেন। তবে চাঁদ সদাগরের মতো মুখ ঘুরিয়ে।

পর্ব – পঞ্চম

বিয়ে হয়ে গেল মহা ধুমধামে। ফুলশয্যার রাতে আমাকে বলল, তোমাকে বড় সুন্দর লাগছে।

– তোমার ভালো লাগছে?

– ভালো কী বলছ, একেবারে স্বর্গের অপ্সরা। সবসময় নববধূ সাজে থাকবে।

সেই রাত যেন স্বপ্নের রাত। কত স্বপ্ন, কত আশা। আমায় জড়িয়ে ধরে বলল, তোমাকে নিয়ে আমার অনেক স্বপ্ন। তুমি আমার চোখে উজ্জ্বল নক্ষত্র। এই আমাকে পাথেয় করে এগিয়ে যেতে হবে। তুমি পাশে থাকলে সব সম্ভব।

– চিরদিন পাশে থাকব, কথা দিলাম। তবে তুমি সবসময় নববধূ সাজে থাকবে। মন বলছে এ রাত যেন শেষ না হয়।

দু'দিন পরে অনুষ্ঠান। যেতে হবে। বলল, তোমার সঙ্গে যাব।

মায়ের মুখ ভার হয়ে গেল। বললাম, তুমি বাড়ি থাক, মা আমার সঙ্গে যাবে। তুমি আমার জীবনসঙ্গী। মায়ের অবর্তমানে তুমি সঙ্গী হবে। শান্ত ছেলের মত নীরব রয়ে গেল।

অনুষ্ঠান শেষে বাড়ি এসে দেখছি, টেবিলে খাবার সাজানো।

– এই খাবার কে করল?

– আমি, তোমার পছন্দের খাবার।

মাকে খেতে ডাকলাম। তাড়াতাড়ি এস, তোমার জামাই রান্না করেছে। তোমার খাটুনি কমে গেল।

– আমার খিদে নেই।

– জানি কেন খাবে না। জাতিগত বিদ্বেষ।

মা তাকে পদে পদে অপমান করে। সে সব শোনে, মুখ খোলে না। আমার রাগ হয়। তখন মুখের সামনে এসে বলে, তোমার রাগ হয় কেন? আমার মাকে দেখিনি, মায়ের আদর বুঝি না। এখানে মাকে পেয়েছি। একদিন সব ঠিক হয়ে যাবে। তার সজল নয়ন, মায়াভরা মুখ আমাকে আপন করে নিয়েছে। অপমান, ঘৃণা সহ্য করে সবসময় হাসি মুখে। মায়ের কথা আমার বিবেককে আঘাত করত। তবুও মুখ খুলতে দিত না। সে বলত, মায়ের কোনও দোষ নেই। সব বাবা–মা চান সন্তানের ভালো। ছেলে মেয়ের বিয়ে হবে যোগ্যতা অনুসারে। আমার কি কোনও গ্রহণযোগ্যতা আছে, যা নিয়ে তুমি গর্ব করবে বা আত্মতৃপ্তি পাবে?

মুখটা চেপে ধরে বললাম, ওকথা কোনও দিন বলবে না। রাত কেটে গেল হাসি– দুঃখের সংমিশ্রণে।

সকালে চা করে আমাদের দুজনকে ডেকে তুলল।

চা খেতে খেতে সে বলল বাজার যেতে হবে। রান্নার মাসি আসার সময় হয়ে গেল, মেনু কী হবে?

– তোমার পছন্দ মতো নেবে।

সে বাজারে চলল ব্যাগ দোলাতে দোলাতে। আমি নববধূ সাজে বারান্দায়। রান্নার মাসি তার অপেক্ষায়, ফেরার নাম নেই।

মা বললেন, দেখ, আবার টাকাপয়সা নিয়ে উধাও হয়ে গেল কিনা। প্রতিবাদ করলাম।

মা বললেন, যার চালচুলো নেই, তাকে বিশ্বাস করা যায় না।

সেই যে ব্যাগ হাতে বাড়ি থেকে বের হল, আর ফিরল না। প্রশাসনের দ্বারে দ্বারে ঘুরে ব্যর্থ হয়ে ফিরলাম।

মা বললেন, দেখ টাকা শেষ হলে ফিরে আসবে।

সবাই ছেড়ে গেল। চোখের জল শুকিয়ে গেছে। আমি রয়েছি অপেক্ষায়। ❑

গল্পের মধ্যে গল্প

পর্ব – প্রথম

মধুর। গ্রাম্য বধূরা পিঠে রোদ লাগিয়ে গল্পে মত্ত। কারও কোলে সন্তান, কারও সঙ্গে। তাদের সংসারের কথা বলার জন্য এই সময়টুকু রয়েছে। জবার মা বলল, জমিদার বাড়ি যাবি না? লতার মা বলল, কি আছে, বাবুর বাড়িতে গল্পের আসর বসবে?

– তুই শুনিসনি?

– শুনেছি, তবে আজ নয়। কালকে ১০টার সময়।

– তুই যাবি?

– যাব। গল্প শুনতে কার না ভালো লাগে। হ্যাঁ রে, কোন গ্রামের লোক আসছে?

– তা জানি না। তবে তোর দাদা বলছিল, লোকটার নামডাক আছে।

– আগে আমার বাবার দেশে ভাদ্রমাস পড়লে পাড়ায় পাড়ায় গল্পের আসর বসত। সেই সময় প্রচণ্ড গরম পড়ত। সারাদিন পরিশ্রম করে আকাশ লাল রঙ ধরলে সবাই বাড়ি ফেরে। স্নান সেরে অন্ধকারের মধ্যে গামছা ঘাড়ে, খালি গায়ে, পাখা হাতে গল্পের আসরে বসত। গরিব লোকগুলো আজ দুঃখ, কাল আনন্দে থাকত। সেসব দিন হারিয়ে গেছে। তবে যাই বল, বাবুর উদ্যোগ ভালো। মাঝে মাঝে এরকম আসর বসালে গরিব মানুষগুলো দুঃখ-কষ্ট ভুলে আনন্দ উপভোগ করতে পারে।

– তা অবশ্য ঠিক কথা। তবে আগের মতো মানুষের মিল মহব্বত নেই। এখন সবাই ছুটছে পয়সার পিছনে।

– আগের মতো কিছু আছে? সেই চওড়া মাটির দেওয়াল দেওয়া ঘর, মাথার ওপর খড় বিছানো। গরমের সময় ওই ঘরগুলি আরামদায়ক। সূর্য অস্ত যাওয়ার সঙ্গে সঙ্গে বৌ-রা মাথায় ঘোমটা দিয়ে, তুলসী বেদিতে প্রদীপ জ্বালিয়ে গড় হয়ে প্রণাম করত। এখন সেসব অতীত।

– এক গ্রামের শঙ্খধ্বনী অন্য গ্রাম শুনতে পেত। সেসব দিন শেষ হতে চলেছে। দুটো পয়সার মুখ দেখলে, শহর পানে। কি? না তো ছেলে মেয়েদের মানুষ করার জন্য। আগে গ্রামের ছেলে মেয়েরা মানুষ হয়নি, সব অজুহাত। এই আর বসা হবে না। ছেলেটা দুধ খেতে খেতে ঘুমিয়ে পড়েছে। তোর দাদার বাড়ি ফেরার সময় হয়েছে।

ফুলির মা নাতি কোলে, বলল, তোরা তো বেশ গল্পে আছিস।

– আমি যাই রে, গল্পের লোক এসে গেছে। কাল যাওয়ার সময় ডেকে যাস।

– হবে ক্ষণ, তৈরি থাকিস।

ফুলির মা বলল, কোথায় যাবি তোরা?

– গল্প শুনতে জমিদার বাড়ি।

– কখন যাবি? কে গল্প শোনাবে?

– তুমি শোননি? বাবুর বাড়ি গল্পের আসর বসবে। বয়স হয়েছে। কানে কম শুনি। এখন আর কেউ বলে না। বললে যদি সঙ্গ নিই। শরীর না চললে সবার কাছে আবর্জনা স্বরূপ। কেউ সঙ্গ দিতে চায় না।

– দুঃখ করো না, তোমাকে নিয়ে যাব। তুমি তৈরি হয়ে আমার বাড়ি চলে এস।

– তুই নিয়ে যাবি, পরানটা জুড়িয়ে গেল। আমার খুব আনন্দ হচ্ছে। তবে আমার বৌমা বোধ হয় যেতে দেবে না। তুই এই সব কথা বাড়িতে বলিস না। তাহলে বকাবকি করবে।

বৌমা বলল, মা বাড়ি আসুন।

– ওই দ্যাখ, তোর সঙ্গে কথা বলতে দেখেছে, সঙ্গে সঙ্গে ডাক। আর থাকা যাবে না। বাড়িতে আবার বলিস না।

সকাল হলেই বাবুর বৈঠক, থানা জনমানবে পরিপূর্ণ হবে। এখন সূর্য ওঠার অপেক্ষায়। পাখির কিচির মিচির শব্দ। সবার বিছানা ছেড়ে ওঠার ব্যস্ততা। গল্পের আসরে মন। প্রতিদিন ভোরে উঠে কাজে যাওয়ার ব্যস্ততা। সন্ধ্যায় বাড়ি ফিরে সেই বদ্ধ ঘরে রাত কাটানো। নেই কোনও আনন্দ উপভোগের জায়গা। একদিনের জন্য হলেও ওই শ্রমজীবী মানুষগুলো

আনন্দে থাকবে। সবার মন পড়ে রয়েছে গল্পের আসরে। কেউ জামা ঘাড়ে, কেউ বা ছেলের হাত ধরে বাবুর বাড়ির অভিমুখে, সবার মুখে হাসি।

পর্ব – দ্বিতীয়

সবার মুখে হাসি ফোটাবেন যিনি, তাঁর নাম গজেন সমাজপতি। তিনি গল্প বলতে ভালোবাসেন। গ্রামে তার পরিচয় 'গল্প দাদু' নামে। তাঁর কথার মধ্যে সত্যিই জাদু আছে। যখন গল্প বলেন, সকলের মুখ বন্ধ। তিনি নিত্য নতুন গল্প বলেন। গল্প শুনে লোকে যেমন আনন্দ পায়, তেমনই তিনি গল্প শুনিয়ে আনন্দ

পান। নিত্য নতুন গল্প শোনান।

তাঁর মনের মধ্যে যে দুঃখ, সেই থেকে মুক্তি পাওয়ার জন্য তাঁর এই প্রয়াস। তাঁর পত্নী তাঁকে ছেড়ে যাওয়ার পর আর সংসার জীবনে পা দেননি। একাকীত্ব জীবন। সেই দুঃখ ভোলার জন্য মানুষকে কথার মাধ্যমে আনন্দ দিয়ে থাকেন এবং নিজেও আনন্দ পান।

ছোট থেকেই বাবা-হারা, মা-ছেলের সংসার। তখন তাঁর বয়স ২০ কি ২২ হবে। গরিব ঘরের মেয়েকে ঘরের লক্ষ্মী করে তুলল। কিন্তু দু'দিন যেতে না যেতেই উড়ন্ত পাখির মতো উড়ে গেল।

প্রায় ৬ ফুট লম্বা। কৃষ্ণ কালো গায়ের রঙ। বড় বড় গোঁফ। দীর্ঘকায় শরীর দেখে লক্ষ্মী উড়ে গেল। সেই ঘৃণায় সংসার জীবনে অনীহা।

এখন তাঁর বয়স সাতের দশকের শেষের দিকে। মাথাভর্তি শুভ্র শ্বেতবর্ণ চুল। গোঁফ জোড়া শ্বেতবর্ণ। শত লোকের মধ্যে তাঁকে চিনতে অসুবিধে হবে না। তিনি গল্প বলেন, বিনিময়ে টাকা নেন না। গল্প বলা তাঁর নেশা। শুধু পেট পূরণ হলেই সন্তুষ্ট। যার সংসার নেই, তার পিছন ফিরে দেখার নেই। তবে তাঁর এক নাতনি আছে, নাম তার লক্ষ্মী। সত্যিই সে লক্ষ্মী। তার ভরা সংসার। পাশেই তার বাড়ি। অবশ্য সে আপন নাতনি নয়, পাতানো নাতনি। সে-ই সকালে এসে রান্না করে যায়। পত্নী চলে যাওয়ার পর নিজে হাতে রান্না করত। তাঁর এই কষ্ট দেখে লক্ষ্মীর মায়া হয়। তারপর থেকে সে-ই রান্না করে দেয়।

সেদিন লক্ষ্মী রান্না করতে আসেনি। গজেন মুড়ি জল খেয়ে শুয়ে রয়েছেন। গোবিন্দর ডাকে তাঁর ঘুম ভাঙে। গোবিন্দ বাবুর বাড়ির কর্মচারী। কর্মচারী বললে হবে না, একেবারে প্রিয় লোক। গজেন বাইরে আসতেই গোবিন্দ বলল, আমার সঙ্গে যেতে হবে।

– কোথায়?

– পলাশপুর।

– সে তো অনেক দূর।

– বাবুর হুকুম।

– কেন? জানতে পারি কি?

– গল্প শোনানোর জন্য। আপনাকে আমার সঙ্গে যেতে হবে।

এই কথা শোনামাত্র মন আনন্দে মেতে উঠল। আনন্দ হবে না কেন? তাঁকে গল্প শোনানোর জন্য বাবু লোক পাঠিয়েছেন। এ যে বড় পাওনা। এ যেন স্বপ্নে পাওয়া ধন। এ যে তাঁর পরম সৌভাগ্য। সে আনন্দে আত্মহারা ধৈর্য ধরছে না। তড়িঘড়ি পোশাক পরে বেরিয়ে পড়লেন। লক্ষ্মী বলল, ও দাদু, অত সেজে কোথায় চললে?

ওদাদু জমিদার ভবেশবাবুর বাড়ি? কোন গ্রামে যাচ্ছ?

পলাশপুর, বাবু লোক পাঠিয়েছেন, চিন্তা করিস না।

– কেন?

– গল্প শোনার জন্য।

– সারাদিন কিছু খাওনি। বাবুর বাড়ি পৌঁছে আগে পেটে কিছু দিও।

– ঠিক আছে। তুই চিন্তা করিস না।

– এ আমার নিজের কেউ নয়, পাতানো নাতনি।

গোবিন্দ বলল তোমার প্রতি বেশ লক্ষ্য।

– আমায় খুব ভালোবাসে। সবদিকে লক্ষ্য। একেবারে নিজের মতো!

এই ভবেশবাবু রাশভারি লোক, তবে খুব দয়ালু। বছরে একদিন গ্রামের গরিব দুঃস্থ লোকদের বস্ত্রদান করেন। এবং তাদের আহারের ব্যবস্থা করে থাকেন।

বাবুর মনের ইচ্ছে, গ্রামের গরিব লোকদের একদিন আনন্দে রাখবেন। সেই জন্য গল্পের আসর।

বাবুর বাড়ি পৌঁছে, তাদের আপ্যাপায়ন দেখে স্তম্ভিত। সে একজন গরিব লোক, তার চালচুলোর ঠিক নেই। শুধু মুখের কথা শোনার জন্য এত খাতির? কল্পনা করতে পারছে না। সে যেন আজ সর্ব সুখের অধিকারী। সেই সুসজ্জিত পালঙ্ক। যা সে কোনও দিন দেখেওনি। আজ সে তার ওপরে শুয়ে। সে ভাবছে, আমার মুখের কথা শোনার জন্য এই ব্যবস্থা। আমার না আছে শিক্ষাগত যোগ্যতা, না আছে বংশ পরিচয়। তবুও আমি বাবুর বাড়র সম্মানীয় ব্যক্তি। শক্ত কাঠে শুয়ে-বসে কাটানো লোক আমি। আজ সাজানো পালঙ্কে। এ বড় পাওনা। ভাগ্যের কি খেল। কোনও রকমে রাতটা কাটিয়ে দিল।

গোবিন্দ বলল, পোশাক পড়ে তৈরি হোন, সময় এগিয়ে আসছে।

বাবুর দেওয়া পোশাক পরে আয়নার সামনে দাঁড়িয়ে নিজেকে দেখছে আর ভাবছে আমি এত সুন্দর? কোনওদিন মনে হয়নি। আনন্দে বলে ফেলল, আমায় কেমন লাগছে? গোবিন্দ বলল খুব সুন্দর। বাবুর দেওয়া পোশাকে কি খারাপ দেখায়?

তার হাত ধরে বাবুর বৈঠকখানায়। তখন শ্রোতায় ঘর ভর্তি। তাকে প্রবেশ করতে দেখে সবাই নিস্তব্ধ।

বাবু এসে তার পাশে বসলেন। শান্ত পরিবেশ। গজেনবাবু বললেন, এখানে এসে নিজেকে ধন্য মনে করছি। বাবুর পাশে বসে গল্প শোনাব, এ আমার বড় সৌভাগ্য। নিজের গর্ববোধ হচ্ছে, একটু ধৈর্য ধরে রসুন।

পর্ব – তৃতীয়

এক দেশে এক রাজা ছিলেন। তাঁর জন্মবৃতান্ত ভালো ছিল না। দরিদ্র পরিবারে তাঁর জন্ম। তিনি পরিশ্রম ও বুদ্ধি দিয়ে নিজেকে প্রতিষ্ঠিত করেছেন। তিনি রাজর্ষী বর্মন, প্রতিষ্ঠিত বনিক।

প্রতি বছর তিনি বাণিজ্যে বের হতেন। বাড়ি ফিরতে তিন-চার মাস হয়ে যেত। এই বাণিজ্য তাঁর উন্নতির মূল কাণ্ডারি। এখন তাঁর অনেক দাস-দাসী। কিন্তু এত সম্পদের মধ্যে থেকেও বানিজ্য তাগ করেননি। বানিজ্য তাঁর পেশা।

তিনি বাণিজ্যে যাওয়ার সময় সকল কর্মচারী ও দাস-দাসীদের একত্রিত করে তাদের আশীর্বাদ মাথায় নিয়ে বানিজ্যে যেতেন। তাঁর ব্যবহারে সবাই খুশি। বাণিজ্য শেষে বাড়ি ফিরে সকলকে মিষ্টি মুখ করাতেন। এ তাঁর কর্তব্যের মধ্যে পড়ে গেছে। স্বনামধন্য রাজা।

তাঁর একটাই সন্তান, নাম রণদের বর্মন। সে বাবার কর্মকাণ্ড দেখে খুব খুশি। তার মনের ইচ্ছা, বাবার মত বাণিজ্যে যাবে। তার শরীরে যে জমিদারি রক্ত। অতএব সে-ও বাবার মত বাণিজ্যে যাবে। সে একজন বড় বনিক হবে। মায়ের ইচ্ছা, ছেলেকে লেখাপড়া করিয়ে বড় অফিসার করাবেন। সেজন্য তাকে নামী স্কুলে ভর্তি করাবেন। বাবার মতো ব্যবসায় তাকে জড়াতে দেবেন না। বাণিজ্যে পয়সা আসে কিন্তু শান্তি থাকে না। তিন-চার মাস বাড়িছাড়া, কোনও স্ত্রীর কাছেই সুখকর নয়।

রানিমা ছেলেকে নামী স্কুলে ভর্তি করে দিলেন। কিন্তু যার মনে শাসন-ক্ষমতা দখল করার নেশা, তার কি ক'টা টাকার বিনিময়ে বদ্ধ ঘরে সময় কাটানো সম্ভব? কখনও না। অবশ্য বাবার ইচ্ছা, ছেলেকে ব্যবসায় প্রবেশ করানো।

একদিন বলল, বাবা আমি শিকারে যাব। মায়ের সায় নেই। কিন্তু বাবার মত রয়েছে। তখন তার উঠতি যৌবন, নতুন কিছু করা। বাবা তার ইচ্ছা পূরণে সায় দিল।

রণদের প্রথম যাবে শিকারে, তার মনে যত আনন্দ। রানিমার দুঃখ। তার সঙ্গে সেনা থাকছে, আরো কর্মচারী থাকছে, অতএব ভয়ের কিছু নেই। রণদেব নতুন উদ্যমে শিকারে চলল। সারাদিন শিকার করে ক্লান্ত শরীরে বাড়ি ফিরল। দেখল একটা পাখির বাচ্চা ছটফট করছে। তার মায়া হল। বাচ্চাটা তুলে নিয়ে বাড়ি এল। সেবাযত্নে বাচ্চাটাকে সুস্থ করে তুলল। তাদের সেবায় বাচ্চাটা সুস্থ হয়ে উঠল কিন্তু বাচ্চাটির স্বাধীনতা হারিয়ে গেল। তার স্থান হল খাঁচায়। সে রইল খাঁচায় বন্দি। কিন্তু তার সেবা যত্নের ত্রুটি রাখল না।

রাজামশাই রণদেবকে বাণিজ্যে আনতে চেয়েছিলেন। মায়ের আপত্তি ছিল। সে বাধা তার উৎসাহ-উদ্দীপনা, মনের বাসনা, পুত্রকে সঙ্গী করল। যদিও রানিমার মায়া কাটিয়ে চলল বাবার সঙ্গে। দেখে বাবা খুব খুশি। সব ছেড়ে দিয়ে সংসার ধর্মে মন দেবেন। সে প্রথম এসেই সব শিখে নিল। বাবা তার ব্যবসার চিন্তাধারা দেখে খুব খুশি। ভাবলেন এবার সব দায়িত্ব তার

হাতে অর্পণ করা যায়। তিনি সিদ্ধান্ত নিলেন এই তার শেষ বাণিজ্যে আসা। বাড়ি ফিরে সব দায়িত্ব তার হাতে দিয়ে সংসার ধর্ম পালনে মন দিলেন।

রনদের ভাবল বাবার মতো বানিজ্যে যাওয়ার সময় সবার আশীর্বাদ মাথায় নিয়ে যাবে, তবে একটু অন্য ভাবে। সে ঠিক করল বাণিজ্য থেকে ফেরার সময় তাদের জন্য উপহার নিয়ে আসবে। তাহলে উপহার পেলে ওরা খুশি হবে এবং আমাকে আশীর্বাদ করবে। বাবা একবার আশীর্বাদ পেতেন, আমি দু'বার আশীর্বাদ পাব। আবার আমার সুনাম বাড়বে।

পর্ব – চতুর্থ

রণদেব প্রথম বাণিজ্যে যাচ্ছে, মা বড় চিন্তিত। যাওয়ার সময় সকলকে একত্রে বসিয়ে, তাদের আশীর্বাদ মাথায় নিয়ে শঙ্খধ্বনির মাধ্যমে যাত্রা শুরু। সকলের মুখে হাসি। কিন্তু খাঁচাবন্দি পাখিটা মুক্তি পাওয়ার জন্য ছটফট করছে। নিরাশ হয়ে খাঁচার মধ্যে মুখ গুঁজে পড়ে রইল।

সে বাণিজ্য শেষে সবার জন্য উপহার নিল। ভাবছল, উপহার তো নিলাম কিন্তু সবার যদি পছন্দ না হয়, তাহলে মনঃক্ষুণ্ণ হবে। অতএব এর পরে যখন বাণিজ্যে যাব, সবার পছন্দের উপহার নিয়ে আসব। সেইমতো তালিকা তৈরি করব।

সে বাণিজ্য থেকে ফিরে সবার হাতে উপহার সামগ্রী তুলে দিল। তাঁরা খুশি হয়ে প্রাণ ভরে আশীর্বাদ করলেন। সে দু'বার আশীর্বাদ পেল। বাবা, ছেলের বাণিজ্যপ্রীতি দেখে খুব সন্তুষ্ট। সকলে রণদেবের গুনগান করতে থাকল। মায়ের আপত্তি থাকলেও লোকের গুণগান মায়ের মুখে হাসি ফুটিয়েছে। বাবা রণদেবের ব্যবসা পদ্ধতি দেখে মাথায় হাত দিয়ে বললেন, মন দিয়ে ব্যবসা করো, জীবনে উন্নতি করবে।

ছোট বাবু এখন একজন দক্ষ বনিক। তার কর্মপদ্ধতি দেখে সবাই খুশি। প্রতিবারের ন্যায় এবারও সে বাণিজ্যে যাচ্ছে। সবাইকে ডেকে একত্রিত করে বলল, তোমাদের পছন্দমতো জিনিস বল। সকলে হাসিমুখে তাদের উপহারের কথা বলল। খাঁচায় বন্দি পাখিটা ভাবছে, রাজাবাবু সবার ইচ্ছা পূরণ করছে, আমার ইচ্ছা পূরণ হবে কীভাবে? সে খোলা আকাশে ওড়ার জন্য ছটফট করছে। কিন্তু এই বন্দিদশা থেকে মুক্ত হওয়ার উপায় কি? মনে পড়ে গেল সেই ছোটবেলার সঙ্গীদের কথা।

ছোটবাবু বাণিজ্যে বের হচ্ছেন। চারিদিকে উলুধ্বনি, শঙ্খধ্বনি তার মঙ্গল কামনায় ব্যস্ত। সেই সময় পাখি বলল, প্রভু আমার একটি আর্জি আছে?

হেসে বললেন তোর আবার কি আর্জি?

বাবু আমার মুক্তি কীভাবে?

ছোটবাবু পড়ে গেলেন সমস্যায়। সবার ইচ্ছা পূরণ হবে, এর ইচ্ছা কীভাবে পূরণ হবে?

বলল, তোর ইচ্ছা পূরণের পথ আমার জানা নেই। তুই অন্য কিছু চা।

পাখি বলল, বাণিজ্য থেকে ফেরার পথে গভীর জঙ্গল পড়বে। সেই জঙ্গলের মধ্যে আমার বন্ধুরা থাকে। দেখবেন তারা একসঙ্গে খেলছে। তাদের জিজ্ঞেস করলে মুক্তির পথ বলে দেবে।

ছোটবাবু সবার আশীর্বাদ মাথায় নিয়ে বাণিজ্যে চললেন। চার মাস দেশ-বিদেশে ব্যবসা করে বাড়ি ফিরছেন। সঙ্গে রয়েছে সবার উপহার। এবার ব্যবসায় লাভের অঙ্ক বেশি। আনন্দ ফুর্তিও বেশি। সঙ্গীরাও আনন্দে বিভোর কিন্তু পাখির কথা ভুলে গেছে। কারও মনে নেই। গভীর জঙ্গল পেরিয়ে অনেকটা পথ চলে এসেছে। হঠাৎ পাখির কথা মনে পড়ে। সঙ্গে সঙ্গে বাণিজ্যতরী জঙ্গলের পাশে নোঙর করেন। নৌকা থেকে নেমে জঙ্গলের পথ ধরে। বিশাল জায়গা দখল করে রেখেছে। সে জঙ্গলের মধ্যে তন্ন তন্ন করে খুঁজছে। কোথাও তার বন্ধুদের দেখা যাচ্ছে না। আবার না দেখা করে ফিরেও আসতে পারছে না। তার বিবেক বলছে সবার ইচ্ছা পূরণ হবে, কেবল পাখির ইচ্ছা পূরণ হবে না। সে হাল ছাড়তে নারাজ। এদিক-ওদিক চেয়ে দেখছে।

হঠাৎ তার চোখ পড়ল জঙ্গলের মধ্যে সূর্যের আলো। সেই পথ ধরল, কিছুটা যাওয়ার পর সেই জায়গাতে পৌঁছল। দেখল পাঁচটা পাখির বাচ্চা গোল হয়ে খাবার খাচ্ছে। সে তাদের সামনে গিয়ে বলল, তোমাদের কাছ থেকে আমি জানতে চাইছি মুক্তির পথ।

পাখিরা বলল কার মুক্তি? কেনই বা মুক্তি?

বলল, তোমাদের এক বন্ধু আমার বাড়িতে খাঁচায় বন্দি। সে বলেছে তোমাদের কাছ থেকে জানতে যে তার মুক্তির পথ কি।

সঙ্গে সঙ্গে চারটে পাখি উড়ে গেল। একটা পাখি মারা গেল।

চোখের সামনে এই দৃশ্য তার বিবেকে আঘাত হানে। তার দুঃখ যে, আমার কথা তাকে মৃত্যুর পথে নিয়ে গেল। আমি মহাপাপী, তার মুখের হাসি হারিয়ে গেল। দুঃখ বেদনা বুকে নিয়ে বাড়ি ফিরল। সে তার মরার জন্য নিজেকে অপরাধী ভাবছে।

বিষণ্ণ বদনে বাড়ি এসে সবার হাতে উপহার তুলে দিল। সবাই খুশি হয়ে আশীর্বাদ করছে। সব শেষে পাখি বলল আমার মুক্তির পথ জেনে এসেছেন?

বললেন, তোমার মুক্তির পথ জানতে গভীর জঙ্গলে প্রবেশ করি। অনেক খোঁজার পর গভীর জঙ্গলের মধ্যে তোমার বন্ধুদের দেখা পাই।

পাখি বলল, বন্ধুরা কি বলেছে? আমার মুক্তির পথ বলেছে?

তারা পাঁচজন গোল হয়ে খাবার খাচ্ছিল। তাদের বললাম, আমার বাড়িতে তোমাদের এক বন্ধু খাঁচায় বন্দি রয়েছে। সে বাড়ির সবার প্রিয়। তার সেবাযত্নের কোনও খামতি নেই। সে তোমাদের কাছে জানতে চেয়েছে মুক্তি কীভাবে?

বলার সঙ্গে সঙ্গে চারটি পাখি উড়ে গেল, একটি পাখি মারা গেল।

এই কথা শোনামাত্র খাঁচার পাখিটা মরে গেল। সে দুটো পাখির প্রাণ কেড়ে নিল। শোকে কাতর। সে পাখিটাকে খাঁচা থেকে বের করে শুইয়ে রাখল।

সঙ্গে সঙ্গে পাখিটা উড়ে দালানে বসল।

পাখি বলল, রাজাবাবু জঙ্গলের পাখিটা মরেনি, মরার অভিনয় করেছিল। সে বুঝিয়ে দিয়েছিল এই ভাবে মুক্তি আসবে। আজ আমি মুক্ত। খোলা আকাশে ডানা মেলে উড়ে বেড়াব, এখন আমি মুক্ত।

ছোটবাবুর মাথায় হাত। সে ছোট একটা পাখির বুদ্ধির কাছে হেরে গেল। সে বুদ্ধির খেলায় পরাজিত। আমার গল্পের সমাপ্তি। ❑

বর্ণ বৈষম্য

পর্ব – প্রথম

ও বৌদি, ও বৌদি, দেখ কে এসেছে?

– এত চেল্লাছিস কেন?

– দেখ না, কে এসেছে?

– কে এসেছে?

– ওকে বল, এখন দেখা হবে না। পড়তে বসেছে।

সপ্তম বলল, ও দিদি, সন্ধ্যা দিদিমনিকে একটি বার ডেকে দাও।

– শুনলি না, পড়তে বসেছে। চলে যা, দেখা হবেনা।

– একটি বার ডেকে দাও। ওর সঙ্গে দেখা করে চলে যাব।

– ছেলের সাহস কত? কি দরকার তোর?

– দিদিমনির জন্য ডাঁসা কুল এনেছি। ওকে দিয়ে চলে যাব।

– তোর কুল খাবে না। এই বলে দড়াম করে দরজা বন্ধ করে চলে গেল।

সে অনেক সময় দাঁড়িয়ে থেকে, তার দেখা না পেয়ে কুলগুলো দরজার সামনে রেখে চলে গেল।

সন্ধ্যা বলল, কে এসেছিল মা?

– কেউ না।

– টুম্পা মাসি কথা বলছিল যে।

– তোমার সব দিকে কান যায়। চোখ মুখ ধুয়ে পড়তে বস।

সে মায়ের কথামতো বই নিয়ে বসেছে। কিন্তু বইয়ের পাতায় চোখ নেই। মন পড়ে রয়েছে সেই দিকে। কিছু সময় বাদে ঘোষমশাই দরজা খট্ খট্ করছে।

বলল কে?

– দুধ।

– টুম্পা, দুধটা নে তো, আমার দু'হাত আটকানো।

ঘোষ মশাই বললেন, দরজার সামনে অনেকগুলো কুল। মনে হচ্ছে কেউ রেখে গেছে।

সন্ধ্যা বলল, সপ্তম এসেছিল। সে-ই রেখে গেছে। মা বলল, তুই কি করে বুঝলি যে সপ্তম রেখেছে? তোমরা ওকে ভিতরে ঢুকতে দাওনি। তার গলার শব্দ শুনেছি।

মেয়ের সেদিকে বেশ লক্ষ্য। কে এল, কে গেল? সেদিকে চোখ কান খাড়া। পড়ার কথা বললে মুখ বন্ধ। ওসব বাদ দিয়ে পড়ায় মন দাও, সামনের মাসে স্কুলে ভর্তি করে দেব।

– মা, সপ্তম স্কুলে ভর্তি হবে?

– ওর বাবা ভর্তি করে দিলে হবে। তবে ওরা গরিব। তাছাড়া ওরা নীচু জাতি। পড়ার মর্ম বোঝে না। একটু বড় হলেই কাজে লেগে যায়। খেতে পেলেই সন্তুষ্ট।

– ওদের খুব কষ্ট। ছোট থেকেই কাজ করে।

– এখন থেকে ওর কথা মুখে আনবি না। মন দিয়ে পড়া করবে তা নয়, সবসময় ওর কথা।

গ্রামের শেষ প্রান্তে ওদের বাস। রাস্তার ধারে তালপাতা দিয়ে ঘেরা ছোট ছোট সারা ঘরের চারিদিক মাটি খুঁড়ে ড্রেন করা, যেন বৃষ্টির জল ঘরের ভিতরে না ঢোকে। আদিবাসী পাড়া নামে পরিচিত। প্রায় পঁচিশ থেকে তিরিশ ঘরের বাস। প্রত্যেকটা ঘরের সামনে উঠোন। ঘরের কোণে উঠোনে রয়েছে উনুন। সেটা আবার ঝুড়ি দিয়ে ঢাকা, সূর্যের আলো ফোটার সঙ্গে ওদের রান্না বসে যায়। সেই লতাপাতা দিয়ে রান্না। রান্না শেষে সকলে খেতে বসে। কেউ থালা হাতে খাড়া হয়ে, কেউ বা আসন পেড়ে খায়। খাওয়া শেষ হলে উনুনে কড়াইটা উঁচু করে বসিয়ে যুগলে বিড়ি টানতে টানতে কামে যায়। ছেলে মেয়েরা রাস্তার ধুলোবালি নিয়ে খেলতে থাকে। সূর্য ডোবার প্রাক্কালে সবাই একত্রিত হয়।

সন্ধ্যার জন্মের পর সপ্তমের মা এই বাড়িতে কাজে লাগে। তখন সপ্তমের বয়স ৬ মাস। সপ্তমকে বারান্দায় শুইয়ে দিয়ে কাজ করে। কোনও কোনওদিন সন্ধ্যার জায়গা হত তার পাশে। ধীরে ধীরে বড় হয়ে উঠছে। খেলার সঙ্গী হয়ে উঠল।

সন্ধ্যার মা তাদের বন্ধুর মতো মেলামেশা পছন্দ করত না। এখন থেকে সাবধান না হলে বিপদে পড়তে হতে পারে। সন্ধ্যার ভবিষ্যৎ ভেবে সপ্তমের মাকে কাজ থেকে ছাড়িয়ে দিল। তারপর থেকে সপ্তমের দরজা বন্ধ হয়ে গেল। দেখা সাক্ষাৎ প্রায় বন্ধ। তবে সপ্তম যখন বাবার সঙ্গে মুদির দোকানে আসে, সেই সময় প্রায়ই দেখা হয়। কথাও হয় দুই খেলার সাথির।

পর্ব – দ্বিতীয়

একই দিনে সন্ধ্যা এবং গ্রামের জমিদার বাবুর ছেলে রোহন স্কুলে ভর্তি হয়। বাবুর বাড়ির ছেলে বলে কথা। তার পোশাক বুঝিয়ে দেয় সে বড় বাড়ির ছেলে। তারা দুজনে ভালো বন্ধ। একসঙ্গে আসা যাওয়া, সব সময়ের খেলার সঙ্গী। স্কুলের শিক্ষক সুমিতবাবু আদিবাসী পাড়া দিয়ে যাতায়াত করেন। তিনি ছাত্রছাত্রীদের সন্তানের মতো দেখেন। তিনি নিঃসন্তান, তাঁর চোখে পড়ে আদিবাসীদের ছেলে মেয়েরা সকাল–সন্ধ্যা রাস্তায় খেলা করে। এই ছেলেমেয়েদের ভবিষ্যৎ কি? এরা সারাজীবন অবহেলিত, অচ্ছ্যুত, এদের শিক্ষার আঙিনায় নিয়ে যেতে না পারলে, কোনওদিন মাথা তুলে দাঁড়াতে পারবে না। তাঁর মনকে নাড়া দিল, তিনি তাদের বুঝিয়ে স্কুলে নিয়ে আসেন।

প্রথম স্কুলে এসেছে। না আছে বইপত্র, না আছে ভালো জামা–প্যান্ট। কারো প্যান্টে পটি মারা, কারও জামার বোতাম নেই। মধ্যে সেফটিপিন দিয়ে সাঁটা। সবার থেকে দূরে। সন্ধ্যা সপ্তমকে দেখে খুব খুশি। সে তাকে সঙ্গে করে শ্রেণীকক্ষে তার পাশে বসিয়ে দিল। দুজনে খুব খুশি। কথা বলে যেন শেষ হচ্ছে না। এই দেখে বাবুর ছেলে রোহনের রাগ হচ্ছে। সে সব ছেলে মেয়েদের বলে দিল, এর সঙ্গে কেউ মিশবে না। ওরা নীচু জাতি। সে ওকে, ঘরের এক কোণে বসিয়ে বলল, এখানে বসবি। কোনও ছেলে মেয়ে বাবুর ছেলের কথা অমান্য করতে পারল না। সন্ধ্যার মনে রাগ। একমাত্র স্যারের সঙ্গে দেখা করে। কথা বলে।

সে একা। সপ্তমের পড়ার আগ্রহ দেখে সুমিত স্যারের আশা জাগল। তিনি তাকে পড়ার সামগ্রী কিনে দিলেন। কিন্তু বইপত্র থাকলে কি হবে, তার বাড়ির কেউ লেখাপড়া জানে না। অতএব স্কুলেই তার লেখাপড়া।

অবসর সময় স্যার তাকে পড়াতে সাহায্য করেন। এই দেখে রোহনের হিংসা হয়। সে সবাইকে বলে দেয় কেউ যেন ওর সঙ্গে না খেলে। সে একা হয়ে ওদের খেলা দেখে। কখনও কখনও একাই দৌড়ে আসে। সন্ধ্যার কষ্ট হয়। কিন্তু রোহনের ভয়ে কথা বলতে বা সঙ্গী হতে পারে না।

সেদিন সকাল থেকে আকাশ মেঘলা। মাঝে মাঝে সূর্য দেখা যাচ্ছে। স্কুলে ছেলে মেয়ের সংখ্যা কম। টিফিনের ঘণ্টা বেজে গেল।

সকলে হই-হুল্লোড় করে বেরিয়ে সোজা খেলার মাঠে। সপ্তম একবার দৌড়ে এসে খেলার মাঠে। রোহন দল ভাগ করতে গিয়ে সমস্যায় পড়ে। কারণ ছেলের সংখ্যা কম। বাধ্য হল সপ্তমকে নিতে। তবে সে রইল রোহনের বিপরীত দলে। খেলা আরম্ভ। খেলতে খেলতে রোহনের সঙ্গে সপ্তমের ধাক্কা লাগে। দুজনেই পড়ে যায়। কিন্তু বাবুর ছেলের নরম শরীর, কপাল ফুলে যায়। সপ্তম জল এনে তার কপাল ধুয়ে দেয়। যেহেতু সপ্তমের সঙ্গে ধাক্কা, অতএব রাগ অন্তিম গগনে। সে ভাবল, এবার তাকে শিক্ষা দিয়ে ছাড়ব। সে বাড়ি গিয়ে বাবাকে বলে সপ্তম মেরে কপাল ফুলিয়ে দিয়েছে। জমিদারের রক্ত, তারপর ছোট জাত। ছেলের গায়ে হাত। এত বড় সাহস। সঙ্গে সঙ্গে তলব। সেই সময় সপ্তমের বাবা বাড়ি ফেরেনি। বাড়ি এসে শুনল জমিদার বাবু ডেকে পাঠিয়েছেন। কালবিলম্ব না করে সপ্তমকে সঙ্গে নিয়ে বাবুর বাড়ি। মাথায় গামছা জড়ানো, পা শুকনো মাটি লাগা, লুঙ্গি হাঁটু অবধি তোলা। বাবুর সামনে কাঁচুমাচু মুখে দাঁড়িয়ে। ঘরভর্তি লোক।

বাবু বললেন, তোর ছেলে, মেরে আমার ছেলের কপাল ফুলিয়ে দিয়েছে।

সপ্তম বলল, আমি মারিনি। খেলতে খেলতে ধাক্কা লেগে পড়ে গিয়ে কপালে লেগেছে।

বাবু উত্তেজিত হয়ে সপাটে দুই গালে চড় বসিয়ে দিয়ে বললেন, তোর ছেলে মিথ্যে বলছে। ছোট জাতের ছেলে এরকমই হবে।

সপ্তম সজল নয়নে বলল, আমি মিথ্যা বলছি না। বাবু উচ্চস্বরে বলল, আবার মিথ্যে কথা। চড় মারতে যাবে, তার বাবা পা জড়িয়ে ধরে বলল, বাবু এবারের মতো ক্ষমা করে দিন, আর হবে না। বললেন, বেরিয়ে যা, এর পরে যদি এরকম হয়, তাহলে সোজা কারাগারে, মনে থাকে যেন। বাড়ি এসে জল দিয়ে গাল ধুয়ে দিয়ে বলল, বাবা ওরা বড়লোক, ওদের সঙ্গে মিশতে নেই। ছেলের গালে পাঁচটা আঙুলের ছাপ দেখে বাবার চোখে জল।

রোহন ওকে মার খাইয়ে দিয়ে সকলকে এই কথা স্কুলে বলে। সে একাই থাকে। এই কথায় সবাই খুব আনন্দিত। সবাই তাকে রাগায়।

শুনে সন্ধ্যার রোহনের প্রতি ঘৃণা হয়। সে তাকে খারাপ চোখে দেখে। সে সপ্তমকেই ভালোবাসে।

সব ঘৃণা, অপমান সহ্য করে পড়াশোনা চালিয়ে যায়। সকল স্যর তাকে সাহায্য করে। তার হাতের লেখা তারিফ করার মতো। স্যর বলেন, ভালো গাইড পেলে, ভালো রেজাল্ট করবে।

প্রধান স্যর বললেন, শিক্ষক সমাজের উচিত এদের মতো ছেলে মেয়েদের সাহায্য করা। শিক্ষার আভিনায় নিয়ে এসে শিক্ষিত করে তোলা। সকল স্যর তাকে সাহায্যের হাত বাড়িয়ে দিলেন। এভাবে সে চারটি বছর পার করে দিল।

সামনে বাৎসরিক পরীক্ষা। সেই সময় চতুর্থ শ্রেণীর বাৎসরিক পরীক্ষা অন্য স্কুলে হত। সবার অভিভাবক ছেলে মেয়েদের সঙ্গে করে নিয়ে যাবে, সে এক আনন্দ। সপ্তমকে নিয়ে যাওয়ার কেউ নেই। তার বাবা বলেছে কাজে যেতে হবে, নিয়ে যাওয়ার সময় নেই।

শেষে সুমিত স্যর ওর অভিভাবকের দায়িত্ব পালন করেন। পরীক্ষা শেষ। এখন ফলের অপেক্ষায়।

সপ্তমের কোনও হেলদোল নেই। সে জানে তাকে বাবার সঙ্গে কাজে যেতে হবে, পড়ার সমাপ্তি।

সুমিত স্যরের আশা, সে ভালো রেজাল্ট করবে। সে কথা সহকর্মীদের বলেন।

অপেক্ষার অবসান। সব ছেলে মেয়ে অভিভাবক সঙ্গে স্কুল প্রাঙ্গণে। প্রথম পরীক্ষা, সবাই আশা নিয়ে স্কুলে। কিন্তু সপ্তমের দেখা নেই। তার বাবা বলেছে কাজে যেতে হবে। অতএব তার পড়া বন্ধ। স্কুলে যাওয়ার কথা ভুলে গেছে। পাড়ার ছেলেদের সঙ্গে খেলছে। সুমিত স্যার বললেন, সপ্তম আসেনি?

সন্ধ্যা বলল, না স্যার।

রোহন বলল ফেল করবে জেনে আসেনি।

স্যারের রাগ হয়েছিল। কিন্তু বড় বাড়ির ছেলে বলে মুখ বন্ধ রাখলেন। সন্ধ্যাকে বললেন, তুই ডেকে নিয়ে আয়। স্যার বলেছেন, আর কি? দলবদ্ধভাবে ডাকতে গেল। তখন সপ্তম ডাংগুলি খেলায় মত্ত।

সন্ধ্যা বলল স্কুলে চল, আজ রেজাল্ট দেবে।

বলল, যাব না। বাবা বলেছে কাজে যেতে হবে। সন্ধ্যা বলল স্যার ডেকে পাঠিয়েছেন। স্যারের কথা শুনে না করতে পারল না।

জমিদার বাবু এক হাঁড়ি মিষ্টি পাঠিয়ে দিয়েছেন, তার পুত্র প্রথম হয়ে পাশ করবে। তার শুভেচ্ছাবার্তা, বাবুর বাড়িতে চলছে আনন্দ উৎসব।

প্রধান স্যার ঘণ্টা বাজিয়ে দিলেন। সব ছাত্রছাত্রী শ্রেণীকক্ষে। উৎসুক জনতা বাইরে।

স্যার বললেন, বেশর ভাগ ছেলে মেয়ে প্রথম বিভাগে পাশ করেছে। তবে অকৃতকার্য কেউ নেই।

সবার মুখে হাসি।

স্যার বললেন, আনন্দের খবর, সবচেয়ে বেশি নম্বর পেয়ে প্রথম হয়েছে সপ্তম হেমব্রম। রোহনের মুখের হাসি হারিয়ে গেছে। কিন্তু সন্ধ্যা খুব আনন্দিত। বলল, তোকে পড়তে হবে।

এই খবর বাবুর অন্তরে আঘাত দিল।

সবাই রেজাল্টের কপি হাতে নিয়ে বাড়ি। স্কুল চত্বর ফাঁকা। স্যার ঘর বন্ধ করতে যাবে, দেখছে সপ্তম দাঁড়িয়ে।

স্যার বললেন, কিছু বলবি?

বলল, স্যার কাগজ খান আপনার কাছে রাখুন। বললেন, কেন? এই কাগজ দেখিয়ে তুই হাই স্কুলে ভর্তি হবি।

বলল, আমার আর পড়া হবে না। বাবা বলেছে কাজে যেতে হবে। আমাদের ঘরে রাখলে নষ্ট হয়ে যাবে। স্যারের বিবেকে বাধল। একটা মেধাবী ছেলে অর্থের অভাবে নষ্ট হয়ে যাবে? রেজাল্টের কপিটা হাতে নিয়ে বললেন, তোকে পড়তে হবে।

বাবা বলেছেন আমাদের পড়া করতে নেই। আমরা নীচু জাতি।

– তুই বাড়ি যা, আমি তোকে পড়াব।

পড়ার কথা শুনে নাচতে নাচতে বাড়ি গেল।

পর্ব – তৃতীয়

সুমিত স্যার সপ্তমকে মিশনে ভর্তি করে দিলেন। মহারাজ তার রেজাল্ট দেখে থাকা-খাওয়ার ব্যবস্থা করে দিলেন। পড়ার ব্যবস্থা হয়ে গেল। সে মিশনে ভর্তি হয়েছে শুনে সন্ধ্যা খুব খুশি। সন্ধ্যা জানে তারা সমাজে নীচু জাতি। তাদের আচার-আচরণ সব আলাদা। তবু তাকে ভালোবাসে। ভালোবাসা জাতি বিচার করে হয় না। ভালোবাসা হচ্ছে মনের মিলন। সে যখন ছুটিতে বাড়ি আসে, তখন সন্ধ্যার সঙ্গে দেখা হয়, কথা হয়। কিন্তু ভালোবাসি, সে রকম কথা হত না।

তখন সে নবম শ্রেণীতে পড়ে। স্কুল দু'দিন বন্ধ। সে আসছে বাড়িতে। তখন সূর্য অস্ত যাওয়ার মুখে। সবার ঘরে ফেরার ব্যস্ততা, হঠাৎ গাড়ি থেমে গেল। সকলে বাস থেকে নেমে রাস্তায়। দেখছে একটা জিপগাড়ি নয়নজুলিতে পড়ে। সে কাছে গিয়ে দেখছে গ্রামের জমিদার বাবু গাড়ির ভিতরে, তার মাথা ফেটে রক্ত ঝরছে। কালক্ষেপ না করে বাবুকে নিয়ে সোজা হাসপাতালে। ডাক্তার বাবু বললেন এই দুটো ওষুধ এখনই দরকার। তা না হলে রোগীকে বাঁচানো যাবে না। রক্তমাখা জামা গায়ে সে ওষুধের দোকানে। ওষুধ নিয়ে টাকা দিতে গিয়ে দেখছে তার কাছে টাকা নেই।

শেষে স্যারের দেওয়া হাতঘড়ি রেখে ওষুধ নিয়ে এসে ডাক্তার বাবুর হাতে দেয়।

বাবু বেডে শুয়ে। পাশে সপ্তম বসে। সেই সময় রোহন মাকে সঙ্গে নিয়ে হাসপাতালে। তাদের বললেন, এই ছেলেটার জন্য রোগী জীবন ফিরে পেল।

মা বললেন, তুমি কে বাবা?

রোহন বলল, আদিবাসী পাড়ায় বাড়ি।

সপ্তম হাসি মুখে বলল, বাবু ভালো হয়ে যাবে। চিন্তা করো না। আমি আসি তাহলে।

হঠাৎ বাবা ডাক কানে।

বাবা জানে না ছেলে বাড়ি আসছে।

বলল, সপ্তম, এত রাতে কোথা থেকে?

সে বাবাকে সমস্ত ঘটনা বলন।

খুশি মনে বলল, খুব ভালো কাজ করেছ। সেদিনের কথা মনে রাখবে না। সবসময় মানুষের সেবা করে যাবে।

এই খবর গ্রামে প্রচার হয়ে গেল। সন্ধ্যা গেল তার সঙ্গে দেখা করতে, তখন বিকেল চারটে হবে। পথে রোহনের সঙ্গে দেখা।

বলল, কোথায় চললি?

– শুনলাম সপ্তম এসেছে। ওর সঙ্গে দেখা করতে ওই নীচু জাতির বাড়ি যাচ্ছিস?

নীচু জাতির ছেলে তোর বাবাকে বাঁচিয়েছে। সে রেগে গেল, কিন্তু প্রকাশ করল না।

মনে মনে বলল, সুযোগ পেলে শিক্ষা দিয়ে ছাড়ব।

সন্ধ্যা বড় আশা নিয়ে সপ্তমের বাড়ি যাচ্ছে। তার সঙ্গে দেখা হবে। অনেক কথা হবে। সবে যৌবনের স্রোত বইছে শরীরে। বাড়ি গিয়ে শুনছে সে মিশনে চলে গেছে। মনের কথা মনে রয়ে গেল। তাদের দেখা হত, কথা কম, কারণ সমাজের বাধ্যবাধকতা। তবে চোখ বলে দিত তারা প্রেমের বন্ধনে আবদ্ধ। ভয় সমাজকে।

স্কুলের গন্ডি পার হয়ে গেল। সপ্তম বাড়ি এসেছে।

খবর চলে গেল রোহনের কানে। এবার কলেজে ভর্তি হবে।

সে প্রচার করে দিল, সমাজের চোখে সে খারাপ। এই সুযোগ সে হাতছাড়া করল না। সে প্রচারের বহর বাড়িয়ে দিল। সমাজের চাপে বিয়ে দেবার জন্য উঠেপড়ে লাগল। কলেজে পড়া বন্ধ, বাধ্য হয়ে বিয়ের পিঁড়িতে বসতে হবে।

সপ্তম কলেজে পড়তে পড়তে চাকরি পেয়ে গেল। সে এই খবর দিতে বাড়ি এসেছে। বাবা-মা খুশি। তাদের পাড়াতে চলছে আনন্দের উৎসব। পাড়ার মধ্যে প্রথম চাকরি, গোটা আদিবাসী সমাজ গর্বিত। সে এই খবর দিতে স্যারের বাড়ি যাচ্ছে। পথে রোহনের সঙ্গে দেখা।

বলল কোথায় যাচ্ছিস?

– সুমিত স্যারের বাড়ি।

সে ভেবেছিল সন্ধ্যার সঙ্গে দেখা করতে যাচ্ছে। বলল, সন্ধ্যার বিয়ে লেগে গেছে।

শুনে বুকের ভিতরটা কেঁপে উঠল। দুঃখ চেপে রেখে বলল, ভালো খবর শোনালে।

সুমিতবাবু তার চাকরির খবর শুনে খুব খুশি। মাথায় হাত দিয়ে বললেন, আমার আশীর্বাদ রইল। তুই বড় অফিসার হবি।

বাড়ি এসে চুপ করে বসে। মনের মধ্যে চলছে দ্বন্দ্ব। তার মুখ ভেসে উঠছে।

মা বললেন, চুপ করে বসে কেন? স্যারের কি শরীর খারাপ?

না মা, স্যার ভালো আছেন। তাঁর সাহায্যে এত দূর উঠেছি। তিনি খুব ভালোবাসেন।

তুই মাস্টারকে বিপদে দেখিস, ভুলে যাসনে। স্যারের দান কি ভোলা যায়? তিনি আমার কাছে ভগবানের সমান।

সে কর্মস্থলে। সন্ধ্যা তার বাড়ি গেছে বিয়ের কার্ড দিতে। বিয়েতে তার মত নেই। কিন্তু বাড়ি এবং সমাজের চাপে তাকে বিয়ের পিঁড়িতে বসতে

হচ্ছে। কার্ড দিতে এসে শুনল সে চাকরি পেয়েছে। তার চোখে জল। এই আনন্দ সংবাদ তার জন্য নয়। সে মুখ ভার করে বসে। তার মনের আয়নায় সপ্তমের ছবি, এ দুঃখ কাউকে বলা যাবে না। একাই ভোগ করতে হবে।

মা বললেন, সপ্তমদের বাড়ি গিয়েছিলি? তার সঙ্গে দেখা হল?

– না, সে বাড়ি নেই। চাকরির জায়গাতে। মায়ের হাতে দিয়ে এলাম।

– কোন্ অফিসে চাকরি পেয়েছে?

– জিজ্ঞেস করিনি। আর জিজ্ঞেস করলে ওর মা বলতে পারতেন না।

ছেলেটা পড়াশোনায় ভালো। দেখতেও সুন্দর গোবরে পদ্মফুল। এখন আর ওই পরিবেশ থাকবে না।

কথাগুলো যেন তীরের মত বুকে আঘাত করছে। সজল নয়নে শুনে গেল। মুখ খুলল না।

পর্ব – চতুর্থ

সে বাড়ি এসে শুনল সন্ধ্যা বিয়ের কার্ড দিয়ে গেছে। কোনও কথা বলেনি।

মা বললেন, বাড়ি এসে কার্ড দিয়ে গেছে। ভালো উপহার নিয়ে যাস।

সে ভালো শাড়ি নিয়ে এসে মায়ের হাতে দিল। মা বললেন, শাড়িটা ভালো হয়েছে, বেশ মানাবে। মেয়েটি বড় ভালো। যেখানেই দেখা হোক, কাকিমা বলে কথা বলে।

– ওর কথা বাদ দাও। ওরা উঁচু বর্ণের, ওদের কথা না বলাই ভালো।

– সেই জন্যই কথাটা বললাম। উঁচু বংশের মেয়ে হয়েও আমাদের সঙ্গে কথা বলে। তোর খোঁজ নেয়।

মায়ের কথা বুকে আঘাত করছে। সে যে তাকে অন্তরে স্থান দিয়েছিল সে কথা কোনওদিন বলতে পারেনি। সে ঘরে গিয়ে বসল।

মায়ের মনের আয়নায় সব ধরা পড়ে। সবার চোখকে ফাঁকি দিলেও মায়ের চোখকে ফাঁকি দেওয়া যায় না। মায়ের বুঝতে অসুবিধা হল না। কিন্তু নীরব রইল। ছেলের কষ্ট মানে মায়ের কষ্ট। দূরে থাকলেও সব ধরা পড়ে।

বিয়ের দিন সে উপহার হাতে সন্ধ্যাদের বাড়ি। গেটের সামনে গাঁদা ফুলের মালা সাজানো, সানাই বেজে চলেছে। তার চেনা বাড়ি, কিন্তু ছোট অবস্থায়। বড় হয়ে তার প্রবেশের সুযোগ হয়নি। ভিতরে হই-হুল্লোড় চলছে। নিমন্ত্রিত ব্যক্তিরা উপহার হাতে ভিতরে যাচ্ছে। তার মনে হচ্ছে আমার এই উপহার পছন্দ হবে তো? দ্বিধাদ্বন্দ্ব মন নিয়ে সে বাড়ির ভিতরে প্রবেশ করল। তার চোখ সন্ধ্যার দিকে। দেখছে নতুন সাজে সে পালঙ্কে বসে, পাশে বান্ধবীরা ঘিরে রয়েছে। তার হাতে উপহারটি দিয়ে বলল, ভালো লাগছে।

বলল, কখন এলে? সে-ও বলতে পারেনি মনের কথা। শুধু চোখ বলত, আমি তোমায় ভালোবাসি। সমাজের ভয়ে মুখ বন্ধ।

বলল, তোমার মা-বাবা কোথায়? তাঁদের দেখছি না। মা-বাবা আসেননি।

– কেন? আমি যে বলে এসেছি।

– মা বাবা কোথাও যান না।

– তুমি বসো।

– বসা হবে না। আমাকে সকালের গাড়ি ধরতে হবে।

– বর দেখে যাবে না?

– কখন আসবে?

– আজ একটু সময় দাও, আর কোনওদিন বলব না। সজল নয়নে বলে গেল।

সে কথা ফেলতে পারল না। তারও অন্তর কাঁদছে। বহিঃপ্রকাশ নেই। রইল বরের অপেক্ষায়।

তখন রাত ৯টা, সবাই বর দেখার অপেক্ষায়। একদিকে চলছে বিয়ের ব্যস্ততা, অপর দিকে খাবারের ব্যস্ততা।

ঠাকুরমশাই বললেন, লগ্ন ১০টায়, তাড়াতাড়ি ছাদনাতলা সাজিয়ে দাও। বিয়ের আগে ক্রিয়াকর্ম রয়েছে। ছাদনাতলা সাজানো শেষ। মেয়ের বাস্ত ক্রিয়াকর্ম করছেন। বিয়েবাড়ি উৎসবস্থল হয়ে উঠেছে। এখন সবার চোখ রাস্তার দিকে। কখন বরের গাড়ি এসে সামনে দাঁড়াবে। বরকে বরণ করে নিতে হবে, তার প্রস্তুতি চলছে। গাড়ির শব্দ কানে এলেই উঠে দেখছে।

হঠাৎ বাড়ি নিঃস্তব্ধ। খবর এল বর আসছে না, কারণ সে একজনকে ভালোবাসত। সেই মেয়েকে বিয়ে করতে বাধ্য হয়েছে। এত হাসি এত আনন্দ এক লহমায় স্তব্ধ হয়ে গেল। বাড়ি শোকাচ্ছন্ন। এত আয়োজন সব বিফলে। সবার চোখে জল। এখন কী হবে? বাবা-মায়ের মুখ বন্ধ। শব্দবিহীন অশ্রুভেজা নয়নে প্রতিবেশীরা বাবা-মায়ের পাশে, তাঁরাও শোকাহত। সবার মুখে এক কথা, এই লগ্নে বিয়ে না হলে, মেয়ে লগ্নভ্রষ্টা হয়ে থাকবে, আর বিয়ের পিঁড়িতে বসতে পারবে না। একাকীত্ব জীবন নিয়ে থাকতে হবে। কেউ নেই পাশে। সপ্তম দাঁড়িয়ে। তারও মুখ বন্ধ। সন্ধ্যা তার মনের কথাটা প্রকাশ করতে পারছে না। অসহায় হয়ে কেঁদে চলেছে। তার মনে হচ্ছে, আমি যদি কথাটা বলি, তাহলে সে-ও বিপদে পড়বে। সমাজ তাদের উদ্বাস্তু করে ছাড়বে। এ সমাজ বড় নিষ্ঠুর।

সপ্তম ভাবছে এই বিপদে তার পাশে থাকা উচিত। কিন্তু বিপদ ধেয়ে আসবে। সমাজের ভয়ে মুখ বন্ধ। সন্ধ্যার মন বলছে, আমি ওকে ভালোবাসি। অতএব আমার ভালোবাসার মানুষটাকে কষ্ট দিতে পারব না। কষ্ট হয় আমার হোক। হতাশ মুখে সপ্তম দাঁড়িয়ে। ছল ছল নয়নে, ভালোবাসার মানুষটি বিপদে তলিয়ে যাচ্ছে, সাহায্যের হাত বাড়িয়ে দিতে পারছে না, শুধু সমাজের ভয়ে। না জানার এই সমাজ পরিস্ফুটিত ফুলের পাঁপড়িগুলোকে শুকিয়ে যেতে বাধ্য করছে। অসহায় পরিবার। কান্না চেপে রেখে প্রেমিকার সামনে দাঁড়িয়ে। সে-ও বলতে পারল না মনের কথা। অসহায় পিতা-মাতা। সেবাযত্নে লালন-পালন করে বাগানের সুন্দর ফুল বানিয়েছিলেন, আজ তার সমাপ্তি।

অবশেষে সে লগ্নভ্রস্টা তকমা নিয়ে জীবন কাটাতে বাধ্য হল। সামনে থেকেও দূরে রয়ে গেল, শুধু সমাজপতিদের ভয়ে। জাতিগত বৈষম্য দুটো প্রাণকে সরিয়ে দিল। ❑

নিশি

পর্ব – প্রথম

ধনবর্ষা। না, না, ধনবর্ষা কোনও বিজ্ঞাপন বা দোকানের নাম নয়, একজন লোকের নাম। নাম তার ধনপতি, পদবি বর্ষা। সংক্ষেপে ধনবর্ষা নামে ডাকত। বড় গরিব।

অভাবের তাড়নায় কাজের সন্ধানে গ্রাম থেকে শহরে গেল। তার বুদ্ধি ও কর্মদক্ষতা তাকে উন্নতির শিখরে পৌঁছে দিয়েছে। সে এখন ভালো অবস্থায় রয়েছে।

অবশ্য তার কাকার সাহায্যে সে দাঁড়িয়েছে।

শহরে মেন রাস্তার ধারে তার বড় দোকান। খুব কষ্ট করে ব্যবসাকে বড় অবস্থায় নিয়ে গেছে। এখন একজন প্রতিষ্ঠিত ব্যবসায়ী। তা ছাড়াও বাজার কমিটির একজন। বাজারে তার নামডাক আছে।

মনে পড়ল তার কাকার কথা। অনেকদিন কাকার সঙ্গে দেখা নেই। গ্রামে গেলে কাকার সঙ্গে দেখা হবে। এবং সব বন্ধুদের সঙ্গে দেখা হবে। কে কি করছে এবং কেমন আছে জানা যাবে।

অনেকদিন পরে সে গ্রামে যাবে। চোখের সামনে ভাসছে বিশ বছর আগের গ্রামের ছবি। সেই কাদায় ভরা রাস্তা। সেই পানার ভরা পুকুর। কাঠের পাটাতনে বসে গ্রাম্য বধূরা বাসন মাজছে। কাপড় কাচছে। হাঁসগুলি এক পায়ে জলের কিনারে দাঁড়িয়ে। সেই রাধানাথের মুদির দোকান। দড়ি বাঁধা তেলের শিশি হাতে পটলা যাচ্ছে। সেই ডাক্তারখানা, যেখানে মায়েরা ছেলে কোলে বসে আছেন। ডাক্তার গগনবাবুর দু'পুরিয়া ওষুধের জন্য। মনে পড়ছে সেই ছোট নদী কল কল শব্দে বয়ে চলেছে। সূর্য মাথার ওপরে এলেই দলবদ্ধ ভাবে ছুটতাম স্নান করতে। আবেদের সাঁকো থেকে জলে লাফ। কি আনন্দ না হত? সে সময়টা পার হয়ে গেছে।

জন্মভিটে দেখার আনন্দে সারারাত ঘুম হয়নি। দূরে থাকলেও জন্মস্থান আসল থাকে। গ্রাম বা শহর যা-ই হোক না কেন, দেখার আগ্রহ থাকবেই,

হয়তো কর্মব্যস্ততার জন্য যাওয়া হয় না। তাই বলে মন থেকে চলে যাবে না। তাই তো সবাই একত্রিত হওয়ার অপেক্ষায় থাকে।

সে কল্পনার জগৎ থেকে বেরিয়ে গ্রামের পথে। আশ্রয় সেই কাকার বাড়ি। কাকা একাই থাকেন। তিনি সংসার জীবনে পা দেননি। তিনি পঞ্চায়েত অফিসে পিওনের পোস্টে চাকরি করেন। কর্মজীবন প্রায় শেষের দিকে। ভাইপোকে পেয়ে খুব খুশি। গ্রামের জীবনযাত্রা সহজ সরল। অনেকদিন বাদে গ্রামে এসেছে শুনে সবাই আসছে দেখা করতে। পুরনো বন্ধুদের সঙ্গে দেখা। ফেলে আসা দিনগুলির কথা মনে পড়ে যাচ্ছে। মনের মধ্যে জমে থাকা কথার বহিঃপ্রকাশ ঘটছে।

কাকা বললেন, চল, একবার গ্রামটা দেখে আসবি।

সেই গ্রাম আর নেই। সব পাকা। অনেক উন্নত। দেখবি অলিগলি।

সে কাকার সঙ্গে গ্রাম ঘুরতে বেরিয়েছে। অনেকের সঙ্গে দেখা। তাদের সঙ্গে কথোপকথন, নানা প্রশ্নের সম্মুখীন হতে হচ্ছে। বিশেষ করে প্রাকৃতিক দৃশ্য তাকে মুগ্ধ করেছে।

সে বলল, গ্রাম এখন অনেক উন্নত। যোগাযোগ ব্যবস্থাও অনেক উন্নত।

কাকা বললেন, চল, এবার ঘরে ফেরা যাক।

বলল, অনেকদিন পরে এসেছি, গ্রামটা ঘুরে দেখি। বেশ ভালো লাগছে। সেই মতীন কাকুর আমবাগান দেখছি না?

সেই বাগান নেই। তবে সেখানে বাগান হচ্ছে। পুরনো গাছগুলো কেটে, নতুন গাছ লাগিয়েছে।

সব শেষে ঘরে ফেরার পথে চোখ পড়ল কাদা ধুলো মাখা নগ্ন শরীরে লাঠি হাতে বসে থাকা ছেলেটার দিকে।

বলল, কাকা ছেলেটা ওইভাবে বসে, কেন?

– সে অনেক কথা। পরে শুনবি। চল ঘরে।

– চল না, ছেলেটাকে দেখে আসি।

ভাইপোর আবদার কাকা ফেলে কী করে? চলল ছেলেটার কাছে।

দেখছে ছেলেটার পায়ে বেড়ি। বিবস্ত্র শরীর নিয়ে লাঠি হাতে। লাঠি বলতে একটা সরু ডাল। ধুলো বালি পড়ে চামড়ার রঙ পরিবর্তন হয়ে গেছে। সবসময় মুখে তার নিশি তুই চলে যা। তোকে খেয়ে ফেলবে।

মাঝে মাঝে লাঠি উঁচিয়ে ভয় দেখাচ্ছে। বলল, কাকা এ অবস্থা কী করে হল? তার পায়ে বেড়ি কেন?

– সে উন্মাদ, বদ্ধ পাগল।

– এই অবস্থা কে করল? বলো না কাকা।

– তুই শুনবি, তাহলে শোন।

পর্ব – দ্বিতীয়

এর নাম গোপী নাথ। ছোট থেকেই আনভোলা। সহজ সরল। তবে কাজে কর্মে ভালো। কেউ কিছু বললে, সঙ্গে সঙ্গে করে দিত। আবার ধমক দিলে কাঁদতে লাগত। তার কান্না শোনার জন্য অনেকে পিছনে লাগত।

একবার তো পা নিয়ে বেশ কিছুদিন ভুগেছিল। – কি হয়েছিল? পড়ে গেছিল?

না, না। ঘুমের মধ্যে সে স্বপ্নে দেখছে কতগুলো লোক তাকে ধরে নিয়ে যাচ্ছে। সে বাঁচার জন্য জোরে মেরেছে লাথি। লাগল গিয়ে বাঁশের খুঁটিতে। পা গেল ফুলে। বেশ কিছুদিন পড়েছিল। এই নিয়ে সবাই ওর পিছনে লাগত। সহজ সরল বলে ওকে নিয়ে মশকরা করত। যে যা বলে, তাই বিশ্বাস করত। ওর বাবা ওকে করে দিল। বাবা কাজে ব্যস্ত থাকত। ওর মা ওকে পড়াত। এত জোরে জোরে পড়ত, পাড়ার লোক শুনতে পেত। সবাই ভাবত গোপী ভালো রেজাল্ট করবে। কিন্তু পরীক্ষার খাতায় সে শূন্য।

মাস্টারমশাই ডেকে বললেন, আপনার ছেলে পাশ করতে পারেনি।

বলল, ছেলে তো বাড়িতে ভালো পড়ে।

বললেন, মনে রাখতে পারে না।

বাড়ি এসে বলল, মৌলী তোমার ছেলে এবারও ফেল করেছে। ওর লেখাপড়া হবে না।

মা বলল, ও তো বাড়িতে ভালো পড়ে।

– একই ক্লাসে যদি দু-তিন বছর লাগে, তাহলে বড় স্কুলে যাবে কবে? তার থেকে ওকে কোনও কাজে লাগিয়ে দেওয়া ভালো।

– সে ছোট। এখন কী কাজ করবে?

– কেন? ওই তো শঙ্কার ছেলেটা গরু চড়ায়। সে-ও গরু-ছাগল চড়াতে পারবে। অভাবের সংসারে টাকা পাই বা না পাই, ওর পেটের ভাত তো হবে।

– যা ভালো বুঝবে তাই করো। তবে ভেবে চিন্তে কাজে লাগাবে। ছেলের যেন কষ্ট না হয়।

গোপীর স্থান হলো দূরবর্তী এক গ্রামে গৃহস্থের বাড়ি। সেখানেই খাওয়া এবং থাকার ব্যবস্থা। কাজ, ছাগলের পরিচর্যা করা।

সকালে ছাগলগুলি মাঠে নিয়ে যাওয়া সূর্য মাথার ওপরে এলে ঘরে ফেরা। তারপর স্নান-খাওয়া, তারপর সাময়িক বিশ্রাম। সূর্য হেলে পড়লে তাদের খাবার দেওয়া। সন্ধ্যার পূর্বে ঘরে পুরে দিয়ে, বাবুর ফাই-ফরমাশ খাটা। ৭টা বাজা মাত্র আহার শেষে বিশ্রাম। নিত্যদিনের কাজ।

তার ব্যবহার, সততা এবং কাজে একাগ্রতা দেখে বাবু খুব খুশি। সে বাবুর বাড়ির প্রিয় কর্মচারী। তবে সে পূর্বের মতো আনভোলা।

প্রতিদিনের ন্যায় সে ছাগল নিয়ে বাড়ি ফিরছে। দেখছে রাস্তার ধারে ক্ষীণকায় একটা বিড়ালের বাচ্চা ম্যাঁও ম্যাঁও শব্দ করছে। তাকে ঘিরে রেখেছে কতকগুলি দাঁড়কাক । গোপীকে দেখে বাচ্চাটা জোরে জোরে শব্দ করছে। তার এই অবস্থা দেখে গোপীর মায়া হল। সে তাকে কোলে নিয়ে গায়ে হাত বোলাতে লাগল। সে চুপচাপ লেজ নাড়িয়ে যাচ্ছে। পশু হলেও সে আদর বোঝে— তা লেজ নাড়িয়ে বুঝিয়ে দিচ্ছে। গোপী যেই নামিয়ে দিয়েছে, সে আবার ম্যাঁও ম্যাঁও শব্দ করছে। তার কান্না বিবেকে বাধল।

সে তাকে ছেড়ে আসতে পারল না। সে কোলে করে নিয়ে এসে ঘরে রেখে ছাগলগুলিকে ঘরে পুরে দিয়ে এসে দেখছে বাচ্চাটা তার বিছানায় শুয়ে রয়েছে। তাকে কোলে নিয়ে হাত বোলাচ্ছে। তার শরীরের হাড়গুলি হাতে বাধছে। পেটটা ভিতরে ঢুকে গেছে। আদর করে বিছানায় রেখে সে স্নানে গেল। স্নান করে এসে দেখছে খুঁড়িয়ে হাঁটছে। পায়ে হাত দিয়ে দেখছে পায়ের পাতাটা ভাঁজানো। মনে হল জন্মগত। এই রোগগ্রস্ত বাচ্চা আমার পক্ষে সেবাযত্ন করে সুস্থ করে তোলা সম্ভব নয়। অতএব তাকে ছেড়ে দেওয়া ভালো। রাতের অন্ধকারে রাস্তা পার করে রেখে এল। বাচ্চাটা ম্যাঁও ম্যাঁও করতে থাকল। সে পিছন ফিরে দেখে, চোখ বন্ধ করে ঘরে চলে এল।

রাতে শুয়ে তার ঘুম আসছে না। সবসময় মনে পড়ছে তার কথা। মনে হচ্ছে ওকে কুকুর বা শেয়ালে খেয়ে ফেলবে। কিন্তু তার পক্ষে ওকে সেবাযত্ন করা সম্ভব নয়। ভগবান যেন ওকে বাঁচিয়ে রাখে। মানুষের শেষ ভরসা তিনি।

সকালে দরজা খুলতেই ম্যাঁও ম্যাঁও শব্দে তার পায়ের সামনে। সে যত তাড়ানোর চেষ্টা করছে, তত তার পায়ের সামনে বসে পড়ছে। রাগ করে সে দরজা বন্ধ করে ছাগল নিয়ে চলে গেল মাঠে। তার কথা ভুলে গেছে।

মাঠ থেকে ফিরে এসে দেখছে সে একই জায়গায় শুয়ে। যা, বলতেই ম্যাঁও ম্যাঁও শব্দ করে কাছে এসে বসল। গোপী তার মায়াজালে জড়িয়ে পড়ল। তাকে কোলে নিয়ে আদর করতে থাকল। ঘরের এক কোণে তার থাকার ব্যবস্থা করে দিল। সে পাশে বসিয়ে খাবার খাচ্ছে। হাতের সঙ্গে তার চোখ ওঠা নামা করছে। খাওয়া শেষে উচ্ছিষ্ট খাবারগুলি একটা বাটিতে দিয়ে, সে চলে গেল ছাগলের খাবার আনতে। সে ছাগলের খাবার খাইয়ে, তাদের ঘরে রেখে বাবুর কাজে বাড়ির মধ্যে। বাবুর কাজ শেষে ঘরে এসে দেখছে বাচ্চাটি তার বিছানায় শুয়ে অকাতরে ঘুমোচ্ছে। পেট উঠছে আর নামছে। মনে হচ্ছে বহুদিন পর সে নিশ্চিন্ত মনে ঘুমোচ্ছে। সে তার গায়ে হাত দিয়েছে। একবার চোখ মেলে দেখে আড়মোড়া দিয়ে শান্ত ছেলের মতো শুয়ে রইল। গোপীর চোখ যেন ফিরতে চাইছে না। সে যে মায়ার জালে জড়িয়ে গেছে।

সে যে পশু ভালোবাসে। কিন্তু গরিবের কোনও শখ থাকতে নাই। নিজের পেটের জোগাড় করতে হিমশিম খাচ্ছে, তার ওপর আর একজন? তার মন তাকে ছাড়তে চাইল না। সে ঘরের এক কোণে থাকার জায়গা করে দিল। শান্ত ছেলের মতো রাতটুকু কাটিয়ে দিল।

পর্ব – তৃতীয়

সকালে কাজে বের হবে। সে তার সঙ্গে বের হচ্ছে। সে যতবার লাঠি তুলছে মারতে, ততবার ম্যাঁও ম্যাঁও শব্দ করে তার পায়ের কাছে এসে বসছে। তার সঙ্গে যাবে। তার সঙ্গে গেলে সে ছাগল দেখবে, না ওকে দেখবে। রাগে লাঠি তুলেছে মারতে। সে এসে তার পায়ে। তাকে ধরে ঘরে ঢুকিয়ে দিয়ে দরজা বন্ধ করে দিল। সে ম্যাঁও ম্যাঁও করতে থাকল।

ছাগল–ঘর থেকে বের হতে দেরি দেখে বাবু তার কাছে।

জিজ্ঞেস করলেন, এত দেরি কেন?

সে বাচ্চাটার আদি অন্ত বলে দিল।

বলেন, বিড়াল পোষা ভালো না।

বলল, বাচ্চাটা খুব কষ্ট পাচ্ছিল। মায়ার বশে তাকে নিয়ে এসেছি। বিড়াল পোষা কেন ভালো নয়?

বললেন, বিড়াল রোগ ছড়ায়। তুমি ওর সংস্পর্শ এড়িয়ে চলো।

বাবুর কথা শুনে মনে ভয় এল। এই বাচ্চাটার জন্য তার কাজটা চলে যাবে না তো? কাজ চলে গেলে কোথায় আশ্রয় পাবে— এই ভয় তাকে তাড়া করে বেড়াছে।

সে ঠিক করল মাঠে যাওয়ার সময়, তার মুখ চোখ ঢেকে তাকে নিয়ে গিয়ে দূর প্রান্তে ছেড়ে আসবে, তাহলে সে আর ফিরতে পারবে না। তার প্রতি মায়া বসে গেছে। তাকে ছাড়তে মন চাইছে না। তবুও তাকে ছেড়ে আসতে হবে। নিজেকে বাঁচতে হলে মায়া ত্যাগ করতে হবে।

শেষবারের মত তাকে কোলে নিয়ে আদর করছে। বার বার বুকের হাড়গুলো হাত দিয়ে নাড়ছে। তার চোখে জল। তবুও তাকে ছেড়ে আসতে হবে। বাবুর আদেশ।

সে কোলে নিয়ে ছাগলের সঙ্গে মাঠে চলছে। শেষবারের মত আদর করে মাঠের শেষ প্রান্তে ছেড়ে দিয়ে হাঁটা ধরেছে। তার ম্যাঁও শব্দ শুনে পিছন ফিরে তাকাতেই গোল গোল চোখ দুটো কী যেন বলছে আর লেজ নাড়ছে। মায়া ত্যাগ করে, দুঃখ কষ্ট বুকে চেপে রেখে ছাগল নিয়ে এসে ঘরে রেখে, সে তার ঘরে গিয়ে ফাঁকা বিছানা পড়ে থাকতে দেখে তার চোখের জল বাধা মানছে না। তার মনে হচ্ছে এতক্ষণ সে অন্য পশুর পেটে। সারাক্ষণ তার কথা ভাবছে। সে কাজ করছে, কিন্তু তার মুখে হাসি নেই।

বাবু বললেন গোপী শরীর খারাপ করছে?

– না বাবু।

– তবে মুখে হাসি নেই কেন? বাড়ির জন্য মন খারাপ?

– তা–ও না, এমনি।

– হেসে খেলে কাজ করে যাও। শরীর মন দুটোই ভালো থাকবে। কোনও কিছু দরকার হলে বলবে। ও হ্যাঁ, বাচ্চাটাকে ফেলে এসেছ?

– হ্যাঁ বাবু।

– কুকুর বিড়াল পুষতে নেই। মন দিয়ে কাজ কর।

সূর্য ডুবে গেছে। ঘুটঘুটে অন্ধকার, বাইরে কিছু দেখা যাচ্ছে না। ঝিঁ ঝিঁ পোকার বিচ্ছিরি শব্দ কানে আসছে। সে রাতের খাবার নিয়ে ঘরে এল। দরজা খুলতে পা বাড়িয়েছে, ম্যাঁও শব্দ করে পায়ের কাছে মাথা দিয়ে বসে রইল। সে খাবারের থালা রেখে, তাকে কোলে নিয়ে আদর করছে। বুকের ভিতরে চেপে থাকা দুঃখ দূর হয়ে গেল। সে সজল নয়নে বলল, আর তোকে কাছ ছাড়া করব না।

সে তার নাম রাখল নিশি। বিছানায় আশ্রয় নিল। তাকে সকালে খাইয়ে ছাগল নিয়ে মাঠে যায়। দুপুরে দুজনে একসঙ্গে বসে খায়। এই ভাবে

দু'দিন চলার পর বাবুর নজরে পড়ে। তাকে আদর করা দেখে বাবুর মন গলে গেল। খুশি মনে বললেন, আলাদা বিছানায় রেখ।

সে বলল, ঘরের এক কোণে থাকে। নিশির স্থায়ী বাসস্থান হয়ে গেল।

পর্ব – চতুর্থ

তার সেবায় নিশির স্বাস্থ্য ফিরল। আর পাঁজরের হাড়গুলো দেখা যায় না। তবে সে পূর্বের মত খুঁড়িয়ে হাঁটে।

সারাদিন কাজ করে সন্ধ্যায় ঘরে ফিরে তাকে কোলে নিয়ে আদর করে। সে-ও আদর পাওয়ার জন্য তার পায়ের কাছে এসে লেজ নাড়াবে। দুজনেই যেন মনের কথা বলে।

নিশি এখন মোটা হয়েছে। তার সাদা লোমে ঢাকা নাদুস নুদুস চেহারা সবাইকে আকৃষ্ট করে। সে যখন গোল গোল চোখে তাকায়, দেখতে বেশ ভালো লাগে। সবাই কোলে নিয়ে আদর করে। সবার আদর পাওয়া তার অভ্যাসে দাঁড়িয়ে গেছে। বাড়িতে কেউ এলে তার পায়ের কাছে ঘুর ঘুর করবে। ইচ্ছে না থাকলেও একবার হাত বুলিয়ে দেবে। পশু হলেও তার বুদ্ধি রয়েছে। সবসময় সতর্ক থাকে। কেউ ধমক দিলে সঙ্গে সঙ্গে সে সরে যাবে। এখন সে বাবুর বাড়িতে বেশির ভাগ সময় থাকে।

সেদিন নিশি বাবুর বাড়ি থেকে এসে দেখছে গোপীর ঘর বন্ধ। তৎক্ষণাৎ সে গোপীর খোঁজে মাঠে যাচ্ছে। দূর থেকে দেখছে একট কুকুর রাস্তায় শুয়ে। সঙ্গে সঙ্গে সে ঝোপের আড়ালে। গোপী কাছে আসতেই দৌড়ে তার পায়ের কাছে। কুকুরটা দেখামাত্র তেড়ে আসছে। সে কোলে নিয়ে লাঠি হাতে দাঁড়িয়ে। এরকম ছোটখাটো ঘটনা অনেক আছে। সে তার কাছে সন্তানের মতো।

বাবুর তার প্রতি মায়া বসে গেছে। নিশি মাছ খেতে ভালোবাসে বলে বাবু প্রত্যেক দিন ছোট মাছ নিয়ে আসেন। বাবু খেতে বসলে থালার সামনে চুপ করে বসে থাকে। বাবু খেতে খেতে দুই এক টুকরো দেন। সে আনন্দে লেজ নাড়ায়।

খাবার শেষ হয়ে গেলে ম্যাঁও করে জানিয়ে দেয়।

কোনও পাখিকে বসতে দেয় না। এমনকি মাছ, বা মাংস এনে কলপাড়ে রাখলে সে কাকের অত্যাচার থেকে মুক্ত রাখে।

ঘরে শুয়ে থাকার সময় দেখলে মনে হবে চোখে চোখে কত কথাই না হয়। এই ভাবে তাদের রাত শেষ হয়।

বাবুর গিন্নি একেবারে বিপরীত। সে বিড়াল পছন্দ করে না, তার পছন্দ পাখি। প্রথম প্রথম এ নিয়ে তাদের মধ্যে অশান্তি হচ্ছিল। কিন্তু নিশি তাকে আপন করে নিল। বাবুর বাড়ি অবারিত দ্বার।

বাবুর একটাই সন্তান। নাম তার শান্তি। বাবুর বিয়ের অনেক বছর পর শান্তির জন্ম। অতএব খুব আদরের। সে-ও নিশিকে আদর করে। সে নিশিকে পেয়ে বাইরে খেলতে যাওয়ার নেশা লোপ পেয়েছে। স্কুল থেকে এসে আগে নিশির খোঁজ। তার মা আবার পছন্দ করে না। কিন্তু ছেলে আনন্দে থাকে, মন না চাইলেও মেনে নিতে বাধ্য হয়। পড়তে বসলে, পাশে নিশি। মা বিরক্ত বোধ করে। পড়া শেষে তাকে আদর করবে, তারপর খেতে বসবে। সব মা-বাবা চায় সন্তান হাসিখুশি থাকুক। মা যখন তাকে স্কুলে যাওয়ার জন্য পোশাক পরাবে তখন সে তার সামনে বড় বড় চোখ করে বসে দেখবে। মনে হয় সে যেন পরিদর্শক। ব্যাগ ঘাড়ে নেওয়া মাত্র, সে তার সামনে। চোখের আড়াল হলে, সে এসে গিন্নিমার সামনে বসে থাকবে। তাকে কোলে নিয়ে আদর করার পর কাজে বসবে। তা না হলে, যতক্ষণ সে আদর না পাবে, ততক্ষণ সে ম্যাঁও ম্যাঁও করে যাবে। সারাদিন বাবুর বাড়ি। কিন্তু গোপী ফিরলে তার ঘরে। দুজনে এক আত্মা।

পর্ব – পঞ্চম

সেদিন সকাল থেকে ছেঁড়াছেঁড়া মেঘের আনাগোনা। কখনও সূর্য উদয় ঘটছে, কখনও মেঘে ঢাকা। আজ তাকে ছাগল বের করতে হবে না। কিন্তু তাদের খাবার জোগাড় করতে হবে। সে মাঠে গেছে খাবার আনতে। খাবার নিয়ে এসে শুনছে শান্তির শরীর খারাপ। স্কুলে যায়নি।

সে গিয়ে দেখছে শান্তি শুয়ে। পাশে বসে নিশি। জিজ্ঞেস করতেই বলল, জ্বর আর গলাব্যথা, বাবু কর্মব্যস্ত মানুষ। ঘরের কাজে সময় দিতে পারেন না। সব কাজ গিন্নিমা করেন। তবুও একমাত্র ছেলের অসুস্থ, তাকে ডাক্তার দেখিয়ে আনলেন।

ডাক্তারবাবু বলেছেন ভয়ের কিছু নেই। ওষুধ খেলে ভালো হয়ে যাবে। কিন্তু রোগের কোন উপশম নেই। ধীরে ধীরে অবনতির দিকে। বাবু অপেক্ষা না করে বড় ডাক্তার দেখিয়ে আনলেন। তিনি বলেছেন সুস্থ হয়ে উঠতে সময় লাগবে। জিজ্ঞেস করলেন অসুখটার নাম কি? প্রথম দেখছি?

- ডিপথেরিয়া।

কি থেকে এই রোগ হয়?

- বিশেষত এই রোগ হয় বিড়াল থেকে।

বাবুর রাগ গিয়ে পড়ল নিশির উপর। তাঁর ধারনা নিশি থেকে এই রোগ হয়েছে। অতএব তাকে বাড়ি ছাড়া করতে হবে। যখনিই নিশিকে দেখছে রাগে তাকে মারতে যাচ্ছে। সে ভয়ে অন্যের পায়ের কাছে দাঁড়াচ্ছে। শেষে গোপীকে বললেন নিশিকে দূরে কোন গ্রামে ফেলে দিয়ে আসবি ওকে যেন বাড়ির ত্রিসিমার মধ্যে না দেখি।

তার যতই কষ্ট হোক না কেন? বাবুর কথার অবাধ্য হতে পারবে না। সে নিশি কে নিয়ে গিয়ে রেখে এলো দূরের গ্রামে। রাতে তার ঘুম আসছে না। ভাবছে কি খাচ্ছে? কোথায় থাকছে? তার শোবার জায়গার দিকে তাকাচ্ছে আর নানা রকম কথা মাথায় আসছে। সে যে তার অসময়ের বন্ধু ছিল, সে তার সুখ কেড়ে নিয়েছে। শেষ রাতে চোখ দুটো হালকা বন্ধ হয়েছে।

সকালে উঠে দেখছে সে দরজার সামনে শুয়ে। সে সেই অবস্থায় তাকে কোলে নিয়ে আদর করছে। তার চোখ দিয়ে জল ধার বয়ে চলেছে, হারিয়ে যাওয়া সন্তানকে ফিরে পেলে মা বাবার যেমন আনন্দ হয়। ঠিক যেন গোপীর মধ্যেও দেখা যাচ্ছে। সে কোলে নিয়ে আদর করছে। এই দৃশ্য বাবুর চোখে পড়ে। রাগ গিয়ে পড়ল গোপীর উপর। সে আমার কথার অবাধ্য। ওকে কাজ থেকে তাড়িয়ে ছাড়ব।

গলা চড়িয়ে বললেন, গোপী তোকে কাজ করতে হবে না। তুই চলে যা।

সে বাবুকে অনুনয়-বিনয় করে কাজটা বহাল রাখল। কিন্তু নিশিকে ছাড়তে হবে।

সে ভাবল এবার তাকে গাড়িতে তুলে দিব । চলে যাবে অচেনা অজানা শহরে। সেখান থেকে সে আসতে পারবে না। আমার সঙ্গে দেখা হবে না। সে বেঁচে থাকবে।

বাবু বললেন, গোপী মন দিয়ে শোন। ওকে গভীর জঙ্গলে ছেড়ে দিয়ে আসবি। আমার ছেলে ওর জন্য মৃত্যুর সঙ্গে লড়ছে। সে যেন ওইরূপ মৃত্যুযন্ত্রণা ভোগ করে।

গোপীর বুকের পাঁজর যেন ভেঙে পড়ল। বাবুর আদেশ পালন করতে বাধ্য।

সে মনকে কষ্টে বেঁধে রেখে নিশিকে নিয়ে চলল গভীর জঙ্গলের দিকে। অনেক পথ পেরিয়ে জঙ্গলের মধ্যে গিয়ে বলল নিশি, তুই পালিয়ে যা, আর আসবি না আমার কাছে। আমি যে অন্যের আশ্রয়ে আছি। তার অশ্রুধারা বয়ে চলেছে শেষ বারের মত গায়ে হাত বুলিয়ে আদর করে জঙ্গলের মধ্যে ঠেলে দিয়ে চলে আসছে। পিছন ফিরে দেখছে সে তার দিকে তাকিয়ে ম্যাঁও ম্যাঁও শব্দ করছে। তার দুই পাশে দুটো শেয়াল। সে ছুটে আসার চেষ্টা করছে, কিন্তু তারা সামনে এসে দাঁড়াচ্ছে। সে বাঁচার জন্য আপ্রাণ চেষ্টা করে যাচ্ছে। কিন্তু পরাজিত সৈনিকের মতো ধরা দিতে বাধ্য হল। চোখের সামনে তার দেহটা নিয়ে টানা হ্যাঁচড়া

আরম্ভ করল। তার ম্যাঁও ম্যাঁও শব্দ তার ভিতরটা নাড়িয়ে দিচ্ছে। সে দেখল তার প্রিয় প্রাণীটাকে খণ্ড-বিখণ্ড করে খেতে থাকল। এই অবস্থা দেখে তার মস্তিষ্ক ঠিক রাখতে পারল না। উন্মাদের মত নিশি বলে চিৎকার করতে লাগল। হাতে লাঠি নিয়ে শেয়ালদের তাড়া দিচ্ছে। সেই জন্য ওর পায়ে বেড়ি। ঘটনা শুনে তার চোখে জল। এক নিশি তার প্রিয় ছিল। তাকে হারিয়ে সে উন্মাদ। ❑

ডিভোর্সি

পর্ব – প্রথম

কালীনাথের বড় জ্বালা। ওই মা মরা মেয়েটার পিছন পিছন ছুটতে হয়। স্কুলে পড়ে। তবুও তার দুষ্টু বুদ্ধি মাথা থেকে যায় না। ফুলমনি পড়াশোনায় ভালো। কিন্তু দুষ্টুমিতে প্রথম, এই তো সেদিন দল বেধে বাড়ি আসছে। হাঁটার প্রতিযোগিতা চলছে। সঙ্গে কথার ফুলঝুড়ি। হঠাৎ চোখ গেল ওপরে। গাছে বড় মৌচাক ঝুলছে। গাছটা পার করে ছুঁড়ল ঢিল মৌচাকে। পিছনে দল বেধে ছেলেরা আসছে। পড়ল মৌমাছির রোষে, দু–চারজন কামড় খেল।

এই রকম দুষ্টু বুদ্ধি তার মাথায় সর্বক্ষণ। এমন এমন দুষ্টু বুদ্ধির উদয়, যার ক্ষতি করছে তাকে পরোক্ষভাবে জানিয়ে দেবে। তার এই কাজের জন্য বাবাকে সব অভিযোগ শুনতে হয়।

সেদিন স্কুল থেকে এসে বন্ধুদের নিয়ে খেলা করছে। চোখ পড়ল শঙ্কাদের বারান্দায়। শম্পার মা আচারের শিশি রোদে দিয়ে ঘরে শুয়ে আছে। বলল, তোরা আচার খাবি? সকলে এক মত। বলল তোরা খেল। আমি আসছি। সে আচারের শিশিটা নিয়ে বন্ধুদের সঙ্গে খাচ্ছে। সেই সময় শম্পা আসে।

বলল, তোরা কি খাচ্ছিস? বলল, আচার। তুই খাবি? বলল হ্যাঁ ।

সে শিশিটা তার হাতে দিয়ে দিল।

শম্পা খাচ্ছে আর বলছে দারুণ খেতে হয়েছে। সে পরিষ্কার করে খেয়ে শিশিটা ফেলে দিতে যাচ্ছে।

ফুলমনি বলল, ফেলবি না, ওটা আমাকে দে। বলল কি করবি?

– যার শিশি তাকে দিতে হবে।

সে শিশি নিয়ে শম্পাদের বাড়ির দরজার সামনে রেখে এল। দেখে মনে হবে সে যেন এই ব্যাপারে কিছুই জানে না। সে বন্ধুদের সঙ্গে খেলতে লাগল।

শম্পার মা উঠে দরজা খুলে দেখছে শিশি। ভাবল কেউ বোধহয় এসেছিল। ডেকে না পেয়ে শিশি রেখে গেছে, পরে আসবে। চোখ পড়ল বারান্দায়।

মনের ভ্রম ভাঙল। শম্পার মা রাগে ফুলমনিদের বাড়ি এসে কালীনাথকে দু'কথা শুনিয়ে গেল। সে নীরবে শুনে গেল।

কালীনাথের বয়স হয়েছে। শান্তপ্রিয় মানুষ। মেয়ের জন্য তাকে কটু কথা শুনতে হয়। তবুও মেয়েকে কিছু বলবে না। বাড়িতে তারা দু'জন। রান্নার মাসি রান্না করে যায়। সময় হলে একসঙ্গে খায়। বড় আদরের ফুলমনি দুষ্টুমি করে কিন্তু কারও সঙ্গে ব্যবহার খারাপ করে না। তার মা মারা গেছে ছোট অবস্থায়।

কালীনাথ বেশি বয়সে বিয়ে করে। তখন ফুলমনির বয়স ২ বছর। সবে হাঁটতে শিখেছে। সে মেয়ের জন্য একজোড়া চাঁদির তোড়া নিয়ে এসে তার পায়ে পরিয়ে দিল।

সে হাঁটলে তোড়ার শব্দ শোনা যায়। সে কোন দিকে যাচ্ছে সব বোঝা যাচ্ছে। নূপুরের শব্দ বাড়ির সবার মুখে হাসি ফুটিয়েছে। মা আদর করে মনি বলে ডাকে। কালীনাথ অফিস চলে গেলে মেয়ে কোলে নিয়ে তার মা ঘুরে বেড়ায়। বিকেল হলে উঠোনে চাটাই পেতে মেয়েকে নিয়ে বসে, সন্ধ্যা লাগলে ঘরে যায়।

প্রতিদিনের ন্যায় সেদিনও উঠোনে মেয়েকে নিয়ে বসেছে। গরমের সময়। ঝির ঝির বাতাস বইছে। বেশ ভালো লাগছে। সে মায়ের কোল থেকে বেরোবার জন্য ছটফট করছে।

সরলা বলল কি করছিস বৌ?

– কিছু করার উপায় আছে? এই দুষ্টু মেয়েকে নিয়ে। একটু অসতর্ক হলে দেবে সব লন্ডভন্ড করে। বসেন দিদি।

– বেশিক্ষণ বসা হবে না। কালীনাথ কোথায়? সে অফিসে।

– এতক্ষণ পর্যন্ত কি কাজ করে? সূর্য ডুবতে চলছে?

– কে জানে, ফিরবে সেই রাতে। কেন, কিছু বলতে হবে?

– একটা কথা জানব বলে এসেছি।

– আমাকে বলে যান, আসলে বলব।

– না থাক, ওকে বলব। আর ক' বছর চাকরি আছে?

– বলছিল, এখনও পাঁচ বছর।

– অফিস থেকে সোজা বাড়ি, না কোথাও আড্ডা দেয়?

– ছেলেদের বসার জায়গার অভাব আছে? বসে গেল তাসের আড্ডায়। ফিরবে সেই রাতে। জিজ্ঞেস করলে বলে অফিসের কাজে দেরি হয়ে গেল।

– আমার লোকটার সেই নেশা নেই। কিন্তু বেড়াতে যাওয়ার নেশা খুব। সঙ্গী পেলে রাখে কে? সাতদিন বাড়িছাড়া। থাকল বাড়ি, চাপল গাড়ি। এখন সামলাও সংসার।

– তুমি তো সঙ্গী হতে পারো।

– এই বয়সে আর ভালো লাগে না।

– বেড়াতে যাওয়ার জন্য বয়স লাগে না। শরীর পারলেই হল।

– সে দোষ দেব না। সবে সংসারে পা রেখেছি। অফিস থেকে ফিরে ব্যাগ গোছাচ্ছে। বললাম, ব্যাগ গোছাচ্ছো কেন? বলল, দীঘা যাব, তুমিও সঙ্গে যাবে। মাকে বলেছ? হ্যাঁ, মা জানে।

সেই বয়স ছিল বেড়ানোর। এই বয়সে আর ভালো লাগে না।

গল্প করতে গিয়ে মেয়ের প্রতি লক্ষ্য ছিল না। তখন সূর্যের আলো বিলুপ্তির পথে। সে চলে গেছে উঠোনের এক কোণে জড়ো করা জ্বালানি কাঠের কাছে। দেখামাত্র দৌড়ে গিয়ে কোলে তুলে নিয়ে আদর করছে। সঙ্গে সঙ্গে লুকিয়ে থাকা বিষধর সাপ দিল পায়ে ছোবল। কিছু সময়ের মধ্যে ঢলে পড়ল মৃত্যুর মুখে। তখনও কালীনাথ বাড়ি ফেরেনি।

মা মরা মেয়ে নিয়ে কালীনাথ বিপদে পড়ে গেল। শেষ পর্যন্ত চাকরি থেকে অবসর নিতে বাধ্য হল। এই মেয়ে তার সর্বস্ব। যতই দুষ্টুমি করুক না কেন, গায়ে হাত দেয় না। এই মেয়ে নিয়ে তার বেঁচে থাকা। দিনে একবার অভিযোগ আসবেই। পাড়ার লোক দু'কথা বলে, কিন্তু তারা কাছে ডেকে

আদর করে। প্রতিবেশীরা ভালোবাসে। বাড়িতে ভালো খাবার হলে ওকে ডেকে দেয়। এই ভাবে সে বড় হচ্ছে।

পর্ব – দ্বিতীয়

ফুলমনি স্কুলে ভর্তি হয়েছে। কালীনাথ সকালে রান্না করে মেয়েকে খাইয়ে স্কুলে পাঠায়। তারপর কাজের মেয়ে এসে ঘরের কাজ করে যাওয়ার পর, সে স্নান করে এসে পুজো করে। তারপর সে আহার করে।

তার চিন্তা মেয়েকে নিয়ে। তার কিছু হয়ে গেলে মেয়েকে কে দেখবে? মেয়ের চিন্তা তার মাথাতে। সে ঠিক করেছে মেয়ে স্কুলের গন্ডি পেরোলে ভালো ছেলে দেখে বিয়ে দিয়ে দেবে। সব বাবা–মাদের মনের অবস্থা একই রকম। এই সমাজে মেয়েরা ভোগের বস্তু। প্রতি পদক্ষেপে বিপদ। বাড়ির বাইরে পা রাখলে, সাবধানে চলতে হবে। একটু ভুল মানে সারাজীবন পাঁকে পড়ে থাকতে হবে। সেই জন্য বাবা–মা চান শক্ত অবলম্বন। আর সেটা হল স্বামীর ঘর। যে সবসময় পাশে থাকবে। কালীনাথের সেই কথা। একটু বড় হলেই বিয়ের ব্যবস্থা।

তার সঙ্গে পঞ্চম শ্রেণীতে সোম নামে একটা ছেলে ভর্তি হয়। সে খুব শান্ত। কম কথা বলে। সে একটু আলাদা। ফুলমনির দুষ্টু বুদ্ধি! ছুটির সময় ওর পিছনে লাগে। সে মুখ বন্ধ করে চলে যায় তার সঙ্গে অন্য ছেলে মেয়েরাও যোগ দেয়, সে স্যরকে বলতে সাহস পায় না। যদি পরে সবাই ধরে মারে। অতএব চুপ থাকাই ভালো।

সে ছুটির ঘন্টা বাজার পর সবার শেষে ঘর থেকে বের হচ্ছে। ফুলমনি জামা ধরে দিল টান। গেল পকেট ছিঁড়ে, সে জোরে জোরে কাঁদতে লাগল। সহপাঠীরা কান্না নকল করে দেখাছে। সে তাকে আদর করে বাড়ি পাঠিয়ে দিল।

পরের দিন স্কুলে এসেছে ওই ছেঁড়া জামা পরে। সব ছেলেরা ওর পিছনে লেগেছে। সে চুপচাপ বসে। সবাই হাসাহাসি করছে। ঘণ্টা বেজে গেল। সবার মুখ বন্ধ।

স্যর ঘরে ঢোকা মাত্র সবাই দাঁড়িয়েছে। পিছন থেকে একজন সিটি বাজিয়ে দিল।

স্যর বললেন কে করল?

সবাই বলল, সোম স্যর।

স্যর তাকে কাছে ডেকে বললেন, শব্দ করলি কেন? বলল, আমি করিনি স্যর।

বললেন, এখন থেকেই মিথ্যের আশ্রয়। দিলেন গালে দু'চড়। পাঁচটা আঙুল বসে গেল।

সব ছেলে মেয়ে মুখ টিপে হাসছে। কেবল তার চোখে জল।

প্রতিদিন ওকে মার খাওয়ানো নেশায় পেয়ে বসল। সে পড়াশোনায় ভালো। স্যররা ভালো বাসেন। তাই বলে মার থেকে নিস্তার নেই।

প্রতিদিনের ন্যায় সেদিনও পিছন থেকে শব্দ করে সোমকে দেখিয়ে দিয়েছে। স্যর রেগে বললেন তোকে এমন শিক্ষা দেব, জীবনে কোনও দিন এই কাজ করবি না।

ফুলমনির মনে হলো সতই ঘটনা স্যরকে বলা দরকার তা না হলে প্রতিদিন ছেলেটা মার খাবে বিনা দোষে। স্যর মারতে যাবে, ফুলমনি বলল, স্যর ওকে মারবেন না।

কেন মারব না, ওর অভদ্রতা বন্ধ করতে হবে। সোম খুব শান্ত ছেলে। ও কোনও শব্দ করে না। অন্য ছেলেরা শব্দ করে ওকে দেখিয়ে দেয়।

স্যর সোমকে বসতে বলে ছেলেদের বললেন, তোমাদের মধ্যে কে শব্দ করেছে, সে উঠে দাঁড়াও। সবার মুখ বন্ধ। স্যর সবাইকে বেঞ্চে দাঁড় করিয়ে দিলেন। সেদিন থেকে শব্দ বন্ধ হল।

টিফিনের ঘণ্টা বেজে গেল। সোম একা বসে। ফুলমনি তার কাছে বসে টিফিনের বাক্সটা খুলে বলল নে, তুলে নে। সে নেবে না, সে-ও ছাড়বে না। শেষে সবাই হই-হুল্লোড় করে বেরিয়ে গেল। শেষে বাধ্য হল নিতে। এরপর থেকে সে সোমের পাশে বসে। কিন্তু সোম একটু এড়িয়ে চলতে চায়, কিন্তু সে পারে না। তবে সোম কথা বলে কম।

সোম প্রতিদিন স্কুলে আসে পরিষ্কার-পরিচ্ছন্ন পোশাক পরে। তার জানার আগ্রহ, কেন সে চুপচাপ থাকে? কারও সঙ্গে মেশে না। কারও সঙ্গে বন্ধুত্ব নেই। কেন? এই সব জানার জন্য সোমকে নিয়ে বসেছে। কিন্তু ঘণ্টা বেজে যাওয়ার জন্য তার জানা হল না। সেদিন টিফিনের বাক্সটা সামনে ধরে বলল, নে, তুলে নে।

বলল, তুমি রোজ দাও, আমার লজ্জা লাগে। তুমি সরে বস।

বলল, আমি তোর ভালো বন্ধু। লজ্জার কিছু নেই।

সে তার কথা রাখতে বাধ্য হল। দুজনে বসে টিফিন করছে।

ফুলমনি বলল, বাড়িতে কে কে আছেন?

মা, বাবা, ভাই আর এক বোন।

– তুই টিফিন আনিস না কেন?

তার মুখ বন্ধ।

– আমি তোর ভালো বন্ধু। আমাকে সব বল। ঘন্টা বেজে গেল, আর জানা হল না। তবে তার মনে হচ্ছে, সে কিছু লুকোচ্ছে, তাকে জানতে হবে। কেন সে বলতে চাইছে না। সোমের মনে হচ্ছে আমি যদি সব বলে দিই, বাড়িতে জানতে পারলে আমার প্রতি অত্যাচার বেড়ে যাবে। অতএব না বলাই ভালো। ফুলমনিও ছাড়ার পাত্রী নয়। সে সব জেনে ছাড়বে।

সেদিন সকাল থেকেই আকাশ মেঘাচ্ছন্ন।

কিন্তু বৃষ্টি পড়ছে না। সবার হাতে ছাতা, কিন্তু সোমের নেই। টিফিনের পর বৃষ্টি নামে। ছুটির ঘণ্টা পড়ে গেল। বৃষ্টি থামার নাম নেই। সবাই ছাতা মাথায় বেরিয়ে গেল। সোম ব্যাগ ঘাড়ে দাঁড়িয়ে।

ফুলমনি বলল ছাতা আনিসনি?

বলল, না।

আমার ছাতা নিয়ে বাড়ি যা। তুমি কীভাবে যাবে?

– আমি অন্যের সঙ্গে চলে যাব।

সেই দিন থেকে সোম তাকে বন্ধু বলে মেনে নিল।

পর্ব – তৃতীয়

সেদিন স্কুলে ফুটবল খেলা। টিফিনের পর স্কুল ছুটি। মাঠের ধারে সবাই বসে। তারাও বসে রয়েছে।

ফুলমনি বলল, তুই চুপ করে বসে থাকিস কেন? কারও সঙ্গে মিশিস না?

সব শুনলে তুমি আর বন্ধু থাকবে না।

– আমি তোর বন্ধু। সবসময় পাশে থাকব।

– তুমি সত্যি বলছ? সব শুনে ঘৃণা করবে না?

– না, কোনওদিন সরে যাব না। তুই সব ঘটনা বল।

– আমার মা আমাকে ছেড়ে চলে যায় পূর্বের স্বামীর কাছে। তখন আমার বয়স তিন বছর। আমাকে মানুষ করার জন্য বাবা দ্বিতীয় বিয়ে করেন। প্রথম প্রথম মা বলে ডাকতে পারতাম না। বাবা, মা বলতে শিখিয়েছে। মায়ের স্নেহ, ভালোবাসা আপন করে নিল। মায়ের হাতে খাওয়া, মায়ের কাছে ঘুমানো। সব আবদার মায়ের কাছে। তখন বাবা খুব আনন্দে থাকত। সকাল–সন্ধ্যা মা পড়াতেন। বলতেন, তুই আমার ভবিষ্যৎ। তোকে পড়াশোনায় ভালো হতে হবে। বাবার মতো বড় অফিসার হতে হবে। আমাকে নিয়ে মায়ের অনেক আশা।

মা আমাকে স্কুলে ভর্তি করে দিলেন। নিয়ে আসা, নিয়ে যাওয়া মায়ের কর্তব্যের মধ্যে পড়ে। পাড়ার সকলে বলে হরি, সোমের কাছে প্রকৃত মাকে পাঠিয়ে দিয়েছেন। সত্যি মা খুব ভালোবাসেন। বাবা সকালে অফিস চলে যায়। সব কিছু মায়ের কাছে। আদর আবদার সব মায়ের কাছে।

সেদিন স্কুল ছুটি। বাবার অফিসের তাড়া। মা কাজের মধ্যে। আমি পড়তে বসেছি। সেই সময় বড় মাসি আসেন। বাবা বললেন, আমি আসি। পরে কথা হবে। মাসি বললেন, তোমাদের জন্য মন খারাপ করছিল। তাই চলে এলাম।

মা বললেন, ভালো করেছিস। দু’দিন থাকো। মাসি নিঃসন্তান। মা আমাকে স্নান করিয়ে খাইয়ে দিচ্ছে। মাসি সব দেখছে। মা বললেন মুখ ধুয়ে শুয়ে পড়।

মা রান্নাঘরের কাজ শেষ করে আমার পাশে বসে আদর করছে।

মাসি বললেন, তুই সোমকে খুব ভালোবাসিস তাই না?

মা বললেন, ওই তো আমার সব। ওকে নিয়েই বেঁচে থাকা।

– এ তো তোর নিজের ছেলে না। বড় হলে তোর পরিচয় হবে সৎমা।

– কখনও এমন কথা বলবে না। সে বিশ্বাস আমার আছে।

– সে কথা বলতে পারতিস যদি রক্তের যোগ থাকত।

– ওসব কথা বাদ দে। সে অনেক কথা বলে চলেছে। মা তার কথায় কান দিচ্ছে না। তবুও বলে চলেছে।

মাসি মাকে আমার কাছ থেকে সরিয়ে দিতে চাইছে। মা কিন্তু তার কথায় কর্ণপাত করছে না। মাসি যাওয়ার সময় বলে গেলেন, ভেবে দেখিস। তোর ভবিষ্যৎ ভেবে বলে গেলাম।

মাসি মায়ের কানে বিষ ঢুকিয়ে গেলেন। প্রকৃত মা সৎ মায়ের রূপ ধরল।

কষ্টের দিন শুরু হল। প্রথমে বোন হয়। মা খুব খুশি। তাকে দেখাশোনার ভার আমার ওপর। স্কুল থেকে এসে তাকে কোলে নিয়ে ঘুরি। তার সব দায়িত্ব আমার কাঁধে। বোনকে খুব ভালোবাসি। কিন্তু বাবা ততটা খুশি নয়। এই নিয়ে মা, বাবার সঙ্গে প্রতিনিয়ত ঝগড়া। মায়ের অত্যাচার বেড়ে গেল। মা আমাকে খেতে দেয় সবার খাওয়া হলে। তার পরে ভাই হয়। নেমে এলো অভিশপ্ত জীবন। আমার প্রতি মায়ের ব্যবহার দেখে বাবা কষ্ট পায়। এই দুঃখ ভোলার জন্য বাবা নেশা করা ধরল। খিদেতে পেট জ্বলে। মা খেতে দেয় সবার শেষে। বাবা বলে, তোর ভাগ্য এত খারাপ, তুই বাড়ি থেকে দূরে কোথাও চলে যাস। তোকে দেখলে আমার খুব কষ্ট হয়।

এক মাসি শান্তির সংসারকে অশান্ত করে দিল। বাড়ির শান্তি হারিয়ে গেল। তাদের খাওয়া শেষ হলে বলে খাবার ঢাকা আছে, খেয়ে উদ্ধার করো। রাতে শুয়ে ঘুম আসে না। সূর্যের আলো ফোটার পর ভাগ্যে কি ঘটবে কে জানে? এই ভয় সবসময়। খাওয়া

শেষে বাসনগুলি গুছিয়ে রেখে পড়তে বসি। । অনেক দিন ঘুম ভাঙতে চায় না। মায়ের ভয়ে তাড়াতাড়ি উঠে পড়তে হয়। কোনও দিন না খেয়ে আসতে হয়। তুমি যেন কাউকে বল না ।

সোমের কথা শুনে ফুলমনির চোখে জল। সে-ও যে মা হারা। তারা ভালো বন্ধু হয়ে গেল। দুজনের ইচ্ছা নিজে পায়ে দাঁড়ানো। তারা কলেজে পড়বে। চাকরি করবে। এই আশা নিয়ে তারা স্কুলে আসে।

পর্ব – চতুর্থ

স্কুলের গন্ডি পার করে সোমের বাড়িতে জায়গা হল না। বাবা তাকে দূরে, অর্থাৎ মায়ের চোখের আড়ালে এক বন্ধুর দোকানে কাজে লাগিয়ে দিলে ফুলমনির সঙ্গছাড়া হয়ে গেল। সে তাকে অন্তরে রেখেছে। কিন্তু যোগাযোগ ছিন্ন। উভয়ই খোঁজে। কিন্তু দেখা সাক্ষাৎ হয় না। সে খুঁজে বেড়ায়। তবুও ওর সন্ধান নেই।

এদিকে সোম যে বাড়িতে থাকে তার মেয়ে প্রিয়া আমকে ভালোবাসে। কিন্তু সোম সে ব্যাপারে কিছু জানে না, প্রিয়ার চালচলন দেখে তার বাবা-মায়ের সন্দেহ হয়। প্রিয়ার বাবা সোমকে তার বন্ধুর কারখানাতে কাজে লাগিয়ে দিলেন। সেখানে অনেক কর্মচারী রয়েছে। অবশ্য সেখানে থাকার ব্যবস্থা আছে কিন্তু খাওয়ার ব্যবস্থা নেই। খেতে যেতে হয় হোটেলে। তার একটা কাজের ব্যবস্থা হয়ে গেল। ফুলমনি তাকে খোঁজে কিন্তু তার খোঁজ পায় না। তার মন পড়ে রয়েছে তার প্রতি। সোম যে ভালোবাসে না, তা নয়। কিন্তু তার হাত পা বাঁধা।

কালীনাথের বয়স হচ্ছে। সে মেয়ের বিয়ে দেওয়ার জন্য ব্যস্ত। কিন্তু মেয়ে বিয়েতে রাজি হচ্ছে না। এই নিয়ে তাদের মধ্যে অশান্তি। মেয়ে তার মনের কথা বলতে পারে না। সে জানে না সোম কোথায়? কি করছে? শেষে বাবার মুখ চেয়ে বিয়ের পিঁড়িতে বসতে রাজি হল। কালীনাথ মেয়ের বিয়ে দিয়ে দায়মুক্ত হলেন।

বৌভাতের রাতে সে স্বামীকে সব বলল। সব শুনে তাকে সাহায্য করার কথা ভাবল। ভালোবাসা জোর করে পাওয়া যায় না। এটা অন্তরের ব্যাপার। সেটাই যদি না পাই, তাহলে ঘরবন্দি করে লাভ কি? বলল, আমি

তোমাকে ডিভোর্স দেব। তুমি চলে যাও তোমার ভালোবাসার লোকের কাছে।

মেয়ের বিয়ে দিয়ে কালীনাথ নিশ্চিন্ত মনে ঘুমোচ্ছেন। সে একজন অভিভাবকের হাতে মেয়েকে তুলে দিয়েছেন। যার দায়ভার সব তার। হঠাৎ বাবা বলে ডাক। দেখেন মেয়ে ব্যাগ নিয়ে বাড়ি ঢুকছে। মেয়ে আসলে বাবা-মা খুশি হয়। কিন্তু যখন শুনবে স্বামী ছেড়ে চলে এসেছে, তখন আনন্দের চেয়ে বেশিগুণ দুঃখ পায়।

বললেন, জামাই কোথায়?

আসেনি, আর আসবেও না কোনওদিন।

তুই ঝগড়া করে চলে এসেছিস?

না, সে ডিভোর্স দিয়েছে।

কালীনাথের মাথায় হাত। তার মাথায় চিন্তা সমাজ কি বলবে? মেয়ে একাজ করল কেন? আগের চিন্তা এক ছিল, এখন চিন্তা সমাজ এবং প্রতিবেশী নিয়ে। একথা গ্রাম্য সমাজে প্রচার হয়ে গেল। যে মেয়ে সবার প্রিয় ছিল। আজ সে সবার চোখে ঘৃণার পাত্রী। সমাজ তাকে দেখলে মুখ ঘুরিয়ে নেয়।

এই অবস্থায় মেয়ে ঘরে রেখে মরেও শান্তি পাবে না। তার রাতের ঘুম উবে গেছে। সে এখন মেয়ে নিয়ে কি করবে। কেউ তার সঙ্গে মেশে না, কথা বলে না। সমাজে অবাঞ্ছিত।

ফুলমনি তার মনের কথা বলতে পারে না। কাউকে বলে একটু হালকা হবে তারও উপায় নেই। যে তার বন্ধু ছিল, সমাজের ভয়ে কথা বলে না। যার জন্য সে স্বামীর ঘর ছেড়ে এল সে কোথায়?

কি করছে? কেমন আছে? সব তার অজানা, সবসময় ঘরবন্দি। মুখে কোনও হাসি নেই। মেয়ের এই অবস্থা দেখলে কোন বাবা-মায়ের ভালো লাগে? ঠিক করল ক'দিনের জন্য ভ্রমণে যাবে।

পর্ব – পঞ্চম

মেয়ের মনকে ভালো রাখার জন্য শহরের হোটেলে উঠলেন। সেখান থেকে দর্শনীয় স্থানে যাবে।

কালীনাথ মেয়ে নিয়ে গাড়ি করে বেরিয়েছেন। বিভিন্ন স্থান দর্শন করে ফেরার পথে ফুলমনি বলল, বাবা খিদে পেয়েছে। গাড়ি চলছে দ্রুতগতিতে। চোখ পড়ল হোটেলে। লেখা আছে বাঙালি হোটেল। বলল, গাড়ি দাঁড় করাও। বলল, সামনে অনেক হোটেল আছে দিদিমনি। বলল, এখানে দাঁড় করাও।

সে গাড়ি থামিয়ে দিল। গাড়ি থেকে সোজা হোটেলে। সেই সময় কতগুলি ছেলে হোটেল থেকে বেরিয়ে গেল। তাদের কথা ও হাসি–মশকরা কানে আসছে। খিদের তাড়নায় খেতে বসেছে। তার মনে হচ্ছে একজনের কণ্ঠস্বর সোমের মতো, যাকে সে অন্তরে স্থান দিয়েছে তাকে কি ভোলা যায়। তার সব যে চেনা। একই রকম কণ্ঠস্বর।

সে মালিককে বলল, যে ছেলেগুলো বেরিয়ে গেল, তারা কোথায় থাকে?

– কোথায় থাকে তা জানি না। তবে ওরা কারখানায়, কাজ করে।

– নাম জানেন?

– জিজ্ঞেস করিনি। কত শ্রমিক আসে, সবার নাম মনে রাখা সম্ভব নয়।

– ওরা কি দুপুরে এখানে খেতে আসে?

– হ্যাঁ, প্রতিদিন এই সময় আসে। ছেলেগুলো ভদ্র, কোনও নেশা নেই।

সে ঘরে ফিরল। তবে মনে সন্দেহ নিয়ে। ওর কণ্ঠস্বর ওর মোড় ঘুরিয়ে দিয়েছে।

সে বাবাকে বলল, আগামীকাল ওই সময় ওই হোটেলে যেতে হবে, গাড়ি বলে রেখ।

– ওই হোটেল কেন? আর কোনও জায়গায় যাবি না?

– যাব, তবে মনের সন্দেহ দূর করে।

মেয়ের কথা ফেলতে পারল না।

সারারাত সোমের কথা ভেবে এপাশ–ওপাশ করে গেল।

সকালে যাওয়ার ব্যস্ততা। আজ সে সোমকে খুঁজে বের করবে, এই মনোবল নিয়ে পাড়ি দিল হোটেলে। সে অনেক আশা নিয়ে গেছে। আজ সে প্রকৃত রহস্য বের করবে।

সে বলল, সেই ছেলেগুলো এখনও আসেনি?

বললেন, এখনও কেউ আসেনি, তবে আসবে। কোনও কোনও দিন দেরি করেও আসে।

চাতক পাখির মতো এক দৃষ্টে রাস্তার পানে চেয়ে। তাদের দেখা না পেয়ে ব্যর্থ হয়ে ঘরে ফিরে যেতে বাধ্য হল।

কালীনাথ বললেন, তুই কার খোঁজ করছিস? বলল, তার খোঁজ পাই, তারপর বলব।

– আমার মন শান্তি পাচ্ছে না। আমি তোর বাবা, আমাকে খুলে বল?

– সে আমার আপনজন। সে আমার হৃদয়ে রয়েছে, তোমাকে পরে বলব।

তার মনে এখন প্রশ্নের ঝুলি। সমাধান করতে পারে একমাত্র সোম। তাকে না পাওয়া পর্যন্ত মনে শান্তি নেই। সে যে তার অপেক্ষায়।

এত ভালো স্বামী সংসার ছেড়ে চলে এসেছে। তার আশায়।

বাবার প্রশ্নবানে জর্জরিত হয়ে শেষে সব বলতে বাধ্য হল। সারারাত একই চিন্তা, সত্যি তাকে পাবে কি?

আজ খুঁজে বের করব— এই মনোভাব নিয়ে সে হোটেলে। তখন ঘড়িতে বারোটা। দেখছে দল বেধে ছেলেরা আসছে। মনের মধ্যে আনন্দ তোলপাড় করছে। সে তাকে আজ কাছে পাবে। না পাওয়া কোনও কিছু পেলে আনন্দের সীমা থাকে না। উৎফুল্ল হয়ে বলল, বাবা ওই দেখ আসছে। উৎসুক নয়নে অপেক্ষায়। কাছে পাওয়ার আনন্দ চেপে বসেছে। সে এখন উদগ্রীব। তার মন চঞ্চল।

একে একে খাবার টেবিলে সবাই, কিন্তু সোমের দেখা নেই। সব আশা জলে। বিষণ্ণ মুখে রাস্তার দিকে চেয়ে। যাকে নিয়ে ঘর বাঁধার স্বপ্ন, সব শেষ।

হোটেল মালিক বললেন, তোমাদের একজনকে দেখছি না। সে কি বাড়ি গেছে?

– না, তার শরীর খারাপ, তার জন্য খাবার নিয়ে যেতে হবে।

– কালকে কি ছিল? কেউ খেতে আসনি? – কারখানার মালিক বছরে একদিন নরনারায়ণ সেবা দেন। আমরা সকলে ব্যস্ত থাকি। সারাদিন খাটাখাটনি, তাই আসা হয়নি। ফুলমনি বলল, যে আসেনি তার নাম কি?

– সোম পট্টনায়ক?

আনন্দে বলে উঠল, আমি পেয়েছি বাবা। আমার কান ভুল শোনেনি।

সে বাবাকে সঙ্গে নিয়ে বন্ধুদের সঙ্গে কারখানায়। দেখে সোম শুয়ে আছে।

বহুদিন পরে দেখা। দুজনের চোখের পাতা পড়ছে না। অবাক দৃষ্টিতে চেয়ে। দু'জনের চোখে অশ্রু। এ যে আনন্দাশ্রু।

সোম বলল, আমার খোঁজ পেলে কি করে? – আমাকে তোমার কাছে নিয়ে এসেছে ভালোবাসা। মন বলত একদিন তোমাকে কাছে পাব।

– আমিও তোমাকে খুঁজেছি, কিন্তু কাছে পাব ভাবিনি।

– আমি তোমাদের বাড়ি গিয়েছি। তোমার মা বলতে পারেননি, ব্যর্থ হয়ে ফিরে এসেছি। সোম তার জীবনকাহিনি সব বলল। সব কর্মচারী জেনে গেল।

কালীনাথ খুশি মনে চার হাত এক করে দিলেন। তাঁর চিন্তা দূর হল।

ফুলমনি বলল, আমি ডিভোর্সি।

সোম বলল, আমি ডিভোর্সি মায়ের সন্তান। দু'জনেই সংসার ধর্মে ব্রতী হল। ❏

মিথ্যে পাপ

পর্ব – প্রথম

রিন্টু প্রতিদিন মায়ের বকা খেয়ে বিছানা ছাড়ে। ভোরে বিছানা ছেড়ে উঠতে তার মন চায় না । নিঃস্তব্ধ পরিবেশ। শিতল হাওয়া। শরীর যেন বিছানার মায়া ছাড়তে পারে না। তবুও তাকে বিছানা ছাড়তে হবে। সে যে ইংলিশ মিডিয়াম স্কুলে পড়ে। তাকে প্রাইভেটে যেতে হবে। তাকে পড়াশোনাতে ভালো হতে হবে।

সব বাবা–মা চান সন্তান যেন দশের মধ্যে এক হয়। এই আশা করা অন্যায় নয়। এই আশা নিয়ে সবাই এগিয়ে চলেছে। সব বাধা বিপত্তি কাটিয়ে সামনে ছুটছে। থামার সময় নেই।

এই নিয়ে শাশুড়ি বৌমার মধ্যে কথা কাটাকাটি হয়। তবে জোরে নয়। বাড়ির একটা সুনাম রয়েছে। সদর দরজার পাশে নেমপ্লেট বসানো। 'শান্তি ভবন'। শান্ত বাড়ি নামে চেনে।

হাওয়া বইছে, সবাই গভীর ঘুমে আছন্ন।

সেদিন সন্ধ্যা থেকে ঠান্ডা হাওয়া বইছে। গরমের সময় ঠান্ডা হাওয়া, রিন্টু, মা তাকে ডেকে চলেছেন। সে বলছে, উঠছি। কিন্তু চোখ থেকে ঘুম যাচ্ছে না। মা রেগে গিয়ে হাত ধরে তুলে বসিয়ে দিয়ে হাতে ব্রাশ ধরিয়ে দিল।

এই দেখে শাশুড়ি মা বললেন, সবেতো পাঁচে পড়ল। এখন অত পড়ার চাপ কেন? ছেলেটাকে শান্তিতে ঘুমোতে দেয় না। মোটা মোটা বই–খাতাতে ব্যাগ ভর্তি। ওর চাইতে ব্যাগের ওজন বেশি। আমাদের সময় এই বয়সের ছেলে মেয়েরা খেলে বেড়াত। তাদের এখন খেলার বয়স।

সে যুগ চলে গেছে মা। এখন কম্পিটিশনের যুগ। যে যত ভালো রেজাল্ট করবে, সে তত এগিয়ে যাবে। একটু ভুল মানে পিছনের সারিতে।

আমাদের আমলে কি ভালো ছেলে হয় না, ভালো ছেলে ছিল না। কত ডাক্তার, কত ইঞ্জিনিয়ার হয়েছে। ওই তো সুরেশের ছেলে শঙ্কর বড় ডাক্তার হয়ে হাসপাতালে চাকরি করছে। ওই তো সজলের ছেলে রবীন কলেজের প্রফেসর।

– তখন শিক্ষার হার কম ছিল। এখন প্রতিযোগীর সংখ্যা বেশি। একটু অসতর্ক হলেই পিছিয়ে পড়বে। এখন থেকেই ওদের পিছনে সময় দিতে হবে। এতে রাগের কিছু নেই। দেখছেন না, পলাশের ছেলেটাকে? বাবার বড় ব্যবসা। ছেলেদের ভালো স্কুলে ভর্তি করল। অনেক টাকা খরচ করল, কিন্তু শেষে জুয়াড়ি হয়ে ঘুরে বেড়াছে।

রিন্টুকে প্রতিদিন একই ঘটনার সম্মুখীন হতে হয়।

অবশ্য রিন্টু একা উঠলে হবে না। তার দাদুকে উঠতে হবে। চলে যায় অফিসে। বাজার হাট ওষুধপত্র সব এই বয়স্ক লোকটার ওপরে। শেষ জীবনে উপরি পাওনা। এখন নিজের পছন্দের তালিকার কিছু নেই। সব কিছু নির্ভর করছে, ছেলে, বৌমার ওপর। সেই ভোরে উঠে রিন্টুকে সঙ্গে করে নিয়ে যাওয়া এবং নিয়ে আসা— এটা দাদুর নিত্যদিনের কর্ম। পড়া শেষে দাদু ব্যাগটা নিয়ে হাঁটা ধরে, রিন্টু পিছনে। দেখে মনে হয় দাদু পড়তে যাচ্ছে, রিন্টু দাদুকে এগিয়ে দিচ্ছে।

তবে স্কুল যাওয়ার সময় দাদুকে সঙ্গী হতে হয় না। স্কুলে যাওয়া-আসার সঙ্গী মা। মা ব্যাগটা কাঁধে নিয়ে হাঁটা ধরে, পিছনে রিন্টু।

এই সময় মায়ের ব্যস্ততা চরম। স্কুলের বড় গেটের মধ্যে ঢুকিয়ে দিয়ে, নিশ্চিন্ত মনে বাইরে কদম গাছের ছায়াতলে মহিলা মহলের আসরে অংশ গ্রহণ করে। বাড়ি পাহারায় সেই অসহায় বুড়ো-বুড়ি, ছুটির ঘণ্টা বেজে গেলে গাছতলা ত্যাগ করে স্কুলের গেটের সামনে অপেক্ষায়। অপলক দৃষ্টিতে চেয়ে। রিন্টু বেরিয়ে এলে মা ব্যাগটা কাঁধে নিয়ে হাঁটা ধরেন। রিন্টু মুক্ত হস্তে পিছনে। মা সপ্তাহে পাঁচদিন এই কাজে ব্যস্ত থাকেন।

দাদুর কাজ ছ'দিন। সকালে রিন্টুকে নিয়ে যাওয়া এবং পড়া শেষে নিয়ে আসা। একদিন দাদুর অবসর। সেদিন তিনি হাঁটাহাঁটি করে সকালটা পার করে দেন।

সে রীতা দিদিমনির কাছে পড়ে। প্রায় কুড়ি-বাইশ জন ছাত্রছাত্রী পড়ে। দিদিমনি পড়া আরম্ভ করার আগে সকল ছাত্রছাত্রীদের উপদেশমূলক বাণী পাঠ করান। যেমন, সর্বদা সত্য কথা বলিব, কখনও মিথ্যা বলিব না। এরকম অনেকগুলো বাণী পাঠ করান। এগুলো শিক্ষক-শিক্ষিকাদের আদর্শের দিক।

বাড়ি ফেরার সময় সে দাদুকে শোনায়। দাদু সেই বাণীগুলো মেনে চলার কথা বলে।

বাণীগুলো সে আগ্রহ সহকারে মুখস্থ করে।

সকল ছাত্রছাত্রীর কাছে বাবা-মায়ের চেয়ে শিক্ষক-শিক্ষিকার কথা গ্রহণযোগ্য বেশি। দিদিমনির উপদেশগুলো মনে গেঁথে রয়েছে। মাঝে মাঝে সে ঘুমের মধ্যেও বলতে থাকে। মা-বাবাও বাণীগুলো মেনে চলতে উৎসাহ দেন। দাদু, বাবার উৎসাহ পেয়ে সে মিথ্যে বলা ভুলে গেল। সে এই মিথ্যে কথাটা মন থেকে মুছে ফেলল। দিদিমনির কথাই শ্রেষ্ঠ।

পর্ব – দ্বিতীয়

সেদিন অফিস ছুটি। রবীনবাবু বাড়িতে। তিনি ছেলেকে নিয়ে বসেছেন। রিন্টু এক মনে পড়ে চলেছে। হঠাৎ ফোন বেজে উঠল।

সে ফোনটা আনতে যাবে, বাবা বললেন, তুই পড়, তোর মা ধরছে। শান্ত ছেলের মতো বসে পড়ল। কিন্তু কান পড়ে রয়েছে সেই ফোনের দিকে। মা কানে ধরে বললেন, কে?

আমি, শ্যামলি বৌদি।

বল, কি বলছিস?

দাদা বাড়ি আছেন? বিশেষ প্রয়োজন, দাদাকে দাও না বৌদি।

– তোর দাদা বাড়ি নেই, বাজারে গেছে।

– কখন ফিরবে?

– তা তো বলতে বলতে পারব না।

– দাদা বাড়ি ফিরলে ফোন করতে বল না বৌদি।

– আচ্ছা বলব। এখন রাখিরে, কাজ পড়ে রয়েছে।

– অবশ্যই বল।

কথাগুলো রিন্টুর কানে গেছে। তার মনে প্রশ্ন, মা মিথ্যে বলল কেন, বাবা সামনে বসে। অথচ বাবার সামনে বলল বাড়িতে নেই। বাজার গেছে। বাবাও নীরবে শুনে গেল।

শিশুমন, বারবার ওই কথাটা মনে চলে আসছে, কেন মা মিথ্যে বলল?

পড়া শেষে দাদুর কাছে।

দাদু বলল, কি দাদুভাই, বাবা কেমন দিয়েছে? বাবা আমাকে গুড বয় বলেছে।

মা আজ মিথ্যে কথা বলেছে।

দাদু, কি মিথ্যা বলেছে?

শোন না, বাবা আমার পাশে বসে। অথচ মা বলল বাড়ি নেই। বাজার গেছে।

কোনও কোনও সময় মিথ্যে বলতে হয়। তুমি এখন ছোট, বড় হও। অনেক প্রশ্নের সম্মুখীন হবে। তখন বুঝতে পারবে কোনটা বলা উচিত আর কোনটা উচিত নয়। মায়ের কথা বাদ রেখে পড়ার কথা বল।

আজ সব পড়া পেরেছি। বাবা বলেছে কাল অফিস থেকে ফেরার পথে চকোলেট আনবে। বেশি চকোলেট খাওয়া ভালো না। দাঁতে পোকা লাগবে।

তখনকার মতো কথাটা ভুলে গেল। কিন্তু দিদিমনির কথা অন্তরে রয়েছে। সে মিথ্যে বলবে না। মিথ্যে বলা পাপ। দিদিমনি বলেছে। দিদিমানি বলেছে, তার বাইরে সে বলবে না।

সেদিন স্কুল ছুটি, মাঠে যাওয়ার জন্য তৈরি হবে। মা বললেন, বাঁশি বাজুক, তারপর মাঠে যাবি। সে বাবার সঙ্গে বসে টিফিন করছে। হঠাৎ কলিং

বেলটা বেজে উঠল। বাবা উঠতে যাবে, মা বললেন, তুমি খাও, আমি দেখছি।

মা বললেন, কে?

আমি বিশু, দাদা বাড়ি আছেন?

বাবা হাতের ঈশারায় বলে দিলেন না বলতে। মা বললেন বাড়ি নেই।

দাদার সঙ্গে দেখা হওয়া বিশেষ প্রয়োজন। কোথায় গেছে বলতে পারেন?

না, বলে যায়নি।

মা এসে বাবার সামনে দাঁড়াল।

বাবা বলেন, লেবার।

তোমার খোঁজ করছে কেন?

হয়তো টাকার দরকার পড়েছে। চলে এসেছে আমার কাছে।

রিন্টুর মনে প্রশ্ন। বাবা-মা মিথ্যে বলল। একবারও ভাবল না যে মিথ্যে বলা পাপ। সঙ্গে সঙ্গে দাদুর কাছে। দাদু বুঝিয়ে তাকে মাঠে যেতে বলল।

সে মাঠে যাওয়ার জন্য বেরিয়েছে। পথে গণেশ কাকুর সঙ্গে দেখা।

কাকু বললেন, হন্তদন্ত হয়ে কোথায় যাচ্ছিস, খেলার মাঠে?

– তোর বাবা বাড়ি আছেন?

আছেন বললেই ডেকে দিতে হবে। মাঠে যাওয়ার তাড়া পেয়ে বসেছে। অতএব মিথ্যার আশ্রয়। বলল, বাবা বাড়ি নেই। এই প্রথম সে মিথ্যে বলল। সে বাড়ি আসছে কিন্তু মিথ্যে বলার জন্য নিজেকে অপরাধী ভাবছে। ভগবান আমাকে পাপ দেবে, এই কথা মাথায়। অতএব পড়াতে মন বসছে না। শেষে দাদুকে সব বলে মনকে শান্ত করল। সে আর মিথ্যে বলবে না।

পর্ব – তৃতীয়

সে এখন হাই স্কুলে পড়ছে। অবশ্য সকালে প্রাইভেট পড়তে যায় সেই দিদিমনির কাছে। সঙ্গী সেই দাদু, তাকে দিদিমনির ঘরে ঢুকিয়ে দিয়ে দাদু গাছতলায় বসেন।

দিদিমনি বাণীগুলো পাঠ করিয়ে পড়া দেন।

সকলে জোরে জোরে পড়ে। বাইরের শব্দ ঘরে যাবে না। ঘর গমগম করে। এত জোরে পড়ে। বাইরে থেকে কোনও শব্দ ভিতরে যাবে না।

দিদিমনি ফোন টেবিলে রেখে ঘরে গেছে। হঠাৎ রবীন্দ্রসঙ্গীত আরম্ভ। সবার লক্ষ্য টেবিলের দিকে।

রিন্টু দৌড়ে গিয়ে বলল, দিদিমনি তোমার ফোন বাজছে।

দিদিমনি ফোন কানে ধরতেই বলল, তোরা কেমন আছিস?

– ভালো আছি।

সবার চোখ দিদিমনির মুখের দিকে। পড়া বন্ধ। মেশোমশায় কেমন আছেন? অনেকদিন তোদের সঙ্গে কথা হয়নি। সকাল হলেই ব্যস্ততা। নাওয়া–খাওয়ার ঠিক নেই। ফোন করব তারও সময় হয় না। ছেলে মেয়ের পরিচর্যা। তারপর নিজের তৈরি হওয়া। সেই বাদুর ঝোলার মতো ঝুলতে ঝুলতে রোজ অফিস যাওয়া। বুঝতেই তো পারছিস, সময় বড় কম। তারপর বাড়ি এসে ছেলে দুটোকে দেখা।

শরীর আর পারে না।

– বাড়ির সবাই ভালো আছেন?

– হ্যাঁ, সবাই ভালো।

– ভালো। তুই কি করছিস?

– কী আর করব? ছেলে মেয়েদের পড়াচ্ছি। তোমাদের মতো

দশটা–পাঁচটা নেই। চার দেওয়ালের মধ্যে বদ্ধ। পড়ার মধ্যে রয়েছি। তাদের পড়ানো হয়। আবার নিজের পড়া হয়। সময় কেটে যায়। কিছু পয়সা আসে। বাবার কাছে হাত পাততে হয় না।

মেশোমশাইকে ফোনটা দে তো, একটু কথা বলি।

– বাবা তো বাড়ি নেই।

– কোথায় গেছেন?

– বাইরে বেরিয়েছেন।

– কখন ফিরবে?

– ফেরার সময় ঠিক নেই। এর–ওর সঙ্গে কথা বলতে বলতে বাড়ি ফিরতে দেরি হয়ে যায়।

– বাড়ি ফিরলে বলিস আমি ফোন করেছিলাম।

– ঠিক আছে।

– রাখি রে, পরে কথা হবে।

ঘর থেকে বললেন, কার ফোন? কে ফোন করেছিল?

– রমাদি।

ফোনটা দিলি না কেন, একটু কথা বলতাম। অনেকদিন কথা বলা হয়নি। বড় ভালো মেয়ে। দূরে থাকলেও মাঝে মাঝে খোঁজ নেয়। মেয়েটির কর্তব্যবোধ আছে।

রিন্টুর মনে প্রশ্ন দিদিমনি মিথ্যে বলল কেন? দাদু ঘরে, অথচ বলল, বাবা বাড়ি নেই। তিনি শেখান সর্বদা সত্য বলিবে, মিথ্যা বলিবে না। তিনিই মিথ্যে বললেন? মনের মধ্যে রয়ে গেল। বাড়ি ফিরে দাদুকে বলল, আজ দিদিমনি মিথ্যে কথা বলেছে।

– তিনি মিথ্যে বলতে পারেন না। কি বলেছেন? দিদিমনির বাবা ঘরে রয়েছেন। অথচ বললেন বাবা বাইরে গেছেন।

কিছু ক্ষেত্রে মিথ্যার আশ্রয় নিতে হয়। তাহলে আমাদের বলেন, সর্বদা সত্য বলিবে, মিথ্যা বলিবে না।

– হয়তো তার বাবার কথা বলা নিষেধ আছে। সেই জন্য মিথ্যে বলতে বাধ্য হয়েছে। বুঝলে দাদুভাই। কিছু ক্ষেত্রে বলতে হয়। তবে মিথ্যে বলতে নেই। মহাপাপ।

এই বয়সে যা দেখবে, যা শুনবে সব অন্তরে গেঁথে যাবে। মাটিকে জল দিয়ে মস্ত করে শিল্পীরা তাদের হাতের দ্বারা বিভিন্ন রূপে সাজিয়ে তোলে। সেই রকম তাদের মন। যে যেভাবে তৈরি করবে। তাদের মন মাটির ঢেলার মতো। তারা সেই রূপ ধারণ করবে। তারা দিদিমনির কথা মেনে চলবে। তারা যে মানুষ গড়ার কারিগর। সকলের শ্রদ্ধার পাত্রী।

পর্ব – চতুর্থ

সে এখন বড়, বড় স্কুলে যায়। এখন আর মাকে সঙ্গী হতে হয় না। সে বন্ধুদের

সঙ্গে স্কুলগাড়িতে যায়। এখনও তাকে দিদিমনির কাছে পড়তে হয়। সঙ্গী সেই দাদু। তাঁদের বাণীগুলো বলতে হয়। এই উপদেশগুলোর মাধ্যমে তারা সৎ মানুষ হয়ে উঠবে। ছাত্র ছাত্রীদের সৎ মানুষ হওয়ার প্রথম ধাপ।

সে বন্ধুদের সঙ্গে স্কুলে যাচ্ছে। গাড়ি ভর্তি ছেলে মেয়ে। হঠাৎ ফোন বেজে উঠল। তার কান চোখ চালকের দিকে। ফোন কানে ধরতেই বলল, তুই এখন কোথায়? গাড়ি থামিয়ে বলল, আর বলিস না, দু'দিন থেকে কাজে বের হতে পারিনি। বাড়িতে বসে। কেন, কি হয়েছে তোর?

– প্রচন্ড জ্বর আর কাশি। হ্যাঁচ করে কাশেও।

– তুই বসে আছিস, অথচ আমাকে জানাসনি? আমি বিকেলে যাব।

– বিকেলে থাকব না। ডাক্তার দেখানোর সময় রয়েছে। ঘরের মধ্যে বন্দি। রাখছি রে, পরে কথা হবে। ফোনটা রেখে স্টার্ট দিল।

রিন্টু বলল, তুমি গাড়ি চালাচ্ছ, অথচ বললে ঘরে বসে আছি। মিথ্যে বললে কেন? তোমাকে ভগবান পাপ দেবেন।

– সময় বিশেষে মিথ্যে বলতে হয়। তুমি বড় হলে বুঝবে।

তার মনে রয়ে গেছে। সে বাড়ি গিয়ে বাবাকে বলল।

বাবা বললেন, সব কথায় কান দিও না। পড়াশোনায় মন দাও। ভালো রেজাল করতে হবে। ভালো স্কুলে ভর্তি হতে হবে। তোমাকে নিয়ে বড় আশা।

মুখ তার বন্ধ হল। কিন্তু মনের মধ্যে সত্য–মিথার দ্বন্দ্ব চলতে থাকল।

সে পড়াশোনা এবং খেলাধুলোয় ভালো। সেই জন্য স্কুলের স্যররা খুব ভালোবাসেন। খেলার নেশা খুব। স্কুল থেকে ফিরে ব্যাগটা রেখে খেলার মাঠে। খেলে শেষে বাড়ি এসে পড়তে বসবে। একেবারে রুটিং মাফিক। সেদিক থেকে সে ভালো ছেলের মধ্যে পড়ে।

সে এখন নবম শ্রেণীতে পড়ে। ছাত্র হিসাবে সবার প্রিয়। সকলকে সম্মান দিয়ে চলে। ছাত্র–শিক্ষক মধুর সম্পর্ক।

সামনে বড় পরীক্ষা। অতএব কোনওদিকে লক্ষ্য নয়। তাকে প্রথম সেমিস্টার ভালো করতে হবে। এই লক্ষ্য নিয়ে সে পড়ায় ব্যস্ত। কিন্তু দেখা গেল প্রথম সেমিস্টার ভালো হয়নি। ক্লাসটিচার তাকে ডেকে সজাগ করে দিয়েছে।

বলেছেন, সামনে ফাইনাল পরীক্ষা। ভালো ভাবে প্রস্তুতি নাও।

শিক্ষক হিসাবে প্রধান শিক্ষকের নাম ডাক আছেন। তিনি স্বনামধন্য একজন শিক্ষিত ব্যক্তি হিসাবে পরিচিত। ছাত্র ছাত্রীদের প্রতি সর্বদা লক্ষ্য, গরিব ছাত্র ছাত্রীদের নানা ভাবে সাহায্য করেন।

সামনের সপ্তাহে ছাত্র ছাত্রীদের রেজিস্ট্রেশনের জন্য কাগজ পাঠাতে হবে হেড অফিসে। তিনি দেখছেন রিন্টুর বয়সের সামঞ্জস্য নেই। বয়স প্রায় তিন বছর বেশি করা আছে। প্রধান শিক্ষক ভাবছেন একজন শিক্ষিত মানুষ হয়ে ভুল করলেন কি করে? ওর বাবা ছাড়া এই ভুল সংশোধন করা যাবে না। সময় বড় কম।

প্রধান স্যর রিন্টুকে ডেকে পাঠালেন।

তার মনে ভয়। স্যর পরীক্ষার কথা বলবেন। সে ভয়ে ভয়ে অফিসের সামনে।

স্যর বললেন, তোর রেজাল্ট ভালো হচ্ছে না। পড়ায় জোর দে। রেজাল্ট ভালো না করলে নাম করা স্কুলে ভর্তি হতে পারবি না। একবার পিছিয়ে পড়লে আর উঠতে পারবি না। মন দিয়ে পড়াশোনা কর। তোর বাবার খুব আশা তোকে ভালো স্কুলে ভর্তি করাবে। তোর বাবাকে অফিসে দেখা করতে বলিস। তার মনে হল বাবাকে পরীক্ষার কথা বলার জন্য ডাকছেন। বাবা খারাপ শুনলে মারবে।

অতএব মিথ্যাই আমাকে মার খাওয়া থেকে বাঁচাতে পারে। কালবিলম্ব না করে বলল, বাবা বাড়ি নেই।

বললেন, কোথায় গেছেন?

– অফিসের কাজে বাইরে গেছেন।

– ফিরবেন কবে?

– ফিরতে পনেরো দিন হবে বলে গেছেন।

প্রধান শিক্ষক পড়ে গেলেন বিপদে। সাত দিনের মধ্যে পাঠাতে হবে। না হলে রেজিস্ট্রেশন বাতিল। অপর দিকে ছেলেটার সার্ভিস জীবনে তিন বছর কমতি। অনেক ভেবেচিন্তে নিরুপায় হয়ে কাগজ পাঠিয়ে দিতে বাধ্য হলেন।

বেশ কিছুদিন পরে রিন্টুর বাবার সঙ্গে বাজারে দেখা।

স্যর বললেন, কবে বাড়ি ফিরলেন?

– আমি বাড়িতেই রয়েছি। কোথাও যাইনি।

– শুনলাম, আপনি অফিসের কাজে বাইরে গেছেন।

– ভুল শুনেছেন।

– না, না, ভুল তো হবে না। কার মুখে শুনেছেন?

– আপনার ছেলে রিন্টুর মুখে। অফিসে ডেকে বললাম, তোর বাবাকে দেখা করতে বলিস। সে বলল, বাবা বাড়ি নেই। অফিসের কাজে বাইরে গেছে। ফিরতে দিন পনেরো হবে।

তার মনে হল সে কিছু গোপন করার জন্য মিথ্যে বলেছে। আমাকে জানতে হবে কেন সে মিথ্যের আশ্রয় নিয়েছে? সে তো মিথ্যে বলার ছেলে নয়। বললেন, কি জন্য ডেকে ছিলেন?

– কাগজ–কলমে রিন্টুর বয়স বেশি আছে। তার ভবিষ্যৎ ভেবে বয়স কমানোর জন্য ডেকেছিলাম।

– কবে যাব বলুন?

– আর যেতে হবে না। সব কাগজ হেড অফিসে জমা হয়ে গেছে।

শুনে রাগে চোখ মুখ লাল।

বললেন, সামনে ফাইনাল পরীক্ষা। প্রথম পরীক্ষা ভালো হয়নি। ওর প্রতি খেয়াল রাখবেন। তা না হলে পিছিয়ে পড়বে।

জোড়া ধাক্কা তাকে রাগান্বিত করে তুলল। এই বয়সে মিথ্যে বলা। কোনওরকমে বাজার করে বাড়ি এসে উত্তেজিত হয়ে বললেন, রিন্টু কোথায়?

রিন্টুর মা বলল, কেন, সে কি করেছে?

– কি করেছে আর কি করেনি? আসুক বাড়িতে মজা দেখাচ্ছি।

– বাজার থেকে এসেই তুমি উগ্রমূর্তী ধারণ করেছ। তুমি শান্ত হয়ে বস। ঘামে জামা ভিজে গেছে। জামা ছাড়ো। মাথা ঠান্ডা করে কথা বল। তোমার গুণধর ছেলে কোথায়? ও মিথ্যে বলা শিখেছে?

– কি করেছে? কি হয়েছে খুলে বল। তা না হলে জানব কেমন করে।

– তোমার ছেলে গোল্লায় গেছে। সে প্রধান শিক্ষককে বলেছে, আমি নাকি অফিসের কাজে বাইরে আছি। ফিরব পনেরো দিন পর। রাগে কথা বের হচ্ছে না। সেই সময় রিন্টু বাড়ি ঢুকছে। তাকে দেখে মাথা ঠিক রাখতে পারেনি। উত্তেজিত হয়ে মারতে যাবে, হঠাৎ বুকে ব্যথা। বুক চেপে ধরে পরে গেলেন। সঙ্গে সঙ্গে ডাক্তার। কিছুতেই কিছু না। পক্ষাঘাতগ্রস্থ হয়ে পড়ে রইল। একটা মিথ্যে সংসারটাকে ছিন্নভিন্ন করে দিল। দিদিমনির কথা মনে পড়ছে, 'মিথ্যে বলা পাপ'। তার পড়ার সমাপ্তি। ❑

সাজি

পর্ব – প্রথম

পরানবাবুর নেশা ভোরে উঠে ফুল তোলা। এই ফুল তার বাড়ির পুজোতে লাগবে। আর কিছু ফুল প্রভুর চরণে পড়বে। শেষ জীবনে নেশা হয়ে দাঁড়িয়েছে। কোনও বাধা তাকে এই থেকে সরাতে পারে না।

ভোর চারটের সময় বিছানা ছেড়ে হাত মুখ ধুয়ে ঝুড়ি হাতে বাইরে এসে দাঁড়ান। ফুলের সুবাসে মন প্রাণ ভরে যায়। শরতের সকাল শিশিরে ভেজা সবুজ দুর্বা। তার ওপরে বিছানো কমলা বৃন্তের শ্বেত পুষ্প। তার সুবাসে ম ম পরিবেশ। কোমল দুর্বার মাথার ওপর সাদা আস্তরণ। মনে হচ্ছে চাদরের আচ্ছাদন। পা ফেলতেই পতিবিম্ব আকার ধারণ করছে। মাথার ওপর দণ্ডায়মান অর্ধচন্দ্র শুভ্র বসনে বিরাজিত। শিতল বাতাস। শরীর মন সতেজ। মুক্ত আকাশের নিচে দাঁড়িয়ে শ্বাস নিতে কার না ভালো লাগে? মনের গহনে কত কথা, কত প্রশ্ন উঁকি মারছে।

এই গাছের প্রাণ রয়েছে। তারা ফুল দেয়, ফল দেয় আবার বংশ বৃদ্ধি করে কখনও বিব্রত বোধ করে না। তাদের সব কিছু দান করে যায়। বিনিময়ে কিছু চায় না। নিজের বলে কিছু রাখে না। উদার হস্তে বিলিয়ে যায়। সব আঘাত সহ্য করে পৃথিবীর সেবা করে চলেছে। হিংসা ঘৃণা তাদের স্পর্শ করতে পারে না। তারা নির্ভীক সৈনিকের মত প্রাকৃতিক বিপর্যয় থেকে মানুষকে রক্ষা করে চলেছে। তাদের অসাড় দেহটাও মানুষকে সাহায্য করে থাকে।

দু'আঙুলের দিয়ে ফুল তুলে ঝুড়িতে রাখতে যাবে, সামনে শ্বেত বসনে রমণী দণ্ডায়মান।

– কি ভাবতেছেন?

– কিছু না।

– তুমি না কইলে হইব? কিছু তো ভাবতেছেন। তা না হলে ঝুড়ি ফাঁকা ক্যান?

– ভাবছি গাছের কথা। যতদিন বাঁচবে, আমাদের সেবা করে যাবে। প্রতিদানে কিছু চাইবে না। কথাখান খারাপ কয়েন নাই। পুলার বাপেরে সেই কথাকান কয়েছেন।

– কি বলেছিল?

– কয়েছেন, তুমি ফুল তুইল মনের আনন্দে। কিন্তু গাছের কষ্ট লাগে। ও তোমার বুঝুম শক্তি নাই।

আমাদের মত তাদেরও পিরান আছে। ওরা কথা কইতে পাড়ুম নাই। অন্তরখানে কষ্ট লাগে। বুঝছস? আপনি কি কথাকান কইলেন? আপনার মাথা কান গেছে।

কইল ও তুই বুঝুম নাই।

– বুঝুম না ক্যান? গাছ ফুল ফল দেওয়ানের লগে জন্মায়। ফুল ছাড়া মায়ের পূজা হইব ক্যামনে? যেমন পদ্মফুল ছাড়া দুর্গা মায়ের পূজা হইব না। জবা ফুল ছাড়া শ্যামা মায়ের পূজা হইব না। আবার মহাশক্তিধর ভোলে বাবার পূজাতে ধুতরা ফুল লাইগা থাকে। তাহলে ফুল তুলাইলে কষ্ট হইব ক্যান?

কইল, ও তোমার মাথায় ঢুকুম না। এই লইয়া পুলার বাপের সঙ্গে ঝগড়া বাইধ্যা গেল। দু'দিন কথাবার্তা বন্ধ।

– তোমাকে প্রথম দেখছি।

– দেখবেন ক্যামনে?

– ক্যামনে? পাখি ডাকার আগে ফুল তুইল্যা শ্যাষ করি।

দেখা তখন কারও লগে হইব না। সাজি ভইরা ফুল লইয়া মায়ের সামনে রাইখ্যা চানের লগে পুকুরে। তারপর দেবতার চরণে অর্পণ কইরা সষ্টাঙ্গে প্রণাম কইরা বাহির হই। সেই সময় খানে মন্দিরে ঢাক বাজনের শব্দ কানে আঁসে। ঠিক সময় মিলায় দ্যাছে।

– তুমি কোথায় থাকো?

– উপর পাড়া খানে ভাড়া থাকি।

– কার বাড়িতে ভাড়া থাকো?

– ওই দ্যাহেন, বড় রাস্তাখানের ধারে বেলগাছ দাঁড়াইছে। তার পিছন খানের বাড়িতে। মালিক, ওপর লগে, আর আমরা নিচের লগে থাকি। বাড়ির মালিকের নাম কি?

মুখে কওনে যাইব না।

– বলতে পারবে না কেন?

– ওই নাম খান আমার ভাসুরের।

– তাহলে কার বাড়ি থাকে?

– জানব কি করে? ওই যে, স্বামী–স্ত্রী ছবি খ্যান, দরজার মাথায় বসানো ওই বাড়ি খ্যানে থাকুম।

– শিব দুর্গার ছবির এ বাড়িতে থাকো?

– না, না, বাঁশি মুখে দাঁড়ায় থাকেন। রাধাকৃষ্ণদের বাড়ি ঠিক করেছেন।

– তোমার স্বামী কি করেন?

– আর কইবেন না। ওপারে আমাদের লগে অনেক জমি জায়গা ছেল। ওই জমির ফসলে সারা বছর খাওনে হইত। সব ফেলাইয়া এহানে আইসা নিঃস্ব হইয়া গেছি। কত মাছ। সূর্য মাথা থ্যাইকা নাইমা গেলে, মাছের দল, আনন্দে খেলে বেড়াইত। পুকুরের ধারে খ্যানে বসলে পরানটা জুড়াইত। ওইসব কথা মনে আইলে চোখে জল আসে।

– এখনে তোমার স্বামী কি কাজ করেন?

– সেই কথা কওনের লগে যাইতেছি।

– মধ্যেখানে কথা কইবেন না। পুলার বাপেরে কইলাম, ঘরে বইসা বইসা থাকলে চলবে ক্যামনে? বইসা খাইলে রাজার ধন ফুরাইয়া যাই। কামের খোঁজে যান। কথা' খান মনে ধইরাছে। সকালে কামে গেলেন। কিন্তু কাম পায় নাই। কেডা কাম দিবে? সব অচেনা।

– তাহলে বাড়িতে বসে কাটাই?

– কইলাম, বাড়ির মালিকের সঙ্গে কথা কও।

মালিক, কাঠের দোকানে লাগই দ্যাছে।

– তোমার স্বামী কাঠের কাজ করে?

– না, না, কাঠের দোকানে দেখাশোনার কাম করে। দিনের মত চাঁদের আলো।

কি সুন্দর লাগছে। পাখিরা এখনও ঘুমিয়ে। তাদের কিচির মিচির শব্দ এখনও আরম্ভ হয়নি। তাদের ডাকে সবার ঘুম ভাঙে।

– ফুল তুইলা যায়ুনের পর ওরা ডাকতে থাকে।

– তুমি তো কাছেই থাকো। সন্ধ্যার পর মন্দিরে চলে আসতে পারো।

– আপনাদের মন্দির খান সুন্দর লাগে। প্রতিদিন সাঁঝের বেলায় ভগবানের নামগান হইয়া থাকে। তাহলে তুমি ওগানে যোগ দিতে পারো। তোমার সঙ্গে কথা বলতে গিয়ে ঝুড়ি ফাঁকা পড়ে আছে।

– আমার থাইকা দুটি ন্যান।

– তুমি বেশ ঠাকুরভক্ত। ঘণ্টা বাজলে চলে আসবে। পুজোর লগে আইসা কি করুম?

– সবার সঙ্গে গলা মিলাবে। বেশ ভালো লাগবে। আমি ওই নাম মুখে নিতে পারুম না।

– কেন, নিতে পারবে না?

– ওই নাম খান, আমার শ্বশুর আর স্বামীর নাম আছেন। মা কয়ে দিয়েছেন কোনও দিন গুরুজনের নাম মুখে লইবি না। মার কথা আমান্য করা যাইব? স্বামী হইল দেবতা।

– তোমার শ্বশুরের নাম হবে কৃষ্ণ?

– না, শ্যাযেরটা।

– কৃষ্ণ। স্বামীর নাম রাম দেবর।

– হইল না, প্রথমটা।

– তাহলে রাম।

– ঠিক কয়েছেন। কথা কওনের লগে সাজি ফাঁকা। তোমার ফুলের সাজিটা বেশ সুন্দর।

– আর কইবেন না। এই সাজি লইবার লগে পুলার বাপের সঙ্গে ঝগড়া হইছিল। প্রায় দু'বছর কথা কওনে ছেল না। পুলা হইবার আগে কথা হয়। যাই গো দেরি হলে পুলা উইঠা পড়ুম।

– কি হয়েছিল বললে না তো?

– শুনবেন। আমার আবার দেরি হয়ে যাইব। কয়ে যাই।

পর্ব – দ্বিতীয়

পদ্মাপাড়ে আমাদের বাড়ি। সবে স্বামীর ঘরে আইছি। পূজার লগে ফুল তুলার ঝুড়ি হাতে যাইতে হয়। আমার আবার ছোট থেকে ফুল তুলার অভ্যাস আইছে। পাখির ডাক কানে আইলে ঝুড়ি হাতে ফুলগাছের তলায়। ঝুড়িভর্তি ফুল লইয়া ঘরে। মা কইত, এত ফুল তুলিস ক্যান? ফুল গাছের শোভা বৃদ্ধি করে। গাছভর্তি ফুল দেখতে সুন্দর লাগে। কইলাম অল্প ফুলে মন ভরে নাই। মনে মনে ঠিক করুম এইবার মেলা থাইকা ফুল তুলার লগে সাজি কিনুম।

পুলার বাপের সাথে মেলায় যায়তেছি। কইলাম আপনারে একটা কথা কওনের আছে।

– কি কথা কইবি কও?

– মেলা থাইক্যা ফুল তুলার লগে সাজি লইব। প্রথম খানে দিমু কইল। কিন্তু কিনবার লগে দোকানের সামনে, কইছে টাকা নাই।

ঝগড়া বাইরা গেল। মেলার লোক আমাদের পানে দ্যাখতেছে। আমিও ছাড়ার মাইয়া নই। কিনা ছাড়ুম। দু'বছর কথা কওনে ছিল না। পুলা হওয়ার আগে মিল হইছে। তোমার বাপের বাড়ি কোথায়?

– একই গ্রামে। কিন্তু পাড়া ভাগ। প্রেম করে বিয়ে?

– না, না। ওকথা কইবেন না। মা-বাবারে দ্যাখা শুইনা। চার হাত এক করায় দ্যাছেন। বিয়ের কথা কইলেন যখন, তাহলে শুইনা নেন।

তহন আমার বয়স তেরো। মা কইল পড়াশোনা নাই। বাড়ির কামে ব্যস্ত। মাইয়া বড় হইছে, বিয়ার লগে কথা কওন। বাবা কইলেন, সরোজের পুলার সঙ্গে কথা কইলে কেমন হইব?

মা কইল শুনেছি পুলা কামে ভালো। কোনও বদ নেশা নাই।

কথা কওন শুরু।

– কাজ কাম জানো?

এক সাঁঝের আগে পুলার বাপ কাকা অইল। মা সুন্দর কইরা মুখ খানে পাওডার মাইখা, নতুন পোশাকে উনাদের সামনে বইসা দিল। ভয়ে ভিতর খান নামা-উঠা করছে। কইল, মাথা খান তুলত মা। একবার উইঠ্যা দাঁড়াও তো মা। মা চুলের খোঁপা কইরাছিল। খুইলা রাখো। আস্তে কইল পড়? কানে আসে নাই। মায়ের মুখের পানে। মা কইল, লেখাপড়ার কথা কইছে। হাতে দু'টাকা ধইরা দিয়া কইল, যাও মা।

হাঁটিয়ে দেখাও তো? কইল চুলের বাঁধন খুইলা নাম ঠিকানা লিখতে ঘরে যাওনের পর বুকের নামা-ওঠা থামল। মারে কইলাম, কথাখান আস্তে কইল ক্যান ?

মা কইল কান ঠিক আছে কি না, জানার লগে, তারপর বিয়া।

– কোন জেলায় বাড়ি ছিল?

– ময়মনসিং। ওহানে বিরাট বাড়ি। দশ কাঠা মাটি জুইড়া ঘর। মাটির দেওয়াল দিয়া ঘেরা বাড়ি, সামনে বৈঠক খানা। সব ছাইড়া এহানে আইস্যা একেবারে নিঃস্ব বানায় গেছি। পুলার বাপ মা লইয়া আসে, তাই দিয়া কোনওরকমে চলে। তুমি তো ভালো কথা বলতে পারো।

– দেহেন, আমি হক কথা কইতে কারো উরি নাই। সব ফুল, পুজোতে লাগে। না অন্য বাড়িতে দাও? হ্যাঁ, সব ফুল মায়ের চরণে রাখি। আপনাদের মন্দির স্থানে আইস্যা দাঁড়াইলে, মনে ভক্তি আসে। সকল খানে কথাটা করে থাকি। জানেন, আমাদের ওহানে মন্দির ছেল। দু'বেলা পূজা হইত। ওই পুজার লগে ভোর থ্যাইকা ফুল তুলতাম। হইত। কত ভক্ত মনে পড়লে ব্যথা লাগে।

আমার ফুলে পূজা লইত। মনে পড়লে।

– কোন ঠাকুরের পূজা হইত?

– ওই রাধা, আর কওনে যাইব না।

– রাধাকৃষ্ণের মন্দির?

– হ্যাঁ, ঘণ্টার শব্দ কানে আইলে বাটি হাতে মন্দিরে। লোকে কইত ভক্তির বাড়ি।

– তোমাদের মন্দিরের নাম ভক্তির বাড়ি?

– না, না। সবাই ভক্তি ভরে প্রণাম করত। তাই কইত ভক্তির বাড়ি।

–এখন ওখানে পুজো হয়?

– হইবে কি কইরা? কারে দিবে পূজার ভার, সবাই এপারে। তোমার সঙ্গে কথা বলতে গিয়ে আমার ঝুড়ি শূন্য।

– আমার থ্যাইকা দুটা লইতে পারেন।

– আমার অল্প হলেই হবে। তুমি তো পূজো নিয়ে থাকো। মন্দিরে আসতে পারো? – ওই যে কয়েছি, মুখে আনা যাইব না।

– এসে বসবে। শুনে মন শান্তি পাবে।

– কথাখান ঠিক। বাবা কইতেন, মানুষের শ্যাষ জীবনে হরি, আর কমু যাইব না। পুব আকাশে রঙ ধরেছে, আর থাকা যাইব না।

– কেন, এখনও সাজি ভর্তি হয়নি?

– পুলারে উইঠা বাপরে জালাইবে। পরে কথা কওনে যাইব।

পর্ব – তৃতীয়

সবে ঝুড়ি লইয়া উঠব। সামনে ময়নার মা। বলল, এতক্ষন কার সাথে কথা বলছিলেন?

– তোমার সামনে দিয়ে গেলেন, ওই ভদ্রমহিলার সাথে। কথা বলতে পারে বটে। জীবনের সব ঘটনা এক নিঃশ্বাসে বলে গেলেন। থামার নাম নেই।

– রমার মা।

– কার মা, জানি না। তবে মহিলা গুছিয়ে

কথা বলতে পারে। তুমি ওকে চিনো?

– চিনব না ক্যান? জাহাবাজ মেয়ে। অনেক রাত থাকতে উঠে ফুল তোলে। গাছে একটা

ফুলও থাকবে না।

– তোমার হাতে লাঠি কেন?

– ওটা আঁকশি। ওপরের ফুল তোলার জন্য সঙ্গে রাখি।

– তোমার ঝুড়ি কোথায়?

– এক ঝুড়ি ফুল রেখে এসেছি। অল্প ফুলে মন ভরে না।

– তুমি তো রমার মাকে ছাড়িয়ে যাবে। – আপনার সঙ্গে কথা বলতে গেলে ফুল তোলা হবে না। গাছ শূন্য হয়ে যাবে।

– গাছে ফুল থাকবে কী করে? পাতাই থাকছে না। ওই যে মন্দিরের সামনে একটা বেলগাছ হয়েছিল। সেবাযত্নে মাথা চাড়া দিয়ে উঠছে। বেশ ফনফনে গাছ। সবাই বলত আর বেল পাতার জন্য দরাদরি করতে হবে না। প্রত্যেক দিন দু'বেলা জল দিত। গাছটা যৌবনের রূপ ধারণ করল। পাতা, ফুল, ফলে গাছ ভর্তি ফল ধরার সঙ্গেই পাতা তোলা আরম্ভ করল। পাতা তুলতে তুলতে গাছটাকে উলঙ্গ করে ছাড়ল। শেষে নিজেকে গুটিয়ে নিল। এখন আর কেউ পাতার কথা বলে না।

– আমি একদিন কটা পাতা তুলেছি। আমাকে দোষের ভাগী করবেন না।

– দোষের ভাগী কাকে করব? রাস্তা চলতি সবাই তুলেছে। তুমি একা তোলোনি।

– যাই গো দাদা কথা বলতে গেলে ফুল তোলা হবে না।

একমনে হরিনাম করতে করতে মন্দিরের পথে। চোখ পড়ল ডাক্তারবাবুর বাগানের দিকে। বেশ বড় বড় নানা রঙের জবা ফুল ফুটে রয়েছে। বাইরে থাকলে ফুলগুলো থাকত না।

গেট খুলে কটা ফুল ঝুড়িতে রাখতে যাব, গম্ভীর কণ্ঠে বললেন, বেশি তুলবেন না। ওইদিকে চোখ দিতে গিয়ে ফুল পড়ল ঝুড়ির বাইরে। ভাবছি, আরও দুটো তুলে হাঁটা দিব?

বললেন, দাঁড়ান।

ভাবছি ফুল তোলার জন্য দু'কথা শুনিয়ে ছাড়বে। চুপ করে দাঁড়িয়ে। কাছে এসে বলল, ঝুড়িটা দেন।

– কেন?

– মহাপ্রভুর পূজার ফুল তুলে রেখেছি, ঝুড়ি ভর্তি ফুল। মনে আনন্দ ধরছে না। এত ফুল প্রভুর চরণে পড়বে। এই ফুলে দু'বেলা পূজা হবে। মনে পড়ছে তাদের কথা কেন তারা ঝুড়িভর্তি ফুল তোলে? আমার মতো তারাও

আনন্দ পাই।

পর্ব – চতুর্থ

ঝুড়ি হাতে মন্দিরে ফুল রাখতে যাব, এক ভদ্রলোক এসে প্রণামী বাক্সে পয়সা ফেলে বললেন, মন্দিরের মালিক কনে থাকেন?

– মন্দিরের মালিক স্বয়ং মহাপ্রভু, ব্যক্তিগত নয়। কথাখান ঠিক কয়েছেন। তবুও দেখাশোনার লগে একজন আছেন?

– তোমার কোনও কথা থাকলে আমাকে বলতে পারো। সে না হয় বোঝা গেল, তবুও।

– তোমার নাম কি? আর কোথা থেকে আসা হচ্ছে?

– নাম, দয়াল রায়। জাতিতে নমঃশূদ্র। তাই কইছি

– এখানে কোনও ভেদাভেদ নেই। সবাই সমান।

– আমাদের দেশে আছে। সেই জন্য কইছি।

– বলার কিছু নেই। বলার থাকলে বল। কেউ কিছু মনে করবে না। কোথায় বাড়ি বললে

না তো?

– বাংলায় ছিল। এখন এখানে।

আগে ওপার বাংলায় স্থায়ী ঠিকানা।

– তোমাকে প্রথম দেখছি।

– আমি পথ ধরে আসা যাওয়া কইরা থাকি, দেখি ফুলগুলান প্রণামী বাক্সের ওপর গড়াগড়ি খাইছে। রোদে শুকাইয়া জড়সড় হইয়া পড়িয়া থাকে।

– যারা ফুল রাখে, তারা অত চিন্তাভাবনা করে রাখে না। যাক রোদ উঠছে। দেরি করা যাবে না।

– না, এই ফুল না নিয়ে যাওয়া পর্যন্ত হবে না। তোমার কিছু বলার বা দেওয়ার থাকলে দিতে পারো।

– কিছু দিবার লগে আইছি।

তোমার মনে যা চায় দিতে পারো। প্রভুর দ্বার সবার জন্য খোলা। মনে দ্বন্দ্ব করার কিছু নেই।

– আমি জন্মভিটা থ্যাইকা আনছি। প্রভুরে দেওয়ার লগে। ব্যাগ থেকে বের করে আমার হাতে দিয়ে বলল, শান্তি পাইলাম। কবে থাইকা দিমু দিমু ভাবছি। এত দিনে মনের আশা পূরণ হইল।

– কি আছে এর মধ্যে?

– ছোট একটা উপহার।

– ছোট বড় সব প্রভুর কাছে সমান। তুমি অন্তর থেকে যা দিবে প্রভু গ্রহণ করবে। সব তাঁর ইচ্ছা। এই যে তুমি কোথা থেকে এসেছ দিতে। প্রভুর ইচ্ছায়।

– কথা খান ঠিক কয়েছেন। উনি যেভাবে চালান, আমরা সেভাবে চলতে পারি।

– কি আছে বললে না তো?

– 'সাজি', প্রভুর চরণে রাখলাম। ওম শান্তি, ওম শান্তি। ❏

কর্মফল

প্রথম পরিচ্ছেদ

সূর্য অস্ত যাওয়ার সঙ্গে সঙ্গে ক্লাবঘর খানা বেশ জমজমাট। ঘরের মধ্যে বড় টেবিল রয়েছে। গ্রামের ছেলে মেয়েরা বই পড়ে। ঘরের এক কোনে তাসের আসর বসে। বাইরে ক্যারামের ঘট ঘট। ঘরটা নাট্যমঞ্চের উদ্দ্যেশ্যে তৈরি করা হয়। দুই দিকে গ্রিনরুম। বেশ সুন্দর লাগে দেখতে।

তাসের আসর থেকে বেরিয়ে রঘুর মুখে বিষাদের ছায়া। চোখ মুখে হতাশার ছায়া। হবে না কেন? সে যে জুয়ার আসরে বসেছিল। অনেক টাকা হেরে গেছে। বয়সের সঙ্গে সঙ্গে সহ্য শক্তি হারিয়ে যাচ্ছে। দুই চাপে সে হতাশায় দাঁড়িয়ে। পকেট থেকে সিগারেট বের করে ধরাবে বলে দেশলাই বের করে দেখছে একটা কাঠি রয়েছে। ধরাতে গিয়ে নিঃশ্বাসে নিভেয়ে গেল। ব্যর্থ প্রেমিকের মতো রাগে সিগারেটটা গুঁড়ো করে দূরে ছুঁড়ে দিল। সব রাগ যেন সিগারেটের ওপর।

কিছুক্ষণ এদিক ওদিক চেয়ে থেকে বাড়ির পথ ধরল। বয়সের সঙ্গে রোগ ব্যাধি বাসা বাঁধছে। এখন আর আগের মতো খেতে পারে না। খাবারের গুণগত মান এবং পরিমাণ কমে গেছে। এখন আর শরীরে রক্তের সেই তেজ নেই। ফলে হজমশক্তি কমে গেছে। তাকে সব কিছু মেনে চলতে হয়। লোভ থেকে তাকে বিরত থাকতে হয়। এই সব কারণে মেজাজ খিটখিটে হয়ে থাকে। কোনও কথাই তার ভালো লাগে না।

বাড়ির সামনে এসে জামার বোতাম খুলে সদর দরজার সামনে দাঁড়িয়ে ভাবছে, এখন এই বদ্ধ ঘরের মধ্যে ঢুকতে হবে। সেই ঘর, সেই খাট বিছানা; একা একা রাত কাটাতে হবে। চার দেওয়ালের মধ্যে অবরুদ্ধ অবস্থায় থাকতে হবে। এ যে জেলখানার সামিল। বিষাদের ছায়া চেপে ধরেছে। নিঃসঙ্গ জীবন। দমবন্ধ হওয়া পরিবেশ। ঘরে ঢুকতে মন চাইছে না। কিন্তু তাকে ঢুকতে হবেই। বড় বাড়ির বড় মান।

ভিতরে প্রবেশ করেই কানে আসছে মাসির নাক ডাকা। শুধু নাক ডাকছে তা নয়, মাঝে মুখ দিয়ে ফশ করে হাওয়া ছাড়ছে। মাসি, মানে কাজের মাসি। তারও বয়স হয়েছে। আগের মতো রাত জাগতে পারে না। রান্না করে খাবার টেবিলে রেখে ঘুমিয়ে পড়ে।

ঘরে ঢুকেই গায়ের জামাটা খুলে দিল ছুঁড়ে। মনে হলো সব রাগ জামার ওপরে। প্যান্টটা খুলে ফেলে বিছানায় শরীর ফেলে দিল। এখন তার একটু বিশ্রামের প্রয়োজন। শরীরে গরম সহ্য ক্ষমতা হারিয়ে গেছে।

প্রচণ্ড গরম। হবে না কেন, গ্রীষ্মকাল। সূর্যের তাপদহে মাটি ফেটে চৌচির। সবাই অতিষ্ঠ। এখন একটু শীতল হাওয়ার প্রয়োজন। কোথায় পাবে? মাথার ওপরে ফ্যানটা ঘুরছে। কিন্তু সেও শীতল হাওয়া দিতে পারছে না। গরমে মানুষ

হাঁসফাঁস করছে। চোখ বন্ধ করে হাত-পা ছড়িয়ে শুয়ে। নিঃসঙ্গ বোঝা যেন তার বুকের মধ্যে চেপে বসেছে। তার রঙ্গমঞ্চের জীবন হারিয়ে যাচ্ছে। যৌবনের রক্তের তীব্র গতি স্তিমিত। পূর্বের মতো তার কিছুই ভালো লাগছে না। বার্ধক্য যেন শরীরে প্রবেশ করছে। নিয়মের বেড়াজালে জড়িয়ে পড়ছে। নিজের ইচ্ছাশক্তির অবসান। মাসি যা রান্না করে, সেই খাবারেই উদর পূরণ করতে হয়। বেশি খেলে অস্বস্তি বাড়ে। হজমশক্তি কমে যাচ্ছে।

তাই বলে মনের তেজ কমছে না। মাসি নিয়ম ভাঙলে দু'কথা শুনিয়ে ছাড়ে। মাসি শক্ত কাঠের মতো সব সহ্য করে থাকে।

সে যে বাবুকে কথা দিয়েছে, শত কষ্ট হলেও

রঘুকে সে ছেড়ে যাবে না।

সকাল থেকে রাত অবধি বাঁধা ছকে চলতে হয়। ঘড়ির কাঁটার গতি বেগ ধরে। মাঝে মাঝে তার মনে হয় এ জীবন রাখার চেয়ে না রাখা ভালো। আবার মনে হয় মাসি এই বয়সে সব কিছু পালন করে চলেছে। তার মনে কোনও দুঃখ নেই। সবসময় হাসি মুখে। কোনওদিন তার মুখে বিষণ্নতার ছাপ পড়তে দেখিনি। তাহলে সে কেন নিজেকে দুর্বল ভাববে? সে তো মাসির থেকে অনেক ছোট।

মাসি বলল, খাবার খেয়েছ?

– না, মাসি।

– খেয়ে ঘুমিয়ে পড়। রাত হয়েছে। বেশি রাতে খেলে হজম হবে না। শরীর খারাপ করবে। মাসির কথাগুলো কাঁটার মতো বুকে বিঁধছিল। তবুও তার মুখ বন্ধ। কোন প্রতিবাদ নেই। সব

সহ্য করতে হচ্ছে। সে যে মায়ের মতো সেবা

করে চলেছে।

এই নিঃসঙ্গ জীবন বড় অসহায় বোধ করছে। কেন যে অস্বস্তি বোধ হচ্ছে জানি না? সব অর্থে মন বলছে একটু শান্তি।

বিয়ে? সে পথ বন্ধ। বিয়ের কথা মাথা থেকে ঝেড়ে ফেলেছে। এ ব্যাপারে শতগুণ সত্যি। কারণ সে মেয়েদের থেকে দূরে থাকে। সে মনে করে বিয়ে মানে দাসত্বের মধ্যে আত্মসমর্পণ করা। বাক্ স্বাধীনতার বিসর্জন দেওয়া। বিয়ের প্রতি তার অনীহা। তারও কারণ আছে।

দ্বিতীয় পরিচ্ছদ

ছোট থেকে সে পরের ছত্রছায়াতে বড় হয়েছে। জমিদার রামবাবুর একমাত্র পুত্র। ছোট অবস্থায় তার মা মারা যায়। ব্যবসার কাজে সময় দিতে গেলে পুত্রকে কে দেখবে? অর্থের অভাব নেই। কিন্তু পুত্রকে দেখার কেউ নেই। সে পুত্রের ভবিষ্যৎ ভেবে দ্বিতীয় বার বিয়ের পিঁড়িতে বসলেন না। বাধ্য হয়ে দুঃস্থ অল্পবয়সী মেয়ে ললিতার হাতে দায়ভার তুলে দিলেন। তার কাছে খাওয়া, তার কাছে শোয়া। সে ছোট হলেও মায়ের মতো সেবাযত্ন করে। দুজনের বয়সের ব্যবধান, দশ থেকে বারো হবে। রঘু তার সেবাযত্নে খুব ভালো থাকে। বাবুও নিশ্চিন্ত মনে ব্যবসার কাজে থাকেন।

রঘু ছোট থেকেই বিলাসিতায় থাকে। সে যা বলে বাবু তৎক্ষণাৎ তার আবদার পূরণ করে থাকেন। ললিতাও সব আবদার মেনে চলত। বাবু ললিতাকে কাজের মেয়ের মতো দেখতেন না। সে-ও বাড়ির একজন সদস্য। বাড়ির বাইরে পা রাখলে ললিতা তার সঙ্গী হত।

ললিতা দেখতে খুব সুন্দর। ভগবান যেন রঙ তুলি দিয়ে এঁকে দিয়েছেন। গাল দুটো আপেলের মতো। গরিবের মেয়ে বলে এত সুন্দর করে দিয়েছে। রঘু তার ছত্রছায়াতে রয়েছে।

বয়সের গতি বৃদ্ধি পাওয়ার সঙ্গে দৈহিক পরিবর্তন ঘটতে থাকে। তখন তাকে এত সুন্দর লাগে যে, একবার চোখ গেলে, ফিরাতে মন চায় না। বাবু বুদ্ধি করে দুজনের থাকার ব্যবস্থা পৃথক করে দিলেন। তার মানে এই নয়, যে যোগাযোগ ছিন্ন। শুধু রাতটুকুর জন্য এই ব্যবস্থা। সূর্যের আলো ফোটার সঙ্গে ওরা একত্রিত। তার সব আবদার ললিতার কাছে। স্কুল যাবে। সঙ্গী ললিতা। বাবু পুত্রকে একা যেতে দেন না।

রঘুর বয়স যখন বারো। বায়না ধরল নৌকো চাপবে। শুধু নৌকো চাপবে তা নয়, নৌকো তার সঙ্গী হবে। অতএব নৌকো কিনতে হবে। সে এখন জলে ভাসবে। বাবুর আবার জলে ভয়। সে নৌকো কিনে দেবে না। তার ভয় যদি নৌকো উল্টে যায়, তাহলে কি হবে? নৌকো দেওয়া হবে না। কিন্তু ছেলের বায়না তাঁকে অতিষ্ঠ করে তুলল। বাধ্য হয়ে নৌকো ভাসালেন জলে। মনহারা ছেলেদের আবদার সব বাবা মিটিয়ে থাকেন। নৌকো ভাসল জলে। কিন্তু চালক কে?

সেই ললিতা। বাড়ির পুকুরে নৌকো ভাসালেন। নৌকোতে বসিয়ে ললিতা সকাল বিকেল ঘুরত। সারাদিনের সঙ্গী সূর্য অস্ত যাওয়ার সঙ্গে সঙ্গে আপন কাজে থাকত। সেই সময় থেকে রঘু নিজের কাজ নিজেই করত।

সারাদিন একসঙ্গে। সন্ধ্যা হলেই আলাদা। রঘুর বড় একা লাগত। শুয়ে সুখ আসত না। অনেক রাত পর্যন্ত জেগে থাকত। তাকে কাছে পাওয়ার জন্য অস্থির হয়ে উঠত।

সে কথা কাউকে শেয়ার করতে পারত না। ভাবত এই রাতটুকু। তারপর এক সঙ্গে। তবে বিয়ে বা জীবনসঙ্গী নয়। শুধু ভালো লাগে তাই আপনজন দূরে থাকলে, কাছে পাওয়ার জন্য মন অস্থির হয়ে ওঠে।

ললিতার মনে যে হয় না, তা নয়। এদের রাত শেষ হয় কাছে পাওয়ার টানে। ললিতার ইচ্ছা জাগলেও কাজের মেয়ে ভেবে সে থমকে দাঁড়ায়। সে ভাবে, এই বয়সে একসঙ্গে থাকা উচিত নয়। মনের অজান্তে যদি

অঘটন ঘটে যায়, তাহলে বাবু তাড়িয়ে দেবে। মাথা গোঁজার আশ্রয় হারিয়ে যাবে। ভবিষ্যৎ অন্ধকার।

তার মনে পড়ছে ছেলেবেলার কথা। বাবা মাকে হারিয়ে পথে পথে ঘুরে বেড়াচ্ছিলাম। আশ্রয় বলতে গাছতলা। কোনওদিন খাবার জুটত, কোনওদিন অনাহারে। শীতের সকালে বাবুর বারান্দায় বসে ঠক ঠক করে কাঁপছি। কোনও গরম পোশাক গায়ে নেই। বাবু সব জিজ্ঞেস করছে। আমার এক উত্তর, জানি না। বাবুর চোখে জল। বাবুর মায়াভরা হৃদয় সেদিন তাড়িয়ে দিতে পারেনি। সেদিন থেকে রঘুর দায়িত্ব আমার কাঁধে চাপিয়ে দিয়েছেন। বেঁচে থাকার ব্যবস্থা হয়ে গেল। এখন আমি বাড়ির একজন সদস্য। অতএব দূরে থাকাই ভালো। শুধু রাতটুকু। সেই ভাবে তারা চলছে।

তৃতীয় পরিচ্ছেদ

একদিন রঘুর মনে ইচ্ছা জাগল, সে একদিনের জন্য ভ্রমণে যাবে। সে কথা বাবুকে বলল। ছেলে অন্ত প্রাণ। পুত্রস্নেহে অন্ধ। ছেলেকে ছেড়ে বাবু থাকতে পারবেন না। বাবু 'না' বলে ব্যবসায় মন দিলেন। তখন রঘু যৌবনের গন্ডিতে পা দিয়েছে। তার মন খারাপ। একা চলার মতো বয়স হয়েছে।

না বলছে কেন? তার মন যখন চেয়েছে, তখন তাকে যেতেই হবে। সে ললিতাকে ধরল। সে জানে ললিতা বললে, বাবা মুখ ফেরাতে পারবে না। সে যে মায়ের মতো সেবা করে যাচ্ছে। সে বাবুকে বুঝিয়ে রাজি করাল। গণ্ডগোল বাধল সঙ্গদান।

বাবু বললেন, একা যাওয়া হবে না।

ললিতা বলল, রঘু আর সেই ছোট নেই। তার চলার মতো বয়স হয়েছে। তার সঙ্গে কারও যাওয়ার দরকার পড়বে না।

বাবুর মন, একা ছাড়া যাবে না। সঙ্গে একজনকে যেতে হবে।

ছেলের জেদ, আর ললিতার চেষ্টায় বাবুকে রাজি হতে হল। তবে ললিতা সঙ্গে যাবে। রঘুর আপত্তি, সে একা যাবে। কিন্তু বাবু নারাজ। শেষে ললিতাকে সঙ্গী করতে বাধ্য হল। বাবু বললেন, একদিন, মনে থাকে যেন।

ললিতা চলল রঘুর ফাইফরমাস খাটার জন্য। দুজনে বাঁধাহীন মুক্ত আকাশে ঘুরতে থাকল। রাতের প্রাক্কালে উঠল গিয়ে হোটেলে। মদের নেশায় ডুবে আনন্দ ফুর্তি করে সারারাত কাটিয়ে ছিল। উঠতি যৌবন। কোন বাধা মানেনি। মনের অজান্তে ললিতা গর্ভবতী হয়ে গেল। বাড়ি ফিরে আসল, কিন্তু চিন্তা নিয়ে। জমিদার বাড়ির ছেলের এই কাজ? রঘুর ঘুম নেই। সমাজের ভয় এবং পরিবারের সম্মান জড়িয়ে আছে। অতএব এর একটা বিহিত হওয়া দরকার। সে ললিতাকে সঙ্গে করে নিয়ে গিয়ে এক অজ্ঞাত স্থানে রেখে এল, যেখানে থাকলে কেউ জানতে পারবে না তার পরিচয়। তার পরিচয় বদলে গেল। এক ভুল দুজনকে আলাদা করে দিল।

তবে শর্ত রইল, সন্তানের সব ব্যয়ভার সে বহন করবে, কিন্তু পরোক্ষভাবে। কিন্তু কোনও সম্পর্ক থাকবে না। চিরতরে অন্তরালে। রঘু কিন্তু কর্তব্য থেকে বিচ্যুত হয়নি। সে সব ভুলে বিলাসিতায় জীবন ভাসিয়ে দিলেন। সংসার ধর্ম ত্যাগ করল।

একদিন শুনল ললিতা সন্তানের জন্ম দিয়ে মারা গেছে। সে দীর্ঘনিঃশ্বাস ফেলে বলল, বাঁচা গেছে, বিপদ কেটে গেছে। এখন আর কোনও পিছুটান রইল না। সে ভায়া মারফত পুত্রসন্তানকে অনাথ আশ্রমে রেখে দিল। কর্তব্য পালন করে কিন্তু পরোক্ষভাবে। সে বড় হচ্ছে কিন্তু পরিচয়হীন। তার শ্বাস নিতে কোনও বাধা রইল না। মুক্ত বিহঙ্গ।

একা চলার মানসিকতা পেয়ে বসল। সে জীবনকে বিলাসিতায় রঙিন করে তুলল। এই জীবনে এটাই ব্যবহারের উপযুক্ত সময়। শুধু ভোগ করে যাও। তাই বলে সে মেয়েদের থেকে দশ হাত দূরে থাকত। তার নেশা দেশ-বিদেশ ঘোরা আর উন্নতমানের খাবার খাওয়া।

মেতে থাকত জুয়োর আসরেবে। এসবে তার কার্পণ্য ছিল না। সবসময় আনন্দে গা ভাসিয়ে চলত। না শুনত বাবার কোনও কথা, না দেখত পরিবারকে। ভাবত না ভবিষ্যতের কথা। উদ্‌ভ্রান্তের মতো চলত। অতীত ভবিষ্যৎ ছেড়ে বর্তমানকে নিয়ে চলত।

একে একে সবাই ছেড়ে চলে গেল। রয়ে

গেল সেই মাসি। এখন তার অভিভাবিকা

মাসির কথা মেনে চলে। মাসি ছাড়া যে তার

কোনও গতি নেই রাতের আড্ডা শেষ করে ঘরে ঢুকেছে। মাসি খাবার দিয়ে বলল, ছোটবাবু এবার তুমি পছন্দ মতো মেয়েকে সঙ্গী করে নাও।

সে মাসির কথার গুরুত্ব না দিয়ে বলল, এই বেশ ভালো আছি।

– শেষ জীবনে ভালো থাকতে গেলে পাশে একজন দরকার।

– তুমি তো পাশে আছো।

– বাবুর ইচ্ছা ছিল নাতি–নাতনির মুখ দেখে যাওয়া। সে আশা পূরণ হল না।

– বাবা সে কথা বলত?

– হ্যাঁ, তুমি কোনওদিন বাবুকে সঙ্গ দাওনি। সংসারের বাইরে গা ভাসিয়ে চলেছ। এবার সংসার ধর্মে মন দাও।

– না মাসি। ওই পথে পা দেব না। কারও দাসত্ব গ্রহণ করব না।

– ভবিষ্যতের কথা ভেবে তোমাকে বললাম, – এই তো তুমি সবসময় আমার সেবা করে যাও, আর একজন প্রবেশ মানে ঝামেলায় পড়া। এই ভালো আছি। পিছন ফিরে দেখার কিছু নেই।

– চিরদিন একভাবে যাবে না। আমি যখন থাকব না, তখন তোমায় কে দেখবে?

– আমায় ছেড়ে কোথায় যাবে?

– সে আমার কথা বুঝল না। যখন একা হয়ে যাবে তখন আমার কথা মনে পড়বে।

সে একভাবে থাকল। ঘরে কোনও সময় মন বসে না। সংসার ধর্ম ছেড়ে উড়ন্ত পাখির মতো ঘুরে বেড়াত। বড় বাড়ির বড় ব্যাপার। অভাবে

পড়ার মতো অবস্থা ছিল না। বাবুর সাজানো সংসার। ভোগের ঘাটতি হবে না।

মাসির বয়স হচ্ছে। আর পূর্বের মতো কাজ করতে পারে । মাসি সে কথা বললেও কর্ণপাত করে না। একদিন মাসি এই সংসারের মায়া ছেড়ে চলে গেলেন। ছোটবাবু একা হয়ে গেল। মনে পড়ছে মাসির কথা।

বার্ধক্য তাকে চেপে ধরেছে। খেলার আসর থেকে বেরিয়ে ঘরে ঢুকতে মন চাইছে না। তাই সে দরজার সামনে দাঁড়িয়ে ভাবছে এত বড় ঘরে একা রাত কাটাতে হবে। আজ পাশে কেউ নেই। সারাদিন একই ছকে চলতে হয়। তার এখন ঘরে মন টেকে না। শরীর আর পারে না। তবুও সব সহ্য করে থাকতে হয়। ঘরে ঢুকে দেখছে মেঝেতে পাতা খাটটা, সে-ও মরার মতো পড়ে রয়েছে। একাকীত্ব জীবন বড় অসহায়। এই মানসিক যন্ত্রণা থেকে মুক্তি পাওয়ার জন্য ভাবছে ছেলের কাছে চলে যাবে। নাতি-নাতনিদের নিয়ে জীবন কাটিয়ে দেবে।

সেখানেও বাধা। ছেলে জানে না তার পিতৃ পরিচয়। সে কর্তব্য পালন করেছে দূর থেকে। তার চোখেও সে অচেনা। সে বাবার সব কর্তব্য পালন করেছে, কিন্তু পরোক্ষভাবে। বয়সের সঙ্গে মনের জোর কমতে চলেছে। সব কিছুর পরিবর্তন।

একাকী জীবন বড় কষ্টের, তারপর বিভিন্ন রোগ শরীরে বাসা বাঁধছে। সে এখন এই জীবন থেকে বেরিয়ে আসতে চাইছে।

সে সিদ্ধান্ত নিল ছেলের কাছে চলে যাবে। কিন্তু পিতৃ পরিচয় নিয়ে নয়।

অতিথি হয়ে। শুনেছে ছেলে খুব ভালো। গরিব দরদী। চোখের সামনে নাতি-নাতনি ঘুরে বেড়াবে। আমি তাদের নিয়ে থাকব। শেষ জীবনে সব মানুষ ধর্ম কর্ম নিয়ে থাকতে ভালোবাসে। কারও ভাগ্যে জোটে, কারও ভাগে নয়। সংসারের বোঝা বয়ে জীবন সাঙ্গ করে। তার এই জীবন ভালো লাগছে না।

মাসির কথাই সত্য। শেষ জীবনে পাশে একজনের থাকা বিশেষ প্রয়োজন। এখন আর ওই পথে যাওয়ার বয়স নেই। সে বুঝতে পারছে

উশৃঙ্খল জীবনের পরিণাম কী। সময়ে সব কাজ করা উচিত। এখন সে অনুশোচনায় ভুগছে। সে মনের দ্বিধাদ্বন্দ্ব দূর করে সিদ্ধান্ত নিল, শেষ জীবনটা ছেলের কাছে কাটাবে। তবে পিতৃ পরিচয়ে নয়।

চতুর্থ পরিচ্ছেদ

সব ছেড়ে চলল ছেলে অনাথের কাছে। সে জানে অনাথের দুটো সন্তান। কিন্তু দুজনেই দুজনের কাছে অপরিচিত।

গ্রীষ্মকাল। প্রখর রোদের তেজ। রাস্তাঘাট লোকজন শূন্য। কাঠ ফাটা রোদ মাথায় নিয়ে চলছে। দুপুর হয়ে গেল ছেলের বাড়ি পৌঁছতে।

বাড়ির সামনে কতগুলি ছেলে মেয়ে খেলা করছে। সে গাছের ছায়াতলে দাঁড়িয়ে নিঃশ্বাস নিচ্ছে। হঠাৎ তাদের মধ্যে ঝামেলা বাধে। শেষে হাতাহাতি। সবচেয়ে ছোট মেয়েটি কান্নাকাটি শুরু করল। সে কোলে নিয়ে আদর করছে। কান্নার শব্দ পেয়ে তার মা ছুটে এসে ছোঁ মেরে কোলে নিয়ে বাড়ির মধ্যে চলে গেল। ভাবল এটা বোধহয় ছেলের বৌ সোনালি। সবাই বাড়ি চলে গেল। সে একাই দাঁড়িয়ে, তার বিশ্রামের প্রয়োজন। কোনওদিন সে এত পরিশ্রম করেনি। সব ভাগ্যের খেলা।

কি বলে ডাকবে? এই প্রশ্ন তার মনে ঘুরপাক খাচ্ছে। সে দরজার সামনে দাঁড়িয়ে। কিছুক্ষণ পর দরজায় টোকা মারে।

সোনালি বলল, এই অসময়ে কে এল? দেখ তো অনাথ। আমি এখন কাজে রয়েছি। দুই হাত বন্ধ। খোকা যা তো, দেখে আয় কে এসেছে। সময়-অসময় জ্ঞান নেই।

খোকা দরজা খুলতেই বলল, বাবা বাড়ি আছে? – বলল, বাবা, তোমায় ডাকছে।

– বল কাজে রয়েছি। এখন ওঠা যাবে না। পরে

আসতে বল।

– পরে আসতে বলল। দরজা বন্ধ করতে যাবে, সেই সময় বলল, তোমার মা আছেন?

– ও মা, তোমায় ডাকছে।

– এখন হবে না। উনুনে ভাত বসিয়েছি। পরে

আসতে হবে। যত সব ভিখারির দল। সময় জ্ঞান নেই। যখন তখন হাত পাতলেই হল। খোকা দরজা বন্ধ করে দিল।

নিরুপায় হয়ে দরজার সামনে বসে ভাবছে পরিচয় দিলে কেমন হয়? আবার মনে হচ্ছে ছেলে ঘৃণার বশবর্তী হয়ে যদি তাড়িয়ে দেয়, তখন কি করবে? ঠিক করতে পারছে না। প্রচণ্ড রোদের তেজ। মাটি থেকে আগুনের হল্কা শরীরকে বিদ্ধ করে দিচ্ছে। এরকম কষ্ট জীবনে প্রথম সহ্য করতে হচ্ছে, শুধু ছেলের সান্নিধ্যে থাকা।

তার মাথা থেকে ছায়াটুকু সরে যাচ্ছে। সবাই বিরূপ। সে উঠে দরজায় টোকা দিল।

অনাথ বলন কে?

– সোনালি বলল, কে কে না করে দুটো পয়সা দিয়ে এস।

দরজা খুলেই বলল, কাকে চান?

– একটু আশ্রয়। অচেনা লোককে কেউ আশ্রয় দেয় না। আপনি আসতে পারেন।

সোনালি বলল, অত কথার কী আছে? দুটো টাকা ধরিয়ে দাও।

অনাথ দুটো টাকা হাতে দিয়ে দরজা বন্ধ করে দিল।

মনে পড়ছে মাসির কথা। বলেছিল, একজনকে সঙ্গী করে নাও। শেষ জীবনে সাহায্য পাবে। ছেলে আমাকে ভিক্ষুক বলে তাড়িয়ে দিচ্ছে। তারও দোষ নেই। সে তো জানেনা আসল পরিচয়। ভাবল কাছে পিঠে কোথাও ভাড়া থাকব। তাহলে সকাল–সন্ধ্যা নাতি–নাতনিদের সঙ্গ দেওয়া যাবে। বলব দুটো খাবারের ব্যবস্থা করে দিতে। অবশ্য আমি সব খরচ বহন করব। মনে হয় তাড়িয়ে দেবে না। আবার দরজায় টোকা।

সোনালি বলল, দেখ তো কে?

– এই অবেলায় কে হবে? সময় অসময় নেই। যে কোনও সময় এসে হাত পাতলেই হল। দরজা খুলেই বলল, আপনি? কি ব্যাপার? আমি এর বেশি দিতে পারব না। একজন হলে হয়। সারাদিনে কত ভিখারি আসে। আপনি চলে যান। বলল, দরজা বন্ধ রাখ। কে কি ছলনায় আসে, বোঝা মুশকিল। ওই তো রণদের বাড়িতে দুপুরবেলায় একা পেয়ে নিঃস্ব করে গেল। কথাটা শুনে বুকের ভিতরটা ধড়াস করে উঠল। সব থেকেও আমি ছেলের দ্বারে অপমানিত। একটু সঙ্গ পাওয়ার জন্য, আজ আমি ভিক্ষুক, ঠকবাজ। এ আমার কর্মফল।

বলল, আশপাশে ঘর ভাড়া পাওয়া যাবে? – এখানে অচেনা লোককে ঘড় ভাড়া দেবে না। আপনি আসুন। দরজা বন্ধ করে দিল। সোনালি বলল, কোন ঠগবাজ। ভালো কথা বলে ঢুকবে, সুযোগ পেলে নিঃস্ব করে ছাড়বে।

অনাথ বলল, লোকটাকে দেখে ঠগবাজ মনে হচ্ছে না। মনে হয় বিপদে পড়েছে। লোকটার কথা ভেবে লাভ নেই। ভাত বেড়েছি, খেয়ে নাও।

চোর, ভিক্ষুক, ঠগবাজের তকমা মাথায় নিয়ে বাড়ি ফিরছে। ক্লান্ত শরীর। বার বার মনে হচ্ছে, ছেলে বৌমা কেউ শুনল না। এতদিন সে দম্ভের সঙ্গে জীবন কাটিয়েছে। কোনওদিন কেউ মুখ তুলে কথা বলার সাহস দেখায়নি। আজ ছেলের দ্বারা অপমানিত হতে হল। কথাটা মনের মধ্যে তোলপাড় করছে। হঠাৎ খাট থেকে নিচে পড়ে যায়। তার এক অঙ্গ অসাড় হয়ে গেল। বেশ কিছুদিন শয্যাশায়ী হয়ে পড়ে রইল। সত্যি কথাটা বলতে পারল না। পিতা–পুত্রের পরিচয় অজানা রয়ে গেল। শেষ জীবনে একাকী থেকে গেল। সঙ্গে কেউ রইল না। একেই বলে কর্মফল। ❑

সানন্দা

পর্ব – প্রথম

ছেলেবেলা থেকে ববিন একা। বাবার সঙ্গে তার কথা নেই। কথা নেই বললে ভুল হবে। কথা হয় পরোক্ষভাবে।

ব্রজভূষণের বড় ব্যবসা। তার অর্থের অভাব নেই। কিন্তু বড্ড হ্রাসভারী লোক। তাই বলে সংসারে ঘাটতি রাখেন না। প্রয়োজন মতো সব দিয়ে থাকেন। তবে, তার বাইরে দেবার মানুষ নন। এই নিয়ে পুত্র রবিনের সঙ্গে তার মতবিরোধ।

ব্রজভূষণের বক্তব্য, প্রয়োজনের বাইরে খরচ করা যাবে না। আধুনিকতার সঙ্গে পা মিলিয়ে চলার পক্ষে নন।

বাবার এই কৃপণতা সে মেনে নিতে পারে না।

সে তার বন্ধুদের থেকে দূরে থাকে। সে নিজেকে গুটিয়ে রাখে। বাবার কৃতকর্ম তাকে বহন করতে হয়।

মা তাকে বলেন, কেন মানুষটা এই রকম?

তবুও সে বুঝতে চায় না। কান দেয় না। সে একাকী থাকে।

বাবা কিছু বললে শোনে না, তা নয়। কথার উত্তর দেয় না।

বাবাও দ্বিতীয় বার বলেন না। বাবা ছেলের মতানৈক্য। পরিবর্তন হওয়ার লক্ষণ নেই।

সে পড়াশোনায় ভালো। সকল স্যরদের প্রিয় ছাত্র। তবুও কারও সঙ্গে প্রাণ খুলে কারও সঙ্গে মেশে না। নিজেকে আড়ালে রাখতে চায়।

স্কুল থেকে বাড়ি ফেরার পথে মাঝে মাঝে বাবার কাছে এক ভদ্রলোককে বসে থাকতে দেখে। জিজ্ঞেস করার ইচ্ছা হয়। কিন্তু বাবা বসে থাকার জন্য মুখ বন্ধ রাখতে হয়। সাজ পোশাক দেখে মনে হয় সজ্জন

ব্যক্তি। দেখতে খুব সুন্দর। গায়ের রঙ যেন ফুটে বের হচ্ছে। আলাপচারিতার ইচ্ছা জাগে। কিন্তু ওই যে বাধা, বাবা সামনে বসে।

একদিন মাকে জিজ্ঞেস করলাম, বাবার কাছে বসে থাকেন ভদ্রলোক কে? উনি কি বাবার ব্যবসার পার্টনার?

মা বলতে পারেনি। মনে হয় মা কোনওদিন দেখেনি। মা বাড়ির বাইরে কম যেতেন। ঘরের কাজে সবসময় ব্যস্ত। বাইরে যাবে কখন? সবসময় ঘর আর বাড়ি। তারপর ভদ্রলোক সম্বন্ধে জানার আগ্রহ থেমে গেল।

তখন ষষ্ঠ শ্রেণিতে পড়ে। সুপর্ণা বলল, আমার হাতের ঘড়িটা কেমন হয়েছে?

সবাই আগ্রহ সহকারে দেখছে। সত্যি ঘড়িটা দেখার মতো।

সজল বলল, বেশ সুন্দর। নিশ্চয় দামি ঘড়ি, বাবা কিনে দিয়েছেন?

– না, না,। গতকাল আমার জন্মদিন ছিল। বাড়িতে পার্টি হয়েছে। বাবার এক বন্ধু এসেছিলেন। উনি আমাকে এই ঘড়িটা উপহার দিয়েছেন।

– দেখে মনে হচ্ছে বিদেশি। উনি বিদেশে চাকরি করেন, ওখান থেকে এনেছেন। ভালো লাগছে না?

সজল বলল, ভালো তো বটেই। তবে বড় ডায়ালের ঘড়ি ছেলেদের হাতে মানায়।

এই নিয়ে ওদের মধ্যে তর্ক বিতর্ক বাধে। সুপর্ণার কথার মধ্যে অহঙ্কার ভাবটা ফুটে ওঠে।

কথাটা ববিনের বিবেকে বাধে। তার মনে ইচ্ছা জাগল ঘড়ি পড়বে। সে বাড়ি এসে মায়ের

কাছে আবদার করে।

মা ছেলের আবদার পূরণ করার জন্য ভবিষ্যতের কথা না ভেবে বাবার ঘড়িটা এনে তার হাতে দিয়ে বললেন, এটা পড়ে স্কুলে যাবি। বলল, এত সুন্দর ঘড়িটা কোথায় পেলে?

– তোর বাবার ঘড়ি। বিয়েতে আমার বাবা দান করেছিলেন।

– বাবা হাতে দেয় না কেন? পড়ে থাকলে নষ্ট হয়ে যাবে। ব্যবহার করলে ভালো থাকবে।

– হাতে দেয়নি তা নয়। প্রথম প্রথম হাতেই থাকত। কি হলো জানি না, ঘড়িটার স্থান হল ড্রয়ারে। অনেকদিন বের করে দিয়েছি। কিন্তু হাতে না দিয়ে চলে যেত। সেই থেকে ওই জায়গাতে তার স্থান। তুই হাতে দিয়ে স্কুলে যাবি। ভালো লাগছে না?

– খুব ভালো। মাকে জড়িয়ে ধরে বলল আমি খুব খুশি।

সে খুশি মনে ঘড়ি হাতে দিয়ে স্কুলে গেছে। তার হাতে ঘড়ি দেখে সকলে কৌতূহলবশতঃ

অনেক প্রশ্নের মুখোমুখি হতে হচ্ছে। সে কোনও কথা গায়ে মাখেনি। ঘড়ি হাতে পড়ে মনের একটু পরিবর্তন আসে।

এই ব্যাপারটা ব্রজভূষণবাবু জানেন না। দিন কয়েক পর সে স্কুল থেকে বাড়ি ফিরছে। বাবার সঙ্গে দেখা। তার নজরে আসে ছেলের হাতে ঘড়ি। তাকে ডেকে বলল, এখনো ঘড়ি পড়ার বয়স হয়নি। ঘড়ি খুলে স্কুলে যাবে, কথাটা মাথায় রেখ।

বাড়ি ঢুকেই ঘড়ি খুলে মায়ের হাতে। মা জানতে চেয়েছে, কিন্তু সে কোনো কথা বলেনি। এই রূপ কড়া ধাতের মানুষ।

তার সহপাঠীরা নিত্যনতুন জিনিস ব্যবহার করে। দেখে তার মনে কষ্ট হয়। তাদের সমকক্ষ হওয়ার মতো তার ক্ষমতা নেই। কারণ খরচের পরিসর সীমাবদ্ধ। এই সব কারণে বাবার প্রতি তার রাগ। মাকে সে কথা বলে। মা–ও বাবার হয়ে সাফাই দেয়। মা বলেন, তোমার পড়ার ব্যাপারে কোনও কার্পণ্য করেন না। তাহলে তুমি বাবার থেকে মুখ ঘুরিয়ে থাকো কেন? বাবা যা করেন সব তোমার ভালোর জন্য।

– বন্ধুরা সবাই নিত্যনতুন জিনিস নিয়ে স্কুলে আসে। আমার সেই মান্ধাতা আমলের জিনিস ব্যবহার করতে হয়। সবাই হাসাহাসি করে। বাবার তো পয়সার অভাব নেই। তাহলে কেন এত কৃপণতা? সবাই আমাকে

বিদ্রূপ করে। ইচ্ছা থাকলেও তাদের থেকে নিজেকে গুটিয়ে রাখতে বাধ্য হই।

– বাবার কথায় রাগ করো না। তোমার বাবা খুব লড়াই করে এখানে এসেছেন। তুমি বাবার সঙ্গে খারাপ ব্যবহার করতে পারো না। উদয় অস্ত পরিশ্রম করে। অন্ধকার নামলে ঘরে ফেরে। তোমার সঙ্গে কথা বলার জন্য ছটফট করে। কিন্তু তুমি দূরে রয়ে থাকো। এখন তুমি ছোট। ভালো মন্দ বিচার করার বয়স তোমার হয়নি। এখনও তোমাকে অনেক পথ পেরোতে হবে। তুমি যখন নিজের পায়ে দাঁড়াবে, তখন মনের মতো জিনিস ব্যবহার করবে।

মায়ের কোনও কথা তার মনে ধরে না। মায়ের প্রতি তার হৃদ্যতা কমে যাচ্ছে। তার মনে হয় দুজনের যোগসাজসে এই কৃপণতা।

পর্ব – দ্বিতীয়

সেদিন স্কুল থেকে বাড়ি ফিরে দেখছে পিসিমনি এসেছেন। খুব খুশি। বলল, কখন এসেছ?

– এই আধঘণ্টা হল। ভালো আছিস?

– হ্যাঁ, তুমি কেমন আছ?

– ভালো। তোদের দেখার জন্য মন খুব চঞ্চল হয়ে উঠেছিল। তাই চলে এলাম তোদের

দেখতে। একেই বলে রক্তের টান।

বাবার একমাত্র ছোট বোন। ববিনকে খুব ভালবাসে। বাসবে না কেন? সে যে নিঃসন্তান। তাকে সন্তানের মতো ভালোবাসেন।

পিসি বললেন, তুই দাদাকে ভুল বুঝিস না। দাদা যা করেন, সব তোর ভালোর জন্য। তুই দাদাকে অবসর সময়ে সাহায্য করিস। দাদার বয়স বাড়ছে। জীবন কি শুধু খাওয়া আর পড়ার জন্য, তার বাইরে কিছু নেই? বেঁচে থাকার সঙ্গে সামাজিক দায়বদ্ধতা রয়েছে। সেই কর্তব্য পালন করা

উচিত। বাইরে একটা জগৎ আছে। মানুষকে অগ্রগতির পথ দেখায়। সেই পথ ধরে মানুষ চলতে থাকে।

– তোর বাবা খুব কষ্ট করে দাঁড়িয়েছে। আমার বিয়ের আগে তোর দাদু মারা যায়। সংসারের দায়ভার তোর বাবার ঘাড়ে চেপে। তখন তোর বাবার বয়স সতেরো। প্রথম জীবনে গ্রামে গ্রামে ফেরি করত। তারপর স্থায়ীভাবে ব্যবসায় আসে। সবে ব্যবসা দাঁড়িয়েছে, লেগে গেল আমার বিয়ে। বিয়ে দিতে গিয়ে ব্যবসা পড়ল মুখ থুবড়ে পাশে কেউ নেই সাহায্য করার। পরিশ্রম করে বুদ্ধি খাটিয়ে সেই ব্যবসাকে দাঁড় করায়। সেই জন্য দাদা বোঝেন, পয়সা রোজগার করা কত কষ্টকর।

– সবাই কষ্ট করে ইনকাম করে। তাই বলে, সে যদি ভোগ না করে, তাহলে সে ইনকামের মূল্য কি?

স্কুলের বন্ধুদের কাছে হেয় হতে হয়। তাদের সমকক্ষ হতে পারি না। তুমি যতই বাবার হয়ে সাফাই গাও না কেন, আমি বাবাকে শ্রদ্ধার আসনে বসাতে পারব না।

– তুই দাদাকে ভুল বুঝছিস। দাদার প্রতি খারাপ ব্যবহার করিস না। যা করে সব তোর ভালোর জন্য। একদিন বুঝতে পারবি, তবে পিসিও খুব কৃপণ। ভাই বোন এক হয়ে কি যে কথা হয় বুঝতে পারিনা।

মা আমার মানষিক অবস্থা বুঝতে পারে। কিন্তু মায়ের হাত–পা বাঁধা। মা বাবার মুখের সামনে দাঁড়িয়ে কথা বলার সাহস রাখে না। সাহস থাকবে কী করে? বাবা যে, মাকে দুস্থ পরিবার থেকে তুলে এনেছেন। সেদিক থেকে মায়ের কৃতজ্ঞতা বোধ যথেষ্ট। মা কোনওদিন বাবার কাছে কিছুর জন্য আবদার করে না। মুখ বুঝে সব করে যায়। বাবার কাছে খাওয়া পড়া ছাড়া আর কিছু আছে বলে জানা নেই। এক পয়সা এদিক–ওদিক হওয়ার নেই। সবসময় চাবি বাবার পকেটে।

স্কুলের বন্ধুরা জন্মদিনের কথা বলে। উপহার এনে দেখায়। সে তাদের অংশীদার হয় না। সে নিজেকে তাদের থেকে আলাদা রাখে।

সে জন্মদিনের কথা ভুলে গেছে। প্রথম প্রথম মাকে জন্মদিনের কথা বলতাম। জন্মদিন পালনের জন্য মায়ের কাছে আবদার করতাম। বাবার

সামনে কথাটা উত্থাপন করলেই বাবা বলতেন জন্মানো তো একবারই হয়। অতএব তা পালন একবার হওয়া উচিত। বছর বছর কেন? এগুলো একটা ফ্যাশন। বাবার কথাকে ভুল বলতে পারিনি।

অতএব জন্মদিনের সেখানেই সমাপ্তি। কবে

জন্মদিন হয়েছে তা মনে পড়ে না। সেই জন্য সে বন্ধুদের সঙ্গে সংযত থাকে। তার মনের কষ্ট কাউকে বলতে পারে না। একাকীত্ব ভাবেই তার চলাফেরা।

সেদিন স্কুল থেকে বাড়ি ফেরার সময় দেখছি বাবা চোখ বন্ধ করে বসে। মনে প্রশ্ন, বাবা এভাবে বসে কেন? বাবার কি শরীর খারাপ? না ব্যবসা সংক্রান্ত কোনও সমস্যায় পড়েছে? বাবা কোনও দিন এভাবে বসে থাকেন না। মাকে জিঞ্জেস করলাম বাবার কি শরীর খারাপ?

– হ্যাঁ, তোর বাবা বলছিলেন শরীর ভালো বলছে না। খুব দুর্বল মনে হচ্ছে। ডাক্তার দেখাতে হবে। ওভাবে বসে থাকলে রোগ ভালো হয়ে যাবে।

– ডাক্তার দেখানোর কথা বললাম কান করল না। বলছি, চলো ডাক্তার দেখিয়ে আসি।

শরীরে রোগ পোষা ভালো না।

বললেন, ডাক্তার লাগবে না। দু'দিন মেনে চললে ভালো হয়ে যাবে।

– পয়সা খরচের ভয়ে ডাক্তার বন্ধ।

বাবার বন্ধুর বৌ রেখা কাকিমা মারণ রোগে আক্রান্ত। চব্বিশ ঘণ্টা আয়া। তার সেবায় ব্যস্ত। টেবিল ভর্তি ওষুধ। নিয়ম মেনে ওষুধ খাওয়ানো। কোনও দিন কাকু খরচের ভয়ে পিছিয়ে আসে না। বাবা মাঝে মাঝে দেখে আসেন। তবুও বাবার বিবেকে জাগে না? মনে হয় না শরীর খারাপ হলে ডাক্তার দেখাতে হবে। ওষুধ খেতে হবে। খরচের ভয়ে

সব বন্ধ। মায়ের কোনও দোষ নেই। সব সময় ব্যস্ত। দোষ বলতে ওই, সবকিছু মুখ বুঝে মেনে নেওয়া।

পিসিমনি একদিন বলেছিলেন, বৌদি, দাদা সবসময় টাকার পিছনে ছুটছে। তুমি একটু থামিয়ে দিও। ছেলেটার প্রতি নজর দিতে বলো। মা অসহায়ের মতে চেয়ে রইল। কোনও কথা বলেন নি। এটাই মায়ের দোষ।

সবে মাধ্যমিক পাশ করে কলেজে ভর্তি হয়েছি। রেজাল্ট আহামরি নয়। তবে খুব খারাপ নয়। গর্ব করার মতো হয় নি। এতটা এগিয়ে যাওয়ার পিছনে মায়ের অবদান বেশি। মা লেখাপড়া জানে না, তবু সকাল-বিকাল পড়ার সময় সামনে বসে থাকবে। একটু মুখ বন্ধ হলেই খোকা বলে ডাকা। বাবা কোনওদিন পড়ার ব্যাপারে কিছু জানতে চাইত না। মনে হয় মায়ের মাধ্যমে জেনে নিত। আমার যা প্রয়োজন সব মায়ের মাধ্যমে পেয়ে যেতাম বলে বাবার সঙ্গে কথা বলার প্রয়োজন হত না। তবে ক্যাশ বাক্সে সবসময় তালা।

বাবার এই কৃপণতা আমার চলার গতি বাড়িয়ে দিল। মনের দিক থেকে তৈরি হয়ে উঠলাম যে, বাবার সাহায্য ছাড়া, নিজের পায়ে দাঁড়াব। একদিন সে কথাটা মাকে বলে।

মা বলল, তোর বাবা সেটাই চান। মায়ের কথা শুনে বাবার প্রতি ক্ষোভ বাড়ত।

সেদিন জলখাবারের বাটি হাতে বারান্দায়। মা বাবাকে কথাটা বলল। বাবা বললেন, আমি সেটাই চাই। আমি যেমন ভাবে নিজের পায়ে কষ্ট করে দাঁড়িয়েছি, সে যেন সেই ভাবে দাঁড়ায়। আমি নিজেকে ধন্য মনে করব।

এই শুনে বাবার প্রতি ঘৃণা হল। কথা বলার মানসিকতা হারিয়ে গেল। তবুত্ত কেউ বাবার সম্বন্ধে কটু কথা বললে প্রতিবাদ করতাম। হাজার হলেও বাবা। বাবার পরিচয়ই আমার পরিচয়।

পর্ব তৃতীয়

সেদিন স্কুল থেকে ফিরে দেখছি সদর দরজায় তালা ঝুলছে। বুকের ভিতরটা ধড়াস করে উঠল। এই সময় তালা? মনে খারাপ গাইছে। প্রতিবেশী সনৎকাকুর সঙ্গে দেখা। বললাম মা কোথায় গেছে?

তোর বাবাকে ডাক্তারখানায় নিয়ে গেছে।

– ঠিক হয়েছে। খরচের ভয়ে ডাক্তার দেখাবে না, ওষুধ খাবে না। তাদের এই রকমই হওয়া উচিত। তবুও বাবা। মনটা খারাপ হয়ে গেল। হাঁটা দিলাম ডাক্তারখানা। ডাক্তার মানে পাশ করা ডাক্তার নয়। ডাক্তারের কাছে থেকে ডাক্তার বনে গেছে। অবশ্য এই ডাক্তার গ্রামের গরিব লোকদের ভগবান। ২ টাকার ওষুধে রোগ নিরাময়। গ্রামের দুস্থ লোকগুলি ভগবানস্বরূপ ভাবে।

অবসর নেই। চব্বিশ ঘন্টা খোলা। পথের মধ্যে দেখা। বাড়ি এসে মায়ের হাত থেকে প্রেশক্রিপশন নিয়ে দেখছি। অবশ্য পাশ করা ডাক্তার হলে চোখে অন্ধকার দেখতাম। কম পড়া ডাক্তার বলে পড়া গেল। মাকে বললাম, ঠিক মত ওষুধগুলো খাইয়ে দিও। মনে হচ্ছে বড় কোনও ডাক্তারের কাছে যেতে হবে। বাবা বললেন, কোথাও যেতে হবে না। এই ওষুধেই রোগ সেরে যাবে।

আসা যাওয়ার পথে বাবাকে কাশতে দেখি। কখনও চোখ বন্ধ করে বসে থাকতে দেখি। মাকে সে কথা বলি। মা বলে, তোর বাবা বড় ডাক্তারের কাছে যেতে রাজি হচ্ছে না। ওই শরীর নিয়ে ব্যবসায় ব্যস্ত থাকে। বাবার এই মনোভাব আমাকে দূরে সরিয়ে দিল।

পরীক্ষার দিন এগিয়ে আসছে। পড়াশোনার চাপ বেড়েছে। শিক্ষক মহাশয় সতর্ক করে দিয়েছেন। স্কুল থেকে বাড়ি ফিরছি দেখছি বাবা কাশছে। মাকে জিজ্ঞেস করতেই বলল, তোর বাবার কাশি কমছে না।

– বড় ডাক্তার দেখাতে হবে। এই ভাবে পড়ে থাকলে বাড়বে, কমবে না।

– বলছি তো, তোর বাবা যেতে চাইছে না।

– কেন? টাকা খরচের ভয়ে?

– বললেই বলছে ছেলেকে ব্যবসায় বসতে বল। তুই একবার বলে দেখ, কি বলে।

মনের অনিহা সত্ত্বেও কথা বলতে বাধ্য হলাম। বাবা বললেন, আমি আর ভালো হব না। বুকের ব্যথাটা বেড়েছে। তুই ব্যবসাটা ধর।

মুখের সামনে না বলে চলে এলাম।

এই অবস্থায় বাড়িতে। ভরসা, সেই গ্রামের ডাক্তার। বাবার প্রতি যেটুকু শ্রদ্ধা ভক্তি ছিল, সেটাও হারিয়ে গেল। সামনে পরীক্ষা। পড়ায় জোর দিলাম।

রাত জেগে পড়া করে, গভীর রাতে ঘুমন্ত অবস্থায় যখন বাবার কাশির শব্দ কানে আসে, তখন দুঃখের চেয়ে ঘৃণা হয় বেশি। নিরুপায় হয়ে কানে বালিশ চাপা দিয়ে পড়ে থাকি। মায়ের কর্তব্য দেখে মনে হয় সত্যি অর্ধাঙ্গিনী। সারা রাত বাবার সেবা করে যায়। কখনও বিরক্তি বোধ করে না।

বাবার এই কষ্ট থেকে নিজেকে দূরে রাখার জন্য কিছুটা সময় বাইরে কাটিয়ে আসি। তারপর পরীক্ষা, পড়া এই নিয়ে ব্যস্ত থাকি। ভালো রেজাল্ট করতে হবে। অতএব কোনও দিকে কান দেওয়া যাবে না।

পরীক্ষা শেষ। মনে ফুর্তি নিয়ে বাড়ি ঢুকছি। দেখছি মা বাবার পাশে বসে। গাল বেয়ে অশ্রুধারা বইছে। বুকের ভিতর কেঁপে উঠল। জিজ্ঞেস করতেই মা বলল, তুই স্কুলে যাওয়ার পর থেকে কেমন যেন করছে। বলছে আমি

আর বাঁচব না, ছেলেকে ব্যবসায় বসতে বল। বুঝিয়ে দিল বাবার অন্তিম যাত্রার সময় এগিয়ে আসছে। বুকের ভেতরে ধড়াস করে উঠল। খারাপ হোক আর ভালো হোক, মাথার ওপরে একজন আছেন। ঝড়-ঝাপ্টা থেকে সংসারকে বাঁচিয়ে রাখেন।

দু'দিন থেকে বাবা সত্যিই আমাদের ছেড়ে চলে গেলেন। মাথার ওপর থেকে ছাতাটা সরে গেল। বাবার অভাব বোধ করছি। সব দায়িত্ব আমার কাঁধে। বুঝতে পারছি বাবার অভাব।

পর্ব – চতুর্থ

সব ক্রিয়াকর্ম শেষ। বারান্দায় বসে। মনে পড়ছে বাবার কথা। সংসারে একজন অভিভাবকের প্রয়োজন। তা অনুভব করছি। এতদিন সংসারের দায়িত্ব বহন করে গেলেন, আজ সে নেই। সব এসে চেপেছে ঘাড়ে। অশ্রুধারা বইছে। কি করব বুঝতে পারছি না। বড় একা মনে হচ্ছে। কোনওদিন বাজারের ব্যাগ ধরিনি। এখন সব দায়িত্ব পালন করতে হবে। মা বললেন, এভাবে বসে কেন? সব ভুলতে হবে। ঘড়িটা এনে দিই। সবসময় পড়ে থাকবি।

– না, থাক, আনতে হবে না।

– ঘরে পড়ে থাকলে নষ্ট হয়ে যাবে। হাতে থাকলে ভালো থাকবে। আপত্তি করলাম না।

এখন আর কেউ বাধা দেবে না। কথাটা বলে মা ঘড়ি আনতে ঘরে গেল। ঘড়ি নেওয়ার সময় দেখে ঘড়ির সঙ্গে কাগজ জড়ানো। মা ঘড়ির সঙ্গে কাগজটা হাতে দিয়ে বলল, পড়ে দেখ তো কি লেখা আছে।

কাগজ পড়তেই বাক্ রুদ্ধ। ঠোঁট দুটো কাঁপছে। চোখ দিয়ে জল গড়াছে।

মা বলল, কি লেখা আছে? জোরে জোরে পড়।

আমার কথা বের হচ্ছে না। এদিকে মা তাড়া দিচ্ছেন। সজল নয়নে বললাম জীবনের ফর্দ।

– কি বলছিস, কিছুই বুঝছি না।

– বাবা লিখেছেন, আমি সংসার ধর্ম পালন করে যে পয়সা রোজগার করেছি, সব অর্থ দুস্থ, অসহায়, ছেলেমেয়েদের সেবায় অর্পণ করেছি। আমি খেতে না পাওয়ার যন্ত্রণা বুঝি। তাই ওদের জন্য আমার এই প্রয়াস। ওদের স্বাবলম্বী করব বলে আমার এই 'সানন্দা আশ্রম'। আমি তাদের শেষ দেখে যেতে পারলাম না। ওরা আমার অভাব বুঝতে পারবে।

প্রথম থেকে গরিবদের দুঃখ কষ্ট আমাকে ব্যথিত করে তুলত। সেই জন্য প্রয়োজনের বাইরে খরচের বিরুদ্ধে ছিলাম। তাই গরিব ছেলে মেয়েদের জন্য এই ব্যবস্থা।

যদি কোনওদিন, তোমার কাছে সাহায্যের জন্য হাত বাড়ায়, তুমি তাদের ফিরিয়ে দিও না। যা রইল, দেখে নিলে অভাব হবে না।

তুই আমাকে ভুল বুঝিস না। পারলে আমাকে ক্ষমা করে দিস। মাঝে মাঝে তাদের খোঁজ নিস।

ইতি
তোর পিতা।

মায়ের বুকফাটা কান্না আর আমার চোখের জল বাঁধ মানছে না। আঁচলে চোখ মুছে বললেন, তোর বাবা বড় মনের মানুষ ছিলেন। কোনও দিন বুঝতে দেয়নি।

বাবার এই কাজের জন্য নিজেকে গর্বিত মনে হচ্ছে। বাবা উদার মনের মানুষ ছিলেন। না বুঝে অনেক কথাই বলেছি। কত কটু কথা শুনতে হয়েছে, তবুও নিজের লক্ষ্য থেকে সরে আসেনি। সমাজের সব মানুষ যদি এই কর্তব্য পালন করত, তাহলে গরিব মানুষগুলো মাথা তুলে দাঁড়াতে পারত। বাবার এই সমাজ সেবার কাজের কথা কোনওদিন বুঝতে পারিনি। বাবার প্রতি আমার ওরকম ব্যবহার ক্ষমার অযোগ্য। বর্তমান সমাজে বাবার মতো মানুষ যেন ঘরে ঘরে জন্মগ্রহণ করেন। বাবার জন্য আমি গর্বিত। বাবার জন্য বাবার দেখানো পথেই চলতে থাকব। লক্ষ্য সেই 'সানন্দা'। ❑

অলিভা

পর্ব – প্রথম

আধঘণ্টা হল স্ট্যান্ডে আসা। কিন্তু ভবেশের দেখা নেই। কথা হয়েছিল স্ট্যান্ড থেকে একসঙ্গে বিয়ে বাড়ি যাব। অফিস স্টাফের বৌভাতে সবার নিমন্ত্রণ। কে, কীভাবে যাবে তা জানি না। তবে সকলে যাবে। অবশ্য ছুটির দিন না হলে হয়তো অন্য রকম হত।

অনেকটা পথ। মাকে বলেছিলাম সকাল সকাল ডেকে দিও। মা কাজটা করে দিয়েছে। মায়ের হাতের রান্না খেয়ে মেঠো পথ ধরে বাস স্টপেজে। তারপর বাস ধরে বাস স্ট্যান্ডে। বেশ সময় সাপেক্ষ। বাবা বলতেন, যেখনেই যাবে, সময় হাতে নিয়ে বের হবে। কথাটা মেনে চলি। কিন্তু ভবেশ কথা রাখতে পারল না।

কতক্ষণ এই ভাবে চায়ের দোকানের সামনে দাঁড়িয়ে থাকা যায়?

বসব, সে ব্যবস্থা রাখেনি। মালিক সেদিক থেকে বুদ্ধিমান বলতে হবে। চা খাও, চলে যাও। বসে বিভিন্ন রকম গল্প জমাবে, তা হবে না। যতক্ষণ থাকবে, দাঁড়িয়ে। সব ধরনের কথা এই চায়ের দোকানে। ভদ্রলোকের বুদ্ধি আছে বলতে হবে।

দোকানের সামনে একাকি দাঁড়িয়ে থাকা। কেমন যেন বোকা বোকা লাগছে।

বললাম, ভাই এক কাপ চা দাও।

বলল, সাদা না লাল?

– লাল।

– চিনি দিয়ে না চিনি ছাড়া?

– যে কোনও হলেই হবে। সুগার প্রেসার নেই।

সূর্যদেবতা রঙ চড়িয়ে দিয়েছে। তবে হাওয়া বইছে সমানে। দুইয়ের মেলবন্ধনে পরিবেশ, নাতিশীতোষ্ণ। তবে মাঝে মাঝে রুমালে নাক মুখ ঢাকা দিতে হচ্ছে। রাস্তার ধারে দাঁড়িয়ে থাকা, এই অসুবিধা ভোগ করতে হবেই। দুরন্ত গতিবেগ, রাস্তার ধুলোগুলিকে বাতাসের সঙ্গে মিশিয়ে দিচ্ছে।

হঠাৎ টিং টিং শব্দে ফোনটা বেজে উঠল। কানে ধরতেই বলল, তুমি কোথায়?

বললাম স্ট্যান্ডে, বিশ্বাস চায়ের দোকানের সামনে।

– একটু অপেক্ষা কর, আমি আসছি।

এই অলিভাকে নিয়ে অনেক গুঞ্জন। সে অফিসের স্টাফ। আমাকে একটু ভালোবাসে। এই আর কি। অফিসে রব হয়ে গেল। যা হয় আর কি। দুজনের মুখ বন্ধ। মুখ বন্ধ হলে কি হবে চোখ তো বন্ধ নেই। অবশ্য কথায় আছে না, যা রটে, তা কিছু না কিছু বটে। তার চোখ বলত, সে আমাকে ভালোবাসে। তবে প্রেমিক না দাদা হিসাবে, তা অবশ্য অজানা।

তবে অফিসের মধ্যে আমাকে বেশি প্রেফার করে। যে কোনও আছিলায় আমার কাছে এসে বসে। সেই জন্য সবাই সন্দেহ করে। তবে আমি ওর সঙ্গে বেশি কথা বলি না। তবে আমি ওর প্রেমে হাবুডুবু, সেটা বুঝতে দিতাম না। কারণ আছে। না থাক, বলা যাবে না।

প্রায় আধঘণ্টা হয়ে গেল। কিন্তু ভবেশের দেখা নেই। ফোনটা টিপে দিলাম। বলল, এত তাড়া দিচ্ছিস কেন?

– ট্রেনটা ছেড়ে যাবে।

– আমি তার আগেই পৌঁছে যাব। নিশ্চিন্তে

থাক।

বলল, দাদা, আপনার চা।

চায়ে চুমুক দেওয়ার জন্য কাপে ঠোঁট লাগিয়েছি, বলল, দাদা অনেকদিন পরে দেখা। কোথায় থাকেন?

মুখের পানে চেয়ে রয়েছি। মনে করতে পারছি না। বলল চিনতে পারছেন না? আমি সুমন।

– না ভাই, মনে আসছে না।

– আমি গোপীনাথের ছেলে সুমন প্রামাণিক।

একই গ্রামে বাড়ি। এ পাড়া ও পাড়া।

– হ্যাঁ, হ্যাঁ, মনে পড়েছে। এখন কি করছ?

– কি আর করব? শেষ পর্যন্ত বাবার পেশা ধরেছি।

– তুমি চা খাবে?

– না দাদা। চা খেতে গেলে গাড়ি বেরিয়ে যাবে। আসি দাদা। পরে একদিন হবে।

– তুমি কোথায় যাবে?

– বিয়ে বাড়ি। অনেকটা পথ। ট্রেনে যেতে হবে – আসি দাদা।

মনে পড়েছে। ছেলেটা পড়াশোনায় ভালো ছিল। গরিব ঘরের ছেলে। পড়া ছেড়ে বাবার পেশা ধরতে বাধ্য হয়েছে। এদের দেখলে কষ্ট হয়। সত্যি এ যুগে গরিব ছেলে মেয়েদের লেখাপড়া হয় না অর্থের অভাবে। ওদের কথা কেউ ভাবে না। ওরা সমাজের নিম্ন শ্রেণীর মানুষ।

হুঁশ করে দ্রুত গতিতে হাত নাড়িয়ে বেরিয়ে গেল। রাগ হচ্ছে তার প্রতি। সেই থেকে দাঁড়িয়ে ফোন করলে বিরক্ত, আর কতক্ষণ দাঁড়িয়ে থাকতে হবে? বিরক্ত বোধ হচ্ছে। তাকে ছেড়ে যেতেও পারছি না। সে যে অফিসের বড়বাবু।

সে–ও তো এল না। প্রায় ১৫ মিনিট হয়ে গেল ফোন করা। সবাই সময় সম্বন্ধে অজ্ঞ। ছেলেটাও চলে গেল। গ্রামের বন্ধুদের খোঁজ নেওয়া হল না। কে কি করছে। কোনও কথাই জিজ্ঞেস করা হল না। আমি যেন শহরে এসে সব ভুলতে বসেছি। একসঙ্গে খেলা, একসঙ্গে স্কুলে যাওয়া। কত কথাই না হত। সব মনে পড়ছে।

ওই বিনতী পিসি কেমন জানা হল না। কত অত্যাচার সে সহ্য করেছে। সূর্যের আলো ফোটার সঙ্গে সঙ্গে পাড়ার ছেলে মেয়েরা ওর বাগানে। বাগান বলতে দুটো বড় আমগাছ। বাড়ি সংলগ্ন। অনেকটা জায়গা জুড়ে শাখা প্রশাখা ছড়িয়ে রয়েছে। তার ছায়াতলে খেলা। নিত্যদিনের ঘটনা হইচই, দৌড়াদৌড়ি, কোনও কিছুই তাকে বিব্রত করত না। সব হাসিমুখে মেনে নিতেন।

অবশ্য আমের মুকুল এলে বাগান বিক্রি করে দিতেন। তার জন্য খেলা বন্ধ হত না। গ্রামের মানুষ পরিশ্রম করে বাগানে এসে বিশ্রাম নিতেন। বিনতী পিসি তাদের জল বাতাসা দিতেন। বিরক্ত বোধ হতে কোনওদিন দেখিনি। ছেলে মেয়েরা সারাদিনে কত আবদার করত তার অন্ত ছিল না।

ভাগ্য খারাপ। তা না হলে বিয়ের ২ দিন পরে স্বামী মারা যায়। সেই থেকে বৈধব্য বেশে। এখন হলে বিয়ে করে ফেলতেন। সংসার ধর্মে ব্রতী হতেন। তখন সমাজের বাধ্য-বাধকতা সেই পথ থেকে বিরত রেখেছে। হঠাৎ আঙুলে গরম তাপ। কখন যে পুড়তে পুড়তে সিগারেটটা শেষ প্রান্তে চলে এসেছে, বুঝতে পারিনি।

পর্ব – দ্বিতীয়

এখন চিন্তা বিয়ে বাড়ি পৌছব কখন? কারও দেখা নেই। এই ট্রেনটা বেরিয়ে গেলে, সেই বিকেল চারটেয় ট্রেন। পৌঁছব কখন আর ফিরব কখন? মনের মধ্যে অস্থিরতা তৈরি হয়েছে। এদের ছেড়ে চলে যাওয়া ভালো দেখাবে না। বাড়ি ফিরতে দেরি হলে, মা রাস্তা বাড়ি করবে। মনের ধৈর্যশক্তি হারিয়ে গেছে। লক্ষ্য ট্রেনের বাঁশি। চোখ পড়তেই দেখছি অলিভা দাঁড়িয়ে।

– কখন এলে?

– এই সবে এসে দাঁড়িয়েছি।

– সাড়া দাওনি কেন?

– তোমায় দেখে মনে হচ্ছে, খুব চিন্তায় রয়েছ। চিন্তাভগ্ন করব না বলে, চুপটি করে দাঁড়িয়ে ছিলাম।

– কার প্রতি মন পড়ে রয়েছে?

– কারও প্রতি নয়। ভাবছি ফেরার কথা।

– তা বললে হবে। প্রেমিকার ছবি মনে পড়ছে? প্রেমই করলাম না, প্রেমিকা কোথায় পাব?

– সে ঠিক রয়েছে। বল, আমায় কেমন লাগছে?

– খুব সুন্দর। একেবারে ম্যাচিং। মনে হচ্ছে মডেলার।

– ঠাট্টা করছ?

– না, না।

– সত্যি বলছি। তোমার থেকে চোখ ফেরানো কঠিন। অপূর্ব লাগছে।

– তোমার ভালো লাগছে?

– আমার ভালো লাগা, না লাগাতে কি এসে যায়। এই কথা বলা মাত্র মুখের পরিবর্তন হয়ে গেল। সেই হাসি হারিয়ে গেল।

বললাম, বোধহয় ট্রেন ছেড়ে দিতে হবে। ট্রেনের সময় হয়ে এল। এর পরে সেই চারটে।

– চল, স্টেশনে গিয়ে অপেক্ষা করি। এখানে দাঁড়িয়ে ধুলো খাওয়ার চাইতে স্টেশনে অপেক্ষা করা ভালো।

– তা ভালো। তবে ভবেশের সঙ্গে কথা হয়েছে এখানে অপেক্ষা করার। সেই থেকে দাঁড়িয়ে। ফোন করলে বিরক্তি বোধ করছে।

সেই মুচিপাড়া লেন থেকে আসবে। সময় দিতে হবে।

– তা অবশ্য ঠিক বলেছ। অনেকটা পথ। তারপর যদি জ্যাম লেগে যায় তাহলে কম করেও এক ঘণ্টা। যাই বল লোকটা বেরসিক। একেবারে কাঠখোট্টা, মুখের কোনও লাগাম নেই। দুজনকে জড়িয়ে কত কথাই না বলে।

– ওর কথা ছাড়ো, চলো স্টেশনে গিয়ে বসি। আর কতক্ষণ দাঁড়িয়ে থাকব? এখনও সময় আছে। একটু অপেক্ষা করে যাওয়া ভালো।

দোকানিকে বলে যায়। ভবেশ আসলে চলে যাবে।

– সেটা ঠিক কাজ হবে না। প্রথম থেকে প্রোগ্রাম করা, তোমায় না দেখলে অনেক কথা বলবে, এখানে দুজনকে একসঙ্গে দেখলে রসিয়ে রসিয়ে অনেক কথা বলবে।

– তা বলে বলুক। তুমি কি চিন্তা করছিলে বললে না তো?

– কারও চিন্তা নয়, তুমি ভুল বুঝছ।

– মুখ দেখে মনে হচ্ছে তুমি কারও প্রেমে হাবুডুবু খাচ্ছ। বল না প্রেমিকাটি কে?

– কি করে বলি যে আমি তোমার প্রেমে পড়ে গেছি। এ কথা ওর সামনে বলা যাবে না।

– কার কথা ভাবছ?

– থাক, ও তোমায় শুনতে হবে না। ওটা আমার ব্যাপার। আমার মধ্যে থাক, সব জানা ভালো না।

সে বার বার একই কথা বলে যাচ্ছে। ভাবলাম যে ঠাকুর যে ফুলে সন্তুষ্ট, তাই বলা ভালো।

– বলতেই হবে?

– হ্যাঁ, বলতে হবেই।

– তবে ভবেশ আসলে মাঝপথে বন্ধ করতে হবে। তাহলে শোন:

বাবা আর শীলা দুজনে ভালো বন্ধু। একই গ্রামে বাড়ি। ছেলেবেলা থেকেই বন্ধু। স্কুল জীবন একসঙ্গে। তখন গ্রাম্য সমাজে মেয়েদের বেশিদুর লেখাপড়ার চল ছিল না। তাছাড়া অল্প বয়সে বিয়ে হয়ে যেত। সেদিক থেকে শীলা কাকিমা একটু হলেও উন্নত ছিলেন। পড়া চালিয়ে যাওয়ার জন্য তৈরি ছিলেন। কিন্তু সমাজে যা চল নেই, একার পক্ষে পরিবর্তন করা সম্ভব? শেষ পর্যন্ত পড়া বন্ধ করতে বাধ্য হলেন। কিন্তু বিয়েতে মত দিলেন না। সেই সময় বাবাকে বলেছিলেন, আজ আমাদের বন্ধুত্ব রয়েছে, কিন্তু আমি যখন

অচেনা লোকের হাত ধরে দূর দেশে পাড়ি দেব। তাই বলছি, বন্ধুত্ব স্থায়ী করা প্রয়োজন। বাবা বলেছিলেন কীভাবে?

– কেন? ছেলে মেয়ের বিয়ে দিয়ে। একেবারে পাকা বন্দোবস্ত।

– আমরা হয়তো কথা দিলাম। বড় হয়ে ওরা না মানতেই পারে।

কথাটা ওখানেই সমাপ্ত।

শীলা কাকিমার বিয়ের দশ বছর পর আরাধ্যার জন্ম। তখন আমার বয়স ২ বছর। এবার তার ফেলে আসা দিনের কথা মনে পড়েছে। একদিন বাড়ি এসে সে কথা বলে যায়। মা সেসব কথা জানত না। তবে আমার সঙ্গে ওর হৃদ্যতা নেই। বাড়ি আসলে কথা হয় । কিন্তু দূরে দূরে। এই ব্যাপারে বাবা সজাগ। বন্ধুত্ব বেড়ে গেলে, যদি শেষ মুহূর্তে কেটে যায়, তাহলে দুজনেরই ভবিষ্যৎ বিপন্ন। সেই জন্য যোগাযোগ দূরত্ব বজায় রেখে।

ক'দিন থেকে দেখছি বাবা শুয়ে রয়েছে। আর জোরে জোরে কাশছে। মাকে জিজ্ঞেস করতেই বললেন, তোর বাবাকে চেষ্ট স্পেশ্যালিস্টকে দেখাতে হবে।

এ ডাক্তার, সে ডাক্তার দেখাতেই বাবা ওঠার ক্ষমতা হারিয়ে ফেললেন। সেই সময় শীলা কাকিমা এসেছিলেন বাবাকে দেখতে। বাবা তার সামনে মাকে বলেছিলেন। তারপর থেকে বন্ধুত্ব। তবে যোগাযোগ বলতে কানে কানে।

এই কথা শোনার পর তার চোখ ছলছল করছিল। এক দৃষ্টে চেয়ে ছিল মুখের পানে।

বললাম, তুমি শুনলে কষ্ট পাবে বলে আমি বলতে চাইছিলাম না। তার মুখ বিবর্ণ হয়ে গেল। সেই হাসি মুখ রইল না।

তার মুখ ভার দেখলে যে আমার কষ্ট হয়, সে কথা বলা যাবে না। আমি যে তাকেই ভালোবাসি, এটা আমার সাজানো গল্প। তবে ধীরে ধীরে প্রকাশ্য।

পর্ব – তৃতীয়

এখন বিয়ে বাড়ি যাওয়ার তাড়া। ভবেশের দেখা নেই। ট্রেনের সময় হয়ে এল। বললাম চল স্টেশনে গিয়ে বসি।

ভবেশ আসলে চলে যাবে !

– সামান্য পথ। তারপর লালগোলা প্যাসেঞ্জার ওর তো সময় বোধ নেই।

– যাই বল, এখন ট্রেন অনেক উন্নতি। এতক্ষণ যখন অপেক্ষা করলাম, তখন আর একটু সময় সময় অপেক্ষা করে যেতে হবে। ভবেশকে সঙ্গে নিয়ে যাব।

যে স্টেশনে যাওয়ার জন্য ব্যস্ত ছিল। তার মুখে উল্টো সুর। তাছাড়া যে লোকটিকে বেরসিক বলে ব্যঙ্গ করল, সে এখন আপন হয়ে গেল। মেয়েদের মন, বোঝা মুশকিল। বললাম কিছু খাবে?

– না, একেবারে ট্রেনে আরাম করে বসে মশলা মুড়ি খাব। খেতে বেশ সুস্বাদু। তোমার কেমন লাগে।

– ভালো। তবে কথার মধ্যে প্রাণ নেই। বলতে হচ্ছে তাই বলছে।

– মা বলেন, মানুষের সঙ্গে না মিশলে বোঝা যাবে না তার চরিত্র। প্রথম পরিচয়ে ভালো মনে হবে। কিন্তু তার সঙ্গে বেশ কিছুদিন মিশলে বোঝা যাবে তার চরিত্র।

বহু সময় প্রতীক্ষার পর ভবেশের দর্শন। তিনজনে হই-হুল্লোড় করে বিয়ে বাড়ি থেকে ফিরছি। ফেরার সময় তার চোখ মুখ বলছিল সে আমাকে ভালোবাসে, তবে আমি কখনও বুঝতে দিইনি যে আমি প্রেমে পড়েছি। যা কথা হয়, অফিসের মধ্যে। মাঝে মাঝে প্রেমিকের ছবি দেখানোর জন্য বলে। ছবি নেই বলে পাশ কাটিয়ে যায় । কিন্তু সে বিশ্বাস করে না।

একদিন বাড়ি ফেরার পথে চেপে ধরল। বলল, আমার চাইতে সুন্দর?

– সে কি বলা যায়। আমার চোখে যেটা ভালো, অন্যের চোখে ভালো না লাগতেও পারে। তবুও ছবি দেখে বোঝা যাবে।

– তোমার মত লম্বা। চোখ দুটো টানা টানা, গায়ের রঙ তোমাকে ছাপিয়ে যাবে না। তার মুখশ্রী প্রায়—

সেই সময় বন্ধু তপন এসে হাজির। মুখ বন্ধ। বলল, প্রেমকাহিনি চলছে?

– না, না। আমার বান্ধবীর ছবি দেখতে চাইছে।

– সে তো ভালো কথা। ছবি দেখিয়ে দাও।

– ছবি আমার কাছে নেই, সে কথা বিশ্বাস হচ্ছে না। বর্তমানে বিশ্বাস যোগ্য নয়।

শেষ পর্যন্ত বাধ্য হলাম ছবি দেখাতে। তবে বান্ধবীর নয়, আমার বাবার বন্ধুর মেয়ের ছবি। সে দেখতে সুন্দর। ছবি দেখে অলিভার মুখ ফ্যাকাশে হয়ে গেল। তার হাসিমাখা মুখে যেন শোকের ছায়া নেমে এল।

বললাম এই জন্য দেখাতে চাইছিলাম না। তার এই মুখ দেখতে আমার ভালো লাগে না। সে কথা বোঝাই কী করে?

সেদিন বাড়ি এসে বার বার নিজের কাছে জবাব চাইছিলাম, কাজটা কি ঠিক করলাম? মস্তিষ্ক কাজ করছে না।

মা বললেন, তোকে আজ এরকম লাগছে কেন?

– কীরকম মনে হচ্ছে মা?

– প্রতিদিন বাড়ি ঢুকিস মা, মা ডেকে। আজ বাড়ি ঢুকলি চুপিসারে। অফিসে কি কিছু হয়েছে?

– না, না, ওসব কিছু না।

– কিছু তো ঘটেছে। আমার মন বলছে।

– তুমি যা ভাবছ, ওসব কিছু না। তবে—

– তবে বলে থামলি কেন?

– মোবাইলটা সামনে ধরে বললাম দেখ তো কেমন লাগছে?

– তোর কলেজের বন্ধু?

– তোমার ভালো লাগছে?

– রূপের জৌলুস দেখে বোঝা যাবে না। যদি তুমি ভালোবেসে থাকো, তাহলে ওর সঙ্গে মিশে দেখে নিও। সে তোমাকে সত্যি ভালোবাসে কিনা? ভালোবাসা একতরফা হয় না। দুজনের মনের মিল হলে সেই ভালোবাসা স্থায়ী হয়।

মায়ের কথামত মিশতে লাগলাম। কিন্তু আমি যে ওর প্রেমে হাবুডুবু খাচ্ছি, সেটি বুঝতে দিলাম না। তারও দোষ নেই। আমি যে গল্প শুনিয়েছি, তাতে তার প্রেম করার মানসিকতা থাকার কথা নেই। তবে তার চোখে মুখে ফুটে ওঠে, সে আমাকে ভালোবাসে।

পর্ব – চতুর্থ

একদিন মাকে সব কথা বললাম মা বললেন, মেয়েদের মন ঠুনকো কাচের মতো। দমকা হাওয়াতে তছনছ হয়ে যেতে পারে। তুমি ওকে মনের কথা বল। তার মতামতের প্রয়োজন আছে। এককভাবে প্রেম ভালোবাসা হয় না।

মায়ের কথা বলার পর ওর প্রতি, অন্তরের টান বেড়ে গেল। সেদিনের কথাগুলো সাজানো।

সত্যিটা জেনে গেলে তার মুখে হাসি ফুটবে। এই কথা না বলা পর্যন্ত মন শান্ত হচ্ছে না, বার বার তার মুখ চোখের সামনে ভেসে উঠছে। কিছুতেই ঘুম আসছে না। সেই মুখের হাসি। মায়া ভরা মুখ। দু'চোখের পাতা এক করতে দিচ্ছে না। আমি এতদিন যে কথা বলিনি, আজ বলার জন্য ব্যস্ত হয়ে পড়েছি। রাত শেষের দিকে ঘুম আসে। ঘুমের মধ্যে দেখছি সে আত্মহত্যা করছে। জোরে চিৎকার করে বলছি আত্মহত্যা অপরাধ। বুকের ভিতর কাঁপছে। কিছুতেই থামছে না। মা একদিন বলেছিলেন, ভোরের স্বপ্ন সত্যি হয়। তাহলে কি? না, না। এ কাজ করার মতো মেয়ে সে নয়। তবু মনের অস্থিরতা বেড়েই চলেছে।

মা বললেন, খোকা চা হয়ে গেছে। তাড়াতাড়ি বিছানা ছাড়।

মায়ের কথা কানে আসছে না। অলিভা যে সব জায়গা দখল করে নিয়েছে। আমি ওর প্রেমে জড়িয়ে গেছি। তার সঙ্গে দেখা করব, সে

পথও বন্ধ। পর পর চারদিন অফিস ছুটি, মা ডেকেই চলেছে, মায়ের ডাক আসছে না কান পর্যন্ত। হঠাৎ ফোন বেজে উঠল। মা বললেন, খোকা ফোন। অলিভার ফোন ভেবে তড়িঘড়ি এসে দেখছি আননোন নাম্বার। দিলাম কেটে। মা বললেন, কার ফোন ছিল?

অজানা নাম্বার থেকে এসেছে। কি বললে সে?

কথা না বলেই কেটে দিয়েছি।

– ফোনটা ধরতে হত। কোনও প্রয়োজন থাকতে পারে তার। ফোন ধরতে পারতে। সকালে ফোন মানেই, প্রয়োজনীয়।

কথাটা মনে ধরল। কেটে দেওয়া ভুল হয়েছে। নাম্বারটা বের করে টিপে দিলাম। বলল, আপনি একটি ভুল নাম্বারে ফোন করেছেন।

চোখের সামনে ভেসে উঠছে তার মুখখানা। কত কথা মনে পড়ছে। সেদিন অফিসে গিয়ে দেখছি তার চেয়ারটা ফাঁকা। মনমরার মতো বসে রয়েছে। বোধহয় আজ আসবে না। কাজে মন বসছে না। এ নিয়ে হাসিঠাট্টা হল। শেষ আওয়ারে সে আসছে, সঙ্গী নিয়ে। একটা কার্ড ধরিয়ে দিয়ে বলল, আমার পিসতুতো দাদার বিয়ে, অবশ্যই যাবে। সে তার হাত ধরে বেরিয়ে গেল। একেবারে প্রেমিক-প্রেমিকার মতো। রাগে চোখ মুখ লাল। আমাকে জানতে হবে ছেলেটা কে? ফোনটা দিলাম টিপে। বলল নেটওয়ার্কের বাইরে। আরও মাথা গরম। মিতা চায়ের কাপটা সামনে রেখে গেছে। কাপ ধরতে গিয়ে আঙুল ডুবল চায়ে, আঙুলটা জ্বলে যাচ্ছে। বলতে পারছি না। যখন আঘাত আসে, তখন সব দিক থেকে আসে। ভাবলাম বাড়ি গিয়ে ফোন করব। কিন্তু মন মানছে না। রাস্তায় বেরিয়ে দিলাম টিপে। বলল ব্যস্ত রয়েছে। কিছুক্ষণ পর চেষ্টা করুন। আবার সেই অপেক্ষা। মনকে বোঝাচ্ছি। কিন্তু সে-ও বুঝতে চাইছে না, রাগে ফোনকে দিলাম ব্যাগবন্দি করে। বাড়ি গিয়ে শান্তভাবে ফোন করব।

বাড়ি এসে দেখছি মামা মামি এসেছে। সব বন্ধ। পরের দিন এসে বলল, সঙ্গে ছিল সেই দাদার বিয়ে। মনের ভ্রান্ত ধারণা দূর হল। তবুও ওকে বুঝতে দিইনি যে, আমি তোমার প্রেমে অন্ধ।

কাথার সঙ্গে হাসি লেগে থাকে। সত্যি তাকে ভোলা যাবে না।

মা বললেন খোকা তোর কি হয়েছে? কখন থেকে ডেকে যাচ্ছি। চা ঠান্ডা হয়ে গেল। তোর আসার নাম নেই। অফিসে কি গন্ডগোল করে এসেছিস?

অফিস থেকে ফেরার পর থেকে দেখছি তুই যেন কিছু একটা ভাবছিস। সত্যি করে বল তো কি হয়েছে। ভাবছি মাকে স্বপ্নের কথা বলি। আবার ভাবাছি মাকে এর মধ্যে জড়িয়ে লাভ নেই।

মায়ের যে অনেক আশা আমাকে নিয়ে। মা বন্ধুর মতো। মাকে সব বলা যায়।

– মা আমি শান্তি পাচ্ছি না।

– কেন, কি হয়েছে?

– আমি ভোরে খারাপ স্বপ্ন দেখেছি।

– কি সে স্বপ্ন? তবে স্বপ্ন সে স্বপ্ন থেকে যায়। বাস্তবের সঙ্গে মেলে না।

মনের অস্থিরতা কমল। এই জন্য বলে গর্ভধারিণী, জগজ্জননী মা। উঠতে যাব, বন্ধু সনাতন এসে হাজির।

– মা সনাতন এসেছে।

– ঘরে বসতে বল।

সনাতন বলল, মামা এসেছে মেয়ের বিয়ের ব্যাপারে। তুই গিয়ে একবার দেখে আয়। তোর পছন্দ হবে। তাছাড়াও বোন চাকরি করে।

তার অন্তরে রয়েছে অলিভা। এখন এসব নিয়ে ভাবছি না। পরে কথা হবে।

মা বললেন, সত্যি কথাটা বলা ভালো।

পারিনি সত্যিটা বলতে।

হঠাৎ ভবেশের ফোন। বলল, শুনেছিস?

– কি শুনব?

– অলিভা সম্বন্ধে?

– বুকের ভিতরটা ধড়পড় করে উঠল। কি হয়েছে?

– আমিও সঠিক জানি না। একটা উড়ো ফোন এসেছিল। ধরতেই বলল, অলিভা হাসপাতালে। জিজ্ঞেস করার আগেই কেটে দিল।

মনের মধ্যে তোলপাড়। তাহলে কি সে আত্মহত্যা করেছে? না, না, এ হতে পারে না। তাহলে সত্যিটা কি? জানব কি করে?

দিলাম টিপে। বলল সুইচ অফ। যতবার ফোন করলাম, একই উত্তর সুইচ অফ।

মনে পড়ল, ওর বান্ধবী সুমীর কথা। ওর নাম্বারে আঙুল দিলাম, রিং হয়ে গেল। ধরল না। মনের মধ্যে ঝড় বইছে। এত বড় শহরে কোন হাসপাতালে আছে, জানব কীভাবে। আবার দিলাম আঙুল। একই কথা । সুইচ অফ। ঠিক করতে পারছি না। কি করা উচিত হ খুঁজতে বের হব।

মা বললেন, কোথায় যাবি?

– অলিভাকে দেখতে।

– কোথায় আছে জানিস?

– না মা।

– তুই ওকে ভালোবাসিস?

– হ্যাঁ মা, ওকে জীবনসঙ্গী করে রেখেছি। তুমি আমায় ভুল বুঝো না। মায়ের চোখেও জল। – বললেন, ওর আত্মীয়দের ফোন কর।

মনে পড়ে গেল সজনের কথা। সে মামার অফিসে চাকরি করে। সে সঠিক খবর দিতে পারবে। মামাকে ফোন করতেই বলল কি বলছিস? বাড়ির সব ভালো?

– হ্যাঁ মামা। সবাই ভালো আছে।

এত সকালে ফোন। বুকের ভিতর ধড়াস করে উঠেছে। বল কি বলছিস?

– সজনের ফোন নাম্বার আছে?

– আছে, কেন?

– ওর দিদি নাকি হাসপাতালে

– হ্যাঁ, ওর দিদি হাসপাতালে ভর্তি।

– কি হয়েছে জানো?

– শুনলাম প্রেমে ব্যর্থ হয়ে আত্মঘাতী। – কোথায় সে?

– মেডিক্যালে, মৃত্যুর সঙ্গে লড়ছে।

উদভ্রান্তের মত ছুটছি। পৌঁছে দেখছি তার অসাড় দেহ সাদা কাপড়ে ঢাকা। আমার একটা ভুলে সে চলে গেল। মনের কথাগুলো বলার সুযোগ দিল না। সেদিনের কথাগুলো সব সাজানো ছিল। এই অলিভা প্রথম এসেছে আমার জীবনে। সে ধরা না দিয়ে চলে গেল। সত্যি সে আমাকে ভালোবেসেছিল। ঝড়ের গতিতে সে এসেছিল। স্থায়ী হওয়ার আগেই দমকা হাওয়াতে হারিয়ে গেল। ফেলে গেল আমাকে। সে মরে গেলেও আমার কাছে জীবিত। তাকে অন্তরে নিয়ে আমার সংসার। 'অলিভা' আমার চিরদিনের সঙ্গী। ❑

প্রেম

পর্ব – প্রথম

আপনি পাখীকে চেনেন? কি হল? কথা বলছেন না। ভাবছেন আকাশে ওড়া পাখি? আরে না, না, পাখীরাম মাহাতো। ওই যে স্টেশনে পেয়ারার ঝুড়ি নিয়ে বসে। তবুও চিনতে পারলেন না। আরে যার এক চোখে পাথর বসানো।

তবুও চিনতে পারলেন না? না চেনারই কথা। আরে উঠছেন কেন? যাবেন তো সেই বাবার তৈরি বাড়িতে? গেলেই তো ফাটা রেকর্ড শোনাবে। আরে বসুন। গল্পটা শুনে যান। ভবিষ্যতে কাজে লাগতে পারে।

রোজ সকালে লবঙ্গর চায়ের দোকানে এক কাপ লেবু চা, আর বাখর খানি দুখানা বিস্কুট খেয়ে পেয়ারার ঝুড়ি নিয়ে স্টেশনের গেটের পাশে বসেন। ঠিক এগারোটার ট্রেন যাওয়ার পর লাইলা তার খাবার নিয়ে আসে। সে বেশিক্ষণ অপেক্ষা করে না। খাবারের ব্যাগটা হাতে ধরিয়ে দিয়ে ঘরে চলে যায়।

যাই বলুন দাদা, পাখীরাম বৌটি ভালো বাগিয়েছে। বলতে পারেন তার পছন্দ আছে।

সবে যৌবনে পা দিয়েছে। শরীরে মাংস আছে। বেশ নাদুস নুদুস। তবে আপনারা যা ভাবছেন তা নয়। মোটা নয়। তবে ভাঁজ খেলানো। দেখতে বেশ সুন্দর। গায়ের রঙটা একটু কমজোরি। যখন হাঁটে পায়ের নূপুরের শব্দে স্টেশন চত্বর বেশ জমে ওঠে।

আর বলবেন না মশাই, ওইটুকু সময়ের মধ্যে সবার কাজ বন্ধ। বুঝলেন না তো? বুঝবেন কি করে? সবার চোখ ওই লাইলার দিকে। অতএব হাত বন্ধ।

আর বলেন না, ওই দেখে লবঙ্গর মুখ ব্যাজার। মুখ ব্যাজার হওয়ার কথা। আপনার ক্ষেত্রেও একই ঘটত। লবঙ্গ এমনই মেয়ে কারো ভালো দেখতে পারে না। আরে না, না। লবঙ্গ সেরকম মেয়ে নয়। তার মুখটা ওইরকম। মুখে কোনও সময় হাসি নেই। সবসময় বিষে ভরা।

কোনওদিন জোরে হাসতে কেউ দেখেনি। তবে মনটা অত কঠিন নয়। সে পাখীরামকে ভালোবাসে। না, না, সেই ভালোবাসা নয়। ভাইয়ের মতো। সবার কাছে সে আপনজন। সবার প্রিয় হবে না কেন? সেই তিন বছর বয়স থেকে এই স্টেশনে। ওর বংশ পরিচয় অজানা।

সে একা বসে। তখন তার বয়স তিন হবে। পরনে একটা রঙচটা জামা, তার আবার মাঝের বোতাম নেই। দড়ি বাঁধা প্যান্ট। প্যান্টে কোন বোতাম ছিল না। ওই অবস্থায় বসে আছে। চোখ দিয়ে জল গড়াচ্ছে। এদিক ওদিক তাকাছে। আর কাঁদছে।

তার এই অবস্থা দেখে মনোজবাবুর মায়া হয়। সে তাকে ঘরে বসিয়ে সব জানার চেষ্টা করেন। কিন্তু সে কিছু বলতে পারেনি। সেই থেকে তার আস্তানা স্টেশনে। কাজ, লোকের ফাইফরমাশ খাটা। বিনিময়ে পেট পূরণ করা।

যাই বলুন স্টেশনমাস্টার ওকে থাকা এবং খাওয়ার ব্যবস্থা করে দিলেন। অবসর সময়ে ওকে নাম-ঠিকানা এবং দশ অঙ্কের নামতা শিখিয়ে ছিলেন। ওই পর্যন্ত ওর লেখাপড়া তবে ওর মেধাশক্তি প্রখর। যা শুনত এবং যা দেখত, তাড়াতাড়ি রপ্ত করে ফেলত।

মনোজবাবু বেশ ভালো লোক। ওই মনোজবাবু ওর চোখ অপারেশন করিয়েছিলেন। ছোট ছেলে। সবসময় খেলার নেশা। কিন্তু সহপাঠী পাবে কোথায়? একাই রেল লাইনের ধারে বসে পাথর নিয়ে খেলা করছে। সেই সময় ট্রেন যাচ্ছিল। সেই চলন্ত ট্রেনের ঢাকায় লেগে পাথর ছুটে যায়। সেই পাথর চোখে আঘাত করে। প্রচন্ড রক্তক্ষরণ। শেযে মনোজবাবু অভিভাবক হয়ে তার চোখ অপারেশন করিয়ে আনেন। তার দয়াতে তার আশ্রয় হয় ফুটপাতে। এবং তার সাহায্যে এই ব্যবসা। তবে সে ব্যবসা ভালো বোঝে। প্রথম প্রথম অসুবিধা হত। তবে স্টেশনের সবাই ওকে সাহায্য করেছে। সেই তার পথ চলা শুরু।

তারপর সংসার জীবনে পা রাখল। চার হাত এক করে দিল কে? ওই প্রেম। বুঝলেন না? লবঙ্গর বর প্রেমানন্দ। সে-ই দেখেশুনে সব ব্যবস্থা করে দিয়েছেন। তারই পছন্দের মেয়ে লাইলা।

বুঝতেই পারছেন লবঙ্গ কেন ভালোবাসে?

ছোট স্টেশন বললে হবে না। প্রচুর যাত্রীর আনাগোনা। বেশ ভালো বিক্রি। দুজনের সংসার হেসে খেলে চলে যায়।

পর্ব – দ্বিতীয়

আরে উশখুশ করছেন কেন? চুপ করে বসুন। দু'কাপ চা বলুন। সঙ্গে দুটো এস বিস্কুট নেবেন। দুজনের খাওয়া হবে। বিড়ির নেশা আছে নাকি? নেই, ঠিক করেছেন। আমারও নেই। তবে কেউ দিলে দু'টান দিয়ে থাকি। এই বদ অভ্যাসটা ছাড়তে পারিনি। তবে নেশা নয়।

কিছুদিন পরে তার সঙ্গে দেখা যায় তরতাজা এক যুবককে। পাখীরামের চেয়ে বছর দুয়েকের ছোট হবে। দেখতে খারাপ না। মাথার চুলগুলো কোঁকড়ানো। গালে একটা কাটা দাগ রয়েছে।

কথাবার্তা শুনলে মনে হয় বাঙালি নয়। থাকে এই ছোট শহরে। চালের আড়তে রাতে পাহারা দেওয়ার কাজ করে। পরিচয় কীভাবে?

চলার পথে দেখা। মেলা প্রাঙ্গণে পরিচয়। তারপর থেকে স্টেশনে আসা-যাওয়া। দিনে তার কাজ থাকে না। অতএব তার ঠিকানা এই স্টেশন।

দোকান থেকে প্রতিদিন সকালে লবঙ্গর দু'কাপ লেবু চা, সঙ্গে দু'খানা বাখরখনি বিস্কুট নিয়ে পাখীর কাছে। শেষে বিড়িতে টান। যা ভাবছেন তা নয়, পাখীর কোনও নেশা নেই। এটা তার অভ্যাসে পরিণত হয়ে গেছে।

অবশ্য লবঙ্গর মুখ ভার সে তার এই বন্ধুত্ব পছন্দ করে না। পছন্দ করবে কেন? সে ছোট থেকে দেখে আসছে পাখীকে। তার স্বভাব চরিত্র তার জানা। সে চায় না বাইরে থেকে কোনও উটকো ছেলে ওর সঙ্গে মিশুক।

অবশ্য বারোটার ট্রেন যাওয়ার পর সে ঘরে ফিরে যায়।

লবঙ্গর জানার আগ্রহ ছেলেটা কে? কীভাবে তার পরিচয়? কেনইয় বা সে আসে?

পাখী বাড়ি যাওয়ার সময় লবঙ্গর চায়ে চুমুক দিয়ে বাড়ি যায়।

সে ঝুড়িটা পাশে রেখে বসেছে।

লবঙ্গ বলল, তোমার পাশে থাকে ছেলেটার নাম কি?

বলল, দয়াল।

ছেলেটা তোমার কে?

– নিজের কেউ নয়গো দিদি। পথে তার সঙ্গে পরিচয়।

তুমি ওর বাড়িঘর চেনো?

না গো দিদি। একদিন জিগ্যেস করেছি। বলেছে চালের আড়তে পাহারা দেয়। এর বেশি জানি না গো।

বাড়ি কোথায় বলেছে?

– ওড়িশা। ওখানে নাকি অনেকে থাকে, তারা মালপত্র ট্রাকের উপর থেকে নামা ওঠানোর কাজ করে। এটা শহর। খুব সাবধানে চলবি। একটু ভুল হলেই সর্বস্বান্ত করে ছাড়বে। সে কি তোকে কিছু বলেছে?

একদিন বলছিল, তোমার পাশে ঝুড়ি নিয়ে বসলে কেমন হয়? বন্ধুত্ব বজায় থাকবে। আবার কিছু রোজগার হবে।

তুমি কি বলেছ?

কাঁচা মালের ব্যবসা খুব ঝুঁকিপূর্ণ। তুমি পারবে

না।

– তুমি ওকে প্রশয় দেবে না। তাহলে তোমার

ব্যবসা লাটে উঠবে। সাবধান করে দিলাম ।

ঘরে জোয়ান বৌ। মনে থাকে যেন? কথাটা তার মনে ধরেছে। কিন্তু দয়ালকে সে কথা বলবে কি করে? তার তো খারাপ কিছু দেখেনি। এসো না কথাটা বলবে কিরে? তবে সে চোখমুখ বন্ধ রাখল। এবং বৌকে খাবার নিয়ে আসা থেকে বিরত রাখল। সে সকালে যখন বের হয়, তখনই দুপুরের খাবার নিয়ে আসে। সেদিক থেকে বুদ্ধিমান বলা যেতে পারে। তবে দয়াল তার সঙ্গে মেশে কোনও খারাপ উদ্দেশ্য নিয়ে নয়, শুধু বন্ধুর মতো।

সেদিন পাখীর শরীর খারাপ। লাইলা এসেছে তাকে সাহায্য করতে। বুঝতেই পারছেন, সুন্দরী বৌ যদি মাল নিয়ে বসে তাহলে কি ঝুড়ির মাল পড়ে থাকে। ঝুড়ি ফাঁকা। এটা সবার জানা। তারপর যদি উঠতি যুবতী হয়।

সেদিন দয়াল আসেনি। বাড়ি যাওয়ার সময় লবঙ্গর চায়ের দোকানে বসে, গরম চায়ে গলা ভিজিয়ে বাড়ি যায়। নিত্যদিনের ঘটনা, লবঙ্গ বলল, আজ সব বিক্রি হয়ে গেছে?

– হ্যাঁ গো দিদি। শরীরটা খারাপ ছিল । তাই বৌ সঙ্গে নিয়ে এসেছি।

– কাজটা ভালো করিসনি।

– কেন গো লবঙ্গ দিদি? একথা কইলা ক্যান? কিছু খারাপ দেখেছ?

– না। কিন্তু খারাপ হতে কতক্ষণ?

– না গো দিদি আমার বৌটি সেরকম নয়।

– যা ভালো বুঝবি, তাই করবি। আমার কথা বললাম। কথাটার গুরত্ব দিল না। বৌ পাশে বসা ধরল। দুজনের সহযোগিতায় রোজগার বেশি হতে থাকল। লাইলার তখন ভরা যৌবন। মেয়েরা দেখতে খারাপ বা ভালো। যাই হোক না কেন, যৌবনই তাদের সুন্দরী করে তোলে।

দুজনেই খুব হাসিখুশিতে রয়েছে। হাসি নেই লবঙ্গর মুখে। তার চিন্তা দয়ালকে নিয়ে। অর্থ মানুষকে আনন্দে রাখে। আবার এই অর্থ মানুষকে পথে বসিয়ে দেয়। কথায় আছে না অর্থই অনর্থের মূল। এই অর্থের নেশা তাকে পেয়ে বসল।

পর্ব – তৃতীয়

এবার সে এই ব্যবসা লাইলাকে ছেড়ে দিয়ে, ট্রেনে হকারি ধরল। তবে ফেরার সময় এক। দুজনে একসঙ্গে ঘরে ফেরে। স্টেশন চত্বর ওদের দখলে। হবে নাই বা কেন? সবাই তাদের আপন করে নিয়েছে। কিন্তু যবে থেকে লাইলা বসছে, সেদিন থেকে দয়ালের দেখা নেই।

লবঙ্গর মনে প্রশ্ন, তাহলে কি আমার কথা সে বলেছে? না বললে সে আসছে না কেন? লবঙ্গর কৌতূহল। তাকে জানতে হবে। বলল, পাখী তোর বন্ধুকে আর দেখছি না?

কোথায় সে?

দেখবে কি করে গো? সে যে বাড়ি গেছে। ওর বৌয়ের সন্তান হবে। এই খবর আসার পর সে চলে গেছে।

লবঙ্গর বুকের বোঝাটা নামল।

যেটা নিয়ে তার মন চঞ্চল ছিল, সেটা থেকে সে মুক্ত হল। বলল কবে ফিরবে বলে গেছে?

– ৬ মাস পর ফিরবে।

– যাক বাবা বাঁচা গেল।

লাইলা বলল, দয়াল কে গো? প্রথম নামটা শুনছি?

– ও, তুমি চিনবে না। প্রতিদিন সকালে আমার কাছে এসে বসত।

কথাটা ওখানেই শেষ।

লাইলা ব্যবসা রপ্ত করে ফেলেছে, সকাল হলেই ঝুড়ি নিয়ে বসে। অবশ্য তার আগে পাখী, মশলা মুড়ির টিন গলায় ঝুলিয়ে বেরিয়ে যায়। তবে ফেরার সময় যুগলে ফেরে।

৬ মাস পর দয়াল এসেছে বন্ধুর সঙ্গে দেখা করতে। লবঙ্গকে চায়ের কথা বলে স্টেশনে গিয়ে দেখছে বন্ধুর জায়গাতে এক ভদ্রমহিলা ঝুড়ি নিয়ে বসে। কিছুক্ষণ অপেক্ষা করে লবঙ্গর চায়ে গলা ভিজিয়ে চলে গেল। লবঙ্গর বুকটা হালকা হল। পরের দিন এসে চায়ের দোকানে বসে জিজ্ঞেস করল পাখী কোথায়?

তার কথা বলার ইচ্ছা নেই। তবুও বলতে হচ্ছে।

– সে এখন ট্রেনে হকারি করে।

কোনও কথা না বলে চা খেয়ে চলে গেল।

লবঙ্গর বুকের জ্বালাটা মিটল। সে ভাবল দয়াল আর আসবে না।

তার কথায় সত্যি। যার জন্য আসা, সে–ই যদি না থাকে, তাহলে কার কাছে যাবে। অতএব

নিশ্চিন্ত। আর আসবে না।

কিন্তু ভাগ্যের লিখন কে খণ্ডাবে?

সেদিন আড়তের মালিক শহরে যাবে। ট্রেনে যেতে হবে। মালিককে ট্রেনে তুলে দিতে এসেছে দয়াল। যা হওয়ার তাই হয়ে গেল। ফেরার সময় বন্ধুর সঙ্গে দেখা। সঙ্গে লাইলা। ফিরল পূর্বের অবস্থায়। যথা সময়ে স্টেশনে আসা ধরল। পূর্বের মত চা বিস্কুট এনে দেওয়া। একসঙ্গে চা খাওয়া। তবে বারোটার ট্রেন বেরিয়ে গেলে, সে-ও চলে যায়। এই ব্যাপার স্টেশনের কেউ মেনে নিতে পারে না। কিন্তু বলবে কাকে? পাখী তো ট্রেন থেকে নেমেই লাইলার কাছে। বৌয়ের সামনে বলা উচিত হবে না।

তবে একটা ব্যাপারে নিশ্চিন্ত। সে গল্প করে। চা খায়। সব ঠিক। কিন্তু দূরে দূরে। সেদিক থেকে লাইলাকে ভালো মেয়ে বলা যায়। তবে যৌবনের তরঙ্গ উথলে উঠলে দিকবিদিক জ্ঞান থাকে না। ভালোমন্দ বিচার করার ক্ষমতা হারিয়ে ফেলে।

জ্বলন্ত বস্তুর পাশে আগুন থাকলে যে কোনও মুহূর্তে ধরে যেতে পারে। এই সব দেখে লবঙ্গর মেজাজ সপ্তমে। সে পাখীকে সব বলার অপেক্ষায়। কখন তাকে একা পাবে।

ভাগ্যের কি পরিহাস? হঠাৎ শুনছে, লাইলা মা হতে চলেছে। সব কথার অবসান ঘটল। পাখীর খুব আনন্দ। স্টেশনের সবাই খুশি। কিন্তু লবঙ্গর মুখে কোনও হাসি নেই।

বুঝলেন না? বুঝবেন কী করে? তার বিয়ে দশ বছর হয়ে গেল। এখনও সে মা হতে পারেনি। মনে ক্ষোভ থাকবেই। সব মেয়েদের ক্ষেত্রে একই কথা প্রযোজ্য। তবে পাখীর

সামনে সে হাসিখুশি। তাকে বুঝতে দেয় না। তার মনের ক্ষোভ, স্বামী এখানে থাকে না। সে থাকবে কী করে? সে যে পরিযায়ী। মাঝে মঝে সে আসে। তাও- আবার দু-তিন রাত্রির জন্য। তারও দোষ নেই। সে যে একজন স্বর্ণ ব্যবসায়ীর কাছে কাজ করে। স্বাভাবিক কারণে লবঙ্গর ক্ষোভ।

লাইলার মা হওয়ার কথা শোনার পর, তার প্রতি মায়া পড়ে গেল। তার যাতায়াত বেড়ে গেল। সে তার জন্য পুষ্টিকর খাবার দ্রব্য নিয়ে আসে। অবশ্য পাখী সেই সময় বাড়ি থাকে না। সে ভোরে ট্রেন ধরে। এতএব সব তার অজান্তে ঘটে। একসঙ্গে দুজনে স্টেশনে আসে। মাল বিক্রি করে। অবশ্য ফেরার সময় দয়ালের সঙ্গে দেখা হয় না।

দয়ালের এই আসা যাওয়া লবঙ্গর পছন্দ নয়। একদিন পাখীকে সে বলে। কিন্তু লবঙ্গর কথা তার বিবেকে সাড়া দিল না। একই অবস্থায় রয়ে গেল। ধীরে ধীরে লাইলার শরীরের পরিবর্তন ঘটছে। এক সময় ঝুড়ি নিয়ে বসা বন্ধ হয়ে গেল। দয়াল সেই সুযোগটা হাতছাড়া করল না। সে বন্ধুকে সাহায্যের হাত বাড়িয়ে দিল। পাখী সমর্থন করল। কিন্তু লাইলার আপত্তি ছিল। পাখী তাকে ব্যবসা করার ছাড়পত্র দিয়ে দিল। একেই বলে ভীমরতী। সব ভীমবতী। পরে বুঝবে।

পর্ব – চতুর্থ

এবার সে সকালে এসে ঝুড়ি নিয়ে স্টেশনে বসা ধরল। দিনের শেষে দুজনে একসঙ্গে ঘরে ফেরে। দয়াল হিসাবপত্র করে লাইলার হাতে দিয়ে। ঘরে যায়। এতে পাখীর রোজগার বেড়ে গেল। এর জন্য বন্ধুর প্রতি তার বিশ্বাস বাড়ল।

দয়াল বন্ধুত্বর সুযোগে, লাইলার জন্য ফল মিষ্টি নিয়ে আসে। সে যখন আসে, পাখী তখন ট্রেনে।

অতএব দুজনের দেখা হয় না। লাইলা দয়ালকে ভালোবাসে। এই ভাবে দুজনের মধ্যে ক্ষণস্থায়ী সম্পর্ক গড়ে উঠে। তবে সে সম্পর্ক কেমন? আপনার বলতে পারবেন।

যাই হোক লবঙ্গর চোখ সবসময় সজাগ। সে প্রথম থেকেই দয়ালকে পছন্দ করে না। তার তীক্ষ্ণ দৃষ্টি তার প্রতি।

লবঙ্গ বলল, পাখী, তুমি ভুল পথে চলছ।

– কি ভুল করলাম গো দিদি?

– বন্ধুর প্রতি বিশ্বাস থাকা ভালো। কিন্তু অধিক বিশ্বাস ভালো না।

সেদিন তাকে দোকানে বসিয়ে আদি অন্ত সব বলল। সে শুনল, কিন্তু কোনও প্রত্যুত্তর দিল না। শান্ত ছেলের মত শুনে গেল। ওই যে টাকার লোভ বন্ধুর। সাহায্যে প্রতিদিন টাকা আসছে। টাকার লোভ পেয়ে বসেছে। অতএব কোনও কথাই তার কানে ঢুকছে না। টাকার লোভ, বড় লোভ। দেখছেন তো সবকিছু।

টাকা কলকাঠি নাড়ে। এই যে মশাই আপনি টাকার কথা ভাবছেন? গল্প শুনতে গিয়ে ২ টাকা খরচ হয়ে গেল। ঠিক বলিনি? ভেবে দেখুন।

এক সকালে লবঙ্গ উনুনে কেরোসিন তেল ঢালছে। এক সংবাদ সবাইকে খুশিতে ভরিয়ে তুলল । লাইলা কন্যাসন্তানের জন্ম দিয়েছে। সেদিন পাখী সবাইকে মিষ্টি মুখ করিয়েছে। লবঙ্গ খুশি। এই খুশির মধ্যে তাকে মানসিক যন্ত্রণা দিচ্ছে। কারণ এতদিন বিয়ে হল, অথচ মা হতে পারেনি। এই যন্ত্রণা তাকে বিষিয়ে তুলছে।

ক্ষোভ বা দুঃখ যাই বলুন না কেন, সব মেয়েদের ক্ষেত্রে একই কথা প্রযোজ্য।

তবুও সে সব দুঃখ বেদনা বুকের মধ্যে চেপে রেখে কর্তব্য পালন করে চলেছে।

লাইলা মা হওয়ার পর দয়ালের প্রতি তার ক্ষোভ একটু কমেছে। এখন লাইলা মেয়ে নিয়ে ব্যস্ত থাকবে। অন্য চিন্তা মাথায় থাকবে না। তবুও দয়ালের প্রতি তার সন্দেহ থেকেই গেল। সব সময় চোখে চোখে রাখে। দয়াল অবশ্য এসবের মধ্যে নেই। সে একভাবে আসা যাওয়া করে। তবে স্টেশনের সবাই তাকে সন্দেহের চোখে দেখে।

বাড়িতে সুন্দরী বৌ রয়েছে। সেই বাড়িতে বাইরের ছেলেদের আনাগোনা দেখলে সবার চোখ টাটায়। ঠিক বলছি তো? কি মশাই কথা বলছেন না? মাথা নাড়লে হবে।

যাই হোক মেয়ে কোলে নিয়ে লবঙ্গর কাছে আসে। লবঙ্গ তাকে কোলে নিয়ে আদর করে। তার মনের কষ্ট কিছুটা লাঘব হয়। শিশুকে কে না ভালোবাসে? সে যে ফুলের মতো পবিত্র।

দৈনন্দিন কোলে নিতে নিতে লবঙ্গর মায়া বসে গেল। এবার সূর্যের তেজ কমার সঙ্গে সঙ্গে সে লাইলার কাছ থেকে মেয়েকে নিয়ে আসে। পাখী সন্ধ্যার সময় নিয়ে যায়। এই সুযোগটা লাইলা কাজে লাগিয়ে দিল। যে কোনও অজুহাতে মেয়েকে তার কাছে রেখে যায়।

সেদিন প্রেম এসে দেখছে তার কোলে মেয়ে। বলল, মেয়ে কোলে বেশ মানিয়েছে। কোলে শিশু দোল খাচ্ছে। সে বলেছিল, যেন মায়ের

'ঘোলের স্বাদ দুধে মিটানো'। এভাবে চলছে।

মেয়ের বয়স যখন ছয় মাস।

লাইলা তখন শারীরিকভাবে সুস্থ। পাখীর মনে ইচ্ছা জাগল বৌকে সঙ্গে করে শহর ঘুরবে। ভাবছেন বাইরে কোন শহর? আ রে না, না, গরিবের ঘোরা মানে পায়ে হেঁটে যেটুকু দেখা যায়। বেশি হলে দুখানা পাঁপড় আর এক প্লেট ঘুগনি। এই টুকুতেই তারা সন্তুষ্ট। এদের নেই কোনও বিলাসবহুল হোটেলের চাহিদা, নেই কোনও উচ্চমানের বিভিন্ন পদের খাবারের চাহিদা। স্বামী স্ত্রী একটু ঘুরতে পারলেই হল। এটাই তাদের ভ্রমণ। সারাদিন পরিশ্রমের পর রাতটুকু তাদের বিশ্রামের সময়।

পর্ব – পঞ্চম

সেদিন ভোর থেকে মাইকের শব্দ ভেসে আসছে। দিনটি ছিল হনুমান চালশা। শহরের অনেক জায়গাতে এই পুজো মহাধুমধামে পালিত হয়। অনেক জায়গাতে নরনারায়ণ সেবাও হয়। পাখীর মনে হল আজকে, অর্থাৎ বিকেলে লাইলাকে নিয়ে ঘুরতে বের হব। সে বলল, আজ তুমি তৈরি থেকো। কাজ থেকে ফিরে দুজনে ঠাকুর দেখতে বের হব। লাইলার যে ইচ্ছা নেই সেটা বলল না।

বেঁকিয়ে পথ দেখাল। বলল, মেয়ে কোলে নিয়ে হাঁটতে পারব না। পাখী সমস্যাটা বোঝে না, তা নয়। তবুও তার যাওয়ার ইচ্ছা প্রবল, সে ভেবেচিন্তে, বলল, তাহলে মেয়েকে লবঙ্গর কাছে রেখে গেলেও হবে।

লাইলা এক কথায় রাজি। পাখী খুব খুশি।

একটু বুক ভরা আশা নিয়ে চলল তার কাজে। সে আজ লাইলাকে সঙ্গে নিয়ে শহর ঘুরবে, সে আজ তাড়াতাড়ি বাড়ি ফিরবে। সে বলে গেছে তৈরি থাকতে। সে বড় আনন্দিত।

অনেক দিন পর মনে বলছে, আজ একসঙ্গে ঘুরবে, কত কল্পনা। লাইলাকে রান্না করতে হবে না। লাইলা খুব খুশি হবে। ওকে একটা ব্লাউজ কিনে দেব। কদিন থেকে বলছে। বড় মুখ করে চেয়েছে। দিলে খুব খুশি হবে। ইচ্ছে তো হয় কিন্তু টাকা কোথায়? দিন আনতে পান্তা ফুরিয়ে যায়।

হীরু বলল, কি রে পাখী, আজ তোকে খুব খুশি খুশি লাগছে। লটারি বাধল নাকি?

– আজ বৌ বলেছে তাড়াতাড়ি বাড়ি ফিরতে। ঠাকুর দেখতে যাবে। বুঝতেই পারছিস।

– আমিও আজ বের হব। মেয়ে বায়না ধরেছে। আমাদের বের হওয়া, আগে পকেট দেখতে হয়।

সব মাল বিক্রি করে সে বাড়ি ফিরছে। তার যেন তর সইছে না। কখন সে বাড়ি পৌছবে? সে তাকে নতুন সাজে দেখবে। সে পারলে উড়ে যেতে চাইত। দুবার লোকের সঙ্গে ধাক্কা লেগে গেল। ভাবুন তো নিজের কথাটা। সব পুরুষের একই অবস্থা।

স্টেশন থেকে নেমেই দেখছে মেয়ে লবঙ্গর কোলে। আনন্দের গতি বেড়ে গেল। সে দ্রুত গতিতে বাড়ি চলছে। বাড়ি ঢুকেই লাইলা বলে ডাক দিল। টিনের বাক্সটা গলা থেকে নামিয়ে লাইলা বলে ডাকছে। তাকে দেখার জন্য মন ছটফট করছে। কিন্তু তার সাড়া মিলছে না। ভাবল বৌ বোধহয় নতুন সাজে ঘরে বসে আছে। সে আনন্দে ঘরে ঢুকে দেখছে ঘর শূন্য। বিছানা ফাঁকা পড়ে রয়েছে। এদিক-ওদিক সব খুঁজে, না পেয়ে শেষে লবঙ্গর কাছে। লবঙ্গ শুনে আঁতকে উঠল। তার সন্দেহ সে দয়ালের কাছে গেছে। বলল, তুমি এখনই দয়ালের কাছে যাও। সেখানেই সে আছে। উদভ্রান্তের মত ছুটল দয়ালের কাছে।

সেখানে গিয়ে শুনছে সে কাজ ছেড়ে চলে গেছে দেশে। দুঃখ বেদনা নিয়ে ফিরছে ঘরে। – আরে মশাই উঠছেন কেন? শান্তভাবে বসেন। বাড়ি গিয়ে তো বৌয়ের গুরুগম্ভীর মুখের সামনে কাঁচুমাচু হয়ে দাঁড়াবেন। গল্পটা শুনে যান। বলবেন গল্প আর কি শুনব? পাখী ভুলের মাশুল গিল। বন্ধু সেজে এসে সংসারটাকে শেষ করে গেল।

– সত্যি ধরেছেন। স্টেশনের সবাই পাখীকে কাঠগড়ায় তুলেছে। আমার বিবেকে বাধছে বন্ধু হয়ে বন্ধুর সর্বনাশ। এটা করা কি ঠিক হয়েছে? একবার বন্ধুর কথাটা ভাবল না? তার মেয়ের কি হবে?

– যাই বলুন কাজটা জঘন্যতম অপরাধ। আ রে মশাই আগুনের পাশে দাহ্য পদার্থ থাকলে যে কোনও সময় আগুন লেগে যেতে পারে। এতে

আশ্চর্য হওয়ার কোনও কারণ নেই। এখন এই মেয়েকে কে মানুষ করবে? কে-ই বা তার সংসার দেখবে? মেয়ে না হয় লবঙ্গর দায়িত্বে। কিন্তু পাখীর কি হবে? ঠিক ধরেছেন, আবার বিয়ে। তাই তো? মনে হয় না পাখী সে পথে হাঁটবে।

ছোট থেকে বড়— সবাই দয়ালকে বেইমান বলে চলেছে। সবার এক কথা, অপরিচিত লোককে বাড়ি ঢোকানো ঠিক হয়নি, সে একজন পরিণত যুবক। সব দোষ পাখীর, তার ভুলের জন্য সর্বহারা।

না, পাখী বন্ধু বাছতে ভুল করেনি। জানি আপনারা আমার সঙ্গে একমত হবেন না। তাই তো? এক হওয়ার কথা নয়। জানেন, দয়াল লাইলাকে নিয়ে যায়নি।

– অবাক হচ্ছেন? আমিও প্রথম শুনে অবাক হয়েছিলাম। প্রথম তো বিশ্বাস করতে পারিনি। শুনে প্রথম রাত্রি ঘুমোতে পারিনি। বলবেন, কে নিয়ে গেল? জানার জন্য মনের মধ্যে পীড়াপীড়ি চলছে। তাই না?

– হ্যাঁ,, আমার মনে সেই রূপ হয়েছিল।

যখন সত্যি ঘটনা জানলাম, মনকে বিশ্বাস করাতে পারছিলাম না।

আপনারাও পারবেন না। একেবারে নতুন অধ্যায়। ধর্ম মানছে না। বুঝতে পারছি। শুনুন তাহলে।

– প্রেমকে চেনেন ? আ রে লবঙ্গর স্বামী। সেই তো দেখেশুনে পাখীর বিয়ে দিয়েছে। তার হাত ধরে চলে গেছে। অবিশ্বাস্য ব্যাপার। একেই বলে, প্রেম। প্রেম এমনই, যে ছোট বড় জাত বিচার করে না। প্রেমের বন্ধনে আবধ্য। ❑

পাকা দেখা

পর্ব – প্রথম

মিলি ফুলের সাজি হাতে। ঠাকুর ঘরে টিকটিকিটা টিক্ টিক্ করে যাবে। মাথার উপরে ডেকে উঠল।

পিসি বললেন, ও বৌ একটু বসে যা।

সে সাজি হাতে বলল, মানব, তোর বাবাকে বল, স্নান করে নতুন পোশাক পরে ঠাকুর ঘরে আসতে। আজ অক্ষয় তৃতীয়া, ভালো দিন। তারপর বাজার যাবে।

– বাবা ঘরে নেই।

– কোথায় গেলেন? এই সাতসকালে। অন্য দিন তো সূর্যের আলো ঘরে না ঢোকা পর্যন্ত ঘুম ভাঙে না।

– বাবা নতুন পাঞ্জাবি আর ধুতি পরে বেরিয়ে গেল।

– নিশ্চয় ওই ফুলির মায়ের চায়ের দোকানে আড্ডা দিতে। সঙ্গী দোষর ভোলা রয়েছে। মাঝে মাঝে মনে হয় দিই তাড়িয়ে, পারি না। মুখখানা দেখে বড় মায়া লাগে। সেই ছোট থেকে মা–মরা ছেলেটা আমার কাছে বড় হয়েছে। সুবল এসে বলল, বৌদি ছেলেটা আপনার কাছে রইল। পারিনি মুখ ফেরাতে সেই থেকে সে এই পরিবারের একজন।

– তুই চায়ের দোকানে গিয়ে বল মা ডাকছে। শম্পা বলল, ও বৌদি, দাদাবাবু তো চায়ের দোকানে নেই।

– তুই কি করে জানলি?

– তোমার বাড়ি আসার সময় দেখলাম, ভোলার সঙ্গে দাদাবাবুকে সাগরের মিষ্টির দোকানে ঢুকতে।

– বলিস কি? একে সুগারের রোগী, তারপর মিষ্টির দোকানে। কি করি এই মানুষটিকে নিয়ে? ওই ভোলাটা সব নষ্টের মূল। আসুক আজ, একটা হেস্তনেস্ত করে ছাড়ব।

– জানো বৌদি, দাদাবাবুকে দেখতে খুব সুন্দর লাগছিল।

– হাসিমুখে বলল, তাই বুঝি?

– হ্যাঁ গো বৌদি, একেবারে নায়কের মতো।

– বলল, মানব, তোর বাবাকে বলত মা ডাকছে।

– বাবাকে কোথায় পাব?

– শম্পা বলল, মিষ্টির দোকানে।

পিসি বললেন, ভাই তো কোন বান্ধবী না বন্ধুর বাড়ি যাব বলে বেরিয়ে গেছে।

তুমি জানলে কি করে? তোমায় বলে গেছে? না, তবে রাতে ফোনে বলছিল। তাই কথাটা কানে এল।

– নাম বলেছে? বান্ধবীর কথা শুনে বুকের ভিতর জ্বলে উঠেছে। গরম তেলে বেগুন পড়ার মতো।

– না, তবে গলা শুনে মনে হল কোনও মহিলা হবে।

– এই তো সমস্যা। পুরুষ মানুষ নিয়ে সংসার করতে গেলে চোখ কান খোলা রাখতে হবে। আসুক, বুড়ো বয়সে ভীমরতি হয়েছে। প্রেম করতে বান্ধবীর বাড়ি। নিশ্চয়ই কথা হয়েছে। আজ সঙ্গীটাকে দূর করে ছাড়ব। যত নষ্টের গোড়া ওই ভোলা। দুধ দিয়ে কাল সাপ পোষা।

পিসি বললেন, মহিলাটি কে? ও বৌ, তুই চিনিস?

– ওই গ্রামেরই ছেলেবেলার বন্ধু। কি জাহাবাজ মেয়ে। মুখ না, যেন উনুন। যা পড়বে, পুড়ে ছাই। খুব মুখরা।

– বিয়ে হয়েছে? শ্বশুরবাড়ি কোথায়?

– ওখানেই ভয়। বিয়ে হয়েছিল। কিন্তু স্বামীর ঘর করেনি।

– বাড়িতে কে কে থাকেন?

– মা–র সঙ্গে। মা–ও খুব জাহাবাজ। বুড়ো বয়সে প্রেম করতে গেছে। আসুক আজ। হয় ওই বাড়িতে থাকবে, না হয় আমি। দুজনকে তাড়িয়ে ছাড়ব।

শম্পা বলল, ও বৌদি, হঠাৎ দাদাবাবুর ওখানে যাওয়ার কথা মনে হল কেন?

– কদিন থেকে বলছে গ্রামে যাব। গ্রামের সবার সঙ্গে দেখা করে আসব। তবে আজ যে যাবে, তা বলেনি। ওই যে সঙ্গী আছে না। ওই উৎসাহ জুগিয়েছে। আসুক আজ। বন্ধুর বাড়ি না বান্ধবীর বাড়ি গেছে। শেষ বয়সে প্রেম যেন উথলে উঠছে। মিষ্টির হাঁড়ি হাতে জামাই সেজে।

দুজনকেই বাড়ি ছাড়া করব।

পিসি বললেন, ও বৌ, অত রাগ করিস না। ভাই তো একা যায়নি। সঙ্গে ভোলা রয়েছে। সূর্য ঢোকার আগে ঠিক বাড়ি ফিরে আসবে। তাছাড়া জন্মস্থান। তার ছেলেবেলার বন্ধুরা রয়েছে। তাদের সঙ্গে দেখা হবে। জন্মভিটেতে সবার যেতে ইচ্ছা জাগে।

– তুমি থামো তো, ওর হয়ে সাফাই গাইছে। সবার মুখ বন্ধ। বুকের ভিতর ঝড় বইছে। এ ঝড় থামার নয়। কালবৈশাখী সব তছনছ করে দেয়। কিন্তু শেষে শান্ত শীতল বাতাস বয়। এ ঝড় সে ঝড় নয়। বুকের ভিতর টিপ টিপ করে বইবে, যতক্ষণ না সত্যিটা জানতে পারবে। রেবার মা বলল, হ্যাঁ রে বৌ, শ্যামলকে দেখলাম মিষ্টির হাঁড়ি হাতে। একেবারে জামাই সাজে। ভারী সুন্দর লাগছিল। কোথায় গেল? রাগ চেপে, বলল কোথায় আর যাবে। গ্রামের বাড়ি গেল।

– শম্পা বলল, অনেকদিন পর দাদাবাবু বাড়ির বাইরে পা রাখল। গ্রামে তোমাদের কে আছে?

– আমাদের কেউ নেই, ওর বন্ধু রয়েছে। ক'দিন ধরে বলছি মানবের জন্য মেয়েটাকে দেখে এস, ওরা বারবার বলে গেল, তা যাওয়ার নাম করছে না। ছেলে বড় হয়েছে। তাদের বিয়ে দেওয়া মা-বাবার কর্তব্যের মধ্যে

পড়ে। সে ব্যাপারে গা করছে না। বলা নেই, কওয়া নেই হুট করে চলল গ্রামে। ওই সঙ্গীটাকে ছাড়াতে হবে।

– বৌদির মাথা গরম। আজ বাড়িতে তুলকালাম ঘটতে চলেছে।

পর্ব – দ্বিতীয়

– আজ যে বাড়ি যাচ্ছি, দেখবি তাদের আপ্যায়ন।

– সে আপনার আত্মীয়?

– তার চেয়ে বেশি। তোর বৌদিকে নিয়ে গিয়েছিলাম। নতুন জীবন। উড়ন্ত পাখির মতো গিয়ে উঠলাম বন্ধুর বাড়ি। বন্ধু তো নয়, মনে হচ্ছে সহোদর ভাই। কি খাতির, তোকে বলে বোঝানো যাবে না। ছোট থেকে বন্ধু। একই গ্রামে বাড়ি। এপাড়া, ও পাড়া। সূর্য উদয় হওয়া থেকে অস্ত যাওয়া পর্যন্ত এক সাথে। সবাই বলত জোড় মানিক, তবে বন্ধু রাজীব পড়াশোনায় খুব ভালো। কিন্তু দুজনের পরিবার পিছিয়ে পড়ার দলে। অভাব–

অনটনের মধ্যে কোনওরকমে সংসার চলে। মাধ্যমিক পাশ করার পর পড়ার পাঠ তুলে রাখতে বাধ্য হয়। বেকার খাতায় নাম পড়ে যায়। দুজনে চাকরির সন্ধানে রয়েছি। একদিন কানে এল সেনাবাহিনীতে লোক নিচ্ছে। কালক্ষেপ না করে সোজা গিয়ে লাইনে দাঁড়ালাম। ভাগ্য সহায় নয়, আমার হল না। কিন্তু রাজীবের হয়ে যায়। অতএব এখন থেকে তার সঙ্গ ছাড়া। জোড় মানিকের জোড় কেটে গেল। কিন্তু তা হওয়ার নয়। এ জোড় অটুট।

সে কর্মস্থলে। আমি বাড়িতে। ব্যবসাতে মন দিলাম। তাই বলে বন্ধুত্বে ঘাটতি ছিল না। ছুটিতে বাড়ি আসলে আবার এক সাথে। কোনও দিক থেকে, পরিবর্তন আসেনি। দুই বন্ধু এক প্রাণ।

তারপর সংসার জীবনে পা রাখলাম। তখন দুজনেই সংসার নিয়ে ব্যস্ত। তবুও রাজীব বাড়ি আসলেই আবার পূর্বের মতো। সে যখন বাড়ি আসে, ব্যাগ ভর্তি নতুন জিনিস নিয়ে আসে। বেশির ভাগ জিনিস বিদেশি। আধুনিক মানের দেখে লোভ হত। কিন্তু কোনওদিন চাইনি। রাজীবের বৌ

আবার অন্যরকম। সে কোনও জিনিস দেখানো ভালোভাবে মেনে নেয় না। তার মনে ভয় যাদি চেয়ে বসে, তাহলে না করতে পারবে না। এই জন্য সে সামনে বসে থাকত। তার চিন্তা আমাকে নিয়ে।

রাজীব ২ মাসের ছুটিতে বাড়ি এসেছে। তখন রাত আটটা। গ্রাম তখন ঘুমন্ত। সকালে উঠে রাজীবের বাড়ি। এক বছর পর বাড়ি এসেছে। মনের মধ্যে জমে থাকা কথাগুলির বহিঃপ্রকাশ ঘটছে। দুজনে সব ভুলে গল্পে মত্ত। রাজীব বলল, আমাদের জন্য দু'কাপ চা কর। অবশ্য কোটোর দুধ দিয়ে।

বললাম, কথাটা বুঝলাম না।

ব্যাগ থেকে বের করে দেখাল। এই দুধের চা খেলে ছাড়তে চাইবি না। তার বৌয়ের ইচ্ছা ছিল না। কিন্তু চক্ষুলজ্জার ভয়ে চা করতে বাধ্য হল। তার ইচ্ছা যে কোনও ভাবে তাদের মধ্যে বিভেদ সৃষ্টি করা। তার মা এবং বৌ দুজন আমাদের মধ্যে ফাটল ধরানোর চেষ্টার ত্রুটি রাখছে না।

অবশ্য তাদের কোনও দোষ নেই। গরিব বন্ধু বা আত্মীয় বাড়ি এলে সবার মনে চিন্তা আছে এই বুঝি কিছু চেয়ে বসতে পারে। এই আশঙ্কা মনের মধ্যে থাকার কথা।

সে ব্যাগ থেকে জিনিস বের করে আমার হাতে দিচ্ছে। আমি দেখে যত্ন সহকারে রেখে দিচ্ছি। সে একটা নীল রঙের টর্চ আমার হাতে দিয়ে বলল, দেখতে ভালো না?

– হ্যাঁ, খুব সুন্দর।

– প্রথমত, খুব ছোট। দ্বিতীয়ত, ব্যাটারি লাগবে না। তৃতীয়, পকেটে নিয়ে যাতায়াত করা যাবে।

বললাম নিশ্চয় বিদেশি?

বলল, হ্যাঁ। দেখ লেখা আছে মেড ইন চায়না। গ্রামের পরিবেশে বিশেষ প্রয়োজন। এখানে বিজলি বাতির ব্যবহার কম। অন্ধকার নামলে টর্চের প্রয়োজন। বললাম, এর পরে যখন আসবি, আমার জন্য একটা নিয়ে আসিস।

– পছন্দ হলে এটাই নিয়ে যা।

বৌ বলল এটা বাড়িতে থাক। পরে তুমি এনে দিও। কথাটা ওখানেই শেষ।

রাজীবকে আমার জন্য অনেক কথা শুনতে হয়। সে কোনও কথা কানে নেয় না। কথা বললেই কথা বাড়বে। অতএর কথা না বলাই ভালো। এসব কিছু জানি না। তবে বাড়ি গেলে বৌয়ের মুখের অবয়ব দেখে খারাপ লাগে। তবুও বন্ধুত্ব অটুট।

পর্ব – তৃতীয়

দিন দুয়েক পরে আমার মাসির বাড়ি যাওয়ার কথা। বললাম, আগমী পরশু বাড়ি থাকব না।

– কোথায় যাবে?

– মাসির বাড়ি, পলাশপুর।

– বাড়িতে কে কে আছেন?

– মাসি একাই থাকেন। মাসির দুই ছেলেই বাইরে থাকে। অনেকদিন যাওয়া হয়নি। ক'দিন থেকে মা যাওয়ার জন্য বলছে।

– এটা তো তোর নিজের মাসি?

– হ্যাঁ, আমার একটাই মাসি। মাসির বাড়ি থেকে ফিরতে রাত হয়ে যাবে।

– ফিরতে রাত হয়ে যাবে, তাহলে টর্চ নিয়ে যাও।

– না থাক। আমাদের অন্ধকারে চলা অভ্যাস আছে।

– আমার ঘরে পড়ে থাকবে। তুমি সঙ্গে রাখ, প্রয়োজন হলে জ্বালাবে। না হলে ব্যাগে থাকবে। অসুবিধে কোথায়?

বৌ বলল, নেবে না বলছে, জোর করে দেওয়ার দরকার কি?

– বৌদি ঠিক কথা বলেছে, লাগবে না।

– তবুও সঙ্গে রাখা ভালো। জোর করে ধরিয়ে দিল। বন্ধুর কথা ফেলতে পারলাম না।

বৌয়ের মুখের হাসি মলিন হয়ে গেল। বিড় বিড় করতে করতে উঠে গেল।

টর্চ নিয়ে আমারও মন ভালো বলছে না।

বাড়িতে মা টর্চ হাতে দেখে ভালোভাবে মেনে নেয়নি। মায়ের কথা, পরের জিনিস না নেওয়াই ভালো। যেখানেই লেনদেন, সেখানেই অশান্তি। যাই হোক টর্চ ব্যাগবন্দি রইল।

যখন মাসির বাড়ি পৌঁছিলাম তখন সূর্য মধ্য গগনে। মাসির রান্নার সমাপ্তি। মাসি খুশি হয়ে বললেন, এত দিনে মাসির কথা মনে পড়ল? এমন সময় এলি রান্না শেষ। তোর খেতে কষ্ট হবে। আগামীকাল তোকে ভালো করে খাওয়াব।

– মাসি থাকা হবে না। বিকেলের গাড়ি ধরে চলে যাব।

অনেকদিন পর এলি। দু'দিন থেকে বাড়ি যাস। একা থাকি, কেউ আসলে ভালো

লাগে।

মাসির কথা রাখতে হল। বললাম, মাসি, এই রাতটুকু। সকালে চলে যাব।

রাজিব তাসের আসড়ে। সেখান থেকে বেরিয়ে সোজা বাড়ির পথে। অন্ধকারময় পরিবেশ। জোনাকিগুলো মিটি মিট করে জ্বলছে । ঝিঁ ঝিঁ পোকার কর্কশ শব্দ কানে বাধছে। জনমানবশূন্য রাস্তা। হঠাৎ তার পায়ে খোঁচা লাগে। কিছু দেখা যাচ্ছে না। বাড়ি এসে দেখছে

পা দিয়ে রক্ত পড়ছে। মনে সন্দেহ, সাপে কেটেছে। গ্রাম্য পরিবেশ। আরম্ভ হল দরাদরি। শেষে বুঝতে পারল ভুল হয়েছে। কোনও কিছুতে খোঁচা লেগেছে। কিন্তু রাগ গিয়ে পড়ল আমার ওপর। টর্চ সঙ্গে থাকলে এরকম ঘটত না।

কথাটা ভুল বলছে তা নয়। রাজীবের মুখেও একই কথা।

মাসির বাড়িতে ঘুমিয়ে তার শান্তি নেই। মুখের মধ্যে ভয়ের স্বপ্ন দেখে জোরে চিৎকার। ভাগ্যিস মাসির কানে যায়নি। তাহলে মাসি উঠে আসত। এরকম স্বপ্ন দেখলাম কেন? তাহলে কি, বাড়িতে কোনও বিপদ হল? আর থাকা হবে না। সকালের গাড়ি ধরে বাড়ি চলে যাব।

এবার বাড়ি ফেরার প্রস্তুতি।

– মাসি বাড়ি চলে যাব।

– সে কি রে? আজ থাক।

– না, থাকা হবে না। মন বড় উতলা।

– থাকবি না যখন, বাধা দেব না। তবে দুপুরে খেয়ে যাবি, এখন চুপ করে বস।

ভাবলাম, আর মাত্র ক'ঘন্টা? দুপুরে খেয়ে বেরনোই ভালো। পেট ঠান্ডা থাকবে। মাসির মনও ভালো থাকবে। রয়ে গেলাম।

দুপুরে মাসিকে প্রণাম করে ব্যাগ ঘাড়ে বেরিয়ে পড়লাম। মাসি রাস্তায় দাঁড়িয়ে বললেন, আবার আসিস বাবা। ভালোভাবে যাস। ঠিক যেন মায়ের মতো। মাসিকে ছেড়ে আসতে কষ্ট হচ্ছিল। এখন চিন্তা বাড়ি পৌঁছনোর। ব্যাগটা কোলে নিয়ে বাসের সিটে বসেছি। তখন সূর্য পশ্চিম দিকে হেলেছে, রোদের তেজ কমেছে। শীতল হাওয়া চোখকে বন্ধ করে দিচ্ছে। কখন ঘুমিয়ে পড়েছি। বিকট শব্দে ঘুম ভেঙে গেল। কি হল? বাসের চাকা ফেটে গেছে। সবার সঙ্গে আমিও নেমে গেলাম। ব্যাগ ঘাড়ে রয়েছে।

কিছুক্ষণ পর মনে হল আমার সিটে অন্য কেউ বসতে পারে। অতএব ব্যাগটা রেখে আসাই ভালো। তৎক্ষণাৎ ব্যাগটা রেখে নিচে নেমে চাকা লাগানো দেখছি। সেই অপেক্ষা।

অপেক্ষার সমাপ্তি। বাসে উঠে দেখছি সিট ফাঁকা পড়ে, ব্যাগ নেই। নেই তো নেই। আর পাওয়া গেল না। ব্যাগে এমন কিছু ছিল না। শুধু বন্ধুর টর্চ আর আমার কয়েকটা পোশাক, ব্যাগটা হারিয়ে মন বড় চঞ্চল। নিজের জিনিস হারালে এত কষ্ট হত না। কিন্তু অপরের জিনিস। কিছুতেই শান্তি পাচ্ছিনা। বন্ধুকে কি বলব? আবার বন্ধু বিশ্বাস না–ও করতে পারে।

বাস থেকে নেমে হাঁটা ধরেছি। সোজা বন্ধুর বাড়ি। তাকে সব না বলা পর্যন্ত শান্তি নেই। তখন সূর্য অস্ত যেতে বসেছে। পথে তমালের সঙ্গে দেখা। বলল, কোথা থেকে আসছ?

– মাসির বাড়ি থেকে।

– খালি হাতে গিয়েছিলে?

– না গো, ব্যাগ ছিল। বাসে ছিল। কখন হাওয়া হয়ে গেছে, বুঝতে পারিনি।

– অত বড় ব্যাগটা নিয়ে নিল?

তার কথা শুনে স্নায়ুর চাপ বেড়ে গেল। পথচলতি লোক যদি একথা বলতে পারে, তাহলে বন্ধুও এই কথা ভাবতে পারে।

বাড়ি ঢুকে অবাক। বাড়ি যেন মৌনব্রত পালন করছে। কারও মুখে কোনও কথা নেই। বাসের ঘটনা সবিস্তারে বলা হল। বৌ বলল, আমার কথা শুনলে এই অবস্থায় পড়তে হত না। সবার মনে অবিশ্বাস। অনেক কথা শুনিয়ে ছাড়ল। মাথা নিচু করে বের হলাম। আর ওদিকে ঘুরেও তাকাই না। ব্যবসায় মন দিলাম। বন্ধুত্বে ফাটল।

পর্ব – চতুর্থ

রাজীবের ছুটি শেষ। এদিকে বৌ অন্তঃসত্তা। তাকে কর্মস্থলে যেতে হবে। বাড়িতে বৌ আর মা। এতদিন বন্ধু পাশে ছিল। আজ সে নেই।

প্রতিবার কর্মস্থলে যাওয়ার সময় বন্ধু সঙ্গে থাকে। সে বাসে তুলে দিয়ে অপলক দৃষ্টিতে চেয়ে থাকে। তাকে অভয়বাণী শোনাই। তার ওপরে সব দায়িত্ব দিয়ে নিশ্চিন্ত মনে কাজে থাকে। আজ সে একা। তার মনে পড়ছে, সামান্য একটা টর্চের জন্য মিথ্যে বলবে? না, না। সে গরিব হতে পারে কিন্তু লোভী নয়। সে মিথ্যে বলেনি। আমরাই ভুল বুঝেছি। বৌ বলল, বাস ফেল করবে, চিন্তার কিছু নেই। তুমি নিশ্চিন্ত মনে যাও।

যতই সান্ত্বনা দিক, মন পড়ে রয়েছে বন্ধুর প্রতি। এই দুঃখ বুকে নিয়ে চলল কর্মস্থলে। ফিরবে সেই এক বছর পর।

সব চিন্তা মন থেকে মুছে ফেলে ব্যবসায় মন দিলাম। এই কাজ করে সংসার চালাতে হবে। তারপর ছেলের কথা ভেবে সব পেশা বন্ধ করে দিলাম।

সেদিন ব্যবসায় মন বসছিল না। ঠাকুরের পুজো করতে গিয়ে প্রদীপটা পড়ে গেল। মনে ভয় এল। বাড়িতে কোনও বিপদ আসছে না কি? চুপচাপ বসে রয়েছি। হঠাৎ খবর এল রাজীবের বৌ খুব কষ্ট পাচ্ছে। স্বাস্থ্যকেন্দ্রে নিয়ে যাওয়ার লোক নেই। থাকবে কী করে? সূর্য উদয় হওয়ার সঙ্গে সঙ্গেই বেরিয়ে পড়ে কাজে। ফিরবে সেই সূর্য অস্ত যাওয়ার পূর্বে।

বিবেকে বাধল। বিপদে মানুষের পাশে থাকা কর্তব্য। ব্যবসা বন্ধ করে ছুটলাম বন্ধুর বাড়ি। তাকে নিয়ে চললাম স্বাস্থ্যকেন্দ্রে। সেখানে সব ব্যবস্থা করে রেখেছি। অপেক্ষায়। মেয়ে হয়েছে শুনে সব ব্যবস্থা করে বাড়ি।

অসময়ে বন্ধুর উপকার করতে পেরে গর্ব বোধ হচ্ছে। সেদিনের কথা মন থেকে সরিয়ে অসময়ে পাশে থেকেছি এটাই বন্ধুর পরিচয়।

প্রথম সন্তান মেয়ে। অতএব রাজীবের পরিবার খুব খুশি।

এই খবর রাজীবের কানে পৌঁছে গেল, সে–ও খুব খুশি। কিন্তু যখন শুনল বন্ধুর সাহায্যের কথা, তখন খুশির মধ্যে তার চোখে জল। সে বুঝতে পারল বন্ধুর কর্তব্যবোধ। তার সঙ্গে খারাপ ব্যবহারের জন্য সে অনুতপ্ত করে এসে তার সামনে দুঃখ প্রকাশ করবে? তার মন চঞ্চল। সত্যি একদিন এসে আমার সামনে হাতজোড় করে ক্ষমা চেয়ে নিল। জড়িয়ে ধরে এক আত্মা হয়ে গেলাম।

ভোলা বলল, তাহলে, আপনি শহরে কেন?

– বেশ কিছুদিন পর চাকরি পাই। ছেলের লেখাপড়ার জন্য শহরে চলে আসি। বন্ধু গ্রামে থেকে গেল। উভয়েই অবসরপ্রাপ্ত। এখন যাচ্ছি সেই বন্ধুর বাড়ি। পাকাপাকি বন্দোবস্ত করতে।

আমাদের দেখে সবাই খুশি। আপ্যায়নে কোনও খামতি নাই। বললাম, আমি একটা উদ্দেশ্য নিয়ে।

বলল, কি সে উদ্দেশ্য। দ্বিধা ভুলে সব বলতে পারো। মনে কিন্তু রাখা উচিত নয়।

– বন্ধুত্ব স্থায়ী করা। তোমার মেয়ের সঙ্গে ছেলের বিয়ে দিয়ে পাকাপাকি স্থায়ী ব্যবস্থা করা।

এই কথা শুনে উভয়েই খুব আনন্দিত। একমত হয়ে পাকা বন্দোবস্ত করে বেরিয়ে পড়ল।

ভোলা বলল, মামনি দেখতে সুন্দর। মানব দাদার সঙ্গে মানাবে ভালো।

– তাহলে ভালো হবে বলছিস?

– হ্যাঁ, বন্ধু ছেড়ে আত্মীয় হয়ে গেল।

– বাড়ি গিয়ে মুখ খুলবি না, মনে থাকে যেন।

বাড়ি ঢুকতেই গিন্নি খড়্গহস্ত। বলল, মিষ্টির হাঁড়ি হাতে কোথায় গিয়েছিলে?

– বিয়ে ঠিক করে এলাম।

– ও রে আমার কপাল পুড়ল। বুড়ো বয়সে ভীমরতি, আমার সর্বনাশ হয়ে গেল? হাঁউমাউ করে কেঁদে চলছে। বাড়িভর্তি লোক। সবাই তার মুখের পানে চেয়ে। গ্রামে রব হয়ে গেল শ্যামলবাবু বিয়ে করেছে।

বললাম তোমরা থামো, আমার কথা শোন। আমি রাজীবের মেয়ের সঙ্গে মানবের বিয়ে ঠিক করে এলাম। পাকা ব্যবস্থা। ❑

বিবেক

পর্ব – প্রথম

ওরা বড্ড বেশি কথা বলে। কথার মধ্যে নেই মিষ্টতা, নেইগে কোন ভাষা স্থান। থাকবে কি করে? তাদের শিক্ষাগত যোগ্যতা নেই। তবে ওরা খুব সৎ এর পরোপাকারী এক হলের নাম রাধা গোবিন্দ। অপর জনের নাম রমন রায়। তাঁদের বন্ধুত্ব দেখে সবাই রাধারমন নামে ডাকে।

একই গ্রামে দুজনের বাড়ি। গ্রামের মধ্যে রাধার বাড়ি আর গ্রামের শেষ প্রান্তে রমনের বাড়ি। রাধার বাবা টিকার ব্যবসা করে। খড় পাতা পুড়িয়ে টিকা তৈরি করে, শহরে বিক্রি করে। এই ব্যবসায় তাদের জীবিকার একমাত্র পথ। রমনের বাবা সবজীর ব্যবসা করে। এটাই তাদের উপার্জনের পথ।

দুজনের ব্যবসা দুই রকম। চরিত্র ভিন্ন। একজন খুব হিসাবী। অপর জন ভোগবিলাসী। তবে তারা খুব সৎ এবং পরিশ্রমী।

তাদের বন্ধুত্বের মধ্যে কোন গলদ নাই। সকাল হলেই পাড়ার ছেলে মেয়েরা ধুলো–বালি নিয়ে খেলাই মেতে উঠে। তাদের খেলার উপকরণ প্রাকৃতিক সম্পদ। বড়লোকদের মত বাজার দ্রব্য উপকরণ থাকে না। তারা কুড়িয়ে পাওয়া দ্রব্য একত্রিত করে খেলা করে। এই নিয়ে তারা আনন্দে মেতে ওঠে। কখনও ধুলো ছড়াছড়ি। কখনও ঝগড়া ও মারামারি। পরক্ষণেই মিল সঙ্গত।

একদিন খেলতে খেলতে শুভর সঙ্গে রাধার মারামারি লাগে। শুভর গায়ে জোর বেশি। সে রাধাকে মারছে। এই দেখে রমন রাধার পক্ষ নিয়ে শুভকে মারতে থাকে। শেষে সে পালিয়ে বাঁচে। সেই দিন থেকে তাদের মধ্যে বন্ধুত্ব জন্মায়। তারপর খেলা ছেড়ে একে একে তারা বাড়ি বাড়ি চলে যায়, কিন্তু রাধা ও রমন খেলতে থাকে। হঠাৎ কানে আসে আম পড়ার শব্দ।

রাধা বলল, আম পড়ার শব্দ কানে এল।

– চল বাগানে খুঁজে আসি।

দুজনে বাগানে। হঠাৎ রমনের চোখে পড়ে। সে আমটা হাতে নিয়ে বলল, এই দেখ, কি সুন্দর। রাধার মুখ ভার।

বলল মুখ ভার কেন? দুজনে ভাগ করে খাব। কী করে ভাগ হবে? কাটারি কোথায়?

– কেন, আমের একদিক আমি খাব, অপর দিক তুমি খাবে।

হয়ে গেল বন্ধু। এরপর থেকে তারা নাম ধরে ডাকে না। সবসময় বন্ধু বলে ডাকে। তাদের বন্ধুত্ব দেখে সবাই রাধারমন বলেই ডাকে। বয়সের ভারতম্য থাকলেও বোঝা যায় না, মনে হয় সহোদর ভাই।

ছেলের বন্ধু। অতএব পরিবারের মধ্যে সম্পর্ক গড়ে উঠল। দুই বন্ধ খেলা শেষে বাড়ি যাচ্ছে।

রমন বলল, বন্ধু আমাদের বাড়ি চল, মা বলেছে তোর বন্ধুকে নিয়ে আসিস।

– বাড়ি গেলে নাড়ু খাওয়াতে হবে।

– মা নারকেলের অনেক নাড়ু করেছে।

– আমার নারকেলের নাড়ু খেতে ভালো লাগে । চল আমার সঙ্গে নাড়ু মুড়ি খাওয়াব।

নাড়ু মুড়ির লোভে চলল বন্ধুর বাড়ি।

রমন বলল, মা বন্ধু এসেছে।

– চৌকিতে বসা, আমি কাজ করে আসছি।

দুই বন্ধু খুব খুশি। নাড়ু মুড়ি খেয়ে বন্ধু রাধা চলল বাড়ি। এই প্রথম তাদের যোগাযোগ, অর্থাৎ পারিবারিক সম্পর্ক তৈরি হল। ধীরে ধীরে লেনদেন আরম্ভ হল। ছেলের মাধ্যমে দুই পরিবার একত্রিত হয়ে গেল ।

গ্রাম্য পরিবেশ। সবুজে ঘেরা গ্রাম। বেশির ভাগ লোক কায়িক পরিশ্রম করে সংসার ধর্ম পালন করেন। প্রায় বাড়ি মাটির। মাথার ওপরে টিন বা খড় চাপানো। তবে সব বাড়ি ঘেরা। সামনে টিনের গেট। কারও বন্ধ হয়, কারও পুরো বন্ধ হয় না। বাড়ির ভিতরে ফলের গাছ। সবসময় কোনও না কোনও

ফল ঝোলে, দেখতে বেশ সুন্দর লাগে। এই ফল থেকে তাদের কিছু অর্থ আসে। তাছাড়াও গ্রীষ্মকালে সূর্যের তাপদাহ থেকে রক্ষা পায়।

কাক ডাকা ভোরে উঠে গৃহিণীরা বাড়িঘর পরিষ্কার করে থাকে। গোবর জল ছিটিয়ে দূষণমুক্ত করে। এটা গ্রাম্য সমাজের রীতি। গরিব, বড়লোক সকলে এই নিয়ম মেনে চলে।

গ্রামের পাশ দিয়ে কল কল শব্দে ছোট নদী বয়ে চলেছে। ছোট ভাবলে হবে না। কখনও শান্ত, কখনও ভয়ঙ্কর। এই নদী থেকে জেলে, চাষি সবাই উপকৃত। সেই জন্য নদীকে মায়ের সঙ্গে তুলনা করা হয়।

মাথার ওপরে সূর্য এলেই দুই বন্ধু নদীতটে এসে বালি নিয়ে খেলে। কখনও ঘর বানায়, কখনও বালি ছড়ায়। তারপর তারা শান্ত জলরাশিকে অশান্ত করে তোলে। এটাই তাদের আনন্দের খেলা। আবার সূর্য ওঠার সঙ্গে সঙ্গে এক স্থানে।

একদিন তারা দুজনে স্কুল চলল। হাতে কোনা ভাঙা পাথরের প্লেট আর টুকরো পেনসিল। কারও জামাতে একটা বোতাম লাগানো, কারও আবার সেপটিপিন দিয়ে খাটানো, মাথার চুলগুলো তেলে চপচপ করছে। মা মাথাটা চিরুনি দিয়ে টেনে দিয়েছে। মনে হচ্ছে কানের পাশ দিয়ে তেল গড়িয়ে পড়বে। পায়ের কোন আবরণ নেই।

তাদের মনে কোন খেদ নেই। তারা জানে গরিব। দুই বন্ধু এক সঙ্গে যাতায়াত।

রমন প্রাথমিক গন্ডি পার করতে পারল না। রাধা প্রাথমিক গন্ডি পার করল। কিন্তু সেখানে শেষ। অর্থের অভাব, পড়া ছাড়তে বাধ্য করল। আর্থিক অনটন থেকে নিষ্কৃতি পাওয়ার জন্য দুজনকে কাজে লাগিয়ে দিল।

রাধা কাজে লাগল গৃহস্থের বাড়ি। চাষ-আবাদের কাজে। আর রমনকে কাজে লাগল পশুপালনে। তাই বলে বন্ধুত্বে ছেদ পড়ল না। কাজের শেষে তার একত্রে। পূর্বের মত গল্পে মত্ত।

তাদের কর্ম এক নয়। রাধার কাজ জমি চাষ। আর রমনের কাজ ছাগ পালন।

দিন দিন তারা বড় হচ্ছে, বোধ বুদ্ধি হচ্ছে। ভালো মন্দ বুঝতে শিখছে। দুই বন্ধু ভাবছে ভবিষ্যতের কথা। তাদের মনে হচ্ছে এই কাজ করে জীবনে দাঁড়ানো যাবে না। শুধু খেটে খাওয়া হবে। নিজেকে কিছু করতে হবে।

রমন বলল, বন্ধু এই কাজ করে জীবনে দাঁড়ানো যাবে। না। অন্য কিছু করতে হবে।

– কি কাজ করব? ওই চাষআবাদ ছাড়া কিছু জানি না।

– আমরা যা জানি, সেই কাজ করব।

– পয়সা কোথায়? অর্থ ছাড়া কোনও কাজ হবে না। যেমন পয়সা, সেরকম কাজ করব।

দুই বন্ধু যুক্তি করে পরের বাড়ির কাজ ছেড়ে দিল, শুরু হল কর্মজীবন।

পর্ব– দ্বিতীয়

রাধা সরকারি সহায়তায় বাবুদের পতিত জমি নিয়ে চাষআবাদ আরম্ভ করল। রমন সরকারি সহায়তায় পশুপালনের কাজ শুরু করল।

রাধা কায়িক পরিশ্রম করে সবজি ফলায়। সেই সবজি শহরে বিক্রি করে আসে।

রমন ছোট ছোট ছাগল পুষে, বড় করে বেশি টাকায় বিক্রি করে। তাদের দুজনের সংসার উন্নতির মুখ দেখতে পেল।

তাদের এই কর্মপদ্ধতি দেখে গ্রামের অনেক যুবক ও যুবতী এই কাজে নেমে পড়ল। তাদের ব্যবসা গ্রামকে উন্নতির পথ দেখাল। দুজনের সততা ও কর্মপদ্ধতি গ্রামের বেকার ও গরিব সমাজকে উদ্বুদ্ধ করল। তাদের দেখানো পথে সমাজ উন্নত। দিকে দিকে তাদের কর্মের কথা প্রচার হতে থাকল। তারা গ্রাম্য সমাজের পথপ্রদর্শক। এখন তারা উন্নত পরিবার। সবাই মান্য করে। ছেলের হাত ধরে উন্নতি। দুই পরিবার ছেলের জন্য গর্বিত।

ছেলে মেয়ে বড় হলে সংসার জীবনে প্রবেশ করানো বাবা মায়ের কর্তব্যের মধ্যে পড়ে।

ছেলে মেয়েদের বিয়েতে মতামত ধর্তব্যের মধ্যে পড়ে না। অভিভাবক যা করেন, সেটাই মেনে অবশ্য তারা দেখেন বংশ পরিচয়। রাধার বিয়ে ঠিক হল শহরের মেয়ে আভার সঙ্গে। মেয়ের বাবা গরিব। তবে মেয়ে রাধার চেয়ে বেশি ক্লাস পড়া। এদিকে রমনের জন্য মেয়ে দেখা চলছে। এক সন্ধ্যায় মহা ধুমধামে রাধার বিয়ে হয়ে গেল। বাবা মা নতুন বৌকে বরণ করে ঘরে তুলে নিলেন।

তার কিছুদিন পর রমনের বিয়ে ঠিক হল সীমার সঙ্গে। বাবার আর্থিক দিকটা একটু ভালো। গ্রামের মেয়ে। তবে রমনের চেয়ে নিচু ক্লাস। সীমার সঙ্গে বিয়ে হলো। তার সঙ্গে পরিচয় রাধার বিয়েতে। সীমা হচ্ছে আভার পিসতুতো বোন। বিয়েতে দেখে, ভালো লাগা। ছিল বন্ধু। হয়ে গেল বড় কুটুম। আত্মীয়তা বেড়ে গেল। সেই সঙ্গে লেনদেন বৃদ্ধি পেল। ঘনিষ্ঠতাও বেড়ে গেল।

গ্রামের সহজ সরল রমণীর দিনের শেষে, সূর্য অস্ত যাওয়ার পূর্বে কিছুটা সময় একত্রিত হয়ে সংসারের কথা শেয়ার করে। এই সময়টুকু তাদের বিশ্রামের জন্য বরাদ্দ। শহরের সঙ্গে গ্রামের পার্থক্য এখানে। গ্রামে যা আছে তা শহরে নেই। গ্রাম হচ্ছে প্রাণকেন্দ্রিক, আর শহর হচ্ছে অর্থকেন্দ্রিক।

সূর্য ওঠার সঙ্গে সঙ্গে গ্রামের মানুষ বেরিয়ে পড়ে কাজে। ফেরে সেই সূর্য অস্ত যাওয়ার মুহূর্তে। কঠোর পরিশ্রম করে সংসার ধর্ম পালন করে থাকে। অন্ধকার নামতেই ঘরের আলো নিভে যায়। এই রাতটুকু তাদের বিশ্রামের জন্য।

দুই বন্ধ পরিশ্রম করে সংসারকে উন্নত পর্যায়ে নিয়ে এসেছে। তারা এখন সমাজে স্বনামধন্য ব্যক্তি। কিন্তু আভা এই পরিবেশকে মেনে নিতে পারে না। সে শহরের পরিবেশে বড় হয়েছে। তার চালচলন শহরের ফ্যাশনে। এই নিয়ে বাধার সঙ্গে মাঝে মাঝে কথা হয়। রাধা লোকলজ্জার ভয়ে সব মেনে চলে।

এদিক থেকে রমন সুখী, সীমার কোনও চাহিদা নেই। সবসময় সংসার ধর্ম পালনে ব্যস্ত। কীভাবে শ্বশুর-শাশুড়ির মন পাওয়া যাবে। সেই কাজ করে চলে।

সংসারে সব কথা দুই বন্ধুতে আলোচনা করে। কিন্তু রাধা বৌয়ের এই আচরণের কথা বলে না। যা কথা হয়, সব কর্মভিত্তিক।

সবসময় আভার মুখ ভার।

মুখ থেকে হাসি উধাও, বাড়িতে বৌমার মুখ ভার থাকলে শাশুড়ি মায়ের কি মুখে হাসি থাকে? কত আশা নিয়ে বৌ করে ঘরে তুলল। সেই আশায় জল ঢেল দিল। শাশুড়ি মায়ের মুখের হাসি হারিয়ে গেল।

মাঝে মাঝে দিনের শেষে রমন আসে। দুই বন্ধু বসে গল্প করে। তখন আভাকে বেশ হাসিখুশি দেখায়। সে বুঝতে দেয় না তার মনের ব্যথা। রমন দেখে ভাবে বেশ আনন্দে আছে। বন্ধু বৌ নিয়ে সুখেই আছে। ঘরের কথা বাইরে না বলাই ভালো।

সেদিন রাধা ব্যবসার কাজে শহরে গেছে। সে কথাটা রমন জানে না। যথারীতি রমন তাদের বাড়ি গেছে। বন্ধু বলে ডাকতেই আভা তাড়াতাড়ি ঘর থেকে বেরিয়ে এসে রমনকে আসন পেতে দিল। বলল, বস চা করে আনছি। বন্ধু এখনও কাজ থেকে ফেরেনি শহরে গেছে। এখনই চলে আসবে। বৌমার হাসিখুশি মুখ দেখে শাশুড়ি মায়ের সন্দেহ হল। রাধা বাড়ি ঢুকলে মুখের হাসি হারিয়ে যায়। তাহলে কি বৌমার রাধাকে পছন্দ নয়? মনের অন্তরে প্রশ্ন রয়ে গেল।

ছেলে বৌমার অশান্তিতে কি মা-বাবার মন ভালো থাকে? সবসময় দুশ্চিন্তা। ছেলেকে নিয়ে অনেক স্বপ্ন। বৃথা যাওয়ার পথে। মায়ের মনকে তাড়া করে।

অনেক স্বপ্ন, অনেক আশা, সব বৃথা গেল। মায়ের মন ও শরীর ভেঙে গেল।

মা বললেন, বৌমার মুখে হাসি থাকে না কেন?

রাতে ঝগড়া হয় কেন?

রাধা বলল, ও কিছু না। সব ঠিক হয়ে যাবে। – তাই যেন হয়।

যত দিন যাচ্ছে, আভার কথাবার্তায় উগ্রতা বাড়ছে। সে এখন ঘুম থেকে ওঠে নিজের মর্জিমতো। ঘরের সব কাজ শাশুড়ি মা করেন। সে পাটরানী সেজে থাকে। সকালের জলখাবার মা করেন। রান্না ঘরের সব দায়িত্ব মায়ের। তবুও তার মুখে হাসি ফোটে না। এই ভাবে সংসার চলছে। মা মাঝে মঝে বিরক্ত বোধ করেন।

মা বললেন, আমাদের নিয়ে যদি তোমাদের মধ্যে অশান্তি হয়, তাহলে তোমরা অন্য কোথাও গিয়ে থাকো। আমাদের নিয়ে ভাবতে হবে না। স্বামী-স্ত্রীর মধ্যে মনোমালিন্য সংসারে ভালো লক্ষণ নয়।

রাধা বলন, মা তুমি ভুল বুঝছ, তোমাদের নিয়ে নয়, আমাদের নিজেদের ব্যাপার,

সেটাই তো জানতে চাইছি। একমাত্র বৌমা। ঘরের লক্ষী। সবসময় হাসিখুশি থাকবে। কত সুন্দর লাগবে। তা নয়, সবসময় মুখ হাঁড়ি করে বসে থাকে। আমাদের কি ভালো লাগে? আর লোকে কি ভালো বলবে?

– মা তুমি এর মধ্যে নাক গলিও না। আমাদের

ব্যাপার। সব ঠিক হয়ে যাবে।

সেদিন সন্ধ্যা বেলায় বাড়ি ফিরে দেখছে আভা খুব হাসিখুশি। বন্ধু রমন তার সঙ্গে গল্প করছে। রাধা ভাবল আভার পরিবর্তন ঘটেছে।

– বন্ধু কখন এলে?

– আধঘন্টা হল।

– বস, আমি ফ্রেশ হয়ে আসি। মা দু'কাপ চা কর। আভা বলল, মাকে ডাকছ কেন, আমি করে দিচ্ছি। দুই বন্ধু বসে কাজের কথায় ব্যস্ত।

আভা চা এনে দিয়ে তাঁদের সঙ্গে আড্ডায় বসল। রমন বলল, অনেকক্ষণ আসা হল। অনেক কথা হল। এবার ঘরে ফেরা যাক।

আর একটু বস। পরে গেলেই হবে। এই তো বাড়ি, না বন্ধু তাকেও সময় দেওয়া দরকার,

– সীমা সেরকম মেয়ে নয়। আমার বোন। ওকে চিনি।

– সেরকম হতে কতক্ষণ? পরে কথা হবে। শুভরাত্রি।

– তোমার বন্ধুর কথাবার্তা খুব সুন্দর, বেশ সাজিয়ে গুছিয়ে বলে।

এই কথায় রাধার মনে প্রশ্নের জন্ম নিল। তাহলে কি আমার কাছ থেকে দূরে সরে যেতে চাইছে? না, না। আমার বন্ধু সেরকম নয়। সৎ এবং পরিশ্রমী। অন্য চিন্তা মাথায় রাখে না। আমার মন ভুল বলছে।

তাদের বন্ধুত্ব একই অবস্থায় রয়েছে।

আভা শহরের মেয়ে। তার চালচলন শহরের মতো। সেই প্রসাধনী দ্রব্য সেই হাল ফ্যাশন বজায় রাখতে গিয়ে রাধার পরিশ্রম বেশি করতে হচ্ছে। অশান্তি থেকে মুক্তি পাওয়ার জন্য মুখ বন্ধ করে কাজ করে যাচ্ছে।

বৌয়ের এরূপ ব্যবহারে মায়ের মন ভালো বলছে না। মনে হল বৌমাকে নিয়ে দু'দিন বাপের বাড়ি বেরিয়ে এলে হয়তো পরিবর্তন হতে পারে। মা বললেন, খোকা বৌমাকে সঙ্গে করে ক'দিন শ্বশুরবাড়ি থেকে ঘুরে আয়। বৌমার মনের পরিবর্তন হতে পারে।

– কথাটা ঠিক বলেছ। বাবার বাড়ি যাওয়ার কথা শুনলে খুশি হবে।

শ্বশুরবাড়ি থেকে বাবার বাড়ি শান্তির জায়গা। ক'দিনের জন্য ঘুরে আসি। স্থান পরিবর্তন হলে, মন পরিবর্তন হতে পারে। শহরের পরিবেশে বড়। গ্রামের পরিবেশ মেনে নিতে অসুবিধে হচ্ছে। বলে দেখি কি বলে?

বাপের বাড়ি যাওয়ার কথা শুনলে রাজি হয়ে যাবে।

সবসময় মাথা গরম। কখন কি বলে তার ঠিক নেই। তুমি ওর কথায় রাগ কর না। এক সংসার থেকে অন্য সংসারে এসে মানিয়ে নিতে অসুবিধে হচ্ছে। বেশ কিছুদিন থাকলে, ঠিক হয়ে যাবে। তাই যেন হয়। ভগবান যেন শুভবুদ্ধি দেন। কথাটা রাধার কানে বাধল। তবে কি মা বৌয়ের খারাপ কিছু? না, না, আভা সেরকম মেয়ে নয়। কিন্তু প্রশ্ন রয়ে গেল।

পর্ব – তৃতীয়

রাধার ইচ্ছা সে–ও বৌয়ের সঙ্গে শ্বশুরবাড়ি ক'দিন কাটিয়ে বাড়ি ফিরবে। শ্বশুরবাড়ি বলে কথা। গরিব হলেও জামাইয়ের আদরের ঘাটতি রাখে না। শ্বশুরবাড়ির আদর আপ্যায়নে রাধা খুব খুশি।

আভা নববধূ সাজে সন্ধ্যায় রাধাকে নিয়ে সিনেমা হলে। দুজনে সিনেমা দেখে রেস্টুরেন্টে ঢুকল। আভা বলল, মাঝে মাঝে বন্ধুদের নিয়ে এই রেস্টুরেন্টে চা খেয়ে যেতাম।

– খুব সুন্দর। সাজানো রেস্টুরেন্টে।

আজ রাধার মন খুব খুশি। দুজনে চা খেয়ে সোজা বাড়ি। সে আজ আভাকে অন্য রূপে পেয়েছে। শাশুড়ির আদর আর স্ত্রীর ভালোবাসা তাকে আপন করে নিয়েছে। আজ সে জীবনে রঙ্গরসে মেতেছে। তার মন আভাকে কাছে পেতে চাইছে। আভার ব্যবহার তাকে কাছে টেনে নিয়েছে। শাশুড়ি মা তাদের খেতে দেবার ব্যবস্থা করছে। সেই সময় দরজায় টোকা।

আভা বলল কে?

– আমি রমন।

আভা তাকে নিয়ে ঘরে গিয়ে বলল, দেখ কে এসেছে?

রাধা বন্ধুকে কাছে পেয়ে খুশি হল। কিন্তু অনেক প্রশ্নের জন্ম নিল।

– এত রাতে? কোথা থেকে আসছ?

– আর বল না। ব্যবসার কাজে শহরে এসেছি, কেনাকাটা করতে গিয়ে বেশ রাত হয়ে গেল, সময়ের দিকে খেয়াল ছিল না। তড়িঘড়ি বাসস্ট্যান্ডে এসে দেখছি বাস ছেড়ে চলে গেছে। এখন কি করা যায় এত সব জিনিস নিয়ে কোথায় থাকা যায়। মনে পড়ল, এই বাড়ির কথা। অনেকটা পথ। রিকশা ছাড়া গতি নেই।

– রিকশা আছে, কিন্তু যেতে চাইছে না।

– কেন যেতে চাইছে না। তা কিছু বলল না। কথাটা আভা বলল।

– ফেরার পথে প্যাসেঞ্জার পাব না।

বললাম শহরে যাত্রীর অভাব হবে না। শেষে একজন যেতে চাইল। কিন্তু দ্বিগুণ ভাড়া চাইল। বাধ্য হয়ে সেই রিকশাতে চাপতে হল। রাধা সব শুনল। কিন্তু মনের কষ্ট চেপে রেখে দুই বন্ধু এক সাথে রাত কাটিয়ে দিল। রমন জানে বন্ধুর শ্বশুরবাড়ি। তাই বলে রমনের আসা উচিত হয়নি। সেটা ঠিক নয়। রাধার

শ্বশুরবাড়ি যেমন, সেরূপ রমনের মামাশশুর বাড়ি। অতএব তার আসা অন্যায় নয়।

দুই বন্ধু হেসে খেলে রাত কাটিয়ে দিল। কিন্তু বন্ধু চলে যেতেই তার মনে হল বন্ধু আসাতে আভা যত হাসিখুশি ছিল। বন্ধু যেতেই মুখের হাসি কমে গেল। বন্ধুর প্রতি সন্দেহ বেড়ে গেল।

স্বামী-স্ত্রীর মধ্যে একবার সন্দেহ ঢুকলে, তা থেকে মুক্তি পাওয়া কঠিন। তবুও ভাবল বাড়ি গিয়ে তার সেই মনোভাব থাকবে না। সব ঠিক হয়ে যাবে। বাড়ি এসে সেই পূর্বের মতো রয়ে গেল। প্রথম প্রথম ক'দিন হেসে খেলে ছিল।

দিন যেতে না যেতেই সেই পূর্বের রূপ ধরল। মা বাবার মন ভালো নেই। মা বললেন, আমরা দুজনে তীর্থে যাব মনে করছি। তোরা দুজনে সংসার সামলা। আভার মুখে হাসি। রাধা ভাবল মা-বাবার সঙ্গে এরূপ ব্যবহার করে। রাধা বাবা-মাকে তীর্থে পাঠিয়ে দিল। বাড়িতে তারা দুজনে।

রাধা ব্যবসার কাজে শহরে গেল। বলে গেল আমার ফিরতে রাত হবে। সেইমতো তুমি সদর দরজা বন্ধ রাখবে।

আকাশ রক্তিম বর্ণ। গ্রামের শ্রমজীবী মানুষ বাড়ির পথে। রমন আসছে বন্ধুর বাড়ি। সে জানে না বন্ধু বাড়ি নেই। সে বন্ধু বলে ডাকতেই আভা এসে দরজা খুলে ঘরে নিয়ে গিয়ে বসাল। বলল, বন্ধু কোথায়? তাকে দেখছি না?

– বাড়ি নেই। শহরে গেছে।

– ফিরবে কখন?

– ফিরতে রাত হবে বলে গেছে।

– পরে আসব। তুমি বোলো বন্ধু এসেছিল।

– তুমি বস। সেদিন এমন সময় উঠলে ডাল ভাত ছাড়া কিছু দিতে পারিনি।

– সেই রাতটুকু আশ্রয় পেয়েছি সেই যথেষ্ট। তোমাদের বাড়ি না থাকলে, রাত কাটাতে হত ফুটপাথে।

– তুমি বস, চা করে আনি।

– না পরে আসব।

– চুপটি করে বস। সারাদিন একা ঘরের মধ্যে দুজনে। বন্ধু শুনলে অন্যরকম ভাবতে পারে। না বসাই ভালো। কেউ দেখলে খারাপ ভাববে। দুজনে গল্প করছি।

– বেশ করছি। তোমার বন্ধু কিছু ভাববে না। লোকে কি ভাবল, আমার কিছু যায় আসে না।

সেই সময় লক্ষী কাকিমা বলল ও বৌ কোথায় তুই? কাউকে দেখছি না। কোথায় গেল সব? – মা–বাবা বাড়ি নেই, তীর্থে গিয়েছে।

– তুই বাড়িতে একা? রাধার সঙ্গে কথা বলছিস?

– না, বন্ধু রমনের সঙ্গে কথা বলছি।

– রাধা কোথায়?

– সে শহরে গেছে।

– বেশ ভালোই আছিস। বেশ রসে বসে।

– কি যে বল কাকি, তোমার মুখে কিছু বাধে না।

– যৌবনের তরঙ্গ কিছু মানে না। দেখিস আবার রঙ্গরসে জড়িয়ে পড়িস না। সন্ধ্যা নেমে এল। তোদের রঙ্গরসে বাধা হয়ে দাঁড়াব না। চলি রে। তার কথাবার্তা আভার ভালো লাগেনি।

লক্ষী কাকিমা রাধাকে বেশ জমিয়ে সেদিনের ঘটনা শুনিয়েছে। এই শুনে বন্ধুর প্রতি সন্দেহ বেড়ে গেল। মনে হল আমি না থাকার অপেক্ষায় থাকে। একের পর এক ঘটনা তার মনকে বিদ্রোহী করে তুলছে। তার সন্দেহ দুজনের প্রতি। কিন্তু সেকথা বলতে

পারছে না। সে ঠিক করল বন্ধুর সঙ্গে সম্পর্ক রাখবে না। সেই ভাবে রাধা চলে। কিন্তু রমন এই ব্যাপারে কিছু জানে না। সে পূর্বের মতো আসা যাওয়া করে। আভার সঙ্গে গল্প করে। তবে রাধা বাড়িতে না থাকলে বন্ধুর আসা আভা পছন্দ করে না। কিন্তু আত্মীয়তার জন্য মেনে নিতে বাধ্য হয়। আভাও তাকে বলতে পারে না যে তোমার বন্ধুর আসা পছন্দ করে না। রমন দিদি বলে কথা বলে। তার মনে কোন অসৎ চিন্তা নেই। সে বন্ধুর মতো।

রমন বন্ধুর ব্যবহারে বুঝতে পারে বাড়িতে অশান্তি চলছে। কিন্তু কি নিয়ে অশান্তি তা জানে না। রাধাও বলে না। বন্ধুর মন ভালো না। অতএব তারও মন ভালো না। বন্ধু কথা বলে, কিন্তু পূর্বের মতো নয়। মনে হল জানতে হবে। সে দু'দিন জিগ্যেস করল। কিন্তু সে এড়িয়ে গেল। বলল যেমন করে হোক জানতে হবে। তা নাহলে বন্ধুর সংসার নষ্ট হয়ে যাবে। বন্ধু যখন বলছে না, তখন বন্ধুর অবর্তমানে দিদিকে জানতে হবে। সে নিশ্চয়ই সব বলবে।

রাধা ভাবছে আর দু'দিন বাদে বাবা-মা ফিরবে। তাহলে বন্ধুর যাওয়া কমে যাবে। তবে বন্ধু রাস্তাতে।

সে এসেছে, দেখছে আভার মুখ ভার। পাশে বসে বলল দিদি, মুখ ভার কেন, বন্ধু কি কিছু বলেছে?

– তুমি সরে বস।

– এরকম কথা বলছ কেন? আমার বন্ধু সেরকম নয়। তুমি সব বল।

– কি করে বলি? বন্ধুর প্রতি যার এত বিশ্বাস।

– চুপ থেক না। বন্ধুর মুখে হাসি না থাকলে,

আমার মন ভালো থাকে না।

– তুমি চলে যাও, পরে সব বলব।

সে ভগ্ন হৃদয়ে চলে গেল। কিন্তু জানার আগ্রহ তার মনকে চঞ্চল করে তুলল। সে বাড়ি গিয়ে সীমাকে সেসব কথা বলল। সীমা বলল, স্বামী-স্ত্রীর মধ্যে তুমি মাথা গলিও না।

রমন বাড়ি এসেছিল, রাধ্য জানে না। পথে লক্ষ্মী কাকিমার সঙ্গে দেখা। তিনি রাধাকে রমনের আসার কথা বলল।

পরে মনে হল সে কথা আভা তো বলেনি। তার মনে হল, আমি যখন বাড়ি থাকি না, সেই সময় বাড়ি ঢোকে। রাগ উচ্চ পর্যায়ে।

রমন কাজে যাচ্ছে। দেখছে রাধা সামনে। বন্ধু বলে দুবার ডাকল। না শোনার ভান করে কাজে চলে গেল। তার মনে হল নিশ্চয়ই বাড়িতে ঝামেলা

করে গেল। তা নাহলে এই ভাবে কথা না বলে যেত না। কি নিয়ে ঝামেলা, আমাকে জানতে হবে।

সে কাজ থেকে ফিরে সোজা বন্ধুর বাড়ি। দেখছে আভার চোখে জল। দিদি, কী হয়েছে? বন্ধু কথা না বলে চলে গেল। তুমি বাইরে বস।

বাইরে বসব কেন, তুমি সত্যিটা বল।

– তুমি এখন চলে যাও। তোমার বন্ধু রেগে আছে।

– তুমি বলবে না। এই বলে সে ঘর থেকে বাইরে এসেছে। সেই সময় রাধা বাড়ি ঢুকছে। ঘর থেকে বের হতে দেখে রাগ চেপে রাখতে পারেনি। হাতে ছিল লাঠি, মারল মাথায়। লুটিয়ে পড়ল মাটিতে। বাঁচানো গেল না।

রাধার স্থান হলো কারাগারে। দুটো পরিবার পড়ে গেল অথৈ জলে। কঠোর পরিশ্রম করে সুখের মুখ দেখল। একটা ভুল সব শেষ করে দিল। সুখ সইল না। দুই বোন স্বামীহারা। এখন বিচারের অপেক্ষায়।

পর্ব – চতুর্থ

সমাজের চোখে রাধার পরিবার অচ্ছ্যুৎ। গ্রামের লোক চাইছে সারাজীবন কারাগারে বন্দি থাকুক, সীমার পরিবার চাইছে ফাঁসি। সবার মুখে এক কথা। বন্ধু হয়ে বন্ধুকে খুন? কি এমন ঘটল যে বন্ধুকে খুন করতে হল? সমাজের বিরলতম ঘটনা। ওর কঠোর সাজা হওয়া উচিত।

তাদের আত্মীয়তা শেষ। এখন শত্রু। সীমার পরিবারের যা মত, সীমারও একই মত। সীমা প্রধান সাক্ষী। ফুল ফোটার আগেই পাঁপড়ি ঝরে গেল। সারা জীবন বৈধব্য বেশে থাকতে হবে। সে তার মৃত্যু কামনা করছে।

ভবিষ্যৎ জীবন সম্বন্ধে ভাবছে আর কেঁদে চলেছ।

আভার মনও ভালো নেই। সে-ও মর্মাহত। স্বামী দুটো পরিবারকে ছিন্নভিন্ন করে দিল। বোন স্বামীহারা। আর আমার স্বামী পরিবারের বাইরে। তাকে সারাজীবন কারাগারে থাকতে হবে। তাঁর এই কাজের জন্য সমাজ থেকেও ছিন্ন।

সীমার জীবন সমস্যায় জর্জরিত। এখন সে বাড়ির বোঝা। যার হাত ধরে সে এই বাড়িতে বৌ হয়ে এসেছে, সে-ই নেই। সব পরিবারের ক্ষেত্রে এক। স্বামীর মৃত্যু, বৌ বোঝা। সংসারে অভাব। উপার্জনশীল ব্যক্তির মৃত্যু, অতএব অভাব আসন্ন। সব সহ্য করে থাকতে হবে।

আবার আভা একজন খুনির বৌ। যতদিন বাঁচবে, খুনীর বৌ নামে পরিচিত। সে যে কাজ করেছে, সাজা তার প্রাপ্য। এমন সাজা হওয়া উচিত যা দেখে মানুষ কোনও দিন এই পথে পা বাড়াবে না। মানসম্মান ধুলোয় মিশিয়ে দিল। কেউ বাড়িতে পা মাড়ায় না। একঘরে হয়ে বাঁচতে হচ্ছে। সবাই তাকিয়ে বিচারের দিকে।

আজ বিচারের শেষ দিন। পরিবারের সকল সদস্য আদালতে। লোকে লোকারণ্য, সীমার সাক্ষী শেষ কথা বলবে। দুজনের অন্তরে দুঃখ। আভা বসে আছে। স্বামীকে শেষ দেখার জন্য। একজনের স্বামী চলে গেছে। অপর জনের স্বামী যেতে বসেছে। আভাকে আজ থেকে একাকীত্ব জীবন কাটাতে হবে। দুই পরিবারের দুর্দিন।

সীমা কাঠগড়ায় দাঁড়িয়ে গীতা হাতে শপথ বাক্য পাঠ করল। তার চোখে মুখে হিংসার ছবি ফুটে উঠছে। তার ধর্ম মানছে

না। কখন সে ফাঁসিতে ঝুলবে। রাগে ফুঁসছে। চোখ পড়ল আভার দিকে। তার চোখে জল। সীমার মনে পড়ল তার কথা। বলেছিল, স্বামীকে নিয়ে সুখে ঘর সংসার করার। শ্বশুর-শাশুড়ির কথা মেনে চলবি। সে ভাবছে আমার স্বামী আর ফিরবে না। আমার কষ্ট মৃত্যু পর্যন্ত। কিন্তু দিদির কি হবে? আমার মতো সে-ও স্বামী থেকেও বঞ্চিত হয়ে থাকবে। তাকেও আমার মতো জীবন কাটাতে হবে। তার মনের মধ্যে প্রশ্ন-উত্তরের খেলা চলছে। এখন তার কি করা উচিত? গীতা হাতে সে বলেছে যাহা বলিব সত্য বলিব, মিথ্যা বলিব না। তার বিবেক দংশন করছে। সঠিক সিদ্ধান্তে আসতে পারছে না।

উকিলবাবু জিগ্যেস করলেন, আপনি স্বামীর হত্যাকারীকে চেনেন?

মুখ বন্ধ। উদাস হয়ে ওপর দিকে চেয়ে। ভাবছে আমার কথায় সে-ও আমার মতো হয়ে যাবে।

এজলাস ভরা জনতা তার মুখের পানে চেয়ে সে চেয়ে রয়েছে খুনি রাধা গোবিন্দর দিকে। তার মন বলছে এই লোকের ফাঁসি হওয়া উচিত।

সব কথা সত্যি বলুন।

বললেন চুপ থাকবেন না। বলুন স্বামীর হত্যাকারী রাধা গোবিন্দ?

তাকিয়ে রয়েছে আভার দিকে। ভাবছে, আমি যদি সত্যিটা বলি তাহলে ফাঁসি হতে পারে, এই কথায় দুটো পরিবার শত্রু হয়ে থাকবে। উদাস চোখে দিদির দিকে চেয়ে।

বিচারক টেবিলে হাতুড়ির বাড়ি দিয়ে বললেন, চুপ থাকবেন না, আপনার ওপর নির্ভর করছে

বিচারের শেষ সিদ্ধান্ত।

তার বিবেক বলছে এক ভুলে আত্মীয়তা শেষ, আবার মন বলছে সত্যি না বললে গীতাকে অপমান করা হবে। চোখে মুখে অস্থিরতা।

জনতা সত্যি বলার জন্য চিৎকার করছে। বিচারক টেবিলে দুবার হাতুড়ির যা দিয়ে বললেন, মুখ খুলুন, সত্যিটা বলুন।

উকিলবাবু বললেন, স্বামীর হত্যাকারী রাধা গোবিন্দ? হ্যাঁ কি না বলুন?

নিঃস্তব্ধ পরিবেশ। সবার চোখ তার মুখের দিকে। সীমার বিবেকে দংশন চলছে।

– হ্যাঁ বললে আমার স্বামী ফিরে আসবে না। কিন্তু দিদি স্বামী হারাবে।

উকিলবাবু চিৎকার করে বললেন, সত্যিটা বলুন। সবাই আপনার মুখে সত্যিটা শুনতে উদগ্রীব হয়ে রয়েছে।

সে কাঁপা কাঁপা কণ্ঠে বলল, আমার স্বামীর হত্যাকারী রাধাগোবিন্দ না।

সবাই হতাশ। তার চোখে জল। রাধা বেকসুর, জেল থেকে মুক্ত।

বিবেক তাকে না বলতে বাধ্য করল। দুই পরিবার হয়তো একদিন সব ভুলে এক হয়ে যাবে। কিন্তু সীমার জীবন সেই তিমিরেই রয়ে যাবে। ❑

মনের ভ্রম

পর্ব – প্রথম

সকালে উঠে কোনওরকমে নাকে মুখে দিয়ে সাইকেলে প্রায় তিন মাইল পথ অতিক্রম করে বাসস্টপেজে। সাইকেল গ্যারেজে রেখে বাসের অপেক্ষায়।

গ্যারেজ বলতে চায়ের দোকান সংলগ্ন ফাঁকা জায়গাতে ত্রিপল টাঙানো। ঝড়-জলের হাত থেকে রক্ষা করা। তবে ঝড়ের দাপট বেশি হলে সব বৃথা। আশপাশের লোক কোথাও গেলে এই গ্যারেজ ভরসা।

আসবে সেই পুরনো আমলের বাস। যেমন রাস্তার অবস্থা, সেরকম বাসের অবস্থা। মানিয়েছে ভালো। একটা জানলাও ঠিকমতো বন্ধ হয় না। যেটি বন্ধ থাকে সেটি আবার খুলতে চায় না। আবার স্টার্ট বন্ধ হলে, সে এক বিপদ! গাড়ি থেকে নেমে ঠেলে দিলে স্টার্ট নেবে। ঘড় ঘড় শব্দে কালো ধোঁয়াতে ভরিয়ে দেবে। বাসের প্রকৃত রূপ অস্তমিত। বহু রূপে রূপান্তরিত। মালিক গোপীনাথ বড্ড কৃপণ। এখন কত সুন্দর সুন্দর বাস বেরিয়েছে। তিনি একটা কিনে নিতে পারেন। তা না সেই পুরনো দিনের বাস ধরে রেখেছেন।

অবশ্য এই বাসটা আছে বলে দশখানা গ্রামের লোক যাতায়াত করতে পারে। দিনে একবার যায়, আর একবার আসে। সকাল ৬টায় ছাড়বে, আর সন্ধ্যা ৭টায় বাসস্ট্যান্ড থেকে ছাড়বে। দেহ রাখলে, অবশ্য অন্য বাস দেয়। কিন্তু এ বাসের ওপর ভরসা রাখা যায় না। কারণ এই কঙ্কালসার রাস্তায় কেউ নতুন বাস নামাতে চাইবে না।

বাস স্টপেজে থামলে বাইরের চেয়ে ভিতরে বেশি ধুলো ঢোকে। যাত্রীদের অবস্থা সঙ্গীন। নাক মুখ রুমাল দিয়ে ঢেকে রাখতে বাধ্য হয়।

এই স্টপেজটা বেশ সুন্দর। এই আমগাছটা স্টপেজের সৌন্দর্য বজায় রেখেছে। সে আপন খেয়ালে শাখা প্রশাখা ছড়িয়ে ছাতার মতো দাঁড়িয়ে রয়েছে।

পথচলতি লোক ওর ছায়াতলে বিশ্রাম নিয়ে থাকে। গ্রীষ্মকালে শাখায় শাখায় আম ঝোলে, কোনও কোনওদিন ঝুপ করে পাকা আম খসে পড়ে।

অবশ্য পথিকের লাভ হয় না। সাবুর ব্যাগে ঢোকে। সে যে সারা বছর রাস্তার গাছগুলোর দেখভাল করে। সরকার বাহাদুর তাকেই লিজ দিয়ে থাকে। চেয়ে রয়েছি রাস্তার পানে। সুজাতা হাঁপাতে হাঁপাতে এসে বলল, তুমি কখন এসেছ?

– মিনিট পনেরো হল।

– যাক, নিশ্চিন্ত হলাম। গাড়ি বেরিয়ে যায়নি।

– কোথায় যাবে?

– হন্তদন্ত হয়ে অফিসে যাব।

– সরকারি না বেসরকারি?

– রুমাল দিয়ে মুখ মুছে বলল সরকারি। তোমার অফিস কোথায়?

– ওই ষষ্ঠীতলা।

– ওখানে আমার অফিস। কোনওদিন তোমায় দেখিনি তো?

– দেখবে কী করে? সবে চাকরিতে যোগ দিয়েছি। সব যেন অবিশ্বাস্য ব্যাপার। মনে হচ্ছে স্বপ্নে রয়েছি। না, মনের ভ্রম। পাড়ার মেয়ে। সকালসন্ধ্যা দেখা হয়। চাকরি পেলে জানব না?

ওই তো সেদিন হরির ছেলে বাবা–মাকে না জানিয়ে বৌ সঙ্গে বাড়ি এল। চারিদিকে প্রচার হয়ে গেল, সবাই ছুটল বৌ দেখতে। বাড়িভর্তি লোক। এই হল গ্রাম। আপদে–বিপদে সবাই ছুটে আসবে। আর এই দুর্মূলের বাজারে চাকরির খবর জানব না। একথা বিশ্বাস করতে হবে?

জিজ্ঞেস করব, বাস এসে দাঁড়াল। জিজ্ঞেস করা হল না। বাসের মধ্যে জিজ্ঞেস করব। না জানা পর্যন্ত শান্তি পাচ্ছি না।

জিজ্ঞেস করতে যাব, পিছন ফিরে দেখছি সে নেই। জনতার ভিড়ে সে হারিয়ে গেছে। স্ট্যান্ডে নেমে জেনে নেব। একই জায়গাতে অফিস। তাহলে একসঙ্গে যাওয়া আসা হবে। রিকশা ভাড়া কম লাগবে।

বাস থামা মাত্র রিকশাওয়ালাদের হুড়োহুড়ি। আসুন বাবু, আমার রিকশায়। বাস থেকে নামার উপায় থাকে না। সব শেষে বাস থেকে নেমে দেখছি সে নেই। মনের প্রশ্ন রয়ে গেল।

তাদেরও দোষ নেই। এই রিকশা চালিয়ে সংসার ধর্ম পালন করে থাকে। ঝড় বৃষ্টি মাথায় নিয়ে যাত্রী সেবায় ব্যস্ত থাকে।

শেষে নামার জন্য রিকশা দেখছি না। একটা রিকশা দরকার। চোখ পড়ল একটা রিকশা দাঁড়িয়ে। কাছে গিয়ে দেখছি সে পায়ের ওপর পা তুলে বিড়ি টানছে।

বললাম ভাই যাবে? কোনও সাড়া দিল না। দেরি হয়ে যাচ্ছে। কোনও দিন তো এরকম হয় না। আজ কেন হচ্ছে? মুখ ঘুরিয়ে চলে আসব। বলল, কোথায় যাবেন?

– ষষ্ঠীতলা, বট গাছের কাছে নামিয়ে দিলেই হবে। তোমাকে গলির মধ্যে যেতে হবে না।

– ওদিকে যাব না বাবু, রাস্তা ভালো না।

তার কথা বলার ধরন শুনে মনে হল তার যাত্রীর দরকার নেই। দিনের খরচ উঠে গেছে। এখন হাঁটা ছাড়া পথ নেই। আজ বসের কথা শুনতে হবে। দিনটা ভালো যাবে না। বাড়ি থেকে বের হব, সাইকেলটা ধরেছি, দিল হাঁচি। মা বললেন, বসে যাও। হাঁটতে যাব, একটা রিকশা এসে দাঁড়াল। মুখে সাদা কালো দাড়ি, রোগা পাতলা, চোখ দুটো লাল। মনে হচ্ছে নেশা করেছে। বয়স প্রায় ছয় দশকের ঘরে। – ভাই যাবে?

– পকেট থেকে বিড়ি বের করে বলল কোথায় যাবেন?

– ষষ্ঠীতলা।

– বিড়িতে টান দিয়ে বলল, চাপুন।

– তোমায় কত দিতে হবে?

– সবাইকে যা দেন তাই দেবেন। আপনারা বাবু মানুষ। আমাদের ভোগাবেন না।

অফিসের কাছে যাওয়ার আগেই রিকশা থেমে গেল।

– কি হল, থামলে কেন?

– বাবু আর রিকশা চলবে না, প্যাডেল খুলে গেছে। সামান্য পথ, একটু কষ্ট করুন।

রিকশা থেকে নেমে দ্রুত পায়ে অফিসে। দেখছি সাহেবের চেয়ার ফাঁকা। বাঁচা গেল।

মিতা বলল, আজ দেরি? আপনাকে দেখে মনে হচ্ছে খুব ক্লান্ত, এক কাপ চা করে দেব?

– না থাক। একেবারে টিফিনের সময়।

– সে তো অনেক দেরি।

– সে হোক, এখন করতে হবে না। সময়ের কাজ সময়ে করা উচিত। তারও দোষ নেই। সে যে এই কাজের জন্য রয়েছে। সবার মন যুগিয়ে চলতে হয়।

পর্ব – দ্বিতীয়

ঘড়িতে চারটে বাজে। অফিস থেকে বেরিয়ে সোজা স্ট্যান্ডে। তখন স্টান্ডে সেরকম প্যাসেঞ্জার জমেনি। মনে পড়ল মায়ের কথা। মা বলেছেন, খোকা ফেরার পথে একটা চাদর নিয়ে আসিস। সত্যি মায়ের চাদরটা ফুটো ফুটো হয়ে গেছে। সেই বাবার দেওয়া। অনেক দিন চলল। ছুটলাম দোকানে। চাদর নিয়ে স্ট্যান্ডে, তখন ভিড় জমে গেছে। সবাই চেয়ে আছে বাসের দিকে। অবশ্য তার দোষ নেই। তাকেও চলতে হয় ভেবেচিন্তে। কেন হয়? এটাই বাড়ি ফেরার শেষ বাস। ফেরার সময় যদি কেউ বাস না পায়, তাহলে তাঁর দুর্ভোগের শেষ থাকে না। অতএব সে সব যাত্রীদের নিয়ে যাবে। সেদিক থেকে বলতে হবে তার দায়িত্ব বোধ রয়েছে। প্রায় আধঘণ্টা লেট।

প্রচন্ড ভিড়। সবার ওঠার ব্যস্ততা। ভিতরে জায়গা নেই। অনেকে গেটে রড ধরে দাঁড়িয়ে। আমি কোনওরকমে ভিতরে ঢুকে রড ধরে দাঁড়িয়ে। গাড়ি চলছে মন্থর গতিতে। তারপর মাঝে মাঝে ক্যাঁচ ক্যাঁচ শব্দ মনকে দুর্বল

করে দিচ্ছে। মনে হচ্ছে এই বোধহয় ভেঙে পড়ল। চলার গতি বলছে ওর বিশ্রামের প্রয়োজন। ভাঙা রাস্তায় পড়লে গাড়ি দোল খাচ্ছে। এই বোধ হয় গেল। বুকের ভিতর ধুকপুক করছে। প্রাণ হাতে চলা। বাস থেকে নামতে রাত হয়ে গেল।

স্টপেজে কোনও লোক নামার নেই। জনমানবশূন্য স্টপেজ। একমাত্র চায়ের দোকানটি খোলা। টিপ টিপ করে কেরোসিনের বাতিটা জ্বলছে। পাশে দোকান মালিক বসে। সে এই স্টপেজে একমাত্র বাসিন্দা।

সাইকেল বের করে চাপতে যাব, খট্ খট্ শব্দ কানে এল। দেখছি সামনে ঢাকায় হাওয়া নেই। সাইকেল সারানোর দোকান রয়েছে, কিন্তু সেটাও বন্ধ। দোকান বললে ভুল বলা হবে। কাঠের ছাউনি। তার মধ্যে কতগুলি যন্ত্রপাতি। শুধু লিক সারানো। সারাদিন খোলা থাকে। আর হাওয়া দেওয়া হয়। না, তারও দোষ নেই। এতে সংসার চলে না। সে অন্য কাজ করে, তবে তার হাতের কাজের তারিফ করতে হবে। বেশ যত্ন সহকারে করে থাকে। এক কথায় ছেলেটি কর্মঠ।

এখানে এই দুটো দোকান, সেই নীলমণি মাধবের চায়ের দোকান। বিক্রি হোক বা না হোক, উনুনে বাতাস দিতেই থাকবে। ক্যাশবাক্সের পাশে বসানো রেডিওতে সবসময় বিবিধ ভারতী বেজেই যাবে। এই নীলমণিবাবু একমাত্র বাসিন্দা। সবসময় হাসিখুশি। সংসার বলতে এই দোকান, আর সঙ্গী রেডিও। বৌ ছিল। ২ বছর আগে মারা যায়। এখন তার আপন বলতে কেউ নেই। সে একাই স্টপেজের মালিক। তবে সে বিপদের বন্ধু। সেই টালি চাপানো ঘর। রাস্তাচলতি লোক ঝড়-জলের হাত থেকে রেহায় পাওয়ার জন্য এই ঘরই ভরসা।

সাইকেলটা ধরে চাকার দিকে চেয়ে রয়েছি। এমনটা হল কি করে? এরকম তো হওয়ার নয়।

বললেন, কি হল? ওভাবে দাঁড়িয়ে কেন? সামনে এস।

সেদিক থেকে লোকটি বিপদের বন্ধু। সবাই তার কাছ থেকে সাহায্য পেয়ে থাকে। ভাঙা দাঁতের ফাঁক গলিয়ে মধুর হাসি সবাইকে আপন করে নেয়।

বললাম, সামনে চাকায় হাওয়া নেই।

তাহলে যাবে কি করে? অনেকটা পথ। সাইকেল যেতে হবে।

– তুমি সাইকেল রেখে হেঁটে যাও।

– সাইকেল রেখে গেলে, কালকে হেঁটে আসতে হবে।

– রাতেরবেলা, কোথায় কী হয়, তার চেয়ে তুমি হেঁটে যাও। হাঁটা শরীরের পক্ষে ভালো। ডাক্তারি ভাষায় হাঁটলে শরীর ও মন ভালো থাকে।

হঠাৎ মড় মড় শব্দে গাছের ডাল ভেঙে পড়ল। বুকের ভিতরটা ধড়াস করে উঠল।

– ভয় নেই। হরি নাম করতে করতে হাঁটবে। দেখবে সব ভয় কেটে গেছে। হরি সঙ্গে থাকলে কোনও বিপদ ছুঁতে পারবে না।

তার কথার জালে জড়িয়ে পড়লাম। সাইকেল গ্যারেজ করে হাঁটা ধরব। বলল একটু বসে যাও।

– বসলে রাত বেড়ে যাবে। সামনে ফাঁকা মাঠ। একা রয়েছি। কোনওদিন এরকম হয়নি।

– তোমার সব চেনা। নিত্যদিনের পথ। অত ভয় কেন, বস। গরম চায়ে গলা ভিজিয়ে যাও। ক্লান্তি দূর হয়ে যাবে।

কথা রাখতে গিয়ে বসতে হল। চোখের সামনে সব ভেসে উঠছে। সামনে ফাঁকা মাঠ তারপর গ্রাম। সব ঘোষেদের বাস। তারপর জলাশয়। বারো মাস জল থাকে। পার হলেই চার রাস্তার মোড়। বড় বটগাছ দাঁড়িয়ে। ওখানের কথা মনে পড়তেই বুকটা কেঁপে উঠল। শুনেছি ওখানে ছিনতাই হয়। গ্রীষ্ম, বর্ষা ধুলো–কাদার মধ্যে দিয়ে স্কুল কলেজ করে থাকে। তবুও মন থেকে ভয় যাচ্ছে না। একজন সঙ্গী থাকলে গল্প করতে করতে যাওয়া যায়।

বললেন, কি চিন্তা করছ, চা যে ঠান্ডা হয়ে গেল।

– একা, তাই মনে অনেক কথা আসছে।

– কোনও ভয় নেই। হরিনাম করতে করতে হাঁটবে। বুকে সাহস আসবে। হরি তোমার সঙ্গী। আর কারও সাহায্য দরকার নেই। সে-ই তোমাকে পথ দেখিয়ে নিয়ে যাবে।

চায়ে গলা ভিজিয়ে উঠতে যাব, কে যেন পিছন থেকে টেনে ধরেছে। দেখছি জামার কোনা বেঞ্চের কোনায় বেঁধে রয়েছে। জামা টানতেই বেঞ্চটা পড়ে গেল পায়ের ওপর। ভাগ্যিস জুতোর ওউপর দিয়ে গেল। তা নাহলে আঙুল ভেঙে যেত।

– তুমি যাও, আমি তুলে রাখব। দুর্বল মন সবসময় ভয়ের সৃষ্টি করে।

পর্ব – তৃতীয়

পিচের রাস্তা থেকে মেঠো রাস্তায় পা রেখেছি, জুতো সমেত ডুবে গেল ধুলোয়। পা ঝেড়ে হাঁটা ধরেছি। দিনের মতো স্বচ্ছ মাঠ। আকাশে চাঁদখানা জ্বল জ্বল করছে। মাঝে মাঝে ঝিঁ ঝিঁ পোকার কর্কশ ডাক কানে বাধছে। মনের ভয় কাটানোর জন্য গুনগুন করে গান করছি। সামনে লিচুবাগান। সবে লিচুতে রঙ ধরেছে। তার ওপরে চাঁদের আলো বাগানকে রঙিন করে তুলেছে। বুঝতেই পারছেন ওর শোভা। মাঠের শোভা ফুটে উঠেছে।

হঠাৎ ফড়ফড় শব্দ করে এক দঙ্গল পাখি উড়ে গেল। বুকের ধড়পড়ানি আরম্ভ হয়ে গেল। নিঃস্তব্ধ গাছগুলোকে সচল করে গেল। তারাও যেন আমার মতো ভয়ে কাঁপছে। জোরে হাঁটা ধরলাম। হরিনামের কথা মন থেকে উবে গেছে। কোনওরকমে বাগানটা পার করে গ্রামের রাস্তায় পা রেখেছি। নিঃস্তব্ধ পরিবেশ। ঘুমন্ত গ্রাম। দূরে চোখ পড়তেই থমকে দাঁড়িয়ে পড়লাম। কতগুলো লোক রাস্তা ঘিরে দাঁড়িয়ে। লোকগুলো ওখানে দাঁড়িয়ে কেন? তা হলে কি ওই লোকগুলো ছিনতাই করার উদ্দেশ্যে দাঁড়িয়ে? না, গ্রামের মধ্যে দাঁড়িয়ে থাকবে কেন? তাহলে কি ডাকাত? তাহলে চিৎকার চেঁচামেচি হত। এক পা, দু পা করে এগিয়ে এসে দেখছি একটা গাভী প্রসব যন্ত্রণায় কাতর হয়ে পড়ে রয়েছে, পাশে দুই মহিলা। একজন লণ্ঠন হাতে, অপরজন গাভীর প্রসব দ্বারের সামনে বসে। সে যে মা। বোঝে প্রসব যন্ত্রণা।

তাই এক মা অন্ধকার দুর করার জন্য, লণ্ঠন হাতে, আর এক মা প্রসব যন্ত্রণা নিরাসনের জন্য অপেক্ষায়। এই সন্তানই মায়ের পরিপূর্ণতা আনে। কত কষ্ট সহ্য করতে হয়!

পাশ কাটিয়ে চলে যাব।

বলল, কে?

– আমি সুজয়।

– এত রাতে কোথা থেকে?

– অফিস থেকে ফিরছি।

– হাঁটতে হাঁটতে কেন?

– সাইকেল খারাপ, স্টপেজে রেখে এসেছি।

– দোকানটা খোলা ছিল না?

– না, সে পার্ট টাইম খোলে। এই কাজ করে তার সংসার চলে না। তাই সে অন্য কাজ করে। চলি রে, বাড়িতে মা চিন্তা করবে। বাড়ি না ঢোকা পর্যন্ত মা পথের পানে চেয়ে থাকবে।

– একমাত্র সন্তান। মায়ের চিন্তা থাকবেই। রাস্তা দেখে চলবি।

দ্রুত পায়ে হাঁটছি। পা গিয়ে পড়ল কাদায়। পাহাড়সমান ধুলোর মধ্যে জল এল কোথা থেকে, সব যেন গুলিয়ে যাচ্ছে। কাদা পায়ে ধুলোর মধ্যে লড়াই করে হাঁটছি। আর কয়েকটা বাড়ি পার হলেই সেই জলাশয়। এই রাস্তা তার প্রতিদিনের

সঙ্গী, তবুও ভয় যাচ্ছে না। অবশ্য প্রতিদিন সঙ্গী হয়ে থাকে সাইকেল। তার ক্যাঁচ ক্যাঁচ শব্দ সব চিন্তা দূর করে দেয়। বাবা স্কুলে যাওয়ার জন্য কিনে দিয়েছিলেন। সেই থেকে সঙ্গ ত্যাগ করেনি। বাবা আজ নেই। কিন্তু বাবার দেওয়া সাইকেল, বাবাকে স্মরণে রাখে। গ্রামের শেষ বাড়িটা পার হতেই মাথার ওপর দিয়ে বাজপাখিটা উড়ে গেল। শরীর শিউরে উঠল। হাত-পা আড়ষ্ট হয়ে গেল। সঙ্গে সঙ্গে গতি থেমে গেল। ভয় যেন পিছু ছাড়ছে না। পায়ের গতি বাড়ানোর চেষ্টা করছি। কিন্তু তৈলাক্ত বাঁশে পিঁপড়ে

ওঠার মতো এক পা বাড়াছি, তো দু পা পিছোচ্ছি। সামনে জলাশয়ে চোখ পড়তেই দেখছি কে যেন শ্বেতবসনে বসে। চোখের পলক পড়তে না পড়তে দেখছি দূরে দাঁড়িয়ে। রক্তচাপ বেড়ে গেছে। মনকে বোঝাতে পারছি না। সামনে সেই বটগাছ। আসা–যাওয়ার পথে বিশ্রাম নিয়ে থাকে।

হঠাৎ চোখে পড়ল কে যেন গাছের গোড়ায় বসে। এরকম তো ঘটে না। তাহলে আজ কেন ঘটছে? আমার কি চোখের ভুল হচ্ছে না? সত্যিটা কি?

সাহস করে পা চালাতে যাচ্ছি কিন্তু পায়ের গতি বাড়ছে না। কোনওরকমে গাছের কাছে এসে দেখছি কেউ নেই। একটা শুকনো গাছের ডাল পাতা সমেত পড়ে রয়েছে। দূর থেকে মনে হচ্ছিল যে একজন শ্বেতবসনে মাথায় ঘোমটা দেওয়া অবস্থায় বসে।

মাথার ওপর চাঁদখানা গোল থালার মত জ্বলজ্বল করছে। সব দিনের মত স্বচ্ছ। মনে হচ্ছে আমার বোধ হয় মনের ভ্রম। ভাবছি মেঠো পথ ধরে গেলে তাড়াতাড়ি পৌঁছে যাব। না, বড় রাস্তা ধরে যাওয়া ভালো। এই পথ আমার পরিচিত। কিছুটা পথ আসার পর চোখে পড়ল কে যেন নিমগাছের গোড়ায় বসে। মনে সাহস এল। আবার মনে হল যদি অপরাধ জগতের লোক হয়। মনে ভয় নিয়ে হাঁটা ধরলাম। বার বার মনে পড়ছে দাদুর কথা। এখানে নাকি দুজন মহিলা আত্মহত্যা করেছে। তাদের আত্মা ঘুরে বেড়ায়। এই কথা মনে হতেই বুকের ভিতর ধড়পড় করতে লাগল। ওই দুজনের মধ্যে একজন নয় তো? পা চলতে চাইছে না, কোনওরকমে কাছে এসে দেখছি একটা হলুদ রঙের প্লাস্টিক বস্তা গাছটাকে জড়িয়ে রেখেছে। মনে হয় কাজের ফাঁকে কেউ বিশ্রাম নিয়ে থাকে। গাছটা পার হতেই কি যেন উড়ে গেল। দেখা গেল তার ছায়া। মনে হচ্ছে ভয় পেলে হবে না। সাহস নিয়ে পা চালাতে যাব, পা যেন বোঝা হয়ে গেছে। বাড়ি পৌঁছতে না পারা পর্যন্ত শান্তি নেই।

পর্ব – চতুর্থ

পা চালিয়ে হাঁটছি। সামনে আমবাগান। রায়বাবুদের বাগান নামে পরিচিত। এই বাগানের ভিতর দিয়ে আলো আঁধারি পথ ধরে গ্রামে ঢুকতে হবে। চোখ পড়ল সামনে কে যেন আসছে।

দূর থেকে বললাম কে?

– আমি মাখন, তুই কোথা থেকে আসছিস?

– অফিস থেকে।

– তুমি কোথায় যাচ্ছ?

– জলাশয়টা পাহারা দিতে যাচ্ছি। যা, ভয় নেই।

মনের ভয় দূর হয়ে গেল। পা চালিয়ে হাঁটা ধরলাম।

আর সামান্য পথ, তাহলেই বাড়ি। পিছন ফিরে দেখছি কেউ নেই। তাহলে কে কথা বলল? বুকের ভিতর ধড়পড় করছে। ভয়ে আড়স্ট হয়ে পড়ছি। কোনওরকমে ভয় কাটিয়ে হাঁটছি। বাগানের কাছে প্রায় চলে এসেছি, এমন সময় দেখছি একটা লোক মাথা নিচু করে দাঁড়িয়ে, ৫ ফুট লম্বা হবে। ভালো করে লক্ষ্য করছি। ভাবছি দূর দিয়ে যাব। আবার মনে হচ্ছে সে তো তেড়ে গিয়ে ধরবে। নিশ্চয়ই কোনও ছিনতাই পার্টি। বুকে সাহস নিয়ে, একটা গাছের ডাল হাতে নিয়ে এক পা দু পা করে কাছে এসে মারলাম বাড়ি, গাছটা ভেঙে গেল। একটা নিমগাছ সবে মাথা তুলে দাঁড়িয়েছে। তার আঘাতে গাছটা ভেঙে গেল। বুঝতে পারল মনের ভ্রম।

বাগানের পথে ঢোকা মাত্র ফড়ফড় শব্দে এক দঙ্গল পাখি উড়ে গেল। যাওয়ার সময় শান্ত গাছগুলোকে চঞ্চল করে গেল। বুকের ধড়পড়ানি একটু কমল। মনে সাহস আসছে। এখন বাড়ির কাছে চলে এসেছি।

মনে পড়ল গগনবাবুর কথা। তিনি বাগানটা লিজে নিয়েছেন। পাখির হাত থেকে ফলগুলো রক্ষা করার জন্য গাছে টিন বেঁধে রেখেছেন। মাঝে মাঝে দড়িতে টান দিছেন। টিনের শব্দে পাখিগুলো উড়ে যাচ্ছে। কিন্তু ঘুমন্ত গাছগুলোকে সচল করে যাচ্ছে।

এবার গ্রামে, আর ভয় নেই। পিছন ফিরে দেখছি কে যেন দাঁড়িয়ে। আসার সময় চোখে পড়েনি। পা ফেলতে যাব, বলল কে যায়?

– আমি সুজয়। আপনি কে?

– আমি যতিন, কোথা থেকে?

– অফিস থেকে।

– যাও, ভয় নেই।

এই যতীন দাদু গ্রামের বয়স্ক মানুষ। সকলে মান্য করে। ঘরের মধ্যে থেকেও বুঝতে পেরেছে। কান খুব সজাগ। বড় রাস্তা ছেড়ে গলি রাস্তায় ঢুকব, কয়েকটা বাড়ি যাওয়ার পর এই সরু গলিপথ। রাস্তা মানে দুই বাড়ির ছাড়া অংশ। কোনও সময় সূর্যের আলো প্রবেশ করে না, যার ফলে মাঝে আবদ্ধ পথ। তার মধ্যে দিয়ে যেতে হয়। দুই দিকে দালান বাড়ি। সামনে একটা কুকুর শুয়ে। আমাকে দেখে ঘেউ ঘেউ করতে গেল। থাম বলতেই মুখ নামিয়ে রয়ে গেল। পাশ কাটিয়ে গলিরাস্তায় ঢুকেছি, হঠাৎ কপালে জোরে বারি। সাপ ভেবে জোরে চিৎকার।

মা বললেন, খোকা, চিৎকার করলি কেন? কপালে কীসে যেন মারল?

সজনের ডাঁটাতে লেগেছে। এ কি তোমার অবস্থা? ঘামে ভেজা জামা। এত ঘাম এল কোথা থেকে? এখন তো শীতের আমেজ রয়েছে।

– মা, সারা রাস্তা ভয়ে ভয়ে এসেছি। সবসময় কিছু না কিছু চোখে পড়ছে।

– এ তোমার মনের ভ্রম। চলার পথে মনকে শক্ত রাখবে। সব ভয় দূরে সরে যাবে। দুর্বল মন ভয়ের সৃষ্টি করে। ❑

মোবাইল ঘটক

পর্ব – প্রথম

শোভনবাবু বিকেল চারটের সময় সিগারেটের প্যাকেট, সঙ্গে দেশালাই হাতে বারান্দায় এসে বসেন। শোভার মা, দুটো ক্রিমকেকার বিস্কুটের সঙ্গে এক কাপ লিকার চা। চায়ে চুমুক দেওয়ার আগে জিজ্ঞেস করেন, রীতাকে চা দিয়েছ? তারপর চায়ে গলা ভেজান।

রীতা তার অর্ধাঙ্গিনী। বড়বাবুর পছন্দ করা মেয়ে। সত্যি বাবুর পছন্দ আছে বলতে হবে, সব দিক দিয়ে। দেখতে যেমন সুন্দর। কাজেও পারদর্শী। শোভা গুণময়ী। বাবুর মনের মতো বৌ। সকলে প্রিয়দর্শিনী বলে ডাকে। সুখী দাম্পত্য জীবন।

কিন্তু ভাগ্যে সুখ সইল না। সন্তানের জন্ম দেবার পর সুস্থ শরীরে বাড়ি ফিরতে পারলেন না। ডাক্তার রোগ সারাতে পারলেন না। একদিকে সদ্যোজাত শিশু, অন্যদিকে শয্যাশায়ী স্ত্রী। দেখার জন্য শোভার মাকে রাখতে বাধ্য হলেন। সন্তানের সেবা ও মায়ের সেবা সে যত্ন সহকারে করে থাকে।

একটু বড় হলে পুত্র সত্যব্রতকে দূরের ভালো স্কুলে ভর্তি করে দিলেন। বাড়িতে থাকলে মায়ের কষ্ট দেখলে পড়ায় ব্যাঘাত ঘটবে। এই জন্য দূরের স্কুলে পাঠিয়ে দিলেন।

রীতার মাথার কাছে টেবিলটা ওষুধে ভর্তি। ঘরে এলেনেই নাকে ওষুধের গন্ধ, মনে হবে যেন নার্সিং হোমে ঢুকলাম। রাস্তা চলতি লোকেরাও গন্ধ পেয়ে থাকেন।

সেই থেকে পড়ে রয়েছেন। কিন্তু শোভনবাবুর বিরক্ত বোধ নেই। অবশ্য সবসময় শুয়ে থাকেন তা নয়, বসা ওঠা নিজে করতে পারেন না, ধরে তুলে দিলে বসেন, কিন্তু বেশি সময় নয়। শোভনবাবু প্রতিদিন সকালে ধরে হাঁটান। অল্প সময়। বেশিক্ষণ দাঁড়িয়ে থাকতে পারেন না। প্রতিদিন বাবু রাতের ওষুধ খাইয়ে ঘুম পাড়িয়ে, নিজে ঘুমান।

ছেলে বাইরে, স্ত্রী শয্যাশায়ী। ভরসা সেই শোভার মা। সে বাড়ির একজন সদস্য।

সূর্য ডোবার প্রাক্কালে বন্ধু পটলবাবু এসে হাজির হবেন। দৈনন্দিন ব্যাপার দু'জনে ভালো বন্ধু।

তাদের বন্ধুত্ব কর্মসূত্রে। অবশ্য কর্ম পৃথক এবং কর্মস্থল ভিন্ন। তাদের বন্ধুত্ব নিত্যযাত্রার জন্য। দুই বন্ধু কর্মজীবন শেষ করে এক জায়গাতে বাস।

পটলবাবুর সংসার জীবন সুখের না। তাঁর বৌ জাহাবাজ মেয়ে। যেমন বাজখাঁই গলা, তেমনি ভাষা। মুখে কোনও রস কষ নেই। বাড়িতে ঢুকলেই অশান্তি।

দেখে শুনে বিয়ে না? বলবেন কীভাবে? সেই ফোন। ফেসবুকে দেখা। বুঝতেই পারছেন উঠতি যৌবন। ফোনে ফোনে কথা। তারপর যা হয়। রেস্টুরেন্ট, সিনেমা হল, আর নদীর ধার। এক সন্ধ্যায় মা কালীর দ্বারে। চার হাত এক জায়গা। গরিব ঘরের মেয়ে। চাকরি করা স্বামী পেয়ে মাটিতে পা পড়ে না। সবসময় মেজাজ সপ্তমে। বাড়িতে বৌয়ের সুমধুর ভাষা থেকে রেহাযই পাওয়ার জন্য শোভনবাবুর সঙ্গে গল্প করে কিছুটা সময় পার করে বাড়ি যান।

একজন অসুস্থ বৌয়ের কষ্ট থেকে মুক্ত থাকার জন্য, আর একজন বৌয়ের মুখঝামটা থেকে রেহাই পাওয়ার জন্য কিছুটা সময় গল্প করে ঘরে ফেরেন। নিত্যদিনের কর্ম।

সকাল থেকেই শোভনবাবুর মন চঞ্চল। একটা খবর তাঁর মনকে বিচলিত করে তুলছে। খবরটা দিয়েছে শোভার মা। খবরটা অপ্রত্যাশিত। সমাজের অবক্ষয়।

বিকেলের চা পান শেষ। সিগারেট অসহায়ের মত পুড়ছে। উদাস হয়ে চেয়ে। সেই অবস্থা। বন্ধু পটলবাবুর আগমন। বন্ধুকে দেখে মনে হল বৌয়ের শরীরের অবস্থা ভালো নয়। জিজ্ঞেস করতে যাবে, শোভার মা কাপটা হাতে নিয়ে বললেন, দাদা বাবু রাতে কি খাবেন?

– তুমি যা ভালো মনে কর, তাই কর। তবে একবার রীতাকে জিজ্ঞেস করে নিও।

– বৌদিমনি বললেন, রাতে কিছু খাবেন না, তোমার দাদার থেকে জেনে নেবে।

– খাব না বললেই হবে, ওষুধ খেতে হবে না? না খেলে সুস্থ হবে কী করে?

– এই হয়েছে আমার জ্বালা। বৌদিকে জিজ্ঞেস করলে বলবেন, তোমার দাদা যা বলবে, আবার দাদাবাবুকে জিজ্ঞেস করলে বলবেন, তোর বৌদি যা বলবে। দুজনের মধ্যে সুপ্ত প্রেমের খেলা চলে। সত্যি এরা প্রকৃত সহধর্মী, এতদিন ধরে শয্যাশায়ী। অথচ কোনও সময় অবহেলা করে না। সময় মতো পরিষেবা, সময় মতো ওষুধ খাওয়ানো, স্নান করানো, ঘুম পাড়ানো— সব নিজে হাতে। বিরক্তি নেই।

পটলবাবু বললেন, আজ তোমাকে অন্যমনস্ক মনে হচ্ছে? সমস্যা কিছু হয়েছে?

– বাড়ির সমস্যা নয়।

– তা হলে?

– সমগ্র সমাজের সমস্যা। সমাজ যেন অন্ধকারে তলিয়ে যাচ্ছে। খবরটা শোনামাত্র মনটা ভালো বলছে না।

– কি খবর যে মন অস্থির হয়ে উঠছে, আমি কিছুই বুঝতে পারছি না।

– শোনাব। শোভার মা দু'কাপ চা দিয়ে যাও।

পর্ব – দ্বিতীয়

– তুমি সুদাম বলে কাউকে চেনো?

– ঠিক মনে পড়ছে না।

– এই যে কালো মতো ছেলেটা। সবসময় দাঁত বের করে বেঁকা চোখে দেখে।

– ঠিক মনে আসছে না। হয়তো চিনি, নাম জানি না।

– আমরা যখন অফিস যেতাম, দেখতাম লালুর চায়ের দোকানে আড্ডা দিত। তা-ও চিনতে পারলি না? সে কি করেছে?

– তার রঙ্গরসের গল্প শোনাব। আমিও জানতাম না। শোভার মা খবরটা দিয়েছে। – আমি যখন বাজারে, দেখি মোড়ে মোড়ে লোকের লোকের জটলা। মনে হচ্ছিল কিছু একটা ঘটেছে। বাড়িতে তাড়া ছিল বলে জিজ্ঞেস করা হয়নি।

– মনে করে দেখ, যখন আমরা বাসে যাতায়াত করতাম, তখন সে মেয়েদের দিকে বড় বড় চোখ করে দেখত। তুই একদিন বলেছিলি, ছেলেটা দেখতে যেমন, চরিত্রও তেমনি, মনে পড়ছে?

– হ্যাঁ, হ্যাঁ, ওর নাম তো সুদাম নয়। ওকে সবাই মদনা বলে ডাকে। ওর ভালো নাম সুদাম মণ্ডল।

– ওর কি হয়েছে?

– শুনলে অবাক হয়ে যাবে। এই সমাজ যাচ্ছে কোথায়? পাশ্চাত্য শিক্ষা সমাজকে বদলে দিচ্ছে।

– সমাজকে? বাবা-মাকে ভুলে যাচ্ছে! সমাজ তো ধর্তব্যের মধ্যে পড়ে না।

সকাল হলেই হাসপাতালের মোড়ে আড্ডা। সব দু'নম্বর বন্ধু মিলে আসর গরম আর মেয়েদের কটু কথা। একদিন মেয়েরা ওকে মারার জন্য প্রস্তুত। দোকানি সে যাত্রা বাঁচিয়ে দেয়। তারপর থেকে এই বাস স্টপেজে বসা ধরল। কাজ কিছু নেই। সকাল থেকে সন্ধ্যা পর্যন্ত দু'নম্বর বন্ধুদের নিয়ে আড্ডা। মেয়েরা ওকে দেখলে দূর দিয়ে হাঁটে।

ছেলের এই মতিগতি দেখে মা বড় চিন্তিত। একদিন বললেন, আমি যা পেনশন পাই, তা দিয়ে সংসার চলে যাচ্ছে। আমি চোখ বুঝলে কি করে খাবি?

তুই বসে না থেকে কিছু একটা করার চেষ্টা কর। সারা জীবন এভাবে চলবে না।

আরম্ভ হল বালি, পাথরের ব্যবসা। চার বন্ধু মিলে ব্যবসা। বসার জায়গা এই আটবার্তা। কিছুদিন ব্যবসা চলার পর সব বন্ধুদের সরিয়ে দিল। ব্যবসার মালিক হয়ে গেল। ধীরে ধীরে ব্যবসায় উন্নতি বেড়ে গেল। সে নিজেকে ভাবল সমাজের একজন। সাজ পোশষাক ও চলাফেরার পরিবর্তন ঘটল। কয়েক জন নতন সঙ্গী হলো। রাত দশটা পর্যন্ত লালুর দোকানে আড্ডা।

অবশ্য দোকানের আয় বাড়ছে। কিন্তু লালুর বৌ তাদের পছন্দ করত না। দু'দিন যেতে না যেতে নুতন বন্ধুরা ভেগে গেল।

ছেলের চলাফেরা, মায়ের চোখ ভালো বলছে না। মা ভাবল বিয়ে দিলে ছেলের পরিবর্তন হতে পারে। মায়ের মন সন্তানের ভালোর জন্য মঙ্গল কামনা করে। মায়ের চোখে সব ধরা পড়ে। মা যে অন্তর্যামী।

মা ছেলেকে বলল, বাবা এভাবে চললে একদিন সব শেষ হয়ে যাবে। আমারও বয়স হচ্ছে। বলছি বিয়ে করে সংসারী হও। ঘরে বৌ আসলে আমিও একটু বিশ্রাম পাবে। বিয়ের কথা শুনে বত্রিশ পাটি দাঁত বের করে দিল। মা খুশি।

আরম্ভ হল মেয়ে দেখা। মা-ছেলে মেয়ে দেখে আসে। আত্মীয় যে নেই, তা নয়। ভয়, তারা যদি সঙ্গে যায়, তাহলে ছেলের গুণগান ফাঁস করে দিতে পারে। সেই জন্য দুজনের মেয়ে দেখে আসে। কিন্তু দুজনের মতের মিল হয় না। মায়ের পছন্দ হয়, তো ছেলের পছন্দ হয় না। মায়ের পছন্দ হাল্কা গোছের মেয়ে। যে এসে সংসারের কাজকর্ম করতে পারে। মদনের পছন্দ মোটা সোটা। গায়ে মাংস থাকবে। এক কথায় নাদুস নুদুস। দুজনের মত দুই রকম। শেষ পর্যন্ত মদনের মতকে মেনে নিতে বাধ্য হলেন।

মেয়ে পছন্দ। কিন্তু দাম-দরে বাধ সাধল। সে যা চাইছে, মেয়ের বাবা দিতে চাইছে না। তাহলে কি বিয়ে ভেঙে যাবে? মায়ের আপত্তি। মায়ের উদ্দেশ্য, মাছের তেলে মাছ ভাজা, মেয়ের বাবা সে পথে হাঁটবেন না। বিয়ে থমকে গেল। মদনের পছন্দ।

মদন মাকে এই বলে বোঝাল যে, বাবার একমাত্র মেয়ে। বিয়ের পর সব আমার হয়ে যাবে। তার কোনও অংশীদার নেই। এখন না দিলেও, পরে

সব আমার হয়ে যাবে। এখন দেনা-পাওনার কথা বলা বন্ধ থাক। বিয়ের পরে বৌকে চাপ দিয়ে সব নিয়ে নেব। তুমি চিন্তা কর না। কথাটা মায়ের পছন্দ না হলেও কিছুটা শান্তি পেল। পরের ধন কে না পেতে চায়?

যাক সে কথা। মদনের পছন্দ। বিয়ে আঁটকাবে কে? বিয়ে করে বৌ নিয়ে উঠল ঘরে। মা তাকে বরণ করে নিলেন।

আসছে সেই রাত। মদন প্রতীক্ষিত সেই রাতের জন্য। ঘর সেজেছে নতুন সাজে। বৌ কি না সেজে থাকতে পারে? জীবনের প্রথম পদক্ষেপ। বাড়িভর্তি লোক। মদন খুশিতে রয়েছে। সেই সন্ধিক্ষণের অপেক্ষায়। গভীর রাত। বাড়ি নিঃস্তব্ধ। মদনের মুখে বিষাদের ছায়া। সব কল্পনার অবসান। মেয়ে শর্ত চাপাল, আমার সামনে পরীক্ষা। এই পরীক্ষা শেষ না হওয়া

অবধি দৈহিক কোনও সম্পর্ক থাকবে না। মাত্র দু'মাস।

মদন চুক্তিবদ্ধ স্ত্রী নিয়ে সংসারে ডুবে গেল। বৌ সবসময় বই হাতে ঘরে। কাজকর্মের কথা বলতে পারে না। সুন্দরী বৌ নিয়ে সে মত্ত।

মা তার ব্যবহারে রুষ্ট। কিন্তু কিছু বলতে পারে না। একমাত্র ছেলের বৌ, কিছু বললে ছেলে অসন্তুষ্ট হতে পারে। এই ভয় মাকে তাড়া করে। মুখ বন্ধ করে সব কাজ একাই করে।

মদন বৌয়ের কথামতো চলে। মনে মনে সে দিন গোনে। এখন সে লালুর দোকানে আড্ডা দেয় না। সন্ধ্যা লাগলেই বাড়িতে। বন্ধুরা তাকে অনেক কথা বলে। সে কাজ করে না। সুন্দরী বৌয়ের পাশে ঘুর ঘুর করে।

পর্ব – তৃতীয়

বৌ বলল, আমাকে সপ্তাহে তিন দিন প্রাইভেট পড়তে যেতে হবে শহরে। ফিরতে একটু রাত হবে।

মদন এক কথায় রাজি। সে আশায় আছে, পরীক্ষার শেষের দিন।

মা বললেন, ছেলেকে সঙ্গে নিয়ে যেও।

বৌ বলল, আপনার ছেলের সঙ্গে ফিরব।

আরম্ভ হলো প্রাইভেট পড়া। মদন আনন্দে রয়েছে। সে বৌয়ের সঙ্গে যাবে। কিন্তু স্ট্যান্ডে এসে আনন্দ হারিয়ে গেল। বৌকে বাসে তুলে দিয়ে লালুর চায়ে গলা ভিজিয়ে এই আটবাতায় বসে থাকে তার ফেরার অপেক্ষায়, বৌয়ের কথা অমান্য করা যাবে না।

জায়গাটা আটবাতা নামে পরিচিত কেন? ওই নিমগাছের তলায়, সাহিল নামে একজন আটটা বাতা দিয়ে মাচান তৈরি করে বালি পাথরের ব্যবসা করত। হঠাৎ ছেলেটা চাকর পেয়ে যায়। ব্যবসা বন্ধ। কিন্তু মাচান থেকে যায়।

সেই থেকে আটবাতা নামে পরিচিত। আগে বাস থামত। কিন্তু এক্সপ্রেসের ধাক্কায় বাস থামা বন্ধ হয়ে গেছে।

– এই উঠি। পরেরটুকু কাল শুনে নেব।

– থাম তো, শুধু উঠি উঠি। এত সাত সকালে বাড়ি গিয়ে কি কাজ করবি? বাড়ি ঢুকলেই তো বৌয়ের দাঁত খিঁচুনি। আর ফায়ফরমাশ খাটা।

– শোভার মা, দু'কাপ চা দিয়ে যাও।

– আবার চা?

– শান্ত হয়ে বোস। রাতের বেলায় কি কাজ? বৌয়ের সামনে বসে থাকা আর ভালো মন্দ কথা শোনা। তারপর খাটে জায়গা নেওয়া। অবশ্য মশারি না খাটালে নিস্তার নেই।

চায়ে চুমুক দিয়ে বলল, সে সপ্তাহে তিন দিন পড়তে যায়। মদন বসে থাকে আটবাতায়, তার ফেরার অপেক্ষায়। অবশ্য একা বসে থাকে না। কয়েক জন সঙ্গী থাকে।

মোহিত বলল, বৌকে বেশি পড়াস না। চাকরি পেলে অন্যের সঙ্গে ভেগে যাবে।

– কথাটা তুই খারাপ বলিসনি। ওই তো ভগার ছেলের বৌ বন্ধুর সঙ্গে চলে গেছে। বেশ সুখে ঘর সংসার করছে।

কথাটা মদনের মনে ধরেছে। সে ঠিক করল, এই পরীক্ষাই শেষ পরীক্ষা।

এই বৌয়ের পড়া নিয়ে ছেলের সঙ্গে মায়ের মাঝে মাঝে অশান্তি বাধে। বৌয়ের পড়তে যাওয়া মায়ের পছন্দ নয়।

পছন্দ হবে কি করে? আধুনিকতার ছাপ নেই। সেই তেরো বছর বয়সে নতুন সংসারে রান্না ঘরে ঢুকেছে আজ অবধি সেই ধারা চলছে। মুখ বন্ধ করে সব কাজ করে চলেছে। ক্লান্তি বোধ নেই। ছেলের সুখের জন্য।

সেদিন প্রচণ্ড গরম। সন্ধ্যাপ্রদীপ জ্বালিয়ে রাস্তায় দাঁড়িয়ে।

ফুলি বলল, কাকি বাইরে কি করছ?

– সন্ধ্যা দিয়ে খুব গরম লাগল। তাই বাইরে এসে শরীরে ঠান্ডা হাওয়া লাগাচ্ছি।

– তুমি সন্ধা দেবে কেন? ঘরে বৌমা রয়েছে। সেই দেবে। তাকে সব শিখিয়ে দাও।

– ঘরে থাকলে তো?

– কোথায় গেছে? বাপের বাড়ি?

– না, মদনকে সঙ্গে নিয়ে শহরে গেছে প্রাইভেট মাস্টারের কাছে পড়তে। আসবে সেই ৯টায়। তোমার ছেলেকে দেখলাম লালুর চায়ের দোকানে আড্ডা দিতে। মেয়েদের বেশি পড়ানো ভালো না। সংসারের কাজকর্ম করবে। ছেলে মেয়ে মানুষ করবে। পরে পস্তাবে বলে রাখলুম।

কথাটা শোনার পর মনে কু-গাইছে। ফুলি খারাপ কথা বলেনি। ছেলে বাড়ি আসলে জিজ্ঞেস করে জানব, সে যায়নি কেন?

এই নিয়ে ছেলে-মায়ে কথা কাটাকাটি। মদন মাকে সব বলে। আর কটা দিন। তারপরে ও-ই সব কাজ করবে। তুমি আরাম করবে। মাঝ পথে ছেড়ে আসা কি ভালো হবে? মদনের কথার কোনও উত্তর না দিয়ে কাজে বসল।

সে বৌয়ের কথার বাইরে যায় না। সেদিক থেকে তার কর্তব্য বোধ রয়েছে বলতে হবে। এখন অপেক্ষায়।

শোভার মা বলল দাদা বাবু খাবার ঢাকা থাকল, তুমি এখনই চলে যাবে?

– কি করব? সব কাজ হয়ে গেছে।

– রীতার ওষুধ খাওয়ানো হয়েছে?

– বললেন, তোমার দাদাবাবু খাওয়াবে।

– তা হলে এস।

– তোমার কাজের মাসি খুব ভালো। আমার বাড়ির কাজের মাসি টেকে না। যেই কাজে লাগুক দু'দিন বাদে নেই। থাকবে কি করে? সব সময় খিট খিট করলে থাকে। চাপ পড়ে আমার ওপর। সব মানিয়ে চলতে হয়। ঘড়ির দিকে চোখ পড়তেই বলল, এবার বাড়ি যেতে হবে। সময়ের হেরফের হলে অনেক কথা শুনতে হবে। মুখের ভাষার সুনাম করতে হবে। বাজখাই গলার আওয়াজ, পাড়া মাত করে দেবে।

– আর একটু বোস। শেষটুকু শুনে যা। সিনেমাকে হার মানিয়ে দেবে।

মায়ের কথামত সে বলল, সামনের দিন থেকে আমি তোমার সঙ্গে যাব। এখানেও বসে থাকা। ওখানেও বসে থাকব।

– শহরে গিয়ে কোথায় বসবে? তাছাড়া আমি তিন তলার ওপরে পড়ি। অনেক ছেলে মেয়ে পড়ে। আর তো কটা দিন। পরীক্ষা শেষ হলে তোমার সঙ্গে সর্বক্ষণ। বৌয়ের কথায় মন গলে জল। বৌয়ের হাসিমাখা মধুর কথা, সবার মন গলে যায়। একা মদন নয়।

সে সপ্তাহে তিন দিন পড়তে যায়। আর যে কদিন বাড়ি থাকে, মোবাইল হাত ছাড়ে না। মায়ের রাগে গা জ্বালা করে। কিন্তু কিছু বলতে পারে না, ছেলের মুখ চেয়ে। মদন দেখে, কিন্তু বৌকে কিছু বলতে পারে না। অপেক্ষা সেই দিনের।

মদন ঘরের ভিতরে চৌকিতে বসে।

বৌ আয়নার সামনে রূপচর্চায় ব্যস্ত। সে নতুন সাজে সেজে বলল, কেমন লাগছে?

– খুব সুন্দর। একেবারে নববধূ।

– তোমার ভালো লাগছে?

– হ্যাঁ, ফুলশয্যার রাতে যেমন সেজেছিলে, সেরকম। এত সেজেছি কেন, জিজ্ঞেস করলে না?

– কেন?

– আজ আমার শেষ পড়তে যাওয়া।

– উৎফুল্ল হয়ে বলল সত্যি বলছ?

– হ্যাঁ গো, হ্যাঁ, বিশ্বাস হচ্ছে না?

– হচ্ছে। মা এদিকে এস। দেখে যাও তোমার বৌমাকে।

ছেলের ডাক। মা কি অবজ্ঞা করতে পারে? বললেন, এত সেজে কোথায় যাবে? মদন বলল, তোমার বৌমার আজ শেষ পড়তে যাওয়া। আর যেতে হবে না। এই শুনে মা খুশি হয়ে কপালে হাত ঠেকাল।

মা বললেন, পড়তে যাচ্ছ তাহলে এত সোনা পরে কেন? কোনও অনুষ্ঠান হবে?

– না মা, শেষ পড়া, সবাই মিলে ছবি তুলব।

– অত সোনা না পরাই ভালো ছিল। যাবে গলা কাপড়ে জড়িয়ে রাখবে। শহর বলে কথা।

মায়ের পায়ে হাত দিয়ে প্রণাম করে বলল, মা আসি।

দুগ্গা দুগ্গা বলে কপালে হাত ঠেকালেন। মা সবসময় সন্তানের মঙ্গল কামনা করে।

মদন বৌয়ের সঙ্গে যাচ্ছে।

মা বললেন, বাবা এস।

পর্ব – চতুর্থ

ছেলে বের হচ্ছে।

– পঞ্চাশ টাকার কাঁচা মিষ্টি নিয়ে আসিস।

– এই কটা মিষ্টি কি করবে? বৌ রসগোল্লা খেতে ভালোবাসে।

সকালে বৌমাকে সঙ্গে করে কালীবাড়ি যাব পুজো দিতে।

– তুই যেন ভুলে যাসনে।

মদন বাসে তুলে দিয়ে মাচানে বসে। অনেক স্বপ্ন মনের মধ্যে উঁকি দিচ্ছে। নবসাজে বৌকে দেখেছে। সেই ছবি চোখের সামনে ভেসে উঠছে। সে আনন্দে বলল, লালু এক কাপ চা দে।

– বলল, চা নিয়ে যাওয়ার লোক নেই। এসে নিয়ে যাও।

সে কাপ হাতে কল্পনার জগতে। চা ঠান্ডা জল।

মনে পড়ল বৌ মিষ্টি খেতে ভালোবাসে। চলল দোকানে। দুই রকমের মিষ্টি নিয়ে মাচানে বসে।

ঘড়ির দিকে চোখ। তর সইছে না। সিগারেট ধরাচ্ছে। কিন্তু সে–ও অসহায়ের মতো পুড়ে যাচ্ছে। আসার সময় হয়ে এল। সে মিষ্টির হাঁড়ি দুটো হাতে নিয়ে রাস্তার ধারে। একের পর এক বাস চলে যাচ্ছে। কিন্তু তার দেখা নেই।

ভাবছে ভুল স্টপেজে নেমে পড়েনি তো? হতাশ হয়ে বাসের পানে চেয়ে। নানা রকম কথা মনে আসছে। তার চোখের জল বাধ মানছে না। মিষ্টির হাঁড়ি হাতে। সে বাড়ি গিয়ে মাকে কি বলবে?

অনেক রাত হয়ে গেল। ছেলে–বৌমা ফিরছে না। মায়ের বড় চিন্তা, মা আসছেন ছেলের কাছে। মাকে দেখে কেঁদে ফেলল। মা বললেন, পড়তে যাওয়া সর্বনাশের মূল কারণ। সব সোনা সঙ্গে। কোনও দুষ্কৃতী মেরে দেয়নি তো? না, ভুলবশতঃ অন্য পথে চলে গেছে। এক বুক প্রশ্ন নিয়ে বাড়ি।

প্রচার হয়ে গেল মদনের বৌকে পাওয়া যাচ্ছে না। গ্রাম্য পরিবেশ। সূর্য ওঠার পূর্বে বাড়িভর্তি লোক। বিভিন্ন প্রশ্ন। উত্তর নেই।

হঠাৎ একটা ফোন সব সমস্যার সমাধান করে দিল। বলল, তোমরা চিন্তা করো না। আমি নিরাপদ আশ্রয়ে আছি।

মদন বলল কোথায় আছো, বলে গেলে পারতে। আমি, স্বামীর গৃহে রয়েছি। মাকে বলো।

পটলবাবু বললেন, আগে বিয়ে হয়েছিল?

– না, সে এক ঘটনা।

মেয়ে স্কুলে পড়ার সময় বাবার কাছে ফোনের জন্য আবদার করে। কন্যাস্নেহে অন্ধ পিতা ফোন কিনে দেন। মায়ের মত ছিল না। মায়ের নজর মেয়ের প্রতি। সবসময় মোবাইল কানে। জিজ্ঞেস করলে বলে ও তুমি বুঝবে না। এখন পড়া মোবাইলে বেশি হয়। তবুও মায়ের মনে সন্দেহ হয়। একদিন রাতে দরজা বন্ধ করে কথা বলছে। মায়ের মন, বিয়ে দেবার জন্য উদগ্রীব হয়ে উঠল। ভালো ভালো ছেলের খোঁজ আসে। কিন্তু মেয়ে বেঁকে বসে। মায়ের মন অন্য কথা বলছে। মেয়ে নিশ্চয় কোথাও জড়িয়ে। মা মেয়ের বন্ধু হয়ে গেল। বিভিন্ন কথার মধ্যে সে চেপে থাকতে পারল না। সব বলে ফেলল।

মা জিজ্ঞেস করলেন, ওই ছেলের সঙ্গে তোর পরিচয় হলো কীভাবে?

– ফোনের মাধ্যমে।

– তোর যখন যখন পছন্দ, আমরা বাধা দেব না। তবে একবার গিয়ে সব দেখে আসা দরকার, তার বাবা মায়ের সঙ্গে কথা বলতে হবে। তারা কি বলছে? দে, ওদের ঠিকানা। তোর বাবা গিয়ে কথা বলে আসুক। সে আনন্দে সব বলে দিল।

বাবা তাদের পরিবেশ ও ছেলের পরিচয় জেনে বিয়ে দিতে রাজি হলেন না। ছেলে কোনও কাজ করে না। কোনও বাবা–মা চাইবে না বেকার ছেলের সঙ্গে বিয়ে দিতে।

অনেক বুঝিয়ে মেয়ের মত পরিবর্তন ঘটল। ভাবলেন মেয়ের মত ঘুরে গেছে। বিয়ের জন্য উঠে পড়ে লাগলেন। অবশেষে মদনের সঙ্গে বিয়ে হয়। কিন্তু বন্ধুর সঙ্গে যোগাযোগ বন্ধ হয়নি। মা বাবা বিয়ে দিয়ে নিশ্চিন্ত।

পরিকল্পনা মাফিক কাজ চলছে। কেউ বুঝতে পারেনি। এই যে প্রাইভেট পড়তে যায়। দৈহিক সম্পর্ক না রাখা সব প্ল্যান করে। পড়তে যাওয়ার উদ্দেশ্য প্রেমিকের সঙ্গে গল্প করে আসা। সেখানে বসে সব পরিকল্পনা সাজানো। মদন ঘুণাক্ষরে বুঝতে পারেনি। সে রয়েছে পরীক্ষার শেষ দিনের অপেক্ষায়।

এর মধ্যে ছেলেটা একটা কোম্পানিতে চাকরি পায়। আর অপেক্ষা নয়। পরীক্ষার গল্প শেষ হওয়ার আগেয় দুজনে এক হয়ে সংসার জীবনে প্রবেশ করল। মনের অন্ধকার কাটিয়ে রঙিন স্বপ্নে মেতে উঠল।

সেই জন্য মদনকে দেখলাম এক গাল কাঁচা পাকা দাঁড়ি নিয়ে লালুর দোকানে। ফোনেই বিয়ে, এখন আর ঘটকের দরকার হয় না। হাতে একটা ফোন থাকলেই বিয়ে পাকা। মোবাইল ঘটকের কাজ করছে। এর ফলে মেয়ের বাবার খরচের বহর কমেছে। এখন মোবাইল ঘটক। ❑

লোভ

পর্ব – প্রথম

ঘুম নেই তার। কোনও কোনও রাত দু'চোখের পাতা এক হয় না। বসে কেটে যায়। কখনও কখনও গভীর রাতে ঘর থেকে বেরিয়ে প্রাচীর ধরে উদাস চোখে আকাশ পানে কি যেন খুঁজে। বেশ কিছুক্ষণ চেয়ে থাকে। রাস্তার পানে চেয়ে থাকে। রাস্তার কুকুরগুলো তার সামনে এসে চেয়ে থাকে তার দিকে। মনে হয়, তারাও যেন তার সহমর্মী। তারপর ধীর পায়ে লাঠি হাতে ঘরে এসে বসে।

সে যে বড় একা। জীবনসঙ্গীকে হারিয়ে কেমন যেন হয়ে গেছে। একা বসে পূর্বের কথা ভাবে। মনে পড়ে বাবার কথা। বাবা কইত জহর, বাড়ি বানায় বার কথা ভাবস। ঘরের বৌ মায়েরা কখন কি অবস্থায় থাকে। কওনে যাইবো না। মেয়েরা দশ হাত কাপড়েও ন্যাংটা। কথাটা মনে রাখে। চোখে জল আসে। আজ পাশে কেউ নেই। বোবার মত ঠায় বসে থাকা। নিঃসঙ্গ জীবন। নিজেকে অসহায় মনে হয়।

সবাই থাকতেও সে একা।

কথায় কয়না, ভ্যাবলার বৌ কইল, একটা কথা কওনের লগে মন ছটফট করতেছে।

– কি কইবি?

– রাগ কইরো না। বাড়ির কারো লগে কিছু কইলে তুমাদের গুঁষা হয়।

– অত ঘুরান প্যাচান ক্যান? যা কইবি, কইয়া ফ্যালা আমি সোজা কথা, সোজা ভাবে কইয়া থাকি। কইয়া থাকি, কইয়া থাকি, করস ক্যান? কইয়া ফ্যাল।

সেইদিন রাইতে ছোট ঘরে যাইবার লগে দরজা খুইলা পা বাড়াইছি, দেখছি প্রাচীর ধইরা ক্যান দাঁড়াই। বুকের ভিতর খ্যান ধড়াস কইরা উঠছে।

ভয়ে ঘরে ঢুইকা আঁচল দিয়া চোখরে ভালো কইরা মুইছা দেখছি লোকটা কি করণের লগে ওহানে দাঁড়াই। ভাবছি তুমারে ডাইকা তুলি। মনে লাগছে তুমার বাপ। চোখ বড় কইরা দ্যাখছি কি যেন খুঁজছে? কিছু সময় থ্যাইকা লাঠি হাতে ঘরে আইস্যা দরজা খান টুক কইরা ভিড়াই দিল।

কইছি মাথা খান গাছে। ডাক্তার লগে লইয়া যান।

– তোর কওনে ভুল হইছে।

– ভুল হইবে ক্যামনে? নিজে চোখে দ্যাখছি।

– সে ঠিক কইছিস। তোর দ্যাখানে কোন ভুল নাই। কিন্তু যহন থাইকা মা বাপুকে ছাইড়া চইলা গ্যাছে, তহন থাইকা বাপু একা। চোখের সামনে মায়ের চইলা যামুনে, বাপুর অন্তর খান ব্যাথা পাইছে। মনের কথা কওনের লগে পাশে কেউ নাই। একা বইস্যা থাইকে। মায়ের মুখখান ভাইস্যা উঠে। তহন মনটা ভালো করনের লগে বাইরে আইস্যা দাঁড়াই থাকে।

– কথাখান ঠিক করেছেন। এটাই হইব।

– বাপুর বয়স হইছে। ঘরের মধ্যে ঐকা। কথা কওনের লগে মন চঞ্চল হইয়া উঠে। তহন বাইরে যায়। বুঝছ সব একাই করে। মনের কথা কইয়া থাকে বাপরে সেবাযত্ন করা।

বাণু মন খুইলা কোন কথা কয়েন নাই। কোন কথা কইলে হ্যাঁ বা না কইরা ছাড়ুন দায়। সব সময় বাপুরে হাসি খুশীতে রাখতে হইবো। দেখছস সোনার বাপরে সব সময় ইস্ত্রী করা ধুতি পাঞ্জাবী পইরা ঘুইরা বেড়ায়, দ্যাখা মনে হয় বড় অফিসার।

– তুমার বাপ ঘর থ্যাইকা বার হইতে চাই না।

সব সময় উদাস হইয়া কি যেনো ভাবতে থাকে। জীবন সঙ্গী চইলা গেলে বড় কষ্ট হয়রে বৌ, মা বিছানায় শুয়ে যন্ত্রণায় ছটফট করছিল, দ্যাখছিস, বাপুর চোখে জল। বাপুর ভিতর খান ভ্যাঙা গেছে, জুড়ান লাগার নয়। সারাজীবন কেউ ব্যাইচা থাকে নাই। কথা খান আছে না। ভুইলা গাছি। মনে আছে? নাই।

জন্মিলে মরিতে হবে, অমর কে কোথা কবে।

– এই কথাটা কইছিলি।

– ঠিক কয়েছেন। সব ভুইলা থাকতে হইবো।

ভুলতে পারে বইলা মানুষ বাঁচুন থাকে, বাপুরে ভুল বুঝিস নাই। খুব ভালো মানুষ, সব সময় চোখে চোখে রাখিস। কথাটা মনে রাখিস।

বয়স প্রায় সাতের দশকের শেষের দিকে। লাঠি হাতে চলফেরা করেন। লাঠি ছাড়া চলতে পারেন না, তা নয়। তবে বাড়ির বাইরে বের হলে লাঠিটা সঙ্গে রাখেন।

ছোট থেকে তার মনের ইচ্ছে, শহরে বসবাস করবে। ইচ্ছে থাকলে হবে না। পেটের জ্বালা মেটাবার রসদ থাকা চাই। অতএব ইচ্ছা থেকে গেল।

জহর ভাবল আমাদের কাজ হলো চাষ আবাদ করা। অতএব বাসের সঙ্গে পেটের ব্যবস্থা করতে গেলে জমির প্রয়োজন। সেই ব্যবস্থা আগে করতে হবে। তার পর বাসের জায়গা। তবে তার মনের ইচ্ছা শেষ হয়ে যায়নি। একদিন না একদিন মনের ইচ্ছা পুরণ করবে। এই জেদ বহাল রাখল।

সংসার জীবনে প্রবেশ করার পর ভাবল ছেলে মেয়েদের মানুষ করার জন্য শহরের স্কুলে ভর্তি করাতে হবে।

মনের সুপ্ত বাসনা নিয়ে সংসার জীবন পালন করে চলেছে।

তিন সন্তানকে নিয়ে সে শহরের নিকটবর্তী দশ বিঘা জমি কিনে বসতবাড়ি করলেন। বাড়ি চারিদিকে উঁচু প্রাচীর দিয়ে সদর দরজা বসিয়ে দিলেন। ফাঁকা মাঠের মধ্যে বাড়ি। একটু দুরে পাকা রাস্ত বাস চলাচল করে। কিন্তু স্টপিজ এক মাইল দূরে। কারণ পাকা রাস্তা যাওয়ার কোন পথ ছিল না। তাছাড়া বছরে চার মাস জলে ডুবে থাকে। তবে উর্বর জমি। ফসল ভালো হয়।

সেই গ্রাম্য পরিবেশ। প্রতিবেশী কেউ নেই। ফাঁকা মাঠের মধ্যে এক খানা বাড়ি, নাই কোন বসতি। নাই কোন যোগাযোগের ব্যবস্থা। নাই বিজলী বাতির ব্যবস্থা। অন্ধকার নামলে সেই কেরোসিনের বাতিই ভরসা। তবে এই

জমি চাষের উপযোগী। জমির ফসলে সারা বছর চলে। কষ্ট বর্ষার সময়। প্রায় চার মাস জলে ডুবে থাকে। তখন যাতায়াতের খুব কষ্ট । জহর কইল, জানিস, ভ্যাবলার মা কত আশা লইয়া বাপুর ভিটা ছাইড়া, এহানে আইশা ঘর বানাইলাম, যে ছেলেদের ভালো স্কুলে পড়াইব, মনে কইছে সে আশা পুরান হইবে নাই। কথাখান সত্যি করেছেন। এমন জায়গা খানে ঘর বানাইছেন, মামুনের রাস্তাখ্যান নাই। সেই ঘুইরা ঘুইরা যায়তে হয়। পুলারা খেলা করণের কারো পাই নাই।

পেটের চিন্তা কইরা এখানে ঘর বানাইছি। চাষ না করলে খাবু কেমনে?

কোনো পড়শি নাই। কথা কওনের লগে উথাল পাথাল করে। সকাল থ্যাইকা বন্দি।

একদিন দেখবি শহর বনে গেছে। বড় বড় দালান মাথা তুলবে। রাস্তা হইবো, বিজলি বাতি জ্বলবে।

সেদিনের আসার লগে বইসা থাকতে হইবো, তোর সঙ্গে কথা কইলে হবে না, কামে বসি।

পর্ব – দ্বিতীয়

পূর্ণিমা রাত। চাঁদ আকাশে গোল থালার মত জ্বল জ্বল করছে। ভাসমান মেঘরাশি কখনও ঢেকে দিচ্ছে। তার প্রতিবিম্ব জলের ওপর পড়ছে। কখনও সে জল তরঙ্গের সঙ্গে তাল মিলাছে। রাস্তার চলন্ত গাড়ির ছায়া তার উপরে ভাষছে। দুজনে চৌকির উপরে বসে তার শোভা দেখছে। নিস্তব্ধ পরিবেশ। যেদিকে চোখা যায়, শুধু জলরাশী। বর্ষার সময়টা তাদের জলেই হাঁটিতে হয়। জলের মধ্যেই বাস।

কইল, ভ্যাবলার মা কেমনে দ্যাখছ? ভারী সুন্দর। মনে হইতেছে জলে ভাসতেছি হঠাৎ একটা শব্দ কথা বন্ধ করে দিল।

কইল, কিছু শুনছো?

– মনে হইল জলে কে যেন পা রাখলা ওই।

– দ্যাহেন জলে ঢেউ দাছে। মনে হইছে চোর আইছে।

– হাসুয়া ক্যামনে?

– রান্না ঘরে। লইয়া আয়। কথা কবি না।

– হাসুয়া হাতে, চুপ করে বসে। দেখছে একটা ব্যাঙ উর্দ্ধশ্বাসে ছুটছে। আর তার পিছনে হয়ে একটা সাপ। তাকে তাড়া করছে।

কইল, বর্ষা আইলে খুব ডর লাগে। পুলাদের পাইয়া বেশী চিন্তা। অন্ধকার নামলে ভয়ে বুক খান কাঁইপা উঠে। এত বড় মাঠখানা জোনাকির দখলে। মনে হয় কোথায় আইছি! আলোর কোন দিশা নাই।

দেখবি, একদিন সব ঘরে বাতি জ্বলবে রাস্তা হইব।

– বাতির কথা কইলেন। ছোট পুলারে কইছিল, এই বাতিতে চোখে ভালো দেখা যামু না। কষ্ট কইরা পড়ান লাগে।

– ওর আবার বড়লোকী চলন। এই বাতিতে পইড়া কত বিজ্ঞানী, ডাক্তার, সাহিত্যিক বানাইছে।

– ওদের কথা ছাড়ন দান।

– তোর সঙ্গে কথা কইলে হইবে না। সকালে কামে হতে হবে।

শান্তি দিদি কইছিল, এই খ্যানে গরমের সময় বাস করে আরাম। সর্বক্ষণ শিতল হাওয়া। কিন্তু বর্ষার সময় একটু কষ্ট হয়ে থাকে। দেখবি একদিন শহর বনে গাছে। পাকা রাস্তা হইবো! ঘরে ঘরে বিজলি বাতি জ্বালাইবে ।

– সেদিন হয়তো আমি থাকুম নাই।

– কনে মারিও যাওনের জায়গা তো একটাই। সবার জায়গা। শান্তীর জায়গা, থাক ওসব কথা। কেমন লাগতেছে নুতন পল্লী ?

– ভালো। চলিবে।

– আর একটু বইস্যা যান। কথা কওনের আছে।

– পরে আইস্যা শুনে নিবি।

– আর দ্যাখা হইবো কি নাই? বলা যামুন নাই।

কথাখান সত্য হইয়া গেল।

সে সব মায়া, ছাইড়া চইলা গেল। একা পড়ে থাকুন; পুলারে ডাইকা কইলাম, এখন বড় হইছো, সংসার হইছে। এক অন্নে রইছো, থাকা ভালো। কিন্তু কোনদিন যেন, প্রাচীর ভাঙা পৃথক রাস্তা বানাই বা নাই, এক অন্নে থাকার মত আনন্দ পাইবো না। কইল কথা খান মনে থাকবো।

সূর্য অস্ত যামুনের সময় শশীর সঙ্গে দ্যাখা। একোই গ্রামের লোক। কইল, কেমন আছেন জহরদার আর ক্যামনে থাকুম ? কোন রকমে বাঁইচা আছি। বয়স হইছে তো।

– তা অবশ্য ঠিক কয়েছেন।

– যাইতে পারলেই ভালো।

– পুলারা কি কামে আছে ?

– এই বয়সে চলেফিরে তিন পুলাই কামের মধ্যে বইছে। তারা নিজ নিজ কামে ব্যস্ত। সবার আলাদা কাম। কিন্তু এক অন্নে রয়েছে।

– আপনার পুলারা ওরা পৃথক কাম করে। তবে এখন পর্যন্ত এক অন্নে রইছে। কতদিন থাকুম, বলা যাইবো না, চলি। পরে একদিন কথা কওনে যাইব।

শশী ছেলে ভালো। বহু কষ্টে পুলাদের বড় কইরাছে। এখন সুখভোগের সময়।

জহরের চোখে জল। নিঃসঙ্গ জীবন। মনে পড়ছে জন্মভিটের কথা। দশ কাঠা জমির উপর বাড়ি, চারিদিক প্রাচীর দিয়ে ঘেরা। সামনে বড় কাঠের দরজা বসানো। নক্সা করা দরজার গায়ে মাথা মোটা গজাল বসানো এই কথা ভাবছে, আর চোখ জলে ছলছল করছে।

বাবলা এসে বাপের পাশে বসে, কইল শরীর খারাপ করণে?

– না রে। ঘুম আসে নাই। তহন গ্রামের কথা মনে পড়ে যাই। একবার উঠছি, একবার বসছি। ঘুমানের ঔষধ খাইলে ক্যামন হইব।

– সে আনা দিবুনে। শোন, তোমারে একটা কথা করনের লগে আসছি।

কি কইবি ক।

– বৌ কইছিল।

– কি কইছিল?

– বৌ কইছিল। কই ছিল, ক্যামনে কওয়ান যায়? বাপু শুনলে কষ্ট পাইবে।

– বৌ কইছিল, কইছিল করিস ক্যান? কইয়া ফ্যাল।

– কইছিল, এক সঙ্গে থাকুম না।

তার বুকের ভিতরটা ধড়াস করে উঠল। সে এই ভয়টাই করছিল।

– কথা কইছ না ক্যান?

– বৌ কয়েছে। সে কথা কি ফেলান যায়।

– যা ভালো বুঝছ, তাই করব। আমার কিছু কওনের নাই। বৃদ্ধ বাপটার কথা রাখলি না?

– আমাকে কোন দিক দিবা কইয়া যাও?

– ভাইরা বইসা ঠিক কইরা নে। আমার কিছু করনের নাই। কইলাম বাবারে প্রাচীর ভাঙা- রাস্তা করনের নাই ।

প্রাচীর না ভাঙা ক্যামনে বেড়ান যাইবে? ছিল একটা পথ। হইলো তিনটে। মনের কষ্ট মনে নিয়ে বেঁচে থাকা।

সে সুন্দর করে একখানা বাড়ি, বানাইছিল। একটা পুলা। ভাগের কিছু নাই। সুন্দর করে প্রাচীর দিয়া বড় কাঠের দরজা বইসা দিল। দুর থেকে চোখে পড়ত। খুব ধূমধাম করে পুলার মনে পড়ছে জগার কথা।

বিয়া দিয়া ঘরে বৌ নিয়ে এলো। মনে আশা শ্যাষ জীবনে নাতি নাতনিদের লইয়া ঘুইরা বেড়াইবে। কপালে সে আশা পুরন হইল নাই।

একদিন পুলা মা রে কইল, বৌ কইছে শহরে বাস করবে। গ্রামে থাকবে না। হারে খোকা, আমাদের ছাইড়া ক্যামনে থাকাল, বাপ তোর লগে কষ্ট কইরা বাড়ি বানাইলা এহানে থ্যাইকা, পুলারে মানুষ করা যাইবে নাই। তাই বৌ করেছে শহরে ভালো স্কুলে ভর্তি করাইবে।

– তুই চইলা গেলে আমরা থাকুম ক্যামনে? তোকে লইয়া আমাদের বাঁচন।

কথা রাখল না। হয়ে গেল শহরের বাসিন্দা, বাড়িখানা ভগ্ন প্রাচীরের মধ্যে ছিন্ন বসনে খাড়া হইয়া দাঁড়াই আছে। দুজনে জীন শরীরে কোন রকমে বেঁচে রয়েছে। বাড়ি খান দেহ রাখার পথে। তারা টেসে গেল ঘর আর দাঁড়ায় থাকবে না।

সেই ভাঙাচোরা চৌকিতে বসে করতে কথায় না ভাবছে? শেষ জীবনে যা হয়ে থাকে।

ভ্যাবলা কইল, বাপু কোন চিন্তা করিস নাই।

– সময় মতো খাইবা আর ঘুইরা বেড়াবা। তোমার লগে আমি আছি।

– প্রথম থ্যাইকা ছোট পুলার লগে থাকি। খুব যত্ন করে। বৌমা ভালোবাসে। বাকি জীবনটা এর কাছেই কাটিয়ে দিব। আর কনে যাব?

পর্ব – তৃতীয়

ঘুটঘুটে অন্ধকার। রাস্তা. হইছে, অনেক বাড়ি হইছে। কিন্তু রাস্তার পোলগুলো অসহায় হয়ে দাঁড়িয়ে। বাতি জালবার মত ক্ষমতা পাই নাই। সবাই গভীর ঘুমে আছন। ঘুম নাই কেবল জহরের। ভাবছে, আজ যদি সে বেঁচে থাকত, তাহলে খুব কষ্ট পেত। সে প্রাচীর ধরে অসহায়ের মত চেয়ে রয়েছে। বলছে দ্যাখ ভ্যাবলার মা, বৌদের লড়াই। বাড়ির ছিন্ন অবস্থা। কোন দিন দেখব প্রাচীর খাড়া নাই। উলঙ্গ অবস্থায় রয়েছে।

ভ্যাবলার বৌয়ের চোখে পড়েছে। সে ভাবছে বাপু অত রাতে ওখানে কি করছে? নিশ্চয় কোন জিনিস লুকানো রয়েছে। কথাটা পুলার বাপরে কইতে হইব।

কইল, তোমার লগে এক খান কথা আছে। তাড়াতাড়ি কইয়া ফ্যাল। কাম আছে।

– কথাখান কারো লগে কইবা না। মাঝে মাঝে বাপু গভীর রাতে প্রাচীর ধইরা কিথ্যান খুঁজে। -তুই ঠিক দ্যাখছিস?

হ্যাঁ গো, নিজে চোখে দাখছি।

– তুই ভালো কইরা দ্যাখিস। কারো সনে কইবি।

– না। মুখ বন্ধ রাখবি।

মন কইছে, বাপু নিশ্চয় কোন জিনিস ওহানে রাখছে। তা-না হলে অত রাইতে কি করণের লগে যাই ?

– তুমি ঠিক করেছো।

সেদিন জহরের ঘুম থেকে উঠতে দেরি হয়েছে। ভ্যাবলা দেখছে বাপুর দরজা বন্ধ। তাহলে কি বাপুর শরীর খারাপ? দরজা খুইলা দ্যাখছে বাপু চৌকিতে বসে।

কইল শরীর খারাপ লাগে?

– না, না। অনেক রাইত পর্যন্ত চোখে ঘুম আসে নাই।

শ্যাষের দিকে ঘুম আসে।

– তুমি যদি কও, তাহলে ডাক্তারের লগে লইয়া যাই।

– না, না। ডাক্তারের লগে মামুনের দরকার নাই। বেশ ভালো আছি।

বৌরে কইল, বাপের দিকে লক্ষ্য রাখিস, কিছু কইলে করে দিস। তুমার কিছু লাগলে বৌরে কইয়ো।

– তুমহার বাপরে, মন পরিষ্কার নাই। প্রাণ খুইলা কোন কথা কই নাই। গভীর রাইতে প্রাচীর ধইরা দাঁড়ায় থাকে ক্যান?

– কি জানিরে বৌ ? ক্যান দাঁড়ায় থাকে? -নিশ্চয় ওহানে কোন কিছু মাটিতে পুইতা রাখছে?

– তুই ভালো কইরা দেখ্যা রাখিস। কারো কইবি না।

নিঃস্তব্ধ পরিবেশ। কুকুর গুলো রাস্তার মাঝে মাথা গুঁজে শুয়ে মাঝে মাঝে ঘেউ ঘেউ করে উঠছে, ঝিঁ ঝিঁ পোকার ডাক কানে আসছে। সে লাঠি হাতে প্রাচীর ধরিয়া আকাশ পানে চেয়ে কইছে, পারুম না তোর কথা রাখতে। আমায় ক্ষমা করিস। একদিন প্রাচীর মান উইঠ্যা যাইবো। বাড়িখান ধংশ স্তূপে দাঁড়াই থাকবো।

এই দৃশ্য ভাবলার বৌয়ের চোখে পড়ে। তার মনে দৃঢ় বিশ্বাস ওখানে কিছু লুকানো আছে? এই কথা শুনে ভ্যাবলার মনে বিশ্বাস বাড়ে। ভাবে বাপ গোপনে কিছু রেখেছে। বাপু ঘুমাইলে ঘুঁইড়া দেখতে হইবো জায়গাটা, বাপু যেন জানতে না পাড়ে। তুই কারো সামনে এই কথা কইবি নাই। তোদের আবার প্যাটে কোন কথা থাকুম নাই। কিযে কখন? আপনারী প্যাট পাতলা। কোন কথা গোপনে রাখতে পারেন নাই ।

এই চিন্তা মাথায় নিয়ে মাঠে গেল কাজে। লোভ, তার মনকে অস্থির না করে তুলছে। মনে হচ্ছে এমন কি জিনিস থাকতে পারে? যার টানে বাচ্চু গভীর রাইতে ওখানে গিয়ে খুঁজে সোনা না টাকা? না দুটোই কাজে মন বসছে হয়েছে না। কখন সূর্য্য অস্ত যাবে? বাপু কখন ঘুমাবে? এই সব কথা মাথায় ঘুরপাক খাচ্ছে। কাজ না করে সে বাড়ি চলে এল।

বৌ কইল, এত তাড়াতাড়ি বাড়ি। কাম শেষ হইয়া গেল?

– না রে বৌ কামে মন বসে নাই।

– ক্যান? শরীর খারাপ?

– না, সবসময় ওই চিন্তা। ভাবছি ভালো কিছু পাইলে বাড়ি খ্যান ভাঙা নুতন করে বানাইবো।

– আমারে কিছু বানাইয়া দিবা।

– সে হবেক্ষণ। কারেও কইবি না।

– আমারে না কইয়া নিজেরে ভাবুন, বাপু জানতে পারলে, তুইলা লইবে।

– তোর কথার মধ্যে যুক্তি রইছে।

মধ্য রাত। সকলে ঘুমে আছন্ন। অন্ধকারে গ্রামকে ঢেকে দিয়েছে। জহর চোখ বন্ধ করে চৌকিতে বসে। তার চোখের সামনে ভাসছে ছেলেদের পৃথক হওয়া। কেউ শুনল না। এক অন্যে থাকার যে কি আনন্দ? একমাত্র একান্নবর্তী পরিবার বুঝে। একসঙ্গে থাকলে বাইরের আঘাত থেকে বাঁচা যায়। ভ্যাবলা চারিদিক ভেবে চিন্তে কোদাল হাতে প্রাচীর ধারে। কোদাল চালাতেই কুকুর ঘেউ ঘেউ করে ওঠে। ভাবলা চুপ করে বসে পরে। জহরের কানে আসে সেই শব্দ। অল্প ঘুম চোখে নিয়ে সে জানার চেষ্টা করছে কোথায় তার বসছে? ভাবলো বাইরে কোথাও মনে পড়ছে বাবুর কথা। বলেছিলেন, 'সাজলে গোছালে বেটি, আর লিকালে চুকালে মাটি; বাড়ি পরিষ্কার পরিছন্ন থাকলে মন ভালো থাকে। মনে শান্তি থাকে। গাল বেয়ে অশ্রু ধারা বইছে।

সে বসে ঘুমের মধ্যে শুনতে পেল মাটি খুঁড়ার শব্দ। প্রথমে ভেবেছিল বাইরে কোথাও কিন্তু শব্দের গতি দেখে মনে হলো বাড়ির মধ্যে। বাইরে বেরিয়ে দেখছে প্রাচীর ঘিঁসে মাটি খুঁড়ছে। চীৎকার করে কইল, মাটি খুঁড়া বন্ধ করা প্রাচীর পইড়া যাইবে। বাবার গলার শব্দ পেয়ে, তাড়াতাড়ি উঠতে গিয়ে প্রাচীরে হাত পড়ে। সঙ্গে সঙ্গে প্রাচীর তার গায়ের উপর পড়ে।

ওই চিৎকার শুনে পাড়ার লোক এসে ভাবলাকে, প্রাচীর সরিয়ে তুলে নিয়ে এসে হাসপাতালে। বহু চেষ্টা করেও তাকে সুস্থ করে তুলা গেল না। সেখানে দুদিন থাকার পর মারা গেল। এই সংবাদ জহর সহ্য করতে পারল না। একদিকে প্রাচীরের ভগ্নদশা, অপর দিকে ছেলের

মৃত্যু, জোড়া ধাক্কায় হৃদরোগে আক্রান্ত হয়ে হাসপাতালে। সব চেষ্টা বৃথা। বাবা ও ছেলে এক সঙ্গে মৃত্যু পথ যাত্রী। এই প্রাচীর বাড়ির সম্মান ও বহিঃশত্রুর হাত থেকে রক্ষা করে থাকে। সেই প্রাচীর দু'টো প্রাণ কেড়ে নিল। লোভ মানুষকে সর্বনাশের পথে ঠেলে দেয়। কথায় আছে, লোভে পাপ, পাপে মৃত্যু। ❑

অকৃতজ্ঞ

(সত্য ঘটনা, নাম ঠিকানা পরিবর্তিত)

প্রথম পরিচ্ছেদ

সুবিনয় আলমারি খুলে ফাইলটা বের করতেই কাগজের প্যাকেট পড়ে গেল। সাথী বলল কি পড়ল?

– ও কিছু না। একটা জড়ানো কাগজের প্যাকেট।

সে একমনে কাগজপত্র দেখছে। পাশে প্যাকেটটা পড়ে। সাথী কাপ হাতে সামনে এসে বলল, এ তো ছবির প্যাকেট। সেই ফেলে আসা দিনের ছবির প্যাকেট। কত যত্ন করে রাখা। এই বলে সে ছবিগুলো একে একে বের করছে আর দেখছে।

– চায়ে চুমুক দিয়ে সুবিনয় বলল, সেই রূপ নেই। সব পরিবর্তন।

সে ছবি গুলো দেখছে আর হাসছে। প্রথম জীবনের ছবি দেখতে সবার ভালো লাগে। বলল, কোন মিল নেই। মনে প্রশ্ন জাগছে, তখন আমি এই রকম ছিলাম? সেই সময় বন্ধু নিধি আসে। সে-ও তাদের সঙ্গী হয়ে গেল। ছবি দেখছে আর হাসাহাসি করছে। সেই বিগত দিনের ছবি। সকলকে চেনা যাচ্ছে না। নিজের মনে প্রশ্ন, আগে এই রকম ছিলাম ? যৌবনের ছবির সঙ্গে বার্ধক্যের ছবির অনেক পরিবর্তন। অনেক পার্থক্য।

এই ছবি নিয়ে জোড় হাসি ঠাটা চলছে। ভিতর থেকে দাদু বললেন, এত হাসাহাসি কেন? সুবিনয় বলল, আর বলো না দাদু, সেই ছেলেবেলার ছবি নিয়ে হাসাহাসি।

দাদু বললেন, এখনকার মতো তখন ছবি তোলার যন্ত্র ছিল না।

সাথী বলল, তোমার ছবি রয়েছে। মনে হচ্ছে সেনা, নায়ক। দেখবে দাদুর

– আমি এখন দেখতে পারব না। বয়সের ভারে সব চলে যেতে বসেছে। যত্ন করে রাখো।

– এই ছবি রেখে কি হবে?

– পরের বংশধর দেখবে।

অচেনা ছবি গুলির মধ্যে একটা ছবি নিধির অপরিচিত, এই গ্রুপ ছবির মধ্যে রয়েছে ছেলেটা কে? দেখতে খুব সুন্দর।

সুবিনয় বলল, ও তুই চিনবি না। বেসরকারি কাজের সময় ওর সঙ্গে পরিচয়।

– তোর সঙ্গে কাজ করত?

– না, পথচলতি বন্ধু। সে অনেক কথা। পরে বলব।

দেখে মনে হচ্ছে ভদ্র ঘরের ছেলে। এই প্রসঙ্গ বাদ রাখ। পরে বলব

সাথী বলল, এখন বলতে অসুবিধে কোথায়? তোমার অন্তরঙ্গ বন্ধু। এক সঙ্গে ওঠাবসা চায়ের দোকানে আড্ডা। তার গুণগান করতে দ্বিধা কেন?

নিধি বলল, বলতে হবে না। মন যখন চাইছে না, তখন বলতে হবে না।

সাথী বলল, সত্য কথা বলবে, আপত্তি কেন বুঝতে পারছি না?

আপত্তির কারণ কিছু না। বললে মনে কষ্ট বাড়বে।

এই কথা বলা মাত্র সাথী তেলে বেগুনে জ্বলে উঠল। দুজনের মধ্যে কথা কাটাকাটি আরম্ভ হলো। ছবিগুলি ছড়ান অবস্থায় রয়ে থাকল। দুজনকে শান্ত করার চেষ্টা করছে। শান্ত হল। কিন্তু বিপরীত মুখে বসে রইল।

সুবিনয়ের মনে হচ্ছে, যে হচ্ছে, সাথী ভুল বলছে না। আজ না হোক, পরে বলতে হবে। এই কথা বললে, নুতন ভাবে কষ্টে পড়তে হবে। দুদুনের মুখ বন্ধ। বন্ধ নিধির বিবেকে বাধছে। আমার জন্য স্বামী স্ত্রী দগ্ধ। এখন চলে যাওয়া উচিত হবে?

সুবিনয়ের মনে হচ্ছে যা নিয়ে অশান্তি, তা হলে বলে ফেলা ভালো। আজ না হোক অন্য দিন জিজ্ঞেস করবে। এখন বললে দুই দিক বজায় থাকবে। সাথীর মন ভালো হবে।

নিধি বলল, কি চিন্তা করছিস ?

– কিছু না।

– তবে চুপ করে রয়েছিস। আজ উঠি রে। অনেকক্ষণ আসা হলো।

– বস। সব শুনে যাবি।

– বৌদি, ভালো করে বন্ধুকে চা খাইয়ে দাও। তোমার কথায় মান্যতা দিচ্ছে।

– সেই বলবে। তবে ঘুরিয়ে পেঁচিয়ে। জীবনে কম আঘাত পায়নি, তবুও শিক্ষা হয় না।

– যায়াই বলো বৌদি, বন্ধুটি বড় পরোপকারী। কেউ জানুক বা না জানুক আমি জানি। মন বড় উদার। ভাগ্য করে এমন স্বামী পেয়েছো। একদিনের ঘটনা শোন:-

তখন আমরা দশম শ্রেণীতে পড়ি। দুই বন্ধু শহরে যাচ্ছি। স্ট্যান্ডে, বাস থেকে নেমে হাঁটা ধরেছি। হঠাৎ সামনে একটা অল্প বয়সের ছেলে এসে বলল, দাদা আমরা খুব গরিব। বই কেনার পয়সা নাই। কিছু সাহায্য করুন। বয়স বারো তেরো হবে। বন্ধু বলল, কোন ক্লাসে পড়িস?

বুকলিস্‌ট বের করে বলল, ষষ্ঠ শ্রেণীতে পড়ি। বললাম, ২ টাকা দিয়ে দে। ল্যাঠা চুকে যাবে। বলল, টাকা দিলে খরচ করে ফেলবে। চল বইয়ের দোকানে। একটা বই কিনে দিই। একটা দামী বই কিনে দিল। এমন দয়াশীল বন্ধুকে কপাল করে পেয়েছ। সাথী বলল, বার বার আঘাত পায়, তবুও হয় না। এই সেদিনের কথা। কাজে এসে বলল দাদা মেয়ের বিয়ে লাগিয়েছি। সাহায্য করতে হবে, আমার হাতের অবস্থা খারাপ। এই পেনশনের টাকাতে চালাতে হয়।

না বললে হবে না। দিতে হবেই।

দু'দিনের পরিচয়। বাড়িতে রাজমিস্ত্রীর কাজ করতে এসেছিল। সেই সূত্রে পরিচয়। সব অজানা। আমি চোখ টিপছি। কিসের কি বলল কি দিতে হবে?

কানের দুল।

কবে টাকা দিবে?

একমাস সময় দিতে হবে।

সেই নিয়ে গেল। আর দেখা নাই। মাস দুয়েক পর পথে দেখা। বলল, টাকাটা দিলে নাতো?

বলল, হলে দিয়ে আসবো।

কথা শুনে মনে হল, টাকা দিয়ে যেন আমরা অপরাধ করেছি। আর দেখা নাই।

দ্বিতীয় পরিচ্ছদ

চায়ে চুমুক দিয়ে সুবিনয় বলল, তখন সংসারে খুব অভাব। বাবার একার রোজগারে সংসার। পাঁচটা ভাইবোন আমরা। সবে উচ্চমাধ্যমিক পাশ করেছি। আর পড়ার ক্ষমতা নেই। এখানেই ইতি। কি করব? কোন পথ পাচ্ছি না। শেষে বাবার সঙ্গে কাজে লাগলাম। সকাল সন্ধ্যা কিছু ছেলেকে পড়ায়। গ্রাম্য পরিবেশ। গরীব লোকের বাস। অতএব অর্থের টান। সাথে কাজ করব; সেখানেও খামতি। শরীর পারে না। ভগবানের মুখাপেক্ষী।

দেখবি মানুষ যখন বিপদে পড়ে, তখন কেউ না কেউ এসে পাশে দাঁড়ায়।

সেরূপ একজন এসে দাঁড়াল।

সবে সকাল হয়েছে। বাবা বারান্দায় বসে। ভাইবোন পড়ছে। মা রান্না ঘরে চায়ের ব্যবস্থা করছে, সেই সময় এক জন এসে বাবার কাছে বসে, বেসরকারি সংস্থায় কাজের সন্ধান ছিলেন।

লেগে গেলাম বেসরকারি সংস্থায়। আরম্ভ হলো কর্মজীবন। থাকার ব্যবস্থা করে দিলেন। কিন্তু খাওয়ার ব্যবস্থা নিজের। মাস মাইনে একশত ষাট টাকা।

এক সকালে বেডিংপত্র নিয়ে সেই ঘরে। তিনি একজন বড় ঠিকাদার। এ ব্যবসা ছাড়া তাঁর অন্য ব্যবসা আছে। বাবুর অনেক কজন কর্মচারী। সেই সময় বাবুর কাজ চলছে বারুই পুর। রাস্তা সম্প্রসারণের কাজ। ঘর থেকে

প্রায় বারো মাইলের পথ। বাস চলে। কিন্তু আমাকে মাতায়াত করতে হবে সাইকেলে। সাইকেলটা বাবুর দেওয়া। দেখলে মনে হবে বাবুর চেয়ে সাইকেলের বয়স বেশি। ওর আসল রূপ হারিয়ে, অন্য রূপ ধরেছে। এক কথায় বহুরূপী।

অবশ্য বাবু বলেছেন খারাপ হলে গণেশের দোকানে দিতে। ঐ দোকানে দিলে বিল মিটাবে বাবু নিজে। অন্য দোকানে দিলে পকেট কাটা যাবে।

প্রত্যেক দিন কাজ শেষ করে বাবুর বাড়ি গিয়ে হিসাব পত্র মিটিয়ে, ঘরে ফিরতে হবে। আবার সকালে কাজে যাওয়ার আগে বাবুর সঙ্গে দেখা করে টাকা নিয়ে কাজে যেতে হবে।

প্রতিদিনের মত, সেদিন সকালে উঠে ভাতে ভাত বসিয়ে প্রাতঃকালীন কর্ম শেষ করে বাবুর বাড়ি যাবো। সাইকেল বের করতে যাচ্ছি দেখছি সামনের চাকায় হাওয়া নাই।

মাথায় হাত। এত সকালে কোন দোকান খুলবে না। সাইকেল বের করে দাঁড়িয়ে ভাবছি নেপাল বলল, সাইকেল ধরে দাঁড়িয়ে কেন? সামনের চাকায় হাওয়া নাই। ভাবছি এত সকালে কোন দোকান খুলা পাওয়া যাবে? এখন কোন দোকান খুলবে না। খুলবে সেই আটটার পর। গরিব, বড়লোক সব এক। তবে তুমি সামনে বটতলার দোকানে যেতে পারো। ওর বাড়ি, দোকান একসঙ্গে। ডাকলে করে দিতে পারে।

অন্য দোকানে গেলে পকেট কাটা যাবে। এইতে সামান্য মাইনে। তার চেয়ে গণেশের দোকানে যাওয়া ভালো। সব খরচ বাবুর হাঁটিতে হাঁটিতে সেই গণেশের দোকানে।

সেদিন কাজে যেতে দেরী। কোনওরকমে নাকে মুখে গুঁজে বেরিয়ে পড়লাম। সাইকেলের ক্যাঁচ শব্দের জন্য অনেকের সঙ্গে পরিচয় হয়ে গেল। ঘরে এসে নাকে মুখে দিয়ে সাইকেল নিয়ে বেরিয়ে চলছে দ্রুত গতিতে। তার ক্যাঁচ বেল বাজানোর দরকার পড়ে না।

অনেকের সঙ্গে পরিচয় করিয়ে দিয়েছে, এই সাইকেল। মাঝে মাঝেই দোকানে বসতে হয়। উপায় নেই। সাইকেল কিনার পয়সা নাই। তাত এর যতদিন পারি, এই ভাবে চলি।

কেউ কেউ বলে দাদা এবার বিশ্রাম দিন। কেউ বলে আর কতদিন? বলার-ই কথা। তার আসল পার্টস্ বিলুপ্ত। কারণ সাইকেলের আসল পার্টস বাজারে পাওয়া যাই না। এই সাইকেল আসার পথের বন্ধু।

এই রাস্তার মাঝে একটা বিল পড়ে। সেটি পার হয়ে যেতে হয়। অবশ্য সেতু আছে। তবে সেটি কাঠের তৈরী। কাঠের হলেও নড়বড়ে নয়।

বেশ মজবুত। এই সেতুর উপর দিয়ে ভারী যান- বাহন চলে।

তাড়াতাড়ি পৌঁছানের জন্য জোড়ে চাপ দিয়েছি। প্যাডেল গেল খুলে। দেরীর উপর দেরী। একেই বলে কপালের ফাড়া এক হাতে প্যাডেল, আর এক হাতে হ্যান্ডেল। অবশ্য সেতু পার করেই সাইকেলের দোকান।

সময়টা ছিল বর্ষাকাল। সেতুর রেলিং ভর্তি পাট মেলা। সেতুর উপরে উঠতেই, আমার এই অবস্থা দেখে বলল, দাদা আর পারছে না। এইবার বিশ্রাম দেন। অনেক দিন বইছে। আর পারছে না।

বিশ্রাম দেব, তবে এই কাজ শেষ করে। ওদের সঙ্গে কথা বলতে বলতে হাঁটছি। চোখ পড়ল টাকার দিকে, সাইকেলের সামনের চাকাটা টাকার উপরে। টাকাটা নিয়ে গুনে দেখছি তিন শত ছিয়াশী। তখন এই টাকাটার মূল্য অনেক। পথ চলতি লোকের হবে। আমার কাছে কাছে থাকলে সে পাবে না। কি করা যায়? মাথায় এলো নিদৃষ্ট কোন্ জায়গাতে রাখলে পেতে অসুবিধা হবে না। সাইকেল দোকানে দিয়ে টাকার কথাটা বলতে, রাখার লোকের অভাব হবে না। বুদ্ধি করে ক্লাবের সম্পাদককে ডাকলাম। মনে হলো এই জায়গাটা নির্ভর যোগ্য। সম্পাদকের কাছে টাকাটা দিয়ে বললাম দাদা খোঁজ হলে দিয়ে দিবেন।

সে মাথা নেড়ে সহমত পোষণ করল।

নিশ্চিন্ত মনে সাইকেলে চেপে পাড়ি দিলাম কর্মস্থলে। সামনে একজনকে আসতে দেখে বললাম ও দাদা আপনার কি টাকা হারিয়েছে? সে যে আমাকে ভালো কথা শুনিয়েছে তা কিন্তু নয়। মন খারাপ হয়ে গেল। আর কাউকে বলব না। জোড়ে চালিয়ে চলে যাচ্ছি। পৌঁছানোর তাড়া রয়েছে। চোখ পড়ল সামনে এক ভদ্রলোক সাইকেলে আসছেন। কিন্তু এদিক ওদিক চেয়ে দেখছেন। মনে হচ্ছে উনি কিছু খুঁজছেন। বললাম দাদা

কিছু হারিয়েছে? সাইকেলটা ধীর গতি করতেই বললাম টাকা গুলো ক্লাবে রেখে এলাম।

বললেন, মাথার দোষ আছে। শুনে খারাপ লাগল।

কর্মস্থলে পৌঁছাতে অজিতদা বললেন, এত দেরি হল কেন?

তার সামনে টাকার কথা বলতেই বলল, তোমার কাজটা ঠিক হয়নি। ওরা বাংলা দেশি। ওপার থেকে এসে বাস। কেমন লোক, হবে তার ঠিক নাই। দিবে কি না, তুমি কি করে জানবে? তার চাইতে এই খানের ঠিকানা দিলে পারতে।

কথাটা মনে ধরল। চাপলাম সাইকেলে। দুরন্ত গতিতে সেই ক্লাবে।

তৃতীয় পরিচ্ছদ

ঘরভর্তি ছেলে। মেয়েরা বাইরে দাঁড়িয়ে। ঘরের মধ্যে সমবয়সী একটা ছেলে কেঁদে চলেছে। সম্পাদক দাদা চেয়ারে বসে টেবিলে পা তুলে সিগারেটের ধোঁয়া ছাড়ছেন।

বললেন, তোর যে টাকা, তোকে প্রমাণ দিতে হবে।

তার চোখের জল মুছে বলল টাকাটা আমার।

বল কত টাকা?

বলল, তিনশত ছিয়াশি।

ক'খানা ক'টাকার?

বলল, আমি গুনে দেখিনি। দাদা দিয়েছে, আমি ভিতর পকেটে রেখেছি।

তারা না দিবার আছিলাই, প্রশ্ন করে চলেছে।

মনে হলো সে মিথ্যে বলছে না।

বললাম, দাদা, টাকাটা ওর। তা-না হলে এই কটা ঢাকার জন্য সে কাঁদবে কেন ?

আমার কথা শুনে নরম হলো। টাকা দিতে চাইল কিন্তু শর্ত চাপিয়ে দিল।

বলল, এই খানে যতজন আছে, সবাইকে চা বিস্কুট খাওয়াতে হবে।

সে বলল, এই টাকা থেকে এক পয়সা খরচ করলে কলেজে যাওয়া যাবে না। সালটা মনে পড়ছে। নিজের কথা। এই টাকার জন্য কলেজে ভর্তি হওয়া যায়নি। কত আশা নিয়ে কলেজের ফর্ম তুলেছিলাম। এই অর্থ বাধা হয়ে দাঁড়াল, পড়ার স্বপ্নকে বাস্তবায়িত করতে হবে। শেষ হয়ে গেল। তার স্বপ্নকে বাস্তবে বললাম,ওকে টাকা দিয়ে দিন।

আমাদের শর্তের কি হবে?

হবে। ওই শর্তের জন ছেলেকে চা বিস্কুট খাওয়াতে বাধ্য হলাম। সেই সময় চায়ের বিলটা আমার কাছে অনেক মূল্য। এই প্রথম পরিচয়।

সে কলেজে ভর্তি হয়ে আমার সঙ্গে দেখা করতে আসে। তার কথাতে ভগবান। যত বলছি আমি কিছু করিনি। তোমার ভাগ্যে ছিল, তাই পেয়েছো, তবুও সে আমার গুনগান কবে চলেছে। টুকরো টুকরো প্রশ্ন উত্তরের মাধ্যমে পরিচয় পর্ব শেষ হলো। বললাম দরকার হলে দেখা করো। বন্ধুত্বের প্রথম সূচনা।

আসা যাওয়ার পথে দেখা হয়। মাঝে মাঝে চায়ের দোকানে বসে কথা হয়। বেশ ভালো সেদিন সকালে কাজে বেরিয়ে গেছি। সে এসেছে আমার খোঁজে।

নেপাল বলল, কাকে চান?

সে বলল, সুবিনয়দা, এখানে থাকেন না? হ্যাঁ। এই ঘরে।

আছেন ?

না। ভোরে বেরিয়ে গেছে।

কোথায় গেছেন? বলতে পারবেন? বিশেষ দরকার। তবে তুমি আমাকে বলে যেতে পার।

কিছুক্ষণ মৌন থেকে বলল, না। পরে আসবে।

কাজ শেষ করে ঘরে ফিরেছি নেপাল বলল, তোমার খোঁজে একজন এসেছিল। তুমি কারণ জানলে না?

– জিঞ্জেস করেছি। তোমাকে বলবে।

– দেখতে কেমন?

– মাথার চুলগুলো কোঁকড়ানো। গায়ের রঙ একটু চাপা তবে দেখতে খুব সুন্দর।

– ওর নাম লালমোহন। এর পরে এলে বাবুর ঠিকানা বলবে।

– তোমার গ্রামের?

– না, পথের পরিচয়। ভালো ছেলে।

প্রথম মাস দুয়েক প্রায় দেখা হতো। ঐ পথ দিয়ে কলেজ যেত। কথা হতো। কিন্তু কদিন থেকে দেখা নাই। তাহলে কি পড়ায় ইতি পড়ে গেছে? নানা রকম প্রশ্ন মনের মধ্যে ঘুরপাক করছে।

রাস্তার কাজ করে বাবুর বাড়ি যাচ্ছি। তখন অন্ধকার ঘনিয়ে আসছে। রাস্তার বাতি গুলো জ্বলছে। চোখ পড়ল তার দিকে। সে বাবুর বাড়ির সামনে সাইকেল ধরে দাঁড়িয়ে। বললাম অপেক্ষা করো। বাবুর সঙ্গে দেখা করে আসছি।

প্রায় আধঘন্টা পর বেরিয়ে দেখছি, সে একই ভাবে দাঁড়িয়ে।

বললাম এই ভাবে এখানে দাঁড়িয়ে থাকলে বাবু

ভালো চোখে দেখবে না।

যাক ওসব কথা। বল কি জন্য এসেছো?

– সমস্যায় পড়ে গেছি।

– কি এমন সমস্যা?

– একটা বই কিনতে হবে। কিন্তু আমার কাছে টাকা নাই। কিন্তু বইটা না কিনলে পড়ার ক্ষতি হয়ে যাবে। পকেটে দেখছি কটা টাকা রয়েছে। সামান্য টাকা মাস গেলে পাই। সব টাকাটা বাড়ি পাঠাতে হয়। মা এই টাকাটার জন্য পথ চেয়ে থাকে। ওর অসহায় মুখখানা দেখে মায়া হলো।

চলো দোকানে। বন্ধুর বইয়ের দোকান। বইটার মূল্য বিয়াল্লীশ ঢাকা। বন্ধুর সঙ্গে পরিচয় করে দিলাম।

ওকে সাহায্য করতে পেরে নিজেকে গর্ব বোধ হচ্ছিল। বললাম, এখন তোমার সঙ্গে দেখা হয় না। কোথায় থাকো?

কলেজের কাছে একটা বাড়িতে পেয়িংগেস্ট থাকি। বিনিময়ে দুই মেয়েকে পড়াতে হয়।

– খুব ভালো খবর। মন দিয়ে পড়াশোনা কর। তোমাকে

চাকরি পেতে হবে। এটায় তোমার ধ্যানজ্ঞান। চায়ে গলা ভিজিয়ে নিজ নিজ ঘরে।

এর মধ্যে বোনের বিয়ে লেগে গেল। বন্ধু ভেবে তাকে নিমন্ত্রণ করা হলো। সে বিয়ের দুদিন আগে এসে গেল। পাশের বাড়িতে তার থাকার ব্যবস্থা করা হলো। আত্মীয়, প্রতিবেশী সবার সঙ্গে পরিচয় হয়ে গেল। সে আমাদের পরিবারের একজন। মায়ের খুব প্রিয়। এই ছবি সেই সময়ের।

বিয়ের পর্ব মিটে গেল। ফিরে এলাম কর্মে। দেখা হয় কথা হয়। শুকুদার চায়ের স্টলে গল্প হয়। একদিন চায়ের স্টলে বসে বলে, আগের জন্মে তুমি আমার ভাই ছিলে। তোমার উপকার ভুলার নয়। বললাম, আমার সাহায্য স্বার্থক হবে, যে দিন তুমি চাকরি পাবে।

ছোট অবস্থায় বাবা মারা যান। মা চির রোগা। আমি দাদা বৌদির কাছে বড় হয়েছি। তাদের কোন দিন ভুলো না।

বৌদি আমার মায়ের মত। তাকে কি ভুলা যায়?

– ওর কথা শুনে মনে হলো বুদ্ধিমান, সৎ ও আদর্শবান ছেলে। অতএব বন্ধুত্ব।

বাবু বললেন, বাইরে থাকতে হবে। তাহলে লালমোহনের সঙ্গে।

এই ভাবে বছর দুয়েক চলার তোমাকে বেশ কিছু দিনের জন্য ওখানে বড় কাজ ধরেছে। সঙ্গে দেখা হবে না। কথাটা ওকে বলতে হবে। চায়ের দোকানে বসে ওকে সে কথাটা বললাম। সে শুনল কিন্তু কোন কথা বলল না। বললাম, অসুবিধা হলে বন্ধু অমিতের দোকানে দেখা করে সব বলবে। কোনও অসুবিধা হবে না।

প্রায় এক বছর পর ঘরে ফিরে নেপালকে বললাম, লালমোহন আমার খোঁজে এসেছিল?

না, আমার সঙ্গে দেখা হয়নি।

ওর সঙ্গে দেখা করার জন্য মন ছটফট।

শেষ হওয়ার কথা। পড়া শেযে করছে। কলেজ শেষ। সে কি বাড়ি চলে গেছে? তার সেই অসহায় মুখখানা চোখের সামনে ভেসে উঠছে। গরিব ছেলে মেয়েদের এই ভাবে পড়তে হয়। ওর একটা চাকরীর প্রয়োজন। টাকার অভাবে পড়ার ইচ্ছা থাকলেও শিক্ষালাভ হয় না। কত ছেলে মেয়ের জীবন শেষ হয়ে যাচ্ছে।

তারপর থেকে ওর সঙ্গে দেখা হয় না। এখানে থাকলে ওর সঙ্গে দেখা হতো। মনে হয় সে বাড়ি চলে গেছে। কি করবে এখানে থেকে? নিশ্চয়, কোন অসুবিধেতে আছে। চাকরী পেলে দেখা করে যাবে।

একদিন বন্ধু অমিতের সঙ্গে দেখা।

বলল, লালমোহনের সঙ্গে দেখা নেই।

টাকা পাবো।

– বই নিয়েছিল?

– হ্যাঁ। অনেকগুলো।

– ও তুই চিন্তা করিস না। ঠিক দিয়ে যাবে। বেশ কিছুদিন থেকে দোকানে আসে না।

দেখতেও পাই না।

– আমিও ওর দেখা পাচ্ছি না। মনে হয় বাড়ি চলে

গেছে টাকা পেয়ে যাবি।

চতুর্থ পরিচ্ছেদ

বর্ষার সময় কাজের বহর থাকে না। অফিসিয়াল কাজ গুলো করতে হয়। বাবুর বাড়ি যাব।

নেপাল বলল, তোমাকে একটা কথা বলব ভাবছি।

সময় হবে?

– এত গড়িমসি কেন? বলে ফেল।

– বাড়ি থেকে আসার সময় তোমার বন্ধু লালমহলের সঙ্গে দেখা। একই কামরায়। সামনা সামনি বসে। মুখটা ঠিকমত দেখা যাচ্ছে না। মনে হচ্ছে সেই।

সঙ্গে কেউ ছিল?

মনে হলো সঙ্গের মেয়েটি বৌ হবে, জিজ্ঞেস করলাম কেমন আছ?

মুখ ঘুরিয়ে নিল। বললাম, অনেক দিন বাদে দেখা। এখন কোথায় থাকছ? মুখ বন্ধ মনে হচ্ছে বোধ হয় আমার ভুল হচ্ছে। এই ধরাতে একই রকমের মানুষ অনেক আছে। ট্রেনে থেকে একই স্টেশনে নামলাম। কিন্তু কথা হলো না।

– হয়তো তোমার চিনতে ভুল হয়েছে। বন্ধু সেরকম নয়।

মনে সন্দেহ, সেই জন্য তোমাকে বলিনি। কারণ তুমি বিশ্বাস করবে না। গত কালকের ঘটনা শোন,

আমি বাবুর বাজার করতে যাচ্ছি। হঠাৎ আমার সামনে। আমাকে দেখে হতভম্ব। বললাম বাজারে? হুঁ, বলে পাশ কাটিয়ে চলে যাচ্ছে।

একসঙ্গে চায়ের দোকানে আড্ডা, আজ কেন, এই রকম করছে? পিছু নিলাম । কাছে গিয়ে বললাম কোথায় থাকছো? তোমায় বলতে হবে? তুমি কে? তোমাকে আমি তোমার বন্ধ সুবিনয়ের পাশে থাকি।

– এই নামে আমার কোন বন্ধু নাই। ডিস্টার্ব করবে না।

– তোমার সঙ্গে কি ঝগড়া হয়েছে?

না। সেরকম পরিস্থিতি হয়নি।

একেবারে বেইমান। কর্তব্য বোধহীন।

সত্যিটা জানার জন্য ওর সন্ধানে রইলাম। শুকুদার চায়ের দোকানে বসা ধরলাম। শুকুদা বলল, অনেক দিন বাদে এই ঢপের দোকানে মনে পড়ল দোকানের কথা? ভিতরে বস।

না। বাইরে বসি। টুলটা এগিয়ে ছিল।

ছোট চায়ের দোকান বললে হবে না। এই দোকান থেকে শহরের মধ্যে দু'তলা বাড়ি। ছেলে মেয়েদের ইংলিশ মিডিয়াম স্কুলে পড়াচ্ছে।

– লালমোহন কি দোকানে আসে?

– না, দূর দিয়ে চলে যায়। খুব অহঙ্কার। দেখা হয়। কথা বলে না। মনে করে বড় অফিসার।

– সেরকম নাও হতে পারে। বাড়ির অশান্তি মনকে চঞ্চল করে রাখে।

ভিতর থেকে বলল, কার কথা বলছ শুকুদা?

– লালমোহনের?

– ও ব্যাটা বড় বেইমান। চাকরি পেয়ে ধরাকে সরা জ্ঞান করছে না। অসময়ে সাহায্য করলাম। এখন চিনতে পারে না।

মনের বিশ্বাসে চিড় ধরল। এখন সত্যটা জানার অপেক্ষায়।

সকাল থেকেই আকাশ মেঘলা। মাঝে মাঝে কালো মেঘে অন্ধকার করে দিচ্ছে। আজ আর রান্না করব না। হোটেলে খেয়ে নিব।

বাবু বললেন, আজ অন্য কাজ নেই। তুমি ব্যাঙ্কের কাজগুলো করো যাব। বৃষ্টি নামল। ছাতা মাথায় ধরলাম। নিচের অংশ প্রায় ভিজে গেল। ওই অবস্থায় ব্যাঙ্কে পৌঁছে দেখছি বিরাট লাইন।

বললেন, আজ এক তারিখ। শিক্ষকদের পেমেন্টের দিন। লাইনতো হবেই। সরকার বাহাদুরকে ধন্যবাদ দেওয়া উচিৎ। মাসের প্রথম দিন বেতন। পিছন ফিরতে চোখ পড়ল লালমোহন লাইনের শেষে দাঁড়িয়ে। দু'বার ডাকলাম। সাড়া দিল না। মনে হলো শুনতে পায়নি। কাজ শেষ করে তাকে বললাম, অনেক দিন বাদে তোমার দেখা। কি করছ? কোথায় থাকছ?

এক ভদ্রলোক বললেন, এখন বেকার নাই। প্রাথমিক স্কুলে মাস্টারি করছে।

আনন্দে বুকটা উৎফুল্ল হয়ে উঠল। যাক সাহায্য বিফলে যায়নি।

এখন তুমি কোথায় থাকছ?

পিছন থেকে বলল ঘর জামাই, বড় দাঁও মেরেছে। রাজকন্যার সঙ্গে রাজত্বলাভ আমি কথা বলে চলেছি। সে কিন্তু নীরব। বললেন, ছেলে বেইমান। যে দাদা বৌদি কষ্ট করে পড়াল, চাকরি পাওয়া মাত্র ভুলে গেল। বাড়ির সঙ্গে সম্পর্ক রাখে না। এমনকি যে বাড়ি থেকে পড়ল। সেই বাড়ির নাবালক মেয়েকে ভুলিয়ে বিয়ে করে নিল। এই বিয়ে নিয়ে গণ্ডগোল একেবারে বেইমান।

সে অন্য দিকে মুখ ঘুরিয়ে থাকল। কোনও কথা বলল না।

বিবেকে বাধল। তাকে মন থেকে ভালোবেসে বন্ধু করেছিলাম। অভাবের মধ্যে ওকে সাহায্য করে গেছি। তার প্রতিদান এই রকম ব্যাঙ্ক থেকে বেরিয়ে সোজা শুকুদার দোকানে। তার ব্যবহার মনকে চঞ্চল করে তুলেছে।

শুকুদা বলল, আজ তোমাকে বিচলিত মনে হচ্ছে। - ঐ বেইমানের ব্যবহার অস্থির করে তুলছে।

– চাকরি পাওয়ার পর অহঙ্কারে মাটিতে পা পড়ে না। উপকারের কথা মনে রাখে না। চায়ে চুমুক দিয়ে বললাম ওর মুখ দেখলে ঘেন্না হবে। স্বার্থপর। বেইমান।

বেশ কিছুদিন ঘুমোতে পারতাম না। কষ্টের মধ্যেও ওকে সাহায্য করে গেছি। সেই কথা মনে পড়লে ঘুমতে পারতাম না। মানুষ এত বেইমান হয়। আমার জানা ছিল না।

জানা ছিল সেই সব দিনের কথা ভুলতে বেশ সময় পার করতে হয়েছে। একেবারে অকৃতজ্ঞ। ❑

সুপ্ত প্রেম

পর্ব – প্রথম

কেশব বাড়ি থেকে বেরিয়ে অটো ধরতে যাবে, ফোনটা বেজে উঠন। ভাবল ধরবে না। অফিসের তাড়া। তারপর রাস্তা জ্যাম। ফোনটা পরপর বেজেই চলেছে। বিরক্ত বোধ করছে। শেষে ধরতে বাধ্য কানে ধরতেই বলল, আমি মালা বলছি। বাড়ি ফিরছি অনেক দিন বাদে। সব বন্ধুদের সঙ্গে দেখা হবে। কি আনন্দ হচ্ছে না আমার, তোকে বোঝানো যাবে না। বেশ সব বন্ধুদের নিয়ে জমিয়ে আড্ডা দেওয়া যাবে। কিরে? কথা বলছিস না কেন? তুইতো এক লপ্তে কথা বলে চলেছিস্, বলার সুযোগ দিয়েছিস?

– এই শোন, আমি সন্ধ্যা ছটার সময় হাওড়া স্টেশনে নামবো। সব বন্ধুদের বলেছি স্টেশনে থাকার জন্য। অবশ্য ম্যাসেজ করে দিয়েছি। তুই আসবিতো? আসব। তবে অফিস থেকে বেড়তে দেরি হতে পারে। তুই অপেক্ষা করবে। খুব গল্প হবে। তুই সবাইকে বলিস। দেরি হতে পারে।

এই মালার বাড়ি মালদা ইংলিশ বাজার। বড়লোকের মেয়ে। দেখতে খুব ভালো, তা নয়। কিন্তু ওর ব্যবহার সবাইকে আপন করে নেয়। সব সময় হাসি খুশি। হাসলে সুন্দর লাগে। ওর এ গালে টোল পড়াটা সবাইকে মুগ্ধ করে। কলেজে ভর্তি হওয়ার সময় ওর সঙ্গে পরিচয়। ধীরে বন্ধুত্ব। প্রথম দেখাতেই আকৃষ্ট হয়ে পড়ি। সে যখন বুঝতে পারল যে আমার দুর্বলতা। নিজে থেকেই সরে গেল। তাই বলে বন্ধতে বাধা পড়ে নি। বন্ধুর মত রয়ে গেল।

কলেজ থেকে বেরিয়ে মালা ভালো চাকরী নিয়ে বোম্বে চলে যায়। কর্মসূত্রে বাইরে। কিন্তু সবার সঙ্গে যোগাযোগ রে তার মন পড়ে রয়েছে কলকাতায়। মনে পড়ে সব বন্ধুদের কথা। প্রায় প্রতিদিন ঘরে ফিরে বন্ধুদের সঙ্গে কথা। তার আশা, আজ সব বন্ধুরা স্টেশনে অপেক্ষা করবে। আট বছর পর এক সঙ্গে। মনে পড়ছে কলেজ জীবনের কথা। সেই বাঁধানো বট গাছতলায় একসঙ্গে কত গল্প, হাসি, মশকরা, সঙ্গে তর্কবিতর্ক। ঘন্টা পড়ার

শব্দ কানে পৌঁছতো না। সেই দিন আর ফিরে আসবে না। তার মনের আশা আজ সেই সব দিনকে ফিরিয়ে আনবে। আজ গাল গল্পে মজে থাকবো। আমায় দেখে সবাই আনন্দে জড়িয়ে ধরবে। মনের কথার সঙ্গে হাসি ফুটে উঠছে।

একদিন কেশব বলেছিল বল তো কোন লাইফ সবচেয়ে সুখের?

– স্কুল লাইফ।

– না, কলেজ লাইফ।

– কীসের ভিত্তিতে বললি?

– সংখ্যা বলল, মুক্ত আকাশে উড়ন্ত পাখীর মত কলেজ লাইফ। যেখানে কোন বাধা বাধ্যকতা

থাকে না ।

– সত্যি আজ সব ফেলে আসা দিনগুলির কথা শোনা যাবে। সবাই স্টেশনে আমার অপেক্ষায়। কিন্তু সংখ্যার ওকে কলেজের সবাই শঙ্খ বলে ডাকত।

খুব হাসিখুশি। যে যা বলে ডাকুক রাগ বলে কোন বস্তু ওর মধ্যে ছিল না। হঠাৎ খবর এল সে আর নেই।

একজনকে বাঁচাতে গিয়ে, নিজে চাপা পড়ে গেল। অভাবের সংসার। বাবা শিশুকালে চলে গেছে। মা বহু কষ্টে পড়াছিল। মেয়ে চাকরি করে সংসারে হাল ধরবে। সব শেষ। ভগবান সেটাও কেড়ে নিলেন। রুমাল দিয়ে চোখ মুছছে আর তার মায়ের কথা ভাবছে।

ট্রেনের বাঁশি তাঁকে সজাগ করে দিল। এখন নামার ব্যস্ততা। অনেক দিন পর সব বন্ধুদের নিয়ে ঘুরবে। সেই আনন্দে বিভোর। এক সঙ্গে শহর ঘুরে রাতে হোটেলে কাটিয়ে সকাল ন'টার ট্রেনে বাড়ি ফিরবে। বন্ধুদের নিয়ে কোথায় ঘুরবে, কি খাবে? সব পরিকল্পনা শেষ। এবার নামার পালা।

স্টেশনে নেমে দেখছে একা কেশব দাঁড়িয়ে, সে এদিক ওদিক চেয়ে দেখছে কেউ নেই। বলল, তুই একা? আর বন্ধুরা কোথায়?

শীতের সময়। তারপর সবাই সংসারী। অসুবিধে হয়েছে। আসতে পারে নি। পারেনি।

– সবার গাড়ি আছে। একবার এসে দেখা করে যেতে পারত।

– সবাই তো বসে নেই। কর্মব্যস্ত জীবন। সংসার আছে, পরিবার আছে। সময় করে উঠতে পারেনি। আমি আসছি। কথাটা অনেক দিন আগে থেকে জানিয়েছি। তখন তারা আনন্দ সহকারে বলেছিল তামরা সবাই স্টেশনে অপেক্ষা করব।

– বলেছিল। কিন্তু সময় করে উঠতে পারেনি, আমি তো এসেছি।

– গাড়িতে ওঠ।

– লাভ নেই। এত তাড়া দিছিস কেন? সবে তো নামলাম।

– রাত হয়ে যাচ্ছে।

দুই বন্ধু এক সঙ্গে। অনেক কথা, অনেক গল্প ফেলে আসা কলেজ জীবনের সুখ। একে অপরের মধুর গল্প, আর মুখরোচক গল্প। হাসাহাসি।

মালা বলল, চল, পেটে কিছু দিই। তারপর প্রাণ খুলে মনের কথা শেয়ার করব।

তুই ক'দিনের ছুটিতে এসেছিস?

– একেবারে ইতি টেনে এসেছি।

– সে কি রে? অত টাকা বেতনের চাকরি। জমা দিয়ে চলে এলি?

– বিশ্বাস হচ্ছে না?

– তা নয়।

– তবে?

– সেই একাকীত্ব জীবন ভালো লাগছিল না। সেই অফিস আর ঘর। এই জীবন ভালো লাগে। জীবন সঙ্গী জুটিয়ে নিলেই সমস্যা মিটে যেত।

চাকরি আর সংসার সুখের হয় না। তাহলে যারা দুজনে চাকরী করে তারা সুখী নয়? দুজনে চাকরী করলে টাকার পরিমাণ বৃদ্ধি পাবে সুখশান্তি

কমতে থাকবে। সংসারে টাকার প্রাধান্য বেশী পাবে। ওতুই বুঝবি না। কোন রেস্টুরেন্ট দেখে গাড়ি দাঁড় করা। শহর অনেক উন্নতি।

– তুই আট বছর আগে যে শহর দেখে গেছিস, এখন সেই শহর নেই। অনেক পরিবর্তন।

থাম থাম। ওই দেখ রেস্টুরেন্ট। পেটে কিছু দেওয়া যাক।

পর্ব – দ্বিতীয়

কেশব পড়াশোনায় ভালো। দেখতে সুন্দর। কিন্তু তার বংশ পরিচয় ভালো না।

গ্রামের মধ্যে এক ঘর আদিবাস। নাম তার বেতন টুডু। তাদের কর্ম শিকার আর জঙ্গলের কাঠ বিক্রী করে সংসার চালানো। সংসার বলতে শ্রীমতি টুডু। দিনটা চলে গেলেই সন্তুষ্ট। সারাদিন যা রোজগার হয়। দিনের শেষে নেশাকরে ফুরিয়ে দেয়। তবে খুব সৎ, শত অভাবেও কারো কাছে হাত পাতে না।

একদিন ঘর আলো করে এলো পুত্র সন্তান। সেই আলো বেশী সময় জ্বললো না। অন্ধকারে তলিয়ে গেল। শ্রীমতি মারা গেল। কেশৰ মাতৃহারা।

কেতন পুত্র নিয়ে অথৈ জলে পড়ে গেল। সে দুঃখ ভুলে থাকার জন্য নেশায় ডুবে থাকে। সেই সময় বিনয় বাবু পাশে এসে দাঁড়ায়। তিনি ছিলেন । তি নিসন্তান। সন্তানের দায়িত্ব নিজে হাতে তুলে নিলেন। নিঃসঙ্গ জীবন থেকে মুক্তি পাওয়ার জন্য সংসার জীবন ত্যাগ করলেন।

বিনয়বাবুর বুকটা হালকা হল এখন আর দাবিদার রইল না। সেই শিশুটি তাদের কছে। মনের মত করে তুলবেন। নাম রাখলেন কেশব রায়। সব ঠিক ছিল। বাধ সাধলো সমাজপতিরা। তার এই ছেলেকে সমাজে স্থান দিল না। সমাজের ভয়ে রাতের অন্ধকারে দূর দেশে পাড়ি দিলেন। কেউ জানবে না তার জন্মবৃত্তান্ত।

তার পরিচয় বিনয় বাবুর ছেলে। একদিন মিনতি কাকিমা কথাটা তুলতে যাছিলেন। বিনয় বাবুর চোখ, বন্ধ করে দিলেন। কেশব জানেনা বংশ পরিচয়। সে জানে বিনয় বাবু তার বাবা।

কেশব চাকরি সূত্রে কলকাতায়। তার বাবা মা গ্রামে থাকে " মালা জানে পরিবার নিয়ে থাকে। রেস্টুরেন্ট থেকে বেরিয়ে, বলল, আগে চল স্টেশনের কাছে ভালো হোটেলে। সেখানে গাড়ি দাঁড় করাবি। এইতো খেয়ে গাড়িতে উঠলি। আবার হোটেল।

– কোন হোটেলে?

– বল কোথায় দাঁড় করাব?

– কলকাতা স্টেশনের নিকটবর্তী। বেশ পরিষ্কার পরিছন্ন হওয়া চাই।

– কি খাবি, আমিষ না নিরামিষ?

– আরে, হোটেল ভাড়া নেব। রাতটুকু থাকার জন্য।

– ভাড়া নিয়ে কি হবে? রাতটুকু আমার ঘরে কাটিয়ে দিবি।

– তোর ঘরে কে আছে?

– আমি আর দুর সম্পর্কের মাসি থাকেন।

– কেন, তোর বৌ থাকে না?

– থাকে, তবে ওরা থাকে গ্রামে মা বাবার সঙ্গে। তোর কোন অসুবিধে হবে না। এখানে আমি আর মাসি। এই দুজনের সংসার।

– নারে, কাউকে বিব্রত করা ঠিক হবে না। বয়স্ক বৃদ্ধা, আমার জন্য চাপে পড়ে যাবে। থাক হোটেলে থাকা ভালো।

তুই গেলে মাসি খুব খুশি হবে। সারাদিন একা থাকে। কথাবলার কেউ নেই পাশে। থাকবে কে? সবাই চাকরীজীবি। সেই পাঁচটার পর একে একে ঘরে ফিরবে। মাসীকে নিয়ে চিন্তায় থাকি বয়স্ক। মন পড়ে থাকে বাড়িতে।

– তোর মাসি আবার অন্য কিছু ভাববে না? সে ব্যাপারে তুই নিশ্চিন্ত থাক,

তার মনে পড়ল ভাগ্য লক্ষীর কথা। শ্বশুরবাড়ি এবং সবাইকে আপন করে নিল। পরিবারের সবাই খুশি। এক কথায় সুখী পরিবার, চারি দিকে নুতন বৌয়ের সুখ্যাতী, হঠাৎ একটা ফোন পরিবারটাকে ভেঙে টুকরো করে দিল। এমন কিছু কথা ছিল না।

ছেলেটা তার কলেজের বন্ধ। না যাওয়া ভালো। কি ভাবছিস ? কথা নাই মুখে।

কিছু না। হোটেলে থাকাই ভালো হবে। তোর ঘরে গিয়ে মাসিকে বিরক্ত করা ঠিক হবে না। পরে ছুটির দিন দেখে এসে মাসির সঙ্গে দেখা করে যাবো।

– তুই যা ভাবছিস সেটা ভুল। হয়তো মাসি তোকে দেখে খুব খুশি হবে। কথা বলার লোক পাবে। - ভাবছি তোর বাড়ির কথা। আমি তোর ঘরে রাত কাটালে, তোর বৌ কী ভাববে?

– মৌ সেরকম মেয়ে নয়। সে খুব হাসিখুশি। তাছাড়া সে সংসার নিয়ে ব্যস্ত। এসব নিয়ে ভাবার সময় কোথায়?

– নামটা তো বেশ সুন্দর। তবুও মন বলছে হোটেল। চল তাহলে। দেখি কোথাও পাওয়া যায় নাকি। হোটেল ভাড়ার জন্য হন্যে হয়ে খুঁজছে। কিন্তু সব বুক। ঘর আছে তবে স্টেশন থেকে দূরে। দেখে পছন্দ করা হল না। অতএব শেষ পর্যন্ত কেশবের

পর্ব – তৃতীয়

দ্বিধাদ্বন্দ্ব মন নিয়ে গাড়িতে। চোখ পড়তেই বলল দাঁড়া দাঁড়া। সেই রেস্টুরেন্ট না? বন্ধু বান্ধব মিলে কলেজ থেকে এসে চায়ের আড্ডায় বসতাম?

– চিনতে পেরেছিস?

– চেনার উপায় নাই। সব পরিবর্তন। চিনতে পারতাম না। যদি সেই বাঁধানো হেলে পড়া বটগাছটা না থাকত। যার ছায়াতলে বসে কফির কাপে ঠোঁট লাগাতাম। কলেজ ফাঁকি দিয়ে ঘন্টার পর ঘন্টা আড্ডা দিতাম। সেই

বন্ধ, অশোক, সঞ্চায়তা, লাবনি, মুমু না। কত কথা, কত গল্প। সেই হারিয়ে যাওয়া দিন গুলির কথা মনে পড়লে কষ্ট হয়।

এখন তুই লাবণীকে চিনতে পারবি না। হাড় জিড় জিড়ে শরীর নাই। এখন দেখতে খুব সুন্দর লাগত।

– সে এখন কি করছে? নিশ্চয় কোন জবে আর জবে ছিল। কিন্তু বিয়ের পর স্বামীর কথাঃ চাকরী ছেড়ে দিয়েছে। এখন ঘোর সংসারী, ঠিক করেছে। চাকরী, সংসার, দুই দিক দেখতে গিয়ে জীবনটাই শেষ হয়ে যাবে। আমি ওর সিদ্ধান্তকে সমর্থন করি তারা কেউ এল না কেন? তাদের বার বার বলেছি আসার জন্য। একজনও নাই ।

– ওরা এখন সংসারী। আসার ইচ্ছা থাকলেও আসতে পারবে না। পিছনে বাধা আছে, - কি এখন বাধা? বুঝিয়ে আসা যেত না। কত দিন পরে এক সঙ্গে হব। ঘুরব ফিরব আনন্দ করব।

– তুই ওসব চিন্তা ছাড়। আমি তো আছি, অনেক দিন পরে শহরে এসেছিস। ভালো করে দেখ।

আনন্দ কর সব নতুন লাগবে। হ্যাঁরে। সেই শহর নেই।

যুগের সঙ্গে সমতা রেখে চলছে। এই জন্য বলে, সুন্দরী তিলোত্তমা নগরী। বল, তোর অফিস কোথায়?

– সেই তোর, আত্মার নিত্যদিনের ফুচকা স্টল বুঝলি না? আরে কলেজ থেকে ফিরার পথে এসে ফুচকা খেতাম। একদিন তোর মাথায় পাখির বিষ্ঠা পড়েছিল। জল দিয়ে ধুয়ে দিলাম।

– ও, মানিকতলা ।

অত ঘুরিয়ে পেঁচিয়ে বলার কি আছে? সবাই বলে শহরের হার্ট। এখন সব অফিস শহরের বাইরে চলে যাচ্ছে। - যায় বল, ভারতে যতগুলো শহর আছে, তার মধ্যে কলকাতা জনবহুল শহর।

শোন, তোকে ঘরে সব ব্যবস্থা করে দিয়ে, আমাকে বন্ধুর বাড়ি যেতে হবে। বন্ধুর বৌয়ের শারিরীক অবস্থা ভালে নাই। ডেকেছে সন্ধ্যা বেলায়।

কিন্তু তোর ফোন আমাকে সর্বাগ্রে দেখা করতে বলল। বন্ধু বলে কথা, বল রাতে কি খাবি?

যা রান্না হবে তাই খাবো। আমার খাওয়ার প্রতি জাতবিচার নাই। এই শুননা, বুড়োদার দোকান থেকে লুচি আর আলুর দাম নিয়ে নিই। তাহলে মাসিকে ঝামেলা পোহাতে হবে না।

কথাটা কেশব বলতে চাইছিল। কিন্তু বলতে পারছিল না। বন্ধু কি ভাববে এই ভেবে?

– কি ভাবছিস? দোকানের খাবার শুনে মুখ বন্ধ।

– মাসিকে রাতের খাবার করতে নিষেধ করে দিই। মাসি একটু আরাম পাবে। এই বয়সে মাসির খুব কষ্ট হয়। সে ভাবে চলতে ফিরতে পারে না। গিয়ে দেখব অকাতরে ঘুমোচ্ছে। আমি ডাকি না। টেবিলে খাবার ঢাকা থাকে।

– আমি কিন্তু সকালের ট্রেন ধরব। মনে থাকে যেন।

– সে হবেক্ষণ। তাছাড়া গাড়ি আছে। তোকে গাড়ি করে পৌঁছে দেব। শান্তি।

আমার সকালের দায়িত্ব।

– হ্যাঁরে, বৌ কেমন হয়েছে? দেখাবি না?

– বারে নিশ্চয় দেখাব। স্বশরীরে।

এ কেমন ভাগ্য দেখ। তোর ঘরে রাত কাটাবো, অথচ ঘরের বৌ ঘরের বাইরে। বৌ জানতে পারলে লঙ্কাকান্ড বেঁধে যাবে। ভেবে দেখ। মাসিমাও খারাপ ভাবতে পারে।

– মাসিমা কিছু ভাববে না। ঐ তো কয়েক দিন আগে, লাবনী এসেছিল। অনেক সময় ঘরে ছিল। মাসির সঙ্গে সংসার জীবনের গল্প করে গেল। বললাম রাতটা থেকে যা।

– হ্যাঁরে, লাবণীর কি ছেলেপুলে হয়েছে?

– দুটো ছেলের মা। ছেলে রেখে এসেছিল বলে থাকতে পারল না। সে ঘোর সংসারী। ওর স্বামী বড় ব্যবসিক। নাম ডাক আছে।

বলে ছাড় ওর কথা। বা আর কতক্ষণ? চোখ আর পাড়ছে না।

– আর পাঁচ মিনিট।

পর্ব – চতুর্থ

গাড়ি দাঁড় করিয়ে বলল, নাম এসে গেছি। ঘরে ঢুকিয়ে বলল, এই আমার ঘর। এই ঘরে তুই থাকবি।

আর তুই কোথায় থাকবি?

– মাসির ঘরে থাকব। তোকে চিন্তা করতে হবে না। আমার অভ্যাস আছে। মাসি ও মাসি বলে ডাকল। কোন সাড়া নেই। ঘুমিয়ে পড়েছে। তোকে ডাকতে হবে না। সকালে কথা হবে। হ্যাঁ। তুই কোথায় যাবি বলছিলি?

– বন্ধুর বাড়ি। একবার দেখা করে আসি। বিপদের সময় পাশে না থাকলে ভালো দেখায়? -ফিরবি কখন?

দেখা করেই চলে আসবো। তুই ফ্রেশ হয়ে খেয়ে নিবি। টেবিলে খাবার রইল। ভয় নেই। আমি লক করে যাচ্ছি। নিশ্চিন্তে ঘুমো। আমি যথো সময়ে চলে আসবো।

সারাদিনের ধকল। শরীর বড় ক্লান্ত। দুটো মুখে দিয়ে সটান বিছানায়, মাঝে দু'বার ফোন বাজল কিন্তু ফোন তুলার মানসি কতা ছিল না। চোখ খুলতে চাইছে না। বিভোর ঘুমে আচ্ছন্ন।

কেশব অফিসের রেষ্টরুমে রাত কাটিয়ে মালার ওঠার আগে এসে হাজির, তাকে ডেকে তুলল।

– এত সকালে উঠিস? উঠে কি করিস?

– মাসিকে পার্কে রেখে আসতে হয়। ওখানে বয়স্ক পুরুষ, মহিলা এক সঙ্গে হাঁটে, টেবিলের উপরে প্যাকেটটা কিসের? – তোর প্রিয় খাবার রসমালাই।

– মনে রেখেছিস? করে এক সময় বলে ছিলাম। - প্রিয় বন্ধুর কথা ভুলা যায়? তুই কটার ট্রেন ধরবি?

– সাড়ে আটটার ট্রেন।

– সময় হয়ে এল, তৈরি হয়ে নে। আমি গাড়ি বের করছি।

– তোকে যেতে হবে না। আমি ঠিক পৌঁছে যাব।

– তাই হয়। গাড়ি যখন রয়েছে। গাড়িতে চেপে বলল, মাসি সার সঙ্গে দেখা হলো না। খুব খারাপ লাগছে। মাসির সঙ্গে দেখা করতে গেল, তোর গাড়ি ছেড়ে যাবে। রাস্তায় যার সঙ্গেঙ্গ দেখা হবে। কথা না বলে আসবে না। অনেকের সঙ্গে পরিচয়। তবে আমার খাবার ঠিক মত করে দেয়।

মা, মাসি, এদের কাছে সন্তান বড় প্রিয়। আমি বাড়ি গেলেই মাসি চলে আসবে দেখতে। সঙ্গে থাকবে নিজে হাতের তৈরী খাবার। এক দিকে সন্তান, অপর দিকে ভগবান। যদি বলা হয় বেছে নিতে। তাহলে সন্তানের হাত ধরবে।

তোকে ষ্টেশনে পৌছে দিয়ে, অফিসে যাবো। খুব কড়াকড়ি।

গাড়ি থেকে নেমে স্টেশনে। সেখানে দেখা বন্ধু নির্মলার সঙ্গে। অনেক দিন বাদে দেখা। কলেজের বন্ধু। এক সঙ্গে বসে সেই কলেজ জীবনের কথায় মত্ত। সব বান্ধবীদের খবরাখবর।

হঠাৎ ট্রেনের বাঁশি। তড়িঘড়ি ট্রেনে।

নির্মলা বলল, তুই কোথা থেকে আসছিস আর কি করছিস?

– ছিলাম বোম্বে। যাচ্ছি বাড়ি। তুই কোথায় যাচ্ছিস?

– আমি যাচ্ছি অফিসে। রাতে হোটেলে ছিলি? নারে, তুই কেশবকে চিনিস না?

– কলেজের বন্ধু কেশব?

– হ্যাঁ।

– সে চাকরি করে। বড় পদে রয়েছে। ভালো মাইনে পাই। ছেলেটা বড় ভালো। তাকে পেলি কোথায় সেইতো আমাকে স্টেশন থেকে গাড়ি করে শহর ঘোরানো, খাওয়ার ব্যবস্থা সব করেছে। রাতটা তার ঘরে ছিলাম। ছেলেটা বড় ঘর ভাড়া নিয়ে থাকে। সঙ্গে মাসি থাকে।

মাসি মানে? কি বলছিস তুই?

সে বলল, সঙ্গে মাসি থাকে। অবশ্য দূর সম্পর্কের। সেতো রান্নার মাসি। সকালে এসে রান্না করে যায়।

সে বলল, আমার পরিবার গ্রামে থাকে মা, বাবার সঙ্গে।

সে পরিবার কোথায় পাবে? সে বিয়ে করেনি। কথায় কথায় একদিন বলেছিল, যাকে ভালো- বেসে ছিলাম, সে চলে গেল অনেক দূরে। ওই পথে আর পা বাড়াবো না। এই বেশ ভালো আছি।

– তুই এত সব জানলি কি করে?

পাশেই থাকি। প্রায় কথা হয়।

– চিনতে ভুল করেছি। সারা রাত আমার জন্য কষ্টে কাটিয়েছে। আমি এত অহঙ্কারী, একবারের জন্য বুঝতে পারিনি। চোখ কখনও মনকে প্রশ্ন করেনি। সে যে অপেক্ষায়। অহঙ্কারে বুঁদ হয়ে, কাছে পেয়েও হারিয়ে ফেলাম। চোখ আমাকে ভুল পথে পরিচালনা করেছে। এখন শুধু অপেক্ষা। ❑

প্রতিদান

পর্ব – প্রথম

প্রায় আটের দশকের ঘরে বয়স। গালের চামড়া কুঁচকে গেছে। চোখের কোলে কালশিটে দাগ। হাত–পায়ের চামড়া ফাটা ফাটা। মাথার চুল বলতে পিছন দিকে ক'টা লেগে রয়েছে। কানে কমজোরি। তবে বানী নাথের চোখ ভালো রয়েছে। চশমা ছাড়াই পড়তে লিখতে পারেন। তবে ডাক্তারবাবু বলেছেন, এক চোখে ছানি পড়ছে। চলাফেরা করতে পারেন, কিন্তু সঙ্গে লাঠি থাকে। স্কুলজীবন থেকে শেষ অবধি সঙ্গী ছিল সাইকেল। এখন সঙ্গী লাঠি।

সামনে বারান্দার বড় দেওয়ালে ঠেস দিয়ে দাঁড় করানো। তার দিকে চোখ পড়তে তাঁর কত কথাই না মনে আসে। তাঁকে ঝড় ঝাপ্টা সহ্য করতে হয়েছে। কোনওদিন থমকে দাঁড়াননি। এখন অসহায় হয়ে ধুলো বালি গায়ে মেখে শান্ত ছেলের মতো দাঁড়িয়ে, মাঝে মাঝে মাঝ রাস্তায় দাঁড় করিয়ে নিজেকে বৃষ্টি থেকে বাঁচার জন্য কারও আশ্রয়ে দাঁড়িয়েছি। একবারও তার কথা ভাবিনি। সে অসহায় হয়ে চুপচাপ বৃষ্টিতে ভিজত। কোনও প্রতিবাদ করেনি। সে আমাকে ছেড়ে আসেনি।

চাকরির শেষের দিকে এবড়ো খেবড়ো রাস্তাতে দু'দিন পড়ে গেছি। অবশ্য ওর দোষ নেই। মনে হল, আর বোধ হয় খাড়া হতে পারব না। তাকে ওভাবে পড়ে থাকতে দেখে মনে হল, সে–ও বোধ হয় অচলের খাতায়। দুজনের অবস্থা এক। অপরের সাহায্যে খাঁড়া হয়ে দাঁড়ায়, তবে দুজনকেই ডাক্তারের কাছে যেতে হয়েছে। দু'দিন ওষুধ খেতে হয়েছে।

সেই ছোটবেলার সঙ্গী। এখন আর তার মতো করতে পারি না। আমার মতো তার দেহের অবস্থা। জায়গায় জায়গা্য রঙ চটে গেছে।

মরচে পড়ে গেছে। পারি না তোর সেবা করতে। সারাজীবন সাহায্য করে গেছিস। কোনওদিন বিরক্ত বোধ দেখাসনি, বা ফেলে আসিসনি। আজ তোর এই অবস্থা দেখে চোখে জল আসে। বলি দুঃখ করিস না। তোকে

দেবার মতো কিছু নেই আমার, রয়েছে শুধু চোখের জল। আমি যে তোর মতো অচল।

সে–ও বলে, দুঃখ করিস না বাণী নাথ। কষ্টে দিন চলে গেছে। এখন আরামের সময়। ওসব কথা না ভেবে শান্তিতে দিন কাটা, তোর এই অবস্থা দেখে শান্তিতে থাকতে পারি না। সারা অঙ্গ ধুলোয় ভরা। পরিষ্কার করার কেউ নেই, তোকে পরিষ্কার করে রাখার মত ক্ষমতা আমার নেই। তুই ভুল বুঝিস না। তুই সারাদিন আমাকে নিয়ে ঘুরেছিস। কোনওদিন বিমুখ হোসনি। আজ আমি আর তুই এক আসনে।

যে বাড়ি আসে, তার চোখ তোর প্রতি পড়লে হিংসায় জ্বলে পুড়ে মরে। বলে, ও অন্তরা এখন এটাকে এখানে রেখে লাভ কি? মরচে পড়ে নষ্ট হয়ে যাচ্ছে। দেখতেও খারাপ লাগে। তারপর অনেকটা জায়গা দখল করে রেখেছে। শুধু জঞ্জাল ভর্তি করা। তার চেয়ে ভাঙড়ি বালাদের ডেকে দিয়েছে। দুটো পয়সা আসবে, আবার জায়গাটা ফিরে পাবি।

দিদির বাড়ির লোকের জন্য পারি না।

রাগে মুখ চোখ লাল হয়ে যায়। কথা শুনে মনে হয় দ্রুত কথা শুনিয়ে দিই, পারি না কিছু বলতে। সেই ক্ষমতা নেই। এখন শোনার পালা। দম বন্ধ হয়ে আসে। এক দৃষ্টে চেয়ে থাকি। ভাবি ক্ষমতা হারিয়ে গেলে সে সংসারে জালে পরিণত হয়। তার কোনও মূল্য নেই। সবার কাছে সে বোঝা। ফেলে দেওয়ার অপেক্ষায়।

মনে পড়ে মানসের কথা। সেই ছোট থেকে মাথায় করে সবজি বিক্রি করে সংসার চালায়। খালি পায়ে, কাদা জল মাড়িয়ে, গ্রামে গ্রামে ফেরি করে সন্ধ্যাবেলায় ঘরে ফেরে। পায়ের তলা শক্ত কাঠের মতো। ঝুড়ি বয়ে মাথার চুলগুলো উঠে গেছে। মাথা শক্ত লোহার মতো। চুলগুলো উঠে গিয়ে টাক পড়ে গেছে। কালো চুলে পিছনটা ঢাকা।

বললাম, মানস শরীরটাকে আরাম দে। বলল, আরাম বল, বিশ্রাম বল, আমার ভাগ্যে নেই। যত দিন ছেলে দুটো কাজ করার মতো না হচ্ছে, ততদিন পরিশ্রম করে যেতে হবে। কত আশা নিয়ে, পরিশ্রম করে ছেলে

দুটোকে মানুষ করল। শখ করে ছেলেদের বিয়ে দিল। বৌদের বরণ করে ঘরে তুলল। এতদিন পরিশ্রম করেছে। এখন আরামের সময়।

যেমনই শারীরিক ক্ষমতা কমতে থাকল, সবার কাছে অবহেলার পাত্র। সংসারে সে বোঝা। বেচারা না খেতে পেয়ে শীর্ণ দেহ নিয়ে পরপারে পা রাখল। চোখের জল ফেলার মতো কেউ ছিল না।

আমার অবস্থা সেই রকম। মরচে পড়া রঙচটা সাইকেলটার মতো। অচল হলে তার কথা কেউ মনে রাখে না। সবাই স্বার্থে চলে। এ সংসারে আপন বলে কেউ নেই। স্বার্থপর জগৎ।

তোকে নিয়ে কত কথা শুনতে হতো। তখন কলেজে পড়ি। বন্ধুরা বলত ধানী নাথ এবার ওকে বিশ্রাম দে। তুই অত কৃপণ কেন?

এই কথা শুনে রাগ হতো। ওদের সঙ্গে কথা বলতাম না।

হ্যাঁ, মানছি ওর আসল রূপ নেই। তাই বলে শক্তি নেই, একথা ঠিক নয়। ফেলে দেওয়ার মতো হয়নি।

সেই বাবার ব্যবসার সাইকেল। যত্ন তো কম করি না। তার পূর্বের চেহারা নেই। বয়সের সঙ্গে সঙ্গে সব হারিয়ে গেছে।

এর সাহায্যে বাবা সংসার ধর্ম পালন করেছে তারপর আমার সঙ্গী হয়েছে। সবার এক মত, দেখতে ভালো না হলে তার স্থান ভ্যাটে সবে চাকরি পেয়েছি। নতুন উদ্যমে অফিস করি। সেদিন বের হতে দেরি হয়েছে। মা ব্যাগ হাতে দাঁড়িয়ে। সবে সাইকেলে হাত দিয়েছি, মাথার ওপর টিকটিকিটা ডেকে উঠল। মা বললেন, বাবা একটু বসে যাও। একে দেরি, তার ওপরে দেরি। টিকটিকি আর ডাকার সময় পেল না। যেদিন তাড়া থাকবে সেদিন কোনও না কোনও বাধা এসে সামনে দাঁড়াবে অফিসে খুব কড়াকড়ি। নতুন বড়বাবু এসেছেন। তার যা গলা, আওয়াজ শুনলে ভয় হবে।

মা বললেন, আস্তে চালাবে। সেদিন তুই যথা সময়ে পৌঁছে দিয়েছিস। তোর অবদান ভোলার নয়। তোর এই অবস্থা দেখে খুব কষ্ট হয় রে, তোকে বোঝানো যাবে না। এবার মরে যেন আমরা দুই ভাই হয়ে জন্মাই।

পর্ব – দ্বিতীয়

সেদিন সাতসকালে ফোন।

ঘুমে চোখ ছাড়ছে না। ফোন বেজেই চলেছে। বললাম, অন্তরা ফোনটা ধরো।

– ফোন তুলে বলল কে?

– আমি তোর মা।

– বলো, কি বলবে?

– পয়লা বৈশাখ আসছিস তো, না জামাই বাবাজি অমত করেছে?

– তোমার জামাই যেতে চেয়েছে। সেদিন অফিস ছুটি। সেই জন্য মত দিয়েছে। তা না হলে মত দিত না। যাক, ভালো হয়েছে। বছরের প্রথমদিন সবাই একসঙ্গে হব। খুব আনন্দ হবে। তোর রাঙা মাসিকে আসতে বলেছি।

– মাসি একা আসবে, না ননা আসবে?

– তোর মাসি একাই আসবে। ননার অফিস ছুটি নাই।

– ননা আসলে ভালো লাগত। অনেকদিন দেখা নেই। খুব আনন্দ হত।

– শোন, তোর বাবা বলেছে সেদিন বাবাজীবনকে নতুন সাইকেল দেবে, কোনওদিন কিছু দেওয়া হয় না। না করিস না।

– ও মা, বাবাকে বলো না দিতে। তোমার জামাই নেবে না। আর একথা শুনলে আর যাবে না।

– পিলু বলছিল, জামাইবাবু ওই মরচে পরা সাইকেলে অফিস করে। লোকে কত কথা বলে। তোর বাবা যখন দেবে বলেছে, না করিস না। সবার মন চেয়েছে। পিলু আর তোর বাবা দোকানে গিয়ে পছন্দ করে এসেছে।

– শোন মা, তোমরা অন্য কিছু দিও। কিন্তু সাইকেলের কথা বলো না।

দেখনি বিয়ের দিন ছাদনা তলায় দাঁড় করানো দেখে বিয়ের পিঁড়িতে বসতে চাইছিল না। শেষে এখানে রাখার শর্তে রাজি হয়। সেই সাইকেল পিলু ব্যবহার করে।

– তোর বাবা অগ্রিম টাকা দিয়ে বুক করে এসেছে। এই কথা শুনলে খুব কষ্ট পাবে। জামাই বাবাজীবনকে বোঝা।

– না মা, ওটা থেকে বিরত থাকো। কাজ পড়ে রয়েছে। তোমার জামাইয়ের অফিস রয়েছে। রাখো।

– কে ফোন করেছিল? অনেকক্ষণ ধরে কথা হছিল।

– মা ফোন করেছিলেন।

– কি বলছিলেন?

– তোমায় শুনতে হবে না। মা-মেয়ের কথা। বাবা গুড়ের ব্যবসা করতেন। সাইকেলের পিছনে দু'দিকে গুড়ভর্তি টিন ঝুলত। সামনের ব্যাগে থাকত পাটালি। সকালে বেরিয়ে গ্রামে গ্রামে ঘুরে বিক্রি করে সূর্য ডোবার মুখে ঘরে ফিরতেন। মা সাইকেলটা একদিকে দাঁড় করিয়ে বাবার সেবা করতেন। তারপর বাবা সাইকেল ধুয়ে মুছে পরিষ্কার করে, নিচে স্নান করে আসতেন। এই সাইকেল বাবার সঙ্গী।

তখন আমি পঞ্চম শ্রেণীতে পড়ি। বাড়ি থেকে স্কুল প্রায় তিন মাইলের পথ। পায়ে হেঁটে যাতায়াত করতে হয়। সেদিন ছিল পৌষ সংক্রান্তি।

মা বললেন, আমার বাণী পিঠা পুলি খেতে খুব ভালোবাসে। ফেরার সময় দুটো নারকেল নিয়ে এস।

মায়ের কথা শুনে আনন্দে মাকে জড়িয়ে ধরে আদর করছি।

মা বললেন, স্কুল যাবি, তৈরি হয়ে নে।

ব্যাগ ঘাড়ে মাকে প্রণাম করে স্কুলে চললাম। আনন্দে সব বন্ধুদের খাবারের কথা বললাম।

খাবারের আনন্দে পড়ায় মন বসছে না। এখন ছুটির অপেক্ষায়। মন পড়ে রয়েছে বাড়িতে। কখন ঘণ্টা বাজবে?

খবর এল, বাবা আর নেই। বাড়ি ফেরার পথে গাড়ি চাপা পড়ে। সব আশা শেষ। স্কুল জীবনের সমাপ্তি। কিন্তু না, মায়ের অদম্য চেষ্টা আমাকে পড়তে সাহায্য করেছে। সেই থেকে বাবার রেখে যাওয়া সাইকেল আমার সঙ্গী।

বাড়ি থেকে কলেজ বিশ মাইলের পথ। বাসে যাওয়ার পয়সা নেই। এই সাইকেল আমার সঙ্গী। কোনওদিন মুখ ফেরায়নি। রোদ, জল, ঝড় তাকে থামিয়ে দিতে পারেনি। কলেজের বন্ধুরা বলত, তুই এত কৃপণ কেন? ওকে এখন বিশ্রাম দে। ওর চেহারা দেখেছিস? নতুন একটা কিনে নে। তারা জানে না, এটা যে বড় আপনজন। মাঝে মাঝে হাওয়া ছেড়ে দিত। চুপচাপ সহ্য করে যেতাম।

তোকে নিয়ে ঘরে বাইরে অনেক কথা শুনতে হত। সব সহ্য করে গেছি।

এই তো সেদিন, অবসরের দু'বছর আগের কথা। সবে বাড়ি এসেছি। সাইকেলটা দেওয়ালে ঠেস দিয়ে রেখেছি। স্বপ্না বলল, এই সাইকেল চলে না। লোকে হাসে। স্বপ্না, মানে আমার সহধর্মী ভাবছেন? সবাই তাই ভাববে। কিন্তু না, সে বাড়ির কাজের মেয়ে, সে যত্ন করতে দেখলে বিরক্তি বোধ করে। কেন জানেন? দু'বালতি জল দিতে হয়। কেউ ভালোবাসে না। মাঝে মাঝে অন্তরার সঙ্গে ঝগড়া বাধে। ওকে ইন্ধন জোগায় ওই স্বপ্না, কেউ বোঝে না তার কথা। মনে রাখে না। বলতে বাধ্য হতাম, ওর মনের কথা। তার পরিশ্রমের অবসরের সময় হয়নি।

যতদিন চলে চলুক। যেদিন পারবে না, আপনা থেকে বসে যাবে।

বাবা কোনওদিন বোঝা ভাবেননি। বাবা বলতেন, সবার বিশ্রামের প্রয়োজন।

যখন সে ক্লান্ত বোধ করবে, নিজে থেকে থেমে যাবে।

বর্ষার সময়। গ্রামের রাস্তা কাদা জলে ভর্তি, হা গাঁওয়াল করে এসে জল দিয়ে পরিষ্কার করছে। মা বললেন, ছেলের বিয়েতে সাইকেল চাইব

– সে কি কোনওদিন পুরনো হবে না? আমার কি আগের মতো সব রয়েছে?

তা না হলেও যেটা নিয়ে আপনার চলাফেরা সেটা পরিষ্কার–পরিচ্ছন্ন থাকলে কাজে মনোবল বাড়বে।

– তার কি কোনওদিন শরীর খারাপ হবে না? তাকে কি ডাক্তারের কাছে যেতে হবে না? এত দিন ধরে কাজ করে চলেছে। মাঝে মাঝে দোকানে যেতে হবেই। সে পুরনো বা নতুন। প্রাণ না থাকলেও ওরা সব বোঝে। সেই সময় রথীনকাকু বললেন গোবিন্দা, এটাকে বিশ্রাম দাও। টিনের ঘষা লেগে আসল রঙ উঠে গেছে।

পুরনো হলে সমাজে থাকার অধিকার হারিয়ে ফেলে। সবার মুখে এক কথা মা বললেন, ছেলের বিয়েতে সাইকেল চাইব। রথীনকাকু বললেন, সাইকেল কেন? মোটর সাইকেল চাইবেন। সে রকম হতে হবে। আপনার ছেলে পড়াশোনায় ভালো। ওর চাকরির অভাব হবে না।

বাবা বলতেন, সে অনেক দূরে।

মায়ের মনে পড়ছে আর গাল বেয়ে জল গড়াছে।

– মা, তোমার চোখে জল দেখলে আমার অন্তর কাঁদে। কোনও চিন্তা করো না। একদিন সুদিন আসবে। তোর কথা ভাবছি। এত পথ পরিশ্রম করে এসে বাবার মতো যত্ন করিস। বাবার দেওয়া জিনিস যত্ন তো করতেই হবে। এটা সঙ্গে থাকা মানে, বাবাকে মনে রাখা। এটা বড় আনন্দের।

অবসরের শেষ লগ্নে, সাইকেল বের করছি। সেদিন অন্তরার সঙ্গে বাইরে যাওয়ার কথা। তাড়া রয়েছে।

সুমিত স্যর বললেন তোমার সাইকেলটা বেশ পুরনো। এর পার্টস ভেঙে গেলে পাওয়া যাবে না। এই কোম্পানির ঝাঁপ বন্ধ। রমরমা ব্যবসা।

হঠাৎ ভাইয়ে ভাইয়ে দ্বন্দ্ব। গেল লাটে। কথাটা বাবার মুখে শোনা।

আপনার বাবা এ কোম্পানিতে চাকরি করতেন?

– হ্যাঁ, ওদের দেওয়া সাইকেলে যাতায়াত করতেন। চাকরি শেষ, চলনশক্তি বন্ধ। বাড়িতে সাইকেল চড়ার মতো কেউ নেই।

– বিক্রি করে দিয়েছেন?

– না, ঘরে ছিল। সেদিন আমরা কেউ বাড়ি নেই। মা একা। গ্রামের সুবলদা এসে বলছে কাকিমা, আপনাদের সাইকেলটা দিলে ছেলের স্কুলে যেতে সুবিধা হবে।

মা দিয়ে দিয়েছে। আমরা কেউ জানি না। কিছুদিন পর লোকটি এসে সাইকেল রেখে বলল, দেখুন আপনাদের সাইকেল।

বাবা সেদিন কিছু বলেননি। পরে বললেন সরো, কাজটা ঠিক করোনি।

মা বললেন, ঘরে থাকলে, পড়ে থেকে নষ্ট হয়ে যেত। এখন সে একজনের সঙ্গী। তারও উপকার হয়েছে।

পর্ব – তৃতীয়

অন্তরার চেয়ে স্বপ্নার অপছন্দ বেশি। তার চোখের বিষ। পারলে বাইরে রেখে আসত। ঘরে বসে হিসেব করছি কি পেলাম আর কি হারালাম, রুমিকাকিমা এসে বললেন, ও কাকি এটা বিক্রি করে একটা নতুন নাও।

– কে নেবে? সে আমার মতো অচল।

মা বললেন কে, ঐ রূপা বিশ্বকর্মা পুজোর দিন পরিষ্কার করে ঘরে তুলে রাখে। বিমুখ করলেও বিশ্বকর্মা।

– শুনেও শান্তি।

দু'দিন পরে মা আমায় ছেড়ে চলে গেলেন।

সেদিন বানী নাথের ঘুম থেকে উঠতে দেরি হয়ে গেছে। প্রতিদিন সকাল-বিকেল সে হাঁটে। একটু হেঁটে হরির চায়ের দোকানে বসে। দু'খানা বিস্কুট ও এক কাপ লাল চায়ে গলা ভিজিয়ে ঘরে ফেরে। দোকানে খাতা করা আছে। মাসের প্রথমে শোধ দেন।

সেদিন তার বাড়ি ফিরতে দেরি হয়েছে। বাড়ির কাছে যেতেই দেখছে ভাঙড়ি বালা বাড়ি থেকে বের হচ্ছে। আগেই বলেছি তার চোখ ভালো। মাথার ঝুড়ির ওপরে সাইকেল বাঁধা। বলল, এই সাইকেল তোমায় কে দিল?

সে ভয়ে আমতা আমতা করছে।

বলল, কোথায় নিয়ে যাচ্ছ? ভয়ে মুখ বন্ধ। রাগে চোখ মুখ লাল। হাত–পা কাঁপছে। হাতের লাঠিটা পড়ে গেল। বলল কে দিয়েছে তোমায়? অন্তরা বলল, তোকে দিতে নিষেধ করলাম। স্বপ্নার মুখ বন্ধ। বলল, ঝুড়ি নামাও। ওকে বিদেয় না করা পর্যন্ত শান্তি হচ্ছিল না? কেন? ও তোমাদের কি ক্ষতি করছিল? একটু জায়গা দখল করে রেখেছিল, তাই তোমাদের সহ্য হচ্ছিল না। ওর সঙ্গে আমাকেও বিদেয় কর। এই বলে সাইকেল ধরে টানতে যাবে, সে সঙ্গে সঙ্গে পড়ে গেল। সাইকেল তার হাতে ধরা অবস্থায় শেষ। একসঙ্গে বিদায়।

বলেছিল, অন্তিমযাত্রায় সঙ্গী হবে। কথাটা সত্যি হয়ে গেল।

মনে পড়ছে সেদিনের কথা। তখন সে অষ্টম শ্রেণীতে পড়ে। স্কুলে যাবে বই খাতা গোছাচ্ছে। মা বললেন বাপি বাজার থেকে সবজি কিনে এনে দেন। তোর ব্যাগ আমি গুছিয়ে দিচ্ছি। সে সাইকেল গ্যারেজে রেখে বাজার করছে। ফিরে এসে দেখছে সাইকেল নেই, আরম্ভ হল কান্না। কেউ থামাতে পারছে না। সেদিন তার স্কুল যাওয়া হল না। হঠাৎ খবর এল, সাইকেল পাওয়া গেছে। গ্যারেজের বাইরে দাঁড় করানো ছিল।

সেদিন সে একাই কেঁদেছিল। আজ বাড়ি ভর্তি লোক কাঁদছে। একেই বলে ভালোবাসার প্রতিদান। ❑

সমাপ্ত

www.ingramcontent.com/pod-product-compliance
Lightning Source LLC
LaVergne TN
LVHW050847051026
849532LV00006BA/2139
* 9 7 9 8 2 3 1 9 0 4 3 3 4 *